CONSTANTIN MELNIK
présente

LE MALTAIS

DU MÊME AUTEUR

Aux Éditions Fayard :

FLIC STORY (porté à l'écran avec Alain Delon et Jean-Louis Trintignant)

RENÉ LA CANNE (porté à l'écran avec Gérard Depardieu, Michel Piccoli et Sylvia Kristel)

LE GANG (porté à l'écran avec Alain Delon et Nicole Calfan)

Aux Éditions Grasset :

LE PLAY-BOY

L'INDIC

L'ARCHANGE

LE RICAIN

LE GRINGO

ROGER BORNICHE

LE MALTAIS

BERNARD GRASSET
PARIS

Il est possible que des personnes actuellement vivantes soient confondues, à tort, avec des personnes du récit en raison d'une similitude dans les positions qu'elles ont occupées. Ces ressemblances sont pure coïncidence et ne sauraient, en aucun cas, engager la responsabilité de l'auteur.

En outre, pour préserver la vie et la réputation de personnages qui ont été emportés dans le tourbillon de l'affaire du *Maltais,* ou qui, depuis, ont changé d'existence, j'ai modifié les noms de quelques-uns d'entre eux et de quelques lieux.

R. B.

LEVER DE RIDEAU

1

La nuit a depuis longtemps englouti le quartier d'Auteuil lorsque la Peugeot noire s'arrête, tous feux éteints, sur le boulevard Suchet, à l'angle de la rue Raffet. Moustique coupe le contact. Recroquevillé sur le siège arrière, le chapeau rabattu sur les yeux, le col de la gabardine relevé, Toussaint Ferrucci attend le moment de passer à l'action. Il contemple, maussade, la pluie qui noie le pare-brise.

— Donne donc un coup d'essuie-glaces, dit-il. On n'y voit rien.

Moustique obéit. Il fait marcher les balais quelques secondes puis stoppe leur va-et-vient. Dans le silence et l'obscurité de la voiture, la voix de fausset qui sort du grand corps de Toussaint Ferrucci n'a pas manqué de le surprendre. Moustique, qui n'atteint ses cent quarante-neuf centimètres qu'avec l'aide de souliers à talons compensés, parle et chante parfois avec un organe de basse qui pourrait lui valoir un engagement à l'Opéra-Comique.

C'est un voyou de poche, Moustique, un truand modèle réduit, une minigouape aux cheveux roux, au crâne allongé, dont le visage étrangement ridé évoque une boule de papier chiffonné. Pourtant, il se trouve beau et malin. Sa mère le lui a si souvent répété, quand il était enfant, pour lui ôter ses complexes, qu'il a fini par le croire. Il le croit toujours.

— Si les loupiotes du salon sont allumées, dit-il dans un ricanement de satisfaction, c'est que le nabab est là. J'aurais dû prendre une valoche !

Toussaint hausse les épaules, irrité. Le chauffage s'est arrêté en même temps que le moteur. L'humidité le pénètre. Il toussote :

— Elles ne doivent pas manquer, les valises, dans son palace ! Le tout est de pouvoir y pénétrer quand il dormira. C'est un maniaque du verrou, le Bougnat.

— T'occupes, mon pote. Maniaque ou pas, j'en fais mon affaire.

Il se rengorge, Moustique. Il sait que le colosse à la voix de châtré ne pourrait réussir l'ouverture sans son concours. Il est trop large, Ferrucci, le Niçois que Joseph Mariani, le barman du *Corsica,* a désigné ce soir comme chef de l'expédition. Moustique se voit déjà longer la façade, se rétablir sur le muret. Il atteindra le faîte de la clôture avant que le balourd prétentieux n'ait commencé à remuer sa grande carcasse.

La pluie, dont les rafales redoublent de violence, cingle la carrosserie, crépite sur les vitres, donne un air de patinoire au macadam du trottoir. Bientôt les voitures, déjà rares, auront regagné l'écurie. La lumière s'éteindra dans l'hôtel particulier de Paul Graniouze, dit le Bougnat. De nouveau Moustique se voit en action. Le voici qui parvient à l'angle gauche de l'édifice. Il se hisse d'une traction jusqu'à l'œil-de-bœuf de l'escalier de service. En virtuose de la cambriole, il découpe la vitre d'un coup de diamant, tourne l'espagnolette. Retenant son souffle, il glisse sa taille lilliputienne dans l'orifice ainsi ménagé. Le reste, c'est de la broutille. Il n'a plus qu'à descendre l'escalier de service, les chaussures à la main, pour retrouver le Niçois. C'est donc Moustique, le génial petit Moustique, qui ouvre à Toussaint, le colosse, la porte de la caverne d'Ali Baba ! Ça apprendra aux gens méfiants, comme le Bougnat, à laisser leur clé à l'intérieur des serrures pour empêcher les rossignols de s'y introduire.

... Oui, mais voilà, la lumière brille toujours chez l'Auvergnat !

— A ton avis, il peut s'endormir à quelle heure ? demande Moustique, impatient de passer du rêve aux actes.

— Comment veux-tu que je le sache ? soupire Toussaint, agacé. Il est vieux. Il y a beaucoup d'insomniaques, chez les vieux. Tu fais comme moi, tu attends.

Le quartier semble de plus en plus désert. Chacun, dans ces résidences bourgeoises, se calfeutre dans son antre de luxe. De l'autre côté de la voie ferrée qui longe le boulevard de Montmorency, les lampadaires jouent aux fantômes.

— Peut-être qu'il recompte son fric avant de nous le filer ! ironise Moustique, les yeux fixés sur les aiguilles phosphorescentes de la pendule du tableau de bord.

Le Bougnat appartient à cette catégorie de débrouillards que la providence a enrichis en jetant le monde dans la guerre, et la France dans l'Occupation allemande. Sa fortune s'est édifiée à l'enseigne du *Roi du Margotin*. Tout un programme. Il s'est formé sur le tas, Graniouze, dans la rude bataille de la rue, attelé aux brancards de la charrette paternelle où s'entassaient, au bon vieux temps de la Troisième République, les sacs d'anthracite et les fagots de bois de chauffage. Lorsque papa Graniouze s'était retiré dans son Auvergne natale, lui laissant, avec sa bénédiction, la clé du boui-boui de la rue des Abbesses, Paul a vite compris qu'il était stupide de limiter son champ d'activité au seul charbon. Paris manquait de tout et il savait, lui, où se procurer des denrées aussi précieuses et introuvables que le beurre, la viande, les œufs et les cigarettes. Même de faux tickets de pain, plus vrais que s'ils étaient sortis tout droit des imprimeries nationales.

Oui, le père Graniouze, le patriarche de Chastreix, au pied du Puy de Sancy, pouvait être fier de la carrière fulgurante de son rejeton. Elle ne chômait pas, la camionnette à gazogène, surchargée de tête-de-moineau et de boulets de poussier, clandestinement arrivés rue des Abbesses.

— Je vends du noir au noir, disait Paul, avec un gros rire qui secouait sa naissante bedaine.

Jamais les services de la répression des fraudes n'avaient pu le surprendre en flagrant délit de trafic illicite. Les demandes de renseignements qu'ils sollicitaient du commissariat central, sur le compte du fameux Bougnat, se soldaient toujours par des réponses aussi flatteuses que floues. Paul Graniouze était intouchable.

Le Bougnat semblait davantage destiné à placer ses bénéfices occultes dans des épiceries en gros que dans des boîtes de nuit. C'est son ami d'enfance, un agent immobilier du Mont-Dore, nommé Bouyssou, qui l'a conseillé :

— On ne met jamais tous ses œufs dans le même panier. Tu achètes de l'or. Ça ne peut que monter. Et tu prends des parts dans des affaires rentables.

— Oui, mais quoi ?

— Les boîtes, mon vieux. Ce qui rapporte du fric aujourd'hui, c'est la bouffe et la fesse. Quand les Fridolins seront partis, les Américains prendront la relève. Je connais trois occasions de premier ordre : deux cabarets à Montmartre et un bordel à Montparnasse. Des payses d'Aurillac et de Saint-Flour les dirigent. Des femmes sûres. Tu n'auras plus qu'à empocher les dividendes.

Sitôt dit, sitôt fait. Les revenus du marché noir étaient passés dans des participations de maisons très particulières. A la Libération, le Bougnat avait continué de jouer de bonheur. Il avait exhibé tant de certificats de haut patriotisme, que le comité d'épuration, perplexe, avait fini par le blanchir des soupçons qu'il avait si justement suscités.

— Maintenant que tu ne risques plus rien, avait dit Bouyssou, c'est le moment de te développer.

L'agent immobilier avait vu juste. Nombre de collaborateurs ayant été contraints de passer la main, Paul, le modeste Bougnat de la rue des Abbesses, avait pu s'offrir une dizaine de boîtes pour une bouchée de pain. C'est ainsi que l'on devient l'un des rois de la vie parisienne. La métamorphose avait été rapide. Il avait rasé sa grosse moustache, jeté ses blouses noires à la poubelle, abandonné Montmartre pour un hôtel particulier de deux étages, à Auteuil. Aucun des habitants de ce quartier bourgeois n'aurait spécialement soupçonné de proxénétisme le petit homme ventru, qui s'habillait d'une manière aussi stricte et ne recevait jamais de visite, si ce n'était, à de rares occasions, celle d'une jeune femme rousse, apparition de l'après-midi, qui garait son cabriolet à proximité. Il serait même passé tout à fait inaperçu sans son chapeau de velours à bande de satin, installé à demeure sur les cheveux gris fer, coupés en brosse, seule fantaisie dans une garde-robe éminemment utilitaire.

Toussaint Ferrucci sort de la poche de son veston prince de galles une paire de jumelles qu'il règle à sa vision. Il lui a semblé voir se déplacer une ombre, derrière l'une des larges baies du balcon à balustres.

— Oh ! fait-il brusquement de son timbre suraigu, le

salon vient de s'éteindre. Une fenêtre s'est allumée sur
la droite. Il va sûrement se coucher.

— Pas besoin de jumelles, ironise Moustique. Vise
son galure !

De fait, une porte-fenêtre vient de s'ouvrir et le
légendaire chapeau, à larges bords, de Graniouze se
découpe dans l'encadrement. Un cigare rougeoie dans
l'ombre. Le Bougnat s'appuie à la balustrade, semble
scruter les environs.

— On dirait qu'il attend quelqu'un, souffle Moustique. Manquerait plus que ça !

— Ou qu'il s'apprête à partir, grommelle Ferrucci.
S'il sort, c'est cuit. Jamais on ne pourra ouvrir le coffre.
Si on le trouve, encore !

Moustique est abattu en plein ciel de gloire. Son
euphorie est subitement tombée. Il voyait justement, en
un éclair, la suite de son rêve. Une fois dans les lieux,
tous deux surgissaient, le pistolet au poing, dans la
chambre du Bougnat, le forçaient à se lever. Que
pouvait faire d'autre, le vieux grippe-sous, que de leur
ouvrir son coffre-fort, gorgé de gros billets ?

Un claquement : Moustique et Toussaint ont à peine
eu le temps d'entrevoir une silhouette rousse à la
fenêtre, derrière le chapeau, que les persiennes métalliques se referment hermétiquement. Le bruit du loquet
résonne dans la nuit. Toussaint, les yeux rivés aux
jumelles, essaie de capter un rai de lumière entre les
lames des volets, mais les épais rideaux ne laissent rien
filtrer.

Une minute s'est à peine écoulée que le vasistas de
l'escalier s'éclaire :

— Bordel de merde, jure Moustique, on dirait qu'ils
se taillent...

Il remet le contact, emballe le moteur, démarre en
catastrophe :

— Qu'est-ce que tu fous ? s'inquiète Toussaint, qui s'est soudain redressé.

— Je colle la tire devant la porte, si tu veux savoir. Quand ils se pointent, on les braque. C'est la seule façon de prendre le pognon !

La porte cochère s'entrebâille, découvrant une Renault noire que le projecteur de la cour illumine. La femme, un parapluie à la main, sort la première. Sa chevelure auburn flotte dans le vent tandis qu'elle plaque le vantail contre le mur. Elle porte un élégant imperméable de couleur claire et des bottillons de daim pâle.

Moustique demeure interdit.

— Pas possible, s'exclame-t-il, on dirait la femme du Maltais !

Il écarquille les yeux. Son front semble se plisser davantage pendant qu'il enchaîne :

— Si c'est pas elle, elle lui ressemble. Là, vraiment je ne comprends plus.

Sa mémoire, instantanément, le ramène trois années en arrière. Il est minuit. En sifflotant, il passe devant le *Corsica* rue Fontaine, un établissement discret où les insulaires aiment à se réunir. Il se demande pourquoi le bar est fermé, les grilles extérieures verrouillées, les tentures soigneusement tirées. Il n'en faut pas plus pour éveiller sa curiosité maladive. Il se faufile dans la cour intérieure, tambourine à la porte de service. En vain. Il insiste. Enfin, Joseph lui ouvre. C'est ainsi qu'il se retrouve dans un coin de la salle enfumée où le Maltais, entouré d'amis triés sur le volet, célèbre au champagne le succès d'un hold-up spectaculaire. Moustique est ébloui. Grand, blond, d'une souplesse de félin, Dominique Cambuccia, la nouvelle étoile du Milieu, affiche cette aisance nonchalante dont, lui, Moustique, a toujours rêvé. Il apprend que le caïd a fait main basse sur la totalité de la paie des employés du métro. Un coup fulgurant, sans bavures, digne du vol des trente-trois millions de francs subtilisés à la grand-poste de Nice par le gang de Pierrot-le-Fou, son ancien patron[1].

Dans l'euphorie, Joseph lui ajoute à l'oreille :

— Je lui ai parlé de toi, au Maltais. A la première occasion, il te prend comme chauffeur.

La première occasion, Moustique l'attendra long-temps. Le Maltais a une équipe qui tourne rond. Mais cette nuit-là, il a pu admirer la rousse Doris qui, assise sur un haut tabouret, découvrait ses longues jambes jusqu'au cœur.

— Quel châssis, hein ? le taquinait Joseph. Fais gaffe, c'est un jaloux, Dominique.

Plus il la dévisage, plus Moustique est maintenant persuadé qu'il s'agit bien de la maîtresse du Maltais qui vient de s'évader de la prison des Baumettes et qui, depuis, joue les invisibles. Mais si Doris se trouve chez le Bougnat, à cette heure-ci, cela signifie que Cambuccia ne doit pas être très loin.

— Qu'est-ce qu'elle peut foutre ici ? s'enquiert Mous-tique, la gorge sèche. Ce serait drôle que le Maltais nous dégringole dessus !

Toussaint Ferrucci soulève ses larges épaules.

— Ça m'étonnerait ! dit-il. Ils sont bien trop prudents tous les trois. Si tu veux mon avis, la môme est venue chercher du fric pour son jules en cavale. Le Bougnat fait le banquier, c'est connu. Elle t'a déjà vu, toi ?

— Une fois, il y a trois piges, chez Joseph. Je ne crois pas qu'elle s'en souvienne...

— Moi, jamais, dit Toussaint. De toute façon, je m'en fous. Maintenant, il faut y aller, parce que si ça continue, ils vont finir par se tirer !

1. Voir *le Gang*, Fayard.

Le Bougnat a bouclé la serrure de sécurité qui condamne la porte du hall. Il n'a pas eu le temps de donner un second tour de clé. Déjà, Toussaint a bondi de la Peugeot et le canon de son pistolet meurtrit les reins de l'ancien charbonnier. Moustique intervient, se veut conciliant :

— Ouvrez-nous la porte, pépère, on ne vous fera pas de mal.

Le Bougnat, surpris, se retourne. La femme, que l'arme de Moustique effraie, pousse un léger cri.

— A vous non plus, ajoute le nabot. On vous demande seulement d'être gentils. Et compréhensifs.

Jamais Paul Graniouze ne s'est trouvé dans une telle situation. Il n'a rien d'un dur, le Bougnat. C'est un commerçant avisé, sans plus. La stature fantomatique de son agresseur, le visage sinistre entre le chapeau et le col de l'imperméable, le silence observé, tout cela l'inquiète malgré les paroles rassurantes du pygmée à la face chiffonnée.

Au prix d'un effort, il parvient à articuler :

— Je ne comprends pas... Que voulez-vous, messieurs ?

Moustique distille, du ton le plus amène qui soit :

— On va vous l'expliquer... Mais à l'abri, si on ne veut pas se transformer en serpillières !

Sa main gantée ouvre la porte qui donne dans le hall, actionne l'interrupteur, pousse tout le monde à l'intérieur, referme la porte.

— C'est pas compliqué, reprend-il. Vous avez du fric, on n'en a pas. Conclusion, on vient en chercher !

Paul Graniouze peine sur les trois marches jusqu'au sol, dallé de marbre, du hall. Il essaie de se réconforter : le coffre-fort est dissimulé dans la bibliothèque de son bureau. Un bouton secret, masqué par une reliure, fait pivoter un panneau qui découvre la porte blindée. Mais les yeux de l'homme au chapeau luisent d'un éclat inquiétant. Et il n'est pas besoin d'être un spécialiste pour constater que le pistolet est doté d'un silencieux. Le Bougnat respire fort pour desserrer l'étau de la peur qui commence à lui tenailler le ventre. Il essaie de mentir avec conviction :

— C'est que... je n'ai jamais rien chez moi ! Tout est à la banque, mon pauvre monsieur.

Moustique hausse ses maigres épaules :

— On s'en fout, pépère, de votre banque ! On est des modestes, nous. On se contentera du coffre.

La bouche sèche, les tempes moites, le Bougnat regarde alternativement le nabot bavard et le colosse qui ne dit rien, lui, mais que son mutisme rend plus menaçant encore. Il ne reconnaît pas sa propre voix lorsqu'il balbutie, dans un tremblement :

— Venez...

Il sait qu'il est vaincu. Il voudrait au moins gagner du temps, espérer un miracle, mais lequel ? La tête basse, il précède le groupe dans l'escalier. L'épais tapis rouge sang amortit le bruit de ses pas. Si seulement Antonio, le valet de chambre espagnol, qui couche dans le pavillon du fond du jardin, pouvait voler à son secours, prévenir la police ! Mais où est-il, en ce moment, Antonio ? En vadrouille, sans doute. Comme tous les soirs, après le service du dîner. Il n'est jamais là quand on a besoin de lui.

Quand Paul Graniouze ouvre la porte de son bureau, la décoration raffinée arrache à Moustique un glousse-ment de satisfaction. Il avise un secrétaire d'acajou, en fouille les tiroirs, n'y trouve que de la paperasse qu'il éparpille sur le parquet. Les portes du bas ne dissimule-raient-elles pas un coffre scellé dans le mur ? C'est classique, dans les beaux quartiers. Moustique se baisse pour les examiner.

Un coup sourd lui fait détourner la tête.

Toussaint, de la crosse de son pistolet, a frappé la femme à la nuque. Pas un muscle de son visage ne bouge tandis qu'elle s'effondre, sans connaissance, sur le tapis. Toussaint promène son regard autour de la pièce, le darde sur le Bougnat qui, inondé, soudain, d'une sueur froide, sent son cœur se décrocher dans sa poitrine.

Moustique, déconcerté, regarde agir le Niçois comme dans un cauchemar. Ce genre de travail lui échappe. « Une affaire peinarde », avait dit Joseph. Dans quel guêpier il l'a fourré, le barman du *Corsica* ! Avec la méfiance du renard qui sent qu'on l'attire dans un traquenard, le nabot épie les mouvements de Ferrucci. Il se relève au moment précis où le canon de l'arme s'arrête à deux doigts de la tempe du Bougnat. Toussaint et Moustique se dévisagent, l'un le regard narquois, arrogant, l'autre courroucé, hésitant et inquiet. Puis Toussaint se détourne, écrasant de son mépris le gringalet.

— Alors, Bougnat, on accouche ?

Sa voix aiguë, qui étonne dans ce grand corps, a des accents sinistres. Ses mâchoires, ses lèvres, se sont soudain contractées. La tête de l'Auvergnat se penche sous la pression du pistolet plaqué contre le front. Moustique avale sa salive. Il s'effraie de l'éclair de satisfaction qui traverse l'œil glacial de Ferrucci quand le Bougnat capitule :

— La reliure à gauche de la cheminée. Rouge, avec des filets or.

Tel un automate, Moustique arrache le livre de son alvéole. Il lui tarde d'en finir. Un bouton apparaît. Il n'y a plus qu'à appuyer. Une rangée de l'étroit rayonnage pivote sur son axe. Le coffre surgit, d'un noir mat.

— La clé, ordonne Toussaint. Et le chiffre.

Le Bougnat soulève son chapeau, tend un trousseau

de deux clés à Moustique qui s'en empare avec la
vivacité d'un rapace. La plus petite a des difficultés à
entrer dans la serrure.

— L'autre, soupire Graniouze, définitivement mis
hors de combat. La petite, c'est l'alarme de la maison. Il
faut faire 1944, dans l'ordre, pour ouvrir. L'année de la
Libération.

La clé fonctionne, sitôt enclenché le dernier chiffre de
la combinaison. La lourde porte s'ouvre. Le souffle
court, Moustique contemple les piles de pièces d'or et de
billets alignés sur les étagères. Il ne s'attendait pas à
cela. Une fortune. Finalement, Toussaint a bien fait de
montrer les dents. C'est peut-être sa méthode à lui, mais
elle n'est pas si mauvaise. Moustique se retourne pour
lui lancer un signe de complicité. Il reste les paupières
écarquillées. Toussaint s'est déplacé. Le canon de son
arme touche la nuque du Bougnat, là où s'entremêlent
quelques mèches de cheveux gris. Son regard marque
une détermination implacable.

— Qu'est-ce que tu fous ? s'inquiète à nouveau Moustique. Arrête ton cirque, maintenant. Tu vois bien qu'on
a ce qu'il faut !

Toussaint semble ne pas entendre. Son index presse
lentement la détente. Projeté en l'air, le Bougnat, les
bras en croix, exhale un râle puissant. Il s'écroule, la
face contre terre. Un flot de sang, jailli du front,
éclabousse la soie d'un fauteuil. Le chapeau gris et noir
roule vers le secrétaire. Une dernière convulsion et le
corps retombe, inerte.

Moustique est si bouleversé qu'il n'a pas la moindre
réaction lorsque le Niçois se penche sur le visage de la
jeune femme évanouie. Sous le chapeau, les yeux
brillent. La mâchoire, à nouveau, se contracte. Moustique voit, comme dans un brouillard, le silencieux
s'appliquer sur la tempe rousse. Le spasme, qui secoue
le corps, traduit la violence de l'impact. « Flinguer la

femme du Maltais ! pense-t-il, atterré. Il est dingue, ce mec, complètement dingue. »

Les yeux vrillés sur ses victimes, prêt à leur donner le coup de grâce, Toussaint se redresse avec lenteur. Sa voix fêlée s'élève, mais avec une force inhabituelle. Il insiste sur chaque mot, comme pour mettre le nabot au défi de le contredire :

— Il le fallait, Moustique. Pour toi, comme pour moi. On m'a toujours appris que, seuls, les morts ont la bouche cousue. Alors, j'applique le principe : je ne laisse jamais de témoins derrière moi.

— Mais tu ne te rends pas compte ? bégaie Moustique. Le Maltais...

Un éclair de haine jaillit sous le feutre rabattu :

— Quoi, le Maltais ? gronde Ferrucci. Tu ne penses tout de même pas qu'avec les flics qu'il a dans les reins, il va venir leur chanter son innocence ? Je vais te dire mieux, Moustique. D'ici qu'il porte le chapeau pour meurtre passionnel, ton Maltais, il n'y a pas des kilomètres !

2

On se croirait soudain en automne. La flèche de la Sainte-Chapelle, la place du Châtelet, les berges de la Seine se voilent dans une brouillasse cotonneuse. Les voitures roulent en lanternes. Même le sommet de la tour Saint-Jacques a disparu, noyé dans la grisaille matinale.

Installé sur la plate-forme de l'autobus, les coudes sur la rambarde, dans la position qu'il affectionne, l'inspecteur principal Courthiol regarde Paris défiler. L'horloge du Palais-Royal, devant la Comédie-Française, marque neuf heures trente. Vingt minutes plus tôt, Honoré Courthiol a franchi le porche de la police judiciaire du quai des Orfèvres, collée au Palais de Justice. Il a traversé le pont au Change, de sa démarche débonnaire, et, sa carte de priorité à la main, il s'est installé dans le 73 à destination de la place de l'Etoile. De là, il sautera dans le 52 qui le déposera à deux pas du boulevard de Montmorency.

A cinquante-quatre ans, l'inspecteur principal Courthiol est une figure de la brigade criminelle de la préfecture de Police. Il en est la vedette, sans doute le meilleur élément avec Courchamp, l'ancien pompier de Paris, Pomarède, le flic artiste peintre, et Nouzeilles, le Basque au légendaire béret. Il est petit, massif, sanguin.

Ses cheveux noirs, grisonnants sur les tempes, sont rejetés en arrière. L'humeur de Courthiol se traduit par la position du mégot, aplati, décoloré, cent fois mâchonné, qui ne cesse de naviguer entre ses lèvres jaunies. Lorsque, d'un savant coup de langue, il l'arrête net, bien en équilibre, à la verticale du nez, juste entre les narines, on peut dire, sans crainte de se tromper, que la tension, l'anxiété ou la colère habitent son propriétaire. Mais quand il le promène d'un coin à l'autre de sa bouche, l'optimisme du policier est au beau fixe. C'est la position anticyclone. Tout le monde le sait, à la P.J.

Courthiol est né flic et mourra flic. Il ne vit que pour son métier. Il aime la chasse à l'homme, les filatures, les planques, les nuits blanches, les sandwichs sur le pouce dans le recoin d'une porte cochère, les descentes-éclair dans les bouges, les perquisitions à l'improviste quand le sommeil alourdit encore les paupières. Il raffole des interrogatoires-pièges, des arrestations à l'esbroufe. Il faut le voir se frotter les mains, incapable de dissimuler le plaisir que lui procurent un beau crime, une évasion spectaculaire, quand ce ne sont pas les tours qu'il joue à ses rivaux de la Sûreté nationale. Il faut l'entendre ponctuer chacune de ses phrases d'un « hein » tonitruant qu'il agrémente d'un non moins énergique « je vais te dire un truc » emprunté, depuis des lustres, à son vieil ami Henriot, le spécialiste de l'Identité judiciaire.

A dix heures dix très exactement, l'inspecteur principal Courthiol lève son nez en pied de marmite devant le riche portail de l'hôtel particulier de feu Paul Graniouze. Les deux agents qui contiennent la meute des journalistes portent la main à leur képi avec une simultanéité touchante. Une forte odeur d'herbe mouillée s'élève des pelouses du bois de Boulogne, tout proche. Courthiol traverse la courette pavée à l'ancienne, franchit la porte du hall, escalade les trois marches de l'entrée jusqu'au sol dallé de marbre. Un gardien de la paix se précipite :

— Attention où vous mettez les pieds, monsieur le principal, il y a des traces de pas...

— Je vois, grommelle Courthiol. C'est là-haut que ça se tient, hein ?

Sans même attendre la réponse, il gravit l'escalier avec précaution, débouche sur un palier, se dirige vers le bureau d'où lui parviennent des bruits de voix. La moustache lisse et le cheveu calamistré sous le chapeau à bords roulés, le commissaire du quartier d'Auteuil tend une main que l'inspecteur principal serre sans la moindre émotion. Il n'aime pas les gandins, Courthiol. C'est un bûcheur, pas un de ces fils à papa pour qui la police n'est rien d'autre qu'une distraction mondaine. Il n'est pas licencié en droit, lui. Il est sorti du rang, il a fait ses classes sur le tas, à la dure école de la rue, non derrière un bureau où l'on se contente de parader et d'encaisser des gratifications.

Déjà, Adolphe Henriot a planté son trépied de photographe sous l'œil impassible du procureur de la République et du juge d'instruction, vêtus de sombre pour la circonstance. Tandis qu'il opère, camouflé sous le tissu noir de son appareil à soufflet, l'œil de Courthiol fait rapidement le tour du décor... Le spectacle, pour atroce qu'il soit, ne le surprend pas. Il a l'habitude de l'horreur. L'homme et la femme gisent, la face contre terre, dans une mare de sang coagulé. La porte du coffre-fort, vidé de son contenu, bâille.

« Joli travail », pense Courthiol qui sent, à deux ou trois reprises, le regard interrogateur du commissaire se poser sur lui. Il ne réagit pas, se contente de faire balader son mégot. Ses impressions, il les garde pour lui, selon son habitude. Pour le moment, il faut laisser Henriot terminer son travail, dresser un état des lieux, tirer ses conclusions. Il se démène, le brave Henriot. Il photographie les victimes, les meubles, le coffre, le secrétaire, sous tous les angles. Il capte, comme à l'ordinaire, des détails que l'œil ne perçoit pas encore mais qui apparaîtront sans doute lors d'un minutieux examen des clichés.

C'est un mordu, Henriot, du groupe de la balistique. Comme Courthiol, il aime son métier. Depuis plus de vingt ans, cassant sa haute silhouette sur le même tabouret de l'Identité judiciaire, il officie en blouse blanche, l'œil rivé à l'oculaire du microscope de comparaison qui supervise deux microscopes jumelés par un jeu de miroirs et de prismes. Ainsi, il peut constater, sur une seule image, si les détails des objets à comparer se superposent ou se différencient.

Henriot en termine avec les photos. Il ouvre la valise cadenassée où est entreposé son attirail de releveur d'empreintes, en sort un pinceau et un pot de poudre blanche, adresse un clin d'œil amical à Courthiol.

— J'en ai deux chouettes en bas des marches, bien dessinées, lui glisse-t-il. Une normale et une miniature, because la boue. Mais bien chouettes tout de même...

Le mégot de Courthiol s'est soudainement mis au point fixe. La façon dont son collègue lui a dit cela signifie que le maître de l'Identité a une idée derrière la tête. D'autant plus qu'il ajoute, tout en saupoudrant de céruse la porte du coffre et les tiroirs du secrétaire :

— J'ai aussi deux douilles et une balle. Auréoles impeccables. Coups de feu tirés à bout touchant.

Courthiol sait ce que parler veut dire. L'orifice d'entrée d'une balle, généralement plus petit que l'orifice de sortie, est entouré d'une sorte de collerette, dite auréole, produite par les impuretés du canon entraînées par le projectile.

Pendant que le spécialiste poursuit ses investigations, Courthiol, les mains dans les poches de sa gabardine, jette un coup d'œil dans les autres pièces. Sa promenade terminée, il revient à son point de départ.

— Alors ?

— Pas commode, dit Henriot. Le truand avait des gants... Les empreintes sont à moitié effacées !

Mentalement, Courthiol note la position des cadavres, se retourne vers le commissaire du quartier.

— Aucun témoin, bien sûr ?

— Aucun. Le valet de chambre est rentré chez lui à deux heures du matin. Il n'a rien vu, rien entendu. C'est en prenant son service qu'il a découvert le crime. L'assassin doit être une relation du Bougnat, qui lui a ouvert la porte puisqu'il n'y a aucune effraction.

— La femme ?

Le commissaire se rengorge :

— Je l'ai rapidement identifiée bien qu'elle n'ait ni sac à main, ni papiers sur elle.

Il pense que Courthiol va s'émerveiller de son initiative, lui demander le secret de sa réussite. Pourtant, rien ne vient. Déçu, il poursuit :

— J'ai trouvé la facture d'un manteau de fourrure dans son imperméable... Elle porte l'adresse de l'hôtel des Alliés, rue Pierre-Charron. C'est là qu'elle habite...

— Habitait, rectifie Courthiol. Ensuite ?

— J'ai prévenu l'état-major de la P.J. et vous avez été mandaté...

Le mégot de Courthiol a repris sa promenade. Ce matin, lorsque le téléphone a retenti dans son modeste logement de la rue Caulaincourt, il a posé son rasoir sur le bord de l'évier, près du bol de mousse.

— Permanence P.J., monsieur le principal. On a un double meurtre boulevard de Montmorency, chez Graniouze. Henriot est sur place. Je vous envoie une voiture ?

— Pour quoi faire ? a grommelé Courthiol. Faut d'abord que je passe à la boîte. J'irai par mes propres moyens.

En finissant de se barbouiller de crème, l'inspecteur principal n'avait pas l'air gai. Gertrude, sa femme, au chignon 1900, a servi sa tasse de café en silence. Ce double meurtre allait grossir encore le tas de dossiers qui s'accumulent dans son classeur. En le lui collant sur les bras, après les trois cambriolages de la semaine dernière, curieusement perpétrés après l'évasion du Maltais, le directeur lui fait une belle vacherie.

Le brouillard a envahi la butte Montmartre. Courthiol, en martyrisant son mégot, bat la semelle devant l'arrêt de l'autobus qui n'en finit pas d'arriver. Les veilleuses, aux halos ronds comme de lointaines lunes rousses, apparaissent enfin. La chaîne de sécurité ajustée, le receveur serre la main de l'inspecteur.

— Pas chaud ce matin, dites donc...

— Pas chaud, grogne Courthiol.

Il saute de la plate-forme devant le Palais de Justice, franchit la grille d'honneur, passe dans la cour de la Sainte-Chapelle. Cinq minutes plus tard, il reprend son souffle dans le bureau des gradés qui commence à s'animer. Sur sa table, une note manuscrite est étalée, en évidence. Elle provient du permanent de nuit : « La P.J. de Marseille signale qu'une lettre anonyme a été découverte dans les papiers de Dominique Cambuccia après son évasion de la prison des Baumettes. Elle demande à ce que les agissements de sa maîtresse, Doris May, qui fréquenterait un certain Graniouze, dit Paul le Bougnat, domicilié boulevard de Montmorency à Paris, soient surveillés. Le rapport circonstancié et la photographie de la lettre suivent. »

Courthiol plie la note avec soin, la glisse sous le carton couvert de graffiti qui lui sert de sous-main. « Il y a de ces circonstances dans la vie d'un flic que c'en est trop beau », marmonne-t-il en descendant les cent cinq marches, usées en leur milieu, de l'escalier du quai des Orfèvres. Au rez-de-chaussée, devant la porte d'accès au service des Archives, il s'arrête soudain : « Le Maltais meurtrier de sa maîtresse par jalousie, oui, ce serait vraiment trop beau. Mais sait-on jamais, hein ? »

Courthiol, narquois, considère le commissaire, responsable du quartier d'Auteuil, si fier de la facture trouvée sur Doris May.

— Félicitations, patron. Voilà une enquête rondement menée.

Henriot, qui récupère son matériel, lui jette un regard en coulisse. Il connaît bien ce ton-là. Il attend la suite.

— Il faut pourtant que je vous dise un truc, hein... Si vous aviez eu la chance qu'à l'hôtel des Alliés on vous parle du Maltais, vous auriez identifié l'assassin. Vous n'auriez plus qu'à l'arrêter.

Le front du commissaire se ride, sous le chapeau à bords roulés. Est-ce qu'il se moque de lui, ce pauvre type de la Criminelle ?

— Hé oui, poursuit Courthiol. Le jules de Doris May, c'est tout simplement Dominique Cambuccia, l'évadé des Baumettes, le célèbre Maltais, quoi. Je vais même vous dire autre chose, si ça peut vous donner une idée... Je serais prêt à parier que le Maltais est venu régler son compte au Bougnat qui le cocufiait avec sa copine... Pas vous ?

Adressant un clin d'œil à Henriot, il ajoute :

— Tu serais pas aussi de mon avis, hein, Adolphe ?

Le mégot-thermomètre s'est collé à la lèvre inférieure, immobile, à la verticale du nez.

« PRÉFECTURE DE POLICE-DIRECTION DE LA POLICE JUDICIAIRE A TOUS SERVICES DE POLICE ET DE GENDARMERIE — STOP — IL Y A LIEU DE RECHERCHER TRÈS ACTIVEMENT LE NOMMÉ CAMBUCCIA DOMINIQUE-EDWARD-PASCAL-WILLIAM

DIT LE MALTAIS 30 ANS NÉ A LA VALETTE ÎLE DE MALTE DE
ANTOINE ET FRALEY JANE — STOP — AUTEUR PRÉSUMÉ
DOUBLE ASSASSINAT COMMIS NUIT DU 25 AU 26 MARS AU
DOMICILE DE GRANIOUZE PAUL BOULEVARD DE MONTMO-
RENCY PARIS 16e SUR LA PERSONNE DU SUS-NOMMÉ ET DE SA
MAÎTRESSE MAY DORIS, 26 ANS, SANS PROFESSION, DOMICI-
LIÉE PROVISOIREMENT HÔTEL DES ALLIÉS, RUE PIERRE-
CHARRON PARIS 8e — STOP — CAMBUCCIA ÉVADÉ PRISON DE
MARSEILLE CONSIDÉRÉ DANGEREUX — STOP — CRIME
ACCOMPAGNÉ VOL VALEURS ET PIÈCES MÉTAL JAUNE — STOP
— SIGNALEMENT 1 MÈTRE 78 CHEVEUX BLONDS YEUX BLEUS
— PORTAIT LORS DE L'ÉVASION COMPLET BLEU MARINE
CROISÉ ET CHAUSSURES NOIRES — STOP — EN CAS DÉCOU-
VERTE PROCÉDER ARRESTATION ET AVISER D'URGENCE PRÉ-
FECTURE DE POLICE, DIRECTION POLICE JUDICIAIRE TURBIGO
9200 POSTE 357 OU 865 QUI ENVERRA INSTRUCTION — SIGNÉ
R. DESVAUX DIRECTEUR DE LA POLICE JUDICIAIRE — FIN. »

ACTE I

3

La voix de Tino Rossi me susurre *O Corse, île d'amour* à l'oreille quand défilent, dans le hublot, les îles Sanguinaires, sous le piton rocheux de la pointe de Parata. La baie d'Ajaccio, parée des feux du couchant, accueille le *Sampiero-Corso* qui la salue d'un long rugissement de sirène. L'œil collé à la vitre, je suppute le moment de l'arrivée, qui me délivrera de l'odeur de fauve régnant dans cette cabine que nous avons partagée à quatre pendant une traversée plus que mouvementée.

La Corse est féerique, au crépuscule. Les montagnes, les unes au-dessus des autres, dressent, dans le ciel qui s'assombrit, la dure dentelle de leurs crêtes. Nous contournons la jetée. C'est la longue histoire de l'île que m'évoque la coupole de la cathédrale, berger géant qui semble gouverner le moutonnement des toits, coiffés de tuiles rouges, comme la citadelle surveille et protège, de ses puissantes murailles, le minuscule port de pêche blotti à son pied.

Mes compagnons de voyage, surexcités à l'idée de fouler à nouveau le sol du pays, ont rassemblé leurs ballots hétéroclites et leurs valises mal ficelées pour se précipiter sur le pont. J'ai compris, à travers leur dialecte, qu'ils revenaient au village pour les fêtes pascales.

J'émerge à mon tour de la cage aux fauves. Le parfum doux amer du maquis m'envahit, comme un bien-être. Ma valise à la main, fidèle alliée de mes pérégrinations de flic à-tout-faire, je gagne le flanc gauche du navire. Elle n'est pas lourde, ma valise. Elle ne contient que le strict nécessaire. Marlyse a su plier la soutane de location que, par la volonté du Gros, mon saint patron, j'endosserai demain pour la cérémonie de l'*Enchaîné*. Elle a calé la barrette entre la trousse de toilette et la paire de chaussures de rechange. Parfait pour déambuler dans Sartène pendant la procession du Vendredi saint, le missel à la main. Mais ce viatique sera-t-il suffisant pour arrêter le Maltais, le cambrioleur-braqueur le plus doué d'une génération pourtant riche en ténors du crime ?

Des cris dirigent la manœuvre. Des grincements, un choc. La passerelle est en place. C'est la ruée. Les passagers s'agglutinent, en rang d'oignons, se bousculant pour arriver à la salle de transit. Des interpellations fusent pendant que mon passeport s'ouvre sous les yeux du douanier de service :

— Rien à déclarer ?

Je secoue la tête de gauche à droite. Mon débarquement sur la terre de Beauté passe comme une hostie dans la bouche d'un communiant. L'olivâtre fonctionnaire est beaucoup trop occupé à parier sur les chances de l'équipe de Corte contre celle de Bonifacio pour jeter sur mes faux papiers le regard circonspect qu'ils méritent. De toute façon, il n'y verrait que du feu. Le fascicule est tout ce qu'il y a de plus officiellement faux. Je me le suis approprié, sans difficulté, au service des passeports. Seule l'identité est fantaisiste.

L'un des inévitables maux de l'administration, c'est que toutes les portes bâillent à l'heure où les femmes de ménage envahissent les locaux, le balai brandi et la serpillière déployée. Je n'ai donc eu aucune difficulté, dans les bureaux vides, à dénicher la clé de l'armoire de la sous-direction de la réglementation intérieure. Un coup de tampon et je m'étais doté d'un passeport au nom de Roger Richebon.

Ajaccio vit à l'heure du pastis et de la promenade. Les terrasses des cafés, le cours Napoléon sont noirs de monde. J'aborde une tranchée obscure où, entre deux banderoles de lessives en fête, un panonceau vient de s'allumer. L'hôtel n'a de royal que le nom. La chambre est minuscule mais propre. La table de toilette, au marbre blanc veiné de gris, supporte une cuvette de porcelaine. Le broc, lui, est à terre, près du seau hygiénique à l'émail craquelé. Ni armoire ni penderie. Trois portemanteaux, en fil de fer galvanisé, coulissent sur une tringle à rideaux, fixée sous une étagère de bois blanc.

Le lit, heureusement, semble bon. Je suspends la robe d'ecclésiastique à un cintre, glisse par prudence sous l'oreiller ma carte professionnelle et le passeport. Je m'allonge.

Le Maltais valait-il un chapardage ? En tout cas, c'est pour raison d'Etat que je me suis transformé de policier en voleur.

Le jour mémorable où cet ordre m'a été donné, j'étais tranquillement installé dans la routine de mon bureau de quatre mètres sur trois, aux murs beige, que le service du matériel a meublé, sans se ruiner, de deux tables et de deux chaises en bois blanc, d'une corbeille à papiers et d'un téléphone. Mon collègue Hidoine — ma « flèche » comme nous disons dans notre jargon policier — finissait de dépouiller sa défroque de sous-officier de cavalerie de réserve, culotte, bottes, veste de tweed, pour sa tenue de flic d'active, un costume brique dans lequel il flotte depuis des années. Moi, par chance, j'étais arrivé au service au moment même où les aiguilles de l'horloge, scellée sur le béton de la cour des Saussaies, figuraient l'équerre de neuf heures. *Le Parisien libéré* déployé sur ma table, je commentais à haute voix le prochain mariage de Liz Taylor, « la fiancée idéale des Américains », avec Conrad Hilton, le fils du milliardaire, possesseur de la chaîne d'hôtels du même nom.

L'irruption du Gros, toutes voiles dehors, m'avait coupé le sifflet. Rien qu'à voir l'air suffisant de mon chef vénéré, j'ai compris qu'il était convoqué en haut lieu. Mais nous n'avons pas l'habitude, nous, les obscurs, de faire partie de tels voyages. A nous les planques, les filatures, les interrogatoires, les arrestations. Aux commissaires, les honneurs et l'avancement.

— Le ministre nous attend, Borniche, a tonné Vieuchêne. Qu'est-ce que vous fabriquez encore à lire le journal ! Vous êtes prêt ?

Je l'ai regardé quelques secondes, les yeux étonnés. Puis je me suis levé. J'ai dégagé mon veston du dossier de ma chaise, donné un coup de pouce à ma cravate et je suis sorti sur les talons du chef suprême du groupe de répression du banditisme de la Sûreté nationale.

La gorge serrée d'émotion, j'ai franchi le couloir du cinquième étage, fief de la direction des services de police judiciaire. J'ai claqué, déférent, sur mon volumineux patron, la grille grinçante de l'ascenseur.

Le regard du commissaire Vieuchêne me détaillait sans aménité tandis que nous descendions vers le rez-de-chaussée :

— Vous ne pourriez donc pas faire un effort vestimentaire quand le ministre vous convoque, Borniche ?

Je proteste quand même, pour la forme :

— Je ne pouvais pas savoir, patron.

— Vous ne savez jamais rien, Borniche, ce n'est pas compliqué ! Cela ne devrait pourtant pas vous empêcher d'avoir une tenue décente. C'est une question de dignité. Est-ce que je viens au bureau avec une veste

pied-de-poule et un pantalon de flanelle, moi ? Vous
vous croyez où ça, ma parole ?

Je me réfugie dans le silence. C'est vrai que ma garde-
robe n'est pas très pourvue. Marlyse a beau y apporter
tous ses soins, elle ne peut pas faire du neuf avec du
vieux. Et encore, le Gros n'a pas parlé de mes chaussures, mes fidèles routières à semelle de crêpe. Je sais
qu'elles ont droit à la retraite. Un jour, je monterai à
Belleville, chez Maurice le Juif, un brave garçon qui les
vend à prix coûtant aux fonctionnaires de police. Même
mon ennemi Courthiol se ravitaille chez lui. Dès que
j'aurai touché mes frais, j'y ferai un saut avec Marlyse.
Elle a du goût, Marlyse. Elle trouve que ma veste me
donne l'air jeune, pas du tout une allure de flic.

— Non, vraiment, insiste le Gros, du pied-de-poule
chez le ministre, on n'aura jamais vu ça !

Nous avançons dans le discret couloir qui unit l'immeuble de la Sûreté au cabinet du ministre de l'Intérieur, vice-président du Conseil. Je ne me prive pas de
détailler, à mon tour, mon distingué patron. Il s'est
équipé, lui ! Son ventre d'amateur de bonne chère
s'arrondit fièrement sous le veston bleu marine, faisant
une concurrence déloyale à la boutonnière où s'étale le
plus large ruban de chevalier de la Légion d'honneur
qu'on puisse trouver sur le marché. Dans le faciès de
magot chinois, les yeux brillent tout autant que la
brillantine des cheveux lissés, plaqués en arrière. Ce
n'est pas tous les jours que l'on franchit le seuil du
cabinet du flic numéro un de la République.

Pour l'instant, la porte que Vieuchêne vient de
pousser avec une autorité magistrale, et que je referme,
moi, doucement, ne nous offre qu'une secrétaire rabou-
grie, vieille sorcière, mal cachée derrière un tas de
papiers. J'ai l'impression que notre duo disparate va lui
faire peur. Le Gros, lui, gronde sans tant de scrupules :

— Commissaire divisionnaire Vieuchêne !

La vieille dame disparaît, sans s'émouvoir. Elle refait surface pour s'effacer devant la porte capitonnée. Ombre fidèle, je suis le Gros. C'est vrai que le pied-de-poule ne s'impose pas dans le bureau solennel aux boiseries anciennes, où se déploient de prestigieuses tapisseries des Gobelins.

Le président Queuille nous adresse un sourire bienveillant. Je le lui rendrais, si j'osais, car j'aime bien ce personnage probe, discret, efficace, ce Corrézien à l'œil vif, au poil grisonnant, de la moustache à la chevelure clairsemée, séparée par une raie tracée haut sur le côté gauche du crâne. En face de lui, figé dans une sorte de garde-à-vous civil, le Gros lance majestueusement l'inévitable « Je vous présente mes respects, monsieur le président. » Et comme un nouveau sourire de bonhomie un peu distraite lui répond, il se tourne à demi vers le vermisseau que je suis à ses yeux :

— J'ai amené un collaborateur, monsieur le président. Pour le cas où il y aurait des dispositions à prendre d'urgence.

Le ministre ne daigne même pas me jeter un coup d'œil. Il s'avance à la rencontre de mon chef, la main gauche appuyée sur le pommeau d'argent de sa canne. Déjà, ma cervelle de flic a commencé à bouillir. Qu'est-ce qu'on fait là, le Gros et moi ? Moi, surtout.

Le président Henri Queuille pointe sa canne sur la porte-fenêtre qui s'ouvre sur les jardins de l'hôtel Beauvau :

— Sortons, dit-il, nous serons plus à l'aise pour parler. Les arbres, eux, n'ont pas d'oreilles.

Vieuchêne progresse à la gauche du ministre. Je les suis. Nos semelles font dégorger l'eau, dans l'allée que la pluie de la veille a détrempée. Des gouttelettes brillent encore sur les bourgeons naissants. Le grondement des voitures dans les rues alentour me parvient, assourdi, tandis que se dressent devant moi les impitoyables

témoins des fonctions d'ordre et de police, les antennes
de transmission du ministère.

Je secoue ma gamberge pour écouter la voix calme,
posée, comme lointaine, du ministre :

— J'ai une mission à vous confier, commissaire. Une
mission... disons assez spéciale.

Je m'intéresse aux plumes de paon de Vieuchêne. Ça
gonfle, ça gonfle... Mission spéciale, donc retour d'ascenseur également spécial, en cas de réussite. Mais en
cas d'échec, il faudra te cramponner, Borniche. La voilà,
la raison de ma présence ici...

— Je suis à vos ordres, monsieur le président...

Et allez donc ! Tandis que se succèdent les paroles de
cour que le ministre n'entend même plus tant il en a
l'habitude, l'œil rusé de Vieuchêne ne perd pas un
mouvement de la physionomie de son interlocuteur.
Henri Queuille hoche la tête, dessinant, du bout de sa
canne, des cercles dans la terre humide.

— Vous voyez de quelle mission il s'agit, commissaire ?

Un aller et retour négatif de la tête est la seule réponse
de Vieuchêne. Même s'il savait, en fait, de quoi il s'agit,
la mimique serait la même. Prudence avant tout. En une
fraction de seconde, il s'est fait un tableau de la
situation. Une affaire de mœurs, sans doute, où quelque
homme politique s'est embourbé... Pas de vagues,
surtout pas de vagues...

— Mon Dieu, non, monsieur le président. (Il se
retourne vers moi.) Et vous, Borniche ?

Je fais signe que non de la tête et nous nous remettons
en marche au rythme du ministre, à petits pas. Comme
lui, nous nous arrêtons au bout du parc, dominé par les
six étages de fenêtres à guillotine du building policier.
D'un geste paternel, Henri Queuille pose sa main sur
l'avant-bras de Vieuchêne. Mes semelles font « flic-

flac » quand je me précipite en avant pour mieux les écouter.

— Voici mon problème, chevrote le président Queuille. « L'affaire des généraux » empoisonne le gouvernement. Après les grèves dans la métallurgie et l'industrie automobile, la France n'avait pas besoin de ça. Une commission d'enquête a été créée. Comme par hasard, c'est alors qu'ont commencé les cambriolages chez certains hommes politiques. Je ne serais pas étonné qu'on ait cherché plus des documents que des bijoux ou de l'argent.

Vieuchêne, pris de court, ne peut que froncer le sourcil en s'efforçant de réfléchir. Oh, je le connais bien ce froncement. Ça veut dire tout ou rien. Certes, j'ai entendu parler de la série de cambriolages dont s'occupe notre ennemi juré, l'inspecteur principal Courthiol de la brigade criminelle de la préfecture de Police. Les uns ont eu lieu dans le 16ᵉ arrondissement, les autres à Neuilly, ce qui a alerté aussi bien les commissariats de quartier que les brigades territoriales et les renseignements généraux. Un teigneux, Courthiol. La limite d'âge est là, qui le coince, mais il a sûrement l'espoir de nous en faire voir encore de toutes les couleurs pendant le temps qui lui reste, à nous, ses concurrents de la Sûreté nationale.

Je commence à m'ennuyer dans ce jardin. J'aime l'action, pas la promenade. La voix du Gros me secoue :

— Cette affaire intéresse Wybot, monsieur le président ! La Surveillance du Territoire a traité l'affaire des généraux. Elle est mieux outillée que moi...

— Je sais, je sais, coupe Henri Queuille, légèrement irrité. Mais c'est à vous que j'ai décidé de confier cette mission. J'insiste pour que vous n'en parliez à personne. Pas même à Bertaux, votre directeur général.

Le cœur de Vieuchêne doit cogner si fort dans sa poitrine qu'il s'en effraie presque. Pas même au directeur général! Le Gros se sent propulsé à la droite de Dieu. Il pose sur le ministre un regard extasié.

— ... Vous voyez, commissaire, ce qui m'a surpris, c'est l'enchaînement : le 25, c'est l'appartement de l'attaché d'ambassade des Etats-Unis, John Krauss, qui est visité boulevard Suchet. Le 28, c'est au tour du comte d'Exelmans, rue Chauveau à Neuilly. Toujours le mystérieux cambrioleur qui va se manifester douze jours plus tard chez Tanguy du Pouet, le sous-secrétaire d'Etat aux Affaires économiques.

Le ministre marque un temps de silence, en orateur soucieux de son art. Vieuchêne s'efforce de ressembler à un soldat de la Garde sous l'œil d'aigle de l'Empereur. Il écoute, se retenant de respirer, et même de déglutir.

— J'aimerais que vous vous mettiez en piste dans le secret le plus absolu, commissaire. Et que vous me retrouviez Cambuccia !

Du coup, le bonnet à poil du vieux grognard chancelle sur le crâne de Vieuchêne. Il dévisage son ministre, l'œil rond d'étonnement.

— Cambuccia, monsieur le président? Vous pensez que le Maltais ?

Du pommeau de sa canne, le ministre tapote le bras du Gros.

— Allons, commissaire, ce n'est pas à un vieux singe qu'on apprend à faire la grimace. Je sais que vous subtilisez au passage les comptes rendus journaliers de la Préfecture destinés à mon cabinet, et que vous les remettez dans le circuit, une fois relevées les informations qui vous intéressent. Alors n'allez pas me dire que vous ignoriez que vos collègues portent leurs soupçons sur Cambuccia, le Maltais, comme vous dites.

Le Gros déglutit avec peine. Il me paraît déconcerté par le langage incisif, précis, et par l'ironie de cet homme qui ressemble à un médecin de campagne, avec sa canne, ses cheveux gris, son visage impassible qui pourrait presque passer pour naïf. Il faut tout de même briser le silence.

— Cambuccia, dit enfin Vieuchêne, cherchant ses mots, est aussi connu de moi que Buisson, René la Canne, l'Archange ou le Gringo. C'est un dur. Je doute qu'un homme aussi méfiant que lui, et disposant de solides amitiés, vienne s'empêtrer dans les filets que le quai des Orfèvres lui tend. Surtout après l'assassinat de sa maîtresse.

Le ministre enregistre avec attention. Machinalement, il a repris sa marche à petits pas. Vieuchêne piétine à son côté, moi derrière. Nous contournons un massif. Le président Queuille m'étonne par la façon qu'il a de marteler chaque mot :

— Sa maîtresse ? reprend-il. Ne vous occupez pas de l'assassinat de sa maîtresse ! Tout ce que je vous demande, c'est d'appréhender Cambuccia avant les collaborateurs du préfet. Il peut être en possession de documents qu'il serait souhaitable de garder secrets. Vous me comprenez ?

Vieuchêne a du mal à dissimuler son émoi. Je les vois bien, ses gros doigts qui se crispent. L'arrestation du Maltais, si elle amène la découverte de papiers intéressant la politique, l'économie ou, qui sait, les rapports entre la France et les Etats-Unis, n'est pas une affaire ordinaire ! Je lis à livre ouvert ce qui se passe dans le crâne gominé. Succès égale promotion. Echec signifie catastrophe. L'équation est simple.

Le périple ministériel nous a ramenés jusqu'à la terrasse. Le vieil homme semble un peu plus las que tout à l'heure. Il s'appuie fortement sur sa canne pour gravir les marches qui conduisent à son cabinet. Ce n'est que lorsque nous franchissons la porte-fenêtre qu'il s'arrête, se retourne, regarde Vieuchêne droit dans les yeux :

— Ne croyez-vous pas que vous devriez partir rapidement pour la Corse ? Les parents de Cambuccia habitent Sartène..

Le Gros semble secoué par une décharge électrique. Il aspire une grande goulée d'air frais :

— Borniche prendra le premier bateau demain, monsieur le président. Le temps de gagner Marseille. Je fais établir son ordre de mission, séance tenante.

Ah, le salopard ! Il n'a pas été long à réagir, à me la refiler sous les semelles, la peau de banane !

Sur le chemin du retour, je n'en menais pas large. Alors que nous nous apprêtions, silencieux, à utiliser l'ascenseur de l'escalier E, qui conduit tout droit au cinquième étage, Vieuchêne me prit familièrement par le bras.

— Vous avez entendu, Borniche ? Le père Queuille est formel : secret absolu. Ici comme à Sartène. Ce qui me gêne, c'est que si j'établis un ordre de mission à votre nom, vous allez être découvert. Le téléphone corse fonctionne encore plus vite que celui des Arabes !

J'approuvais de la tête. C'était exactement mon avis. Je me décidais à ouvrir la grille de la cabine. Mais l'instinct de la chasse reprenait le dessus :

— Si ça peut vous arranger, patron, j'ai une idée.

— Une idée, une idée, maugréait le Gros, je m'en méfie de vos idées ! Qu'est-ce que vous allez encore me sortir ?

La cage nous entraînait vers les hauteurs.

— On rédige le passeport au nom de Richebon, l'anagramme de Borniche...

Une ombre passait dans le regard de Vieuchêne :

— Si vous voulez, soupirait-il, allons-y pour Richebon. Mais n'oubliez pas, surtout, que vous travaillez pour le ministre. Et pour l'amour du ciel, fichez-moi en l'air cette veste pied-de-poule stupide et mal coupée. Vous ressemblez à un damier, là-dedans !

4

Moustique trotte à travers la place Pigalle, son domaine, son fief, son royaume. Ses petites jambes s'activent vers la rue Duperré. Il aborde la rue de Douai, met le cap sur la rue Fontaine. En cette fin d'après-midi, grise et fraîche, dernier soubresaut de l'hiver, Moustique n'a guère envie de musarder. Le spectacle familier des bars cliquetant de machines à sous, zébrés de néons, qui font bon ménage avec des maisons discrètes, évocation d'une lointaine province, lui est indifférent. Moustique est trop préoccupé pour apprécier son cher Pigalle comme à l'ordinaire. Pendant trois longs jours, il est resté terré dans son logement de la rue de Dunkerque, dévoré par une angoisse insurmontable. Il n'en est sorti qu'une seule fois, pour acheter les journaux. Lorsqu'il a tourné le coin de la rue, devant le kiosque, le titre de *France-Soir,* « Drame de la jalousie », lui a sauté au visage. Il a eu trois jours pour apprendre par cœur l'article orné de photographies dont les regards le poursuivent comme l'œil de Dieu dans la tombe de Caïn... L'homme, Paul Graniouze, avec son éternel chapeau et sa face rubiconde de notable local. La femme, Doris May, prise sans doute au Bois de Boulogne, à en juger par le flou des tribunes de Longchamp, derrière elle, avec ses longs cheveux roux et son joli

sourire. Cela lui a chaviré le cœur, à Moustique, de voir
à la une du journal les clichés des deux victimes de ce fou
de Niçois.

Mais, ce qui l'a encore plus terrorisé, c'est la troisième
photo : celle d'un homme jeune, aux cheveux blonds,
aux yeux clairs. Le portrait montrait le haut d'une
élégante veste croisée sur le gilet, une cravate stricte,
bref la panoplie du gentleman à la mine distinguée.
« Dominique Cambuccia, dit le Maltais », proclamait la
légende. Alors, Moustique a eu peur. Vingt fois, il a
tenté d'obtenir Joseph au téléphone, vingt fois l'appel a
retenti dans le vide. Le barman avait dû, lui aussi, se
mettre à l'abri.

Lorsque, quelques années plus tôt, Moustique rencontre le Maltais au *Corsica,* il porte déjà à ce franc-tireur
une admiration mêlée de crainte. Joseph lui fait l'éloge
des dons d'organisateur de son ami. A l'en croire,
Cambuccia est une sorte de Robin des Bois qui mène sa
vie de hors-la-loi comme s'il s'agissait d'un jeu, d'une
partie d'échecs. Pour lui, l'adversaire c'est tout aussi
bien la société et les conventions que les flics et les
salauds. Son opération-éclair contre les convoyeurs du
métro l'a fait entrer dans la légende : vingt-sept secondes pour subtiliser quinze millions de francs avec une
précision qui ne laisse rien au hasard. Chacune de ses
entreprises est une création méticuleuse et originale qui
laisse la police désorientée et impuissante, malgré ses
indicateurs. Ses amis n'appartiennent pas au Milieu
classique, même si, comme Joseph le barman, ils vivent
sous de solides couvertures, en marge des lois.

Moustique presse l'allure. Joseph-le-revenant lui a
téléphoné de rappliquer d'urgence. L'angoisse monte en
lui par saccades. « Merde de merde, grommelle-t-il, il a
fallu que ça dégringole sur moi ! »

Il sursaute au son de sa propre voix. Apeuré, il
s'arrête, se retourne. Ses yeux fouillent la rue. Il reprend

sa marche, à demi rassuré. Les événements du boulevard de Montmorency s'entrechoquent dans son cerveau. Il ne jette pas un regard sur les filles outrageuse-
ment maquillées qui racolent devant les hôtels borgnes.
Il est sourd à l'invite des aboyeurs des cabarets multicolores, aux photographies alléchantes. Il écarte du coude
les rabatteurs des cinémas pornographiques. Il bouscule
des Arabes qui proposent, à mots couverts, quelques
grammes de haschisch.

« C'est pas possible que Joseph, le pote du Maltais,
m'ait mis exprès dans une gelée pareille », fulmine-t-il
tout haut. En réponse à cette affirmation, la vision de
Doris, ensanglantée sur le sol, revient, lancinante. Il
active le pas, comme pour fuir le poids qui l'oppresse.
Puis il s'arrête à nouveau, le front ruisselant de sueur.
De déduction en déduction, il en arrive à la conclusion
que Joseph et lui se sont laissé blouser par un ennemi du
Bougnat qui avait intérêt à le liquider. Oui, Joseph et lui
sont tombés dans le même panneau. On a demandé un
chauffeur au barman, sans préciser chez qui le cambriolage aurait lieu, et Joseph, respectueux de la loi du
Milieu, n'a pas cherché à savoir. Il a fait confiance à son
interlocuteur dont il n'a pas, non plus, révélé l'identité à
Moustique.

Maintenant que le nabot fait l'effort de réfléchir, ses
idées deviennent plus nettes. Le film de l'action de
Ferrucci se déroule à une vitesse vertigineuse avec
quelques arrêts sur images : Toussaint attend dans la
voiture, calme, décontracté, les jumelles aux yeux, après
avoir donné l'adresse du boulevard à Moustique. Il se
hâte d'abattre le Bougnat, la porte du coffre à peine
ouverte. Il ne s'intéresse plus à la fouille, dès qu'il a fait
main basse sur certains papiers, vite glissés dans sa
poche. Autre point fixe : le silencieux... Quand on vient
casser un particulier, est-ce qu'on visse un silencieux sur
son flingue si l'on n'a pas l'intention de s'en servir ? Oui,

Joseph et Moustique se sont fait posséder ! Voilà où ils en sont, maintenant, tous les deux. Avec le Maltais sur le dos, qui ne va pas en rester là.

La seule solution, que Moustique envisage désormais, c'est de mettre le cap sur la province ou l'étranger. Il y attendra la suite des événements. Il n'y a rien contre lui, ni fiche de recherche, ni mandat d'arrêt. Il peut franchir la frontière où il veut et quand il veut. Il a pressé Toussaint de lui remettre la moitié du magot ce soir même, à son domicile passage Thiéré. Et demain, le large !

— Sois chez moi à onze heures précises, a consenti le Niçois, de sa curieuse voix de tête. Pas plus tard.

Avec sa fraction de butin, Moustique pourra vivre tranquille quelque temps. Cela ne lui est pas arrivé depuis des mois. Mais après ? Il rumine des projets d'exil lorsqu'il est interrompu par la vue de deux agents qui remontent la rue Fontaine, sur son trottoir. Son cœur se met à battre. Si c'était pour lui ? On a pu repérer sa voiture devant l'hôtel du Bougnat, relever les numéros, même falsifiés, noter un détail... Dans son effarement, il regrette de ne pas l'avoir abandonnée, après le coup, dans une rue tranquille de banlieue. Encore la faute du Niçois qui a voulu se faire raccompagner chez lui, à deux pas de la Bastille. Il en a une autre, de voiture, dans son box, volée elle aussi, moins nerveuse mais de couleur différente. Ça lui suffirait à l'occasion.

Moustique a envie de changer de trottoir. Mais ne serait-ce pas attirer l'attention des deux flics qui semblent le regarder plus attentivement à mesure qu'ils s'approchent de lui ? L'un, du genre détendu, fait tournoyer la chaîne de son sifflet autour de l'index. L'autre, plus petit, a des yeux de fouine qui paraissent déshabiller Moustique au passage. Non, ils ne s'intéressent pas à lui. Ils continuent leur chemin. Délivré d'un fardeau, Moustique respire bruyamment.

Lorsqu'il fait irruption dans la salle du *Corsica,* Horace, le garçon occupé à disposer les soucoupes sur les tables, l'interpelle :

— T'en fais une gueule, dis donc, rase-mottes !

Moustique s'arrête au milieu du bar comme fauché par un tir de mitraillette. Il se tient, près d'un tabouret, les jambes écartées, les épaules penchées en avant. La salle est vide de clients. D'épaisses tentures grenat la protègent du monde extérieur. Des sièges bas et des tables en acajou baignent dans une lumière tamisée que diffusent des appliques en bronze ciselé. Au-dessus du bar incurvé, une carte en relief complète le décor cossu : celle de la Corse, qui a donné son nom à l'établissement.

Moustique finit par articuler :

— Il est là-haut, Joseph ?

— Non, dit Horace. A la cave.

Moustique descend les gradins de pierre en colimaçon, pousse une porte grossièrement peinte en marron foncé, avance de quelques mètres entre deux rangées de tonneaux. Il atteint le fond du premier cellier, éclairé par un plafond poussiéreux.

— Ho, Joseph ? appelle-t-il.

N'obtenant pas de réponse, il se sent gagné par la panique. Il reprend sa progression, à pas lents. Sa main glisse le long de casiers à bouteilles. De nouveau, il appelle :

— C'est moi, Joseph... Où tu es ?

— Par ici, dit enfin la voix du barman. Dans la seconde cave.

Lorsque Moustique finit par l'apercevoir, Joseph se tient debout contre un pilier de ciment. Moustique le trouve bizarre. Il paraît gêné. Dans le visage tiré, les yeux luisent. Sa veste blanche est posée sur le dossier d'une chaise métallique.

Moustique, sans préambule, déploie le journal, le frappe du dos de la main :

— Tu as vu, les salades ?

Il y a un instant de silence. Joseph passe les doigts dans ses cheveux clairsemés.

— Tu parles ! C'est pour ça que je t'ai demandé de venir. J'arrive de voyage. Sale, très sale affaire pour tout le monde. Mais qu'est-ce qui vous a pris, comme ça, de faire les cons ?

Moustique a un brusque mouvement de recul. Il considère quelques secondes le barman avec des yeux de carpe, puis son visage se congestionne :

— Parce que tu me crois capable d'une saloperie, toi, Joseph ? s'énerve-t-il. C'est ton Niçois de malheur qui a tout gâché. Tu sais, j'ai pas mal réfléchi depuis l'autre soir. Maintenant, j'ai tout pigé...

Il s'approche un peu plus de Mariani et lève l'index, qu'il agite à plusieurs reprises.

— Ecoute-moi bien, Joseph, reprend-il. Pour moi, le coup était téléguidé. C'était pas le fric du Bougnat, qu'on voulait. C'était sa peau. Et on a plongé tous les deux comme des cons. J'aimerais bien connaître l'ordure qui a commandé l'opération.

— Torri, lâche Joseph, les lèvres pincées. Gino Torri de la boîte à partouzes.

Il frotte sa joue mal rasée. Il a l'air hagard et mal à l'aise. Il hésite, les sourcils froncés :

— Est-ce que tu avais remarqué que la femme du Maltais était là ?

Moustique s'en tire par une pirouette :

— Comment veux-tu ? Je l'avais juste vue une fois, cette fille. Je l'aurais jamais reconnue. Et puis j'aurais jamais pensé que Toussaint allait la buter ! Quelle ordure, ce mec !

Il fait une pause théâtrale et considère Joseph avec un air persuasif.

— Il faut absolument que tu lui racontes comment ça s'est passé, au Maltais, poursuit-il. Et que tu gamberges ce qu'on peut faire pour lui ! On n'a pas le droit de lui faire porter le chapeau. T'entends, Joseph ?

— Il n'y a pas trente-six solutions pour le tirer de là, soupire le barman. Il faudrait qu'on se mette à table, Ferrucci, toi, moi et Torri. Et pas sûr, encore, que les flics nous croient...

— Parlons cabane, tranche Moustique, en commerçant avisé. Ça va chercher combien ?

Mariani réfléchit un moment, puis :

— Dix ans minimum pour toi, cinq pour moi et autant pour Torri. Le Niçois, lui, il risque sa tête. C'est pour ça que ça m'étonnerait qu'il marche dans la combine !

Moustique enregistre le verdict en faisant la grimace. Ses mâchoires se crispent, sa respiration s'accélère :

— J'ai une idée, finit-il par dire. J'ai rendez-vous avec le Niçois à onze heures. On prévient, en douce, les poulets que le magot se trouve chez lui. Ils l'emballent avec les preuves et le Maltais est innocenté. C'est pas Toussaint qui nous balancera, il ne s'est jamais mis à table. Qu'est-ce que tu dis de ça ?

Il se fige, soudain. Il lui a semblé entendre un bruit suspect derrière le paravent défraîchi, coincé entre deux casiers. Il jette un regard de défiance sur Joseph puis ses yeux se reportent sur le paravent qui lui a paru bouger. Un panneau se replie brusquement. Moustique est pris d'un tremblement. Son visage se ratatine comme une vieille figue lorsqu'il aperçoit, debout devant lui, la main dans la poche, le Maltais en personne.

— Je t'ai entendu, dit Cambuccia d'une voix grave. Puisque tu dois aller chez Ferrucci, je t'accompagne. Cela m'étonnerait fort qu'il ne me raconte pas sa vie, à moi, le cher Niçois !

5

J'arpente le quai Napoléon à la recherche du car qui va me conduire vers le Sud. Je tangue de fatigue. Ma nuit a été peuplée de sérénades ponctuées d'accords de guitare et d'applaudissements frénétiques. A l'avenir, je me méfierai des hôtels jouxtant les boîtes de nuit. Quand, vers six heures du matin, le chahut s'est terminé, les cloches de la cathédrale ont pris le relais. J'ai tiré les rideaux. Déjà, le soleil illuminait les balcons branlants et superposés des vieilles maisons aux façades couvertes de moisissure.

Je me suis lavé, rasé, coiffé. Un peu maladroitement, à cause du manque d'entraînement, j'ai boutonné ma robe d'ecclésiastique, ajusté le chapeau. J'ai vérifié dans la glace, et sous tous les angles, ma dégaine. Ce n'était peut-être pas très réussi mais ça fait sérieux. J'ai bien la tête d'un prêtre de trente-cinq ans.

J'ai franchi la porte de l'établissement sous le regard ébahi de l'hôtelière. Je ne me suis pas retourné. J'ai gagné la place Foch ombragée de palmiers et de platanes, et j'ai avalé, coup sur coup, deux cafés brûlants au comptoir de *L'Aiglon*. J'ai feuilleté l'annuaire téléphonique, disséqué le bottin régional. Pas d'hôtel à Sartène. Le village le plus accueillant, Propriano, est à quelque treize kilomètres. J'ai ramassé ma monnaie, tout en maudissant les trouvailles sacerdotales du Gros, et j'ai pris le chemin du quai.

Je gamberge. Je m'en pose des questions ! Je vais finir par parler tout seul, comme ces vieillards pathétiques, l'image même de la décrépitude, qui attendent la mort, assis sur les bancs du square Campinchi où je viens de les rejoindre. Des tentes multicolores abritent les étals des charcutiers qui débitent le succulent portporc corse, dans les effluves des fromages de brebis et des beignets.

Chaque pensée me ramène à Sartène que je ne connais pas. Que vais-je y découvrir ? Selon la formule de Mérimée, Sartène est la plus corse des corses... Cela promet ! Comment vais-je pouvoir m'infiltrer dans la famille du Maltais, moi, le *pinzuttu*, l'homme du continent ? Je ne connais pas un traître mot de la langue, encore moins du patois. Comment pourrai-je tirer les vers du nez d'insulaires qui se sont fait une spécialité de se moquer impérialement de la police et de la justice, pour lesquelles ils n'éprouvent que la plus grande indifférence, sinon le plus parfait mépris ? Les Corses ne m'aideront pas plus dans ma recherche du Maltais et de ses documents, que les Siciliens lorsque je poursuivais le Ricain [1]. Eux aussi, ils se taisent. L'*omerta*, la fameuse loi du silence, joue en tous lieux, à chaque instant. Surtout contre les flics. Le clan protège les isolés et les faibles. Un Corse en fuite est un isolé et un faible, et tous les moyens sont bons pour lui venir en aide. Les chasseurs n'ont qu'à bien se tenir, le gibier est sagement protégé. Si une justice s'impose, on la fera soi-même, mais on ne livrera pas le coupable. Voilà ce que j'avais essayé d'exposer au Gros, pour lui demander de ne pas céder aux caprices ministériels.

— Foutaises, Borniche !

1. Voir *le Ricain* et *le Gringo*.

Sa main a balayé mes arguments, d'un geste méprisant, presque rageur :

— Vous vous faites des montagnes de tout, mon pauvre ami ! Cambuccia et ses papelards sont en Corse. Le ministre l'a dit et la Corse n'est pas si grande, à ce que je sache, pour que vous n'arriviez pas à mettre la main dessus. Vous me piquez le Maltais, vous me fouillez sa planque à fond et vous me rapportez tout ce que vous aurez pu découvrir d'intéressant.

Son index en forme de saucisse de Francfort se dresse, solennel :

— Vous savez à quoi j'ai pensé, afin que vous passiez inaperçu comme le souhaite le ministre ? En ce moment, c'est la Semaine sainte. Et les Corses sont catholiques en diable. Ce n'est peut-être pas le mot qui convient mais c'est ainsi. Vous vous faites une tête de curé et vous vous mêlez à la procession du Vendredi saint à Sartène. Comme ça, vous pourrez voir ce que vous avez à voir, sans être repéré !

Il y a un fripier, pas loin de chez moi. Marlyse, ma fidèle compagne, n'en était plus à une extravagance policière près. Elle s'est dévouée pour m'accompagner dans ce repaire puant la naphtaline et le cataclysme anti-puces. Hélas ! notre sympathique voisin ne pouvait me proposer qu'une toge d'avocat et une cape de cardinal, trop voyante même pour un Vendredi saint chez les mordus du genre.

— Je sais qui peut vous dépanner, dit-il. Les *Costumes de Paris,* rue Victor-Massé. Ils louent des habits de théâtre. Et au théâtre, il y a souvent des curés, non ?

La main dans la main, Marlyse et moi avons déboulé la rue Lepic au pas de charge, jusqu'à la place Blanche. Nous n'avons pas mis cinq minutes pour franchir, haletants, la porte d'un hall de gare où, sur deux étages, s'enchevêtraient des rangées de portemanteaux. Classés par catégories, les costumes pouvaient fournir les acteurs et figurants de superproductions historiques et contemporaines, mais pas religieuses. On n'a pu me proposer qu'une robe de monsignore indéterminé qui, selon la vendeuse, faisait un excellent effet dans tous les rôles ecclésiastiques, mais dont le liséré violet me semblait trop voyant pour ma mission ultra-confidentielle.

Perplexe, la pourvoyeuse des idoles des foules a fini par découvrir, bizarrement coincée entre des blouses destinées aux drames paysans, une soutane rapiécée, bleuie aux coudes, mais qui semblait taillée sur mesure pour un Borniche qui eût été curé avant sa réincarnation en flic.

— Il y a juste l'ourlet à rallonger, avait dit Marlyse. J'en aurai pour un quart d'heure...

J'ai réglé la location de mon haillon. On m'a fait payer plus cher de caution que si j'avais acheté une soutane neuve aux Galeries Lafayette.

Bien sûr, je n'ai pas résisté au plaisir de me pointer dans la tenue du révérend père Borniche à mon bureau du cinquième étage de la rue des Saussaies. Je l'attendais, l'éclat de rire général. Toute la section, alertée par les soins d'Hidoine, a défilé devant la porte grande ouverte, jusqu'au moment où le Gros s'est planté devant moi, rugissant, congestionné de fureur au sortir de son antre.

— Mais ça ne va pas, Borniche ?

La section s'est dissoute à vue d'œil, et nous nous sommes retrouvés seuls, tous les deux. Son grondement s'est assoupi, comme si mon uniforme ecclésiastique l'impressionnait malgré tout. Il s'est contenté de bougonner :

— Heureusement que le ministre avait recommandé la discrétion ! Vous vous rendez compte du tintouin si vos pantalonnades arrivaient à ses oreilles ? Est-ce que vous avez sorti le dossier Cambuccia, au moins ?

— Naturellement, patron.

— Bien. Alors ôtez-moi cette défroque ridicule et
cravatez le Maltais le plus vite possible. C'est un conseil
que je vous donne. Et n'oubliez pas les documents du
ministre.

Facile à dire ! Je vois bien que le Gros n'a pas fouillé
comme moi les archives de Roblin.

Les étapes de la vie administrative, judiciaire ou
politique d'un individu s'y trouvent enregistrées, réper-
toriées. Dans son donjon du sixième étage, réservé aux
fonctionnaires, l'inspecteur principal Roblin navigue au
centre de gigantesques classeurs qui contiennent tout ce
que la population française compte d'honnêtes gens et
de criminels. Des armoires, bourrées jusqu'au plafond,
dégorgent des milliers de dossiers. C'est le paradis des
coupables potentiels sur lesquels la police, mère prévoyante, prend quelques longueurs d'avance.

Le premier contact de Dominique Cambuccia avec la
Corse émane de la mairie de Sartène. Le maire était
resté perplexe devant le livret de famille que lui tendait
le cousin Antoine, accompagné de son rejeton :

— Dominique-Edward-Pascal-William né à La
Valette, île de Malte. Il faut que je marque tout ça ?

— Forcément ! Et Edward avec un w, j'y tiens.

Cela se passe lors de vacances au pays. La maison
médiévale qui, au bout d'un dédale de voûtes, abrite le
clan Cambuccia, accueille Antoine et son fils.

Antoine, chef-cuisinier aux Chargeurs Maritimes,
adore la mer. Une escale à Malte a pourtant transformé
sa destinée. Il ne se doute pas qu'en manipulant, le
temps de quelques tangos, une grande bringue d'Anglaise tout en os et prénommée Jane, il va se retrouver
devant le consul pour épouser la future mère de Dominique-Edward-Pascal-William, amalgame de prénoms où

se mêlent les exigences du clan de Sartène et celles de la perfide Albion.

Le mariage, la naissance de son fils bouleversent l'existence paisible d'Antoine. La mer n'est plus sa complice dès lors qu'elle l'éloigne des siens. C'est ainsi qu'avec la foi du jeune marié qui défend son ménage, Antoine Cambuccia s'installe à Malte, crée dans une ruelle près du port de La Valette un petit restaurant baptisé — ô ironie! — *Le Sainte-Hélène.*

Si le succès du *Sainte-Hélène* est immédiat, il n'en va pas de même des études de Dominique. La guerre a éclaté et Malte, assiégée, vit des heures sombres. Dominique fausse compagnie aux bons pères chargés de son éducation et il se lance dans le troc et le pillage, source miraculeuse de revenus. Il y fait preuve d'une témérité peu commune. Il revend à des déshérités les denrées subtilisées en compagnie de dévoyés du port. Ses trafics l'entraînent à trois reprises dans les cachots du fort Saint-Elmo, avant de comparaître devant les magistrats de la très ancienne *Auberge d'Italie,* devenue le palais de justice.

Lorsqu'il quitte la prison, Dominique n'est pas encore un gibier de maquis mais il est décidé à vivre en marge de la société, à devenir riche par n'importe quels moyens, dans des contrées plus hospitalières que la rigide Malte. Orgueilleux, entêté, prudent, il s'engage, confiant, sur le chemin de la criminalité. Curieux mélange de deux îles aussi éloignées et étrangères que possible, la Corse et la Grande-Bretagne, il traîne, dans son regard bleu, une violence latente, une douceur inattendue.

En septembre 1943, il profite du soulèvement corse contre l'occupant pour se précipiter à Sartène. Il réalise vite le profit qu'il peut tirer de la présence des troupes alliées à Ajaccio. Il réédite ses exploits de Malte, vit de

rapines et de cambriolages. Il écume la Côte d'Azur
lorsque les Américains y débarquent.

Dominique, qui parle couramment l'anglais, l'italien
et le malti, langue hybride à base d'arabe, gagne
Marseille. Il se fait d'autant plus vite un surnom dans la
délinquance, que le seigneur du Milieu marseillais,
Antoine Guérini, le parraine. Pour tous, il devient le
Maltais. Il sympathise avec les émissaires de la Mafia, se
rend plusieurs fois à Paris où François Marcantoni le
présente à Mathieu Costa, le parrain français, le grand
organisateur des cambriolages de mairies et des trains
acheminant les titres de rationnement.

Dix jours après son entretien avec Mathieu, Dominique passe à l'action. Il se sent en forme. La veille, après
avoir quitté Toussaint Michelesi, Pascal Damiani et
Hugo Boglia, il a rencontré Doris, un mannequin qui
attirait tous les regards, au bar du *Carlton*[1], sur l'avenue
des Champs-Elysées. Il l'a invitée à dîner. Au petit
matin, il a retrouvé ses amis devant le café *Le Clairon*,
place de la Bastille. Il a, une dernière fois, repéré les
lieux.

— Tu es sûr de ce que tu dis, Maltais ? interroge
Michelesi. La camionnette apporte bien la paie des
employés du métro à cette station ?

— Absolument sûr, Toussaint.

Maintenant, Dominique frémit d'impatience. Le
regard tendu, il scrute la place. A faible allure, la
camionnette débouche de la rue Saint-Antoine,
contourne la colonne de bronze surmontée d'un génie
représentant la Liberté brisant ses fers. Il a plu sur Paris.
Un de ces orages soudains, comme il s'en déverse parfois
sur la capitale, a rendu le pavé glissant. Le véhicule
avance avec prudence. Arrivé à la hauteur de l'entrée
principale du métro, le chauffeur enfonce la pédale de

---

1. Actuellement, siège de la compagnie Air-France

frein, déverrouille les portes. Le convoyeur, jeune, à la gueule résolue, saute à terre. L'arme au poing, il prend position sur le bref trajet, trois mètres au plus, qu'empruntera l'argent pour parvenir à la caisse souterraine. Il ne prête pas attention à l'homme qui sautille vers lui, les béquilles sous les aisselles. C'est un blond nonchalant et musclé avec, dans le regard, étonnamment bleu, une étincelle d'ironie. Un objet dur se colle sur sa tempe en même temps qu'un ordre lui intime avec un accent chantant :

— Lâche ton arme, mon gars, tu pourrais te faire mal...

Le malheureux, surpris, s'exécute. Il assiste, impuissant, au transfert des fonds de la camionnette sous les yeux du convoyeur terrorisé par le P.38 d'un petit homme au teint bistre. Quand il reprend ses esprits, la Citroën faussement immatriculée est déjà loin. Quinze millions de francs se sont volatilisés en moins de quarante secondes.

Le Maltais a réussi son premier hold-up. Sa part de butin rejoint les fonds de Mathieu Costa chez Paul le Bougnat. Son action s'étend à la province, avec une célérité et une impunité choquantes. Le gang qu'il dirige bénéficie de complicités, entasse un butin considérable. Ces agressions, de plus en plus spectaculaires et de plus en plus rentables, se déroulent à Paris et sur la Côte d'Azur à une cadence effrénée. La presse salue la naissance d'un nouvel ennemi public qui bafoue la technologie policière.

— Tu vois, Antoine, dit le Maltais à son ami Guérini, lors de retrouvailles au bar du *Cintra,* sur le Vieux-Port, Doris m'a porté chance.

Antoine ne répond pas. Il sait depuis longtemps que le Maltais possède l'étoffe d'un caïd. L'auréole de puissance qui l'entoure se répand partout. Mais il se méfie des femmes, Antoine. Elles traînent derrière elles, à leur insu, toute la confrérie des flics en campagne.

— Peut-être, peut-être, Maltais. Mais pour moi, les filles, c'est une source d'emmerdes. Ma pauvre mère disait que la femme, c'est la porte de l'enfer. Souviens-toi de ça !

Pour l'instant, c'est la porte du purgatoire qui s'entrouvre devant Dominique. Le commissaire marseillais Pedroni a réussi à introduire une paille dans l'organisation. Un certain Noël Bachicoli purge une peine de travaux forcés à la maison centrale de Nîmes. Les lettres d'amour qu'il expédie à sa femme donnent à Pedroni l'idée d'un chantage : le forçat rencontrera son épouse, une fois par mois, dans les locaux de la brigade mobile transformés en chambre à coucher pour la circonstance. En échange, le commissaire prêtera une oreille complaisante aux confidences du malfrat. Si elles sont intéressantes, les rencontres seront plus fréquentes.

Noël Bachicoli s'est fait un nom dans le racket. C'est une forte tête, prisée par le Milieu. Sa femme, une brune aux yeux verts et aux cheveux bouclés, est l'amie de la maîtresse de Boglia. La boucle est bouclée. Pascal Damiani, Hugo Boglia et Dominique Cambuccia sont arrêtés alors qu'ils se livrent à une opération de repérage du casino d'Aix-en-Provence. Roués de coups, Damiani et Boglia reconnaissent la préparation du hold-up. Ils désignent le Maltais comme le cerveau d'une kyrielle d'agressions et de cambriolages, à faire pâlir de jalousie Robin des Bois en personne.

Dominique Cambuccia repousse les accusations. Dépêché par Antoine Guérini, maître Carlotti, l'avocat du Milieu, arrive à la rescousse. Pour l'affaire d'Aix-en-Provence, Pedroni est allé trop vite, il n'y a pas eu de commencement d'exécution. Les confrontations qui se succèdent dans la cabinet du juge d'instruction sont houleuses : Damiani, d'abord, Boglia, ensuite, se rétractent. Non, le Maltais n'a jamais fait partie de leur équipe. Seules, les tortures policières sont responsables de sa mise en cause injustifiée.

Le juge a l'habitude de ces brusques retournements de situation, lorsque maître Carlotti s'empare d'un dossier. Il n'en décide pas moins d'expédier les trois inculpés devant le jury de la cour d'assises des Bouches-du-Rhône. Le sort joue contre lui. Damiani est découvert pendu à un barreau de sa cellule. Boglia succombe, après avoir réceptionné un colis de victuailles.

Par mesure de prudence, on transfère le Maltais de la prison Chave à celle des Baumettes. Le fauve Cambuccia y sera bien gardé.

6

Inquiétant dans son costume de gabardine noire, le feutre rabattu sur les yeux, Toussaint Ferrucci quitte son domicile. Le Niçois enfile le passage Thiéré jusqu'à la rue de la Roquette, traverse le faubourg Saint-Antoine, arrive sur la place de la Bastille.

La foule est dense à cette heure du soir. Les stations du métro déversent des flots d'employés qui regagnent, en hâte, leur foyer. Le manège d'un petit gros, court sur jambes, amuse Toussaint un instant. Il le voit rivaliser de vitesse avec le « Gare de Lyon — Saint-Lazare » de la ligne 20, réussir à se cramponner à la chaîne de sécurité, s'installer sur la plate-forme, essoufflé mais heureux. « Pauvre mec, pense-t-il, qui risque sa vie pour une bobonne qui l'engueulera quand même pour ses deux minutes de retard. » Toussaint est phallocrate. La seule femme qu'il a aimée, quelques années plus tôt, n'a pas apprécié sa voix de tête. Elle a mis en doute sa virilité et lui a préféré un agent de police, beau et bien fait, dont les cordes vocales répondaient mieux à ses aspirations. Toussaint, mortifié, s'est replié sur lui-même. Depuis qu'il a quitté Nice, il vit seul dans un logement qu'il a aménagé avec d'autant plus de facilité que le faubourg Saint-Antoine est le quartier du meuble. Toc, mais pas cher. Mme Clémentine Le Dû, sa concierge, une Bretonne de soixante-cinq ans, qui dissimule mal son penchant pour l'alcool de cidre, consacre deux heures par semaine à faire son ménage. Le reste, Toussaint s'en charge lui-même. Mais quand Mme Le Dû lui rend visite, il prend soin de bien verrouiller la porte du buffet de merisier qui renferme sa panoplie de tueur professionnel.

Toussaint allume une cigarette. Il expédie, au-dessus de lui, des cercles de fumée, symboles de fortune. La fortune, il l'a, camouflée dans la cave de Mme Le Dû, derrière un vieux fourneau de cuisine que les sbires de l'abbé Pierre n'ont pas encore daigné s'approprier, pour les malheureux de l'association Emmaüs.

Dès son retour de l'expédition punitive, le Niçois a compté, pièce par pièce, billet par billet, le montant des économies du Bougnat. Il les a réparties en trois tas égaux : un pour Moustique, un pour Joseph, le troisième pour lui. Il faut le ménager, Joseph. Lorsque Moustique se pointera, tout à l'heure, il lui remettra sa part et celle du barman. Cela le mettra en confiance. Ensuite, il le liquidera et récupérera le magot. La police pensera au règlement de comptes.

Il l'aime bien, son P.38, le Niçois. C'est une arme sûre, que Gino Torri lui a offerte un jour, à son retour d'Allemagne. Le silencieux étouffe le bruit des détonations. Un bijou précis, maniable.

Toussaint rejette une nouvelle bouffée de fumée. Il a fignolé son plan. Il entraînera Moustique jusqu'à la ruelle Louis-Philippe qui unit le passage Thiéré à la rue de Lappe, et il l'exécutera sous l'échafaudage de la bâtisse en cours de restauration. Ni vu ni connu. Il n'y a jamais personne dans ce coin.

— Si tu me supprimes le Bougnat, je double tes appointements, a promis Gino Torri. Tu ne crains rien. Sitôt après son évasion, j'ai fait déposer, par un ami gardien, une lettre dans la cellule du Maltais. Anonyme bien sûr, mais qui dit bien ce qu'elle veut dire · le Bougnat était l'amant de Doris.

— C'est vrai ça ?

— Bien sûr que non. Mais les poulets le croiront. Qu'un cocu abatte l'amant de sa maîtresse, rien de plus normal, non ? Est-ce que tu saisis ?

Pas tellement. Toussaint ne s'était guère cassé la tête pour connaître les raisons de la haine de Torri. Tout s'était mieux passé qu'il ne l'espérait, chez le Bougnat. En plus de l'argent, le Niçois avait récupéré les paperasses auxquelles Torri semblait attacher une si grande importance.

Comme Gino l'avait prédit, le crime passionnel n'avait pas manqué d'être exploité par les journalistes de la presse écrite et parlée. Toussaint s'était délecté en écoutant les reporters commenter la nouvelle. Demain, quand le cadavre de Moustique sera autopsié, la police conclura à une troisième vengeance du Maltais. Le mobile sera peut-être moins apparent, mais qu'importe. Le Maltais aura toute la flicaille aux fesses, puisque le P.38 aura servi une troisième fois.

Toussaint Ferrucci pénètre dans la brasserie contiguë au café-tabac *La Tour d'Argent*, ruisselant de lumière. Ignorant le salut de la caissière et la courbette du garçon de bar, il se faufile jusqu'au fond de la salle, entre les tables bruyantes. Il se laisse choir sur une banquette. Quand le maître d'hôtel se présente, il a déjà fait son choix. Il connaît la carte par cœur, depuis qu'il vient là : terrine du chef et poule au riz, assorties d'un mouton-cadet.

A vingt-deux heures quarante très exactement, le Niçois règle l'addition. Il traverse à nouveau le faubourg Saint-Antoine, prend à pas lents la direction de la rue de la Roquette. Des gémissements d'accordéon lui parviennent lorsqu'il dépasse la rue de Lappe, que zèbrent les néons rouges des bals musettes. Des entraîneuses, jupes plissées et hauts talons, racolent sans vergogne.

Toussaint sourit de mépris : les hommes sont vraiment stupides de gaspiller leur fric avec ces roulures. Et les femmes, toutes des salopes !

Paisible, il s'engage passage Thiéré, sort de sa poche la clé de son immeuble.

Il n'a pas parcouru dix mètres qu'une voiture, surgie derrière lui, klaxonne pour obtenir le passage. Des appels de phares l'obligent à escalader le trottoir de droite. C'est peut-être Moustique qui arrive au volant de sa Peugeot ? Le Niçois s'arrête, essaie de deviner la silhouette du conducteur.

Alors, agissant à une vitesse foudroyante, une ombre bondit de la porte cochère derrière laquelle elle s'abritait. Toussaint sent une main puissante lui empoigner le bras droit, le retourner tandis qu'une autre le déleste du P.38 qu'il porte toujours, glissé dans sa ceinture. Son feutre vole. Il est poussé à l'intérieur de la voiture, tandis qu'une paire de menottes lui enserre les poignets derrière le dos :

— Alors, grince le Maltais, tu me reconnais, Niçois ?

Ferrucci sent le canon d'un colt braqué sur sa tempe. Il réalise que quarante-huit années de sa vie de hors-la-loi vont se terminer. Il comptait éliminer Moustique. Or, il est là, Moustique, au volant de la Peugeot qui l'entraîne, savoir où ?

Pas loin. Elle se gare à l'angle de la rue de Charonne. La voix rocailleuse de Joseph le barman, assis à la gauche du colosse Ferrucci, s'élève :

— Tu nous as doublés, Niçois ! Il faut t'expliquer...

Ferrucci, immobile, ne répond pas. Joseph insiste :

— Tu ne nous avais pas dit que le casse était chez le Bougnat ? Accouche, bon Dieu ! Qu'est-ce qui t'a pris ?

Toussaint garde toujours le silence. Ses yeux fixent le vide. Ils savent. Inutile de perdre du temps à répondre.

— Je te parle, Niçois, grogne Joseph. Tu es sourdingue ou quoi ? C'est un casse que tu voulais faire ou le Bougnat que tu voulais rectifier ? Et, par-dessus le marché, la femme du Maltais ?

Ferrucci se contente de hausser une épaule. Moustique a tout raconté. Les cercles d'acier qui l'immobilisent entaillent ses poignets. Il ne peut rien faire, rien tenter. Il regrette seulement de ne pas avoir exécuté Moustique l'autre soir, aussitôt après le crime. Le nabot aurait rejoint ses ancêtres et ni Joseph, ni le Maltais, ne seraient là aujourd'hui. Une erreur de parcours.

Pour le moment, le Maltais a glissé le P.38 de Ferrucci dans sa veste. Son colt lui suffit. Ses yeux bleus, insondables, observent son prisonnier. Ce qui va se passer, Toussaint le devine. Il va payer la mort de la femme, le pillage du coffre et l'assassinat du Bougnat. Il le croyait pourtant en cavale, le Maltais, qui ordonne à Moustique :

— Bois de Vincennes.

La Peugeot redémarre, gagne dans un Paris silencieux l'avenue Daumesnil, puis une allée noire qui contourne le lac. Ferrucci sait que le Maltais va l'abattre dans l'allée, jeter son corps dans l'eau. Les nénuphars se refermeront sur lui.

— Arrête-toi là.

Moustique obéit. D'un mouvement rapide, le Maltais a ouvert la portière. Il descend le premier, tire Toussaint par les menottes. A quoi bon essayer de gagner du temps ? Le Maltais l'abattrait dans la voiture. Les pieds du Niçois glissent sur les feuilles humides. A travers les branches dénudées, les nuages défilent sur un quartier de lune.

— Ici !

Du canon de son arme, le Maltais désigne un arbre qui rappelle à Ferrucci les poteaux auxquels il ne répugnait pas d'attacher ses victimes, au bon temps de la Libération. Combien en a-t-il trucidés, des soi-disant collaborateurs qu'il avait dévalisés avant de les accuser ?

Le dos voûté, il se dirige vers le marronnier. Il s'attend, à chaque pas, à recevoir une balle dans la nuque.

— Maintenant, tourne-toi !

Le colt se pointe sur le front, entre les yeux. Une cordelette d'acier le fixe au tronc. Toussaint baisse les paupières. Il attend. Surprise ! Le Maltais n'a pas tiré. Toussaint ouvre les yeux, ne perd pas un seul de ses gestes.

— Chalumeau ! ordonne Cambuccia.

Moustique déverrouille le coffre de la voiture, en extrait une bouteille d'oxygène comprimé, l'apporte jusqu'à l'arbre, la pose. De la main droite, il maintient le tube de caoutchouc que termine un bec de cuivre muni d'un robinet. Il l'a prise au passage, chez lui, en quittant le *Corsica*. C'est un des éléments de son outillage de perceur de coffres.

— Allume ! dit le Maltais, d'une voix sans réplique.

Moustique, de la main gauche, ouvre le robinet. L'allumette que Joseph fait craquer engendre une flamme bleue, puissante, qui s'échappe en sifflant du tube de métal. Toussaint a compris. La langue de feu est le moyen radical pour faire parler les récalcitrants. Il n'a plus qu'un espoir : qu'un passant ou qu'une ronde d'agents aperçoivent la lueur, donnent l'alerte. Mais rien. Le Maltais a choisi son coin. Il a arraché des mains de Moustique le tuyau de caoutchouc, il approche, du visage de Ferrucci, le brûleur incandescent. D'une pression du doigt, il augmente la puissance.

— Attends ! hurle soudain Toussaint. C'est Gino.

Il n'a pas résisté à la première brûlure. Le Maltais détourne la flamme.

— Quoi, Gino ? demande-t-il d'un ton implacable.

— C'est Gino qui m'avait demandé de récupérer une reconnaissance de dette de cinquante millions et de supprimer le Bougnat, balbutie le Niçois. La femme n'était pas au programme. Je le jure. Je ne savais pas qui c'était. C'est un accident.

— Après ? dit sèchement le Maltais.

Il dirige à nouveau la flamme vers le visage de Ferrucci qui a un brusque rejet de la tête en arrière. Son crâne heurte l'écorce rugueuse avec un bruit mat.

— Après ? répète le Maltais en promenant la flamme.

Une odeur de laine cramée s'ajoute à celle, insoutenable, de la chair carbonisée. Moustique assiste à la scène, impassible. Joseph se détache de la voiture, questionne à son tour :

— L'argent ? Tu l'as remis à Torri, l'argent ?

— Non, dit Ferrucci. Il est dans la cave que ma concierge me prête.

Le Maltais coupe la flamme :

— Détache-le, ordonne-t-il à Moustique.

Toussaint titube. Ses brûlures le font souffrir. L'œil droit est fermé.

— Approche, ordonne le Maltais. Tu vas m'écrire ce que tu viens de dire.

Il pointe son arme sur le Niçois. Ferrucci rassemble ses forces. Il faudrait qu'il bondisse de côté, qu'il bouscule Joseph, qu'il zigzague à travers les fourrés. C'est sa seule chance de salut. Il frotte ses poignets endoloris, se prépare. Mais l'arme ne le quitte pas.

— Voilà un stylo et du papier, gronde le Maltais. Tu vas marquer que c'est Gino qui t'a donné l'ordre de tuer le Bougnat pour récupérer une reconnaissance de dette et que l'argent est dans ta cave. Tu mettras aussi que tu t'es servi d'un pistolet à silencieux. Il est à toi, ce flingue ?

Ferrucci acquiesce de la tête.

— Gino me l'avait donné...

Tel un automate, il se penche sur le feuillet vierge, mais les mots ne semblent pas venir.

— Ecris, dit le Maltais. « Je soussigné, Ferrucci Toussaint, reconnais avoir cambriolé et assassiné Paul Graniouze et Mlle Doris May à la demande de mon patron, Gino Torri, propriétaire du *Meeting House,* rue Cardinet à Paris. Torri voulait récupérer une reconnaissance de dette. C'est par hasard que la femme se trouvait sur les lieux. L'argent du vol est dans ma cave. Dominique Cambuccia n'est pour rien dans cette affaire. » Signe.

La dictée s'est faite, lentement. Des gouttes de sueur perlent au front de Ferrucci qui, dans la lumière des phares, offre au Maltais un œil que l'angoisse dilate.

— La reconnaissance de dette est dans ma salle à manger, ajoute-t-il, derrière le cadre...

— Personne n'en a plus besoin, dit le Maltais.

Il fait signe à Moustique d'éteindre le chalumeau. Toussaint a une lueur d'espoir. De sa main gauche, le Maltais sort de sa poche le P.38 de Ferrucci.

— Tu vois, dit-il, l'arme avec laquelle tu as assassiné mes amis va faire une troisième victime...

Il approche le silencieux de la tempe de Ferrucci, appuie sur la détente. Au moment où le corps s'affaisse, il s'adresse à Joseph :

— Justice est faite. Demain, on se retrouve à la même heure.

7

Serais-je le seul homme pressé de toute la Corse ? Depuis que j'ai débouché, les yeux bouffis de sommeil, sur le cours Napoléon, une heure est passée au rythme lent, sans cesse interrompu, du chargement de l'autocar pour Propriano. Je vois s'empiler sur le toit, un amalgame de sacs de courrier, de caisses de bière, de vieilles malles au couvercle arrondi, de cannes à pêche, de rouleaux de grillages et même un accordéon, plusieurs fois ficelé, protégé par un entrelacs de chambres à air de vélo.

Le car a peine à s'ébranler, traînant derrière lui un nuage de fumée noire. Arrivé le premier, je me suis installé à la place qui me paraît la plus propice au repos, juste derrière le chauffeur, contre la vitre. On longe le port. Les grues sont en train de sortir des caisses des entrailles d'un cargo. Des camions se fraient le passage à coups de klaxon dans l'antique noria des voitures à ânes, surchargées de fagots au mépris de leur centre de gravité. Des piétons à la peau hâlée, au chapeau noir, se rangent sur le bas-côté quand menace de les frôler notre mastodonte bringuebalant.

L'autocar rugit pour franchir le col de Seghia, dont le nom est à peine lisible sur le panneau bleu, que les jets de pierre ont martelé à loisir. Impressionné par le décor, je n'arrive pas à dormir. Je lève les yeux vers les hauteurs granitiques des pics inaccessibles.

La route monte toujours. Quelques tombeaux isolés, blancs, baroques, émouvants dans leur solitude, se dressent à quelques mètres du bord.

— Si vous voulez vous rafraîchir, monsieur l'abbé...

Le chauffeur s'est retourné vers moi, ralentissant à l'entrée d'un très vieux village. Je lis « Cauro » sur une plaque. Les vestiges d'un château moyenâgeux dégringolent d'une colline.

— Pourquoi, dis-je, on s'arrête ?

— Il faut décharger le courrier. La tradition veut qu'on boive un petit coup chez la mère Guagno.

Va pour le petit coup de la tradition. Je me prends les pieds dans ma soutane, sur le marchepied, mais parviens à sauter à terre sans dommage. Une simple enseigne rouillée, clouée sur le granit, signale l'unique café devant lequel est groupé le comité d'accueil : vieillards en pantalon de velours marron foncé, la taille serrée dans l'immuable ceinture de flanelle, femmes sans âge, vêtues de longues jupes noires comme le fichu qui enserre leur visage émacié. Les embrassades se succèdent, puis les paquets sont chargés sur les épaules. On reprend la route des villages.

En faisant très attention au bas de ma soutane, je traverse une salle obscure, à peine éclairée par une meurtrière percée dans les murs épais qui entretiennent une fraîcheur de cave. J'arrive au comptoir de châtaignier noirci, surmonté de jambons et de saucissons suspendus aux solives. Un jeune garçon pâle, aux longs cheveux noirs, me verse un café tiède, un peu amer, surprenant mais point désagréable.

L'arrêt est plus long que je ne l'aurais cru. Qu'importe. Il faut que j'apprenne, en ce pays, à perdre mon temps. D'ailleurs, les cérémonies de Sartène ne commencent qu'à la nuit. Pendant tout le trajet, je n'ai entendu parler que de ça. Si le Maltais est là, il ne risque pas de me reconnaître, à supposer qu'il m'ait déjà vu sous mon habit de prêtre et dans l'obscurité.

Oui, *si* le Maltais est là ! J'en doute, à vrai dire. Je suis loin de partager l'optimisme du Gros. L'évadé des Baumettes a beau passer pour un fervent catholique, je le vois mal allant se faire remarquer dans une procession. C'est bien une idée de ministre, ça !

Je reprends ma place dans l'autocar. Il fait déjà chaud, en Corse, à Pâques. Je transpire dans ma soutane. Là-bas, de l'autre côté de la Grande Bleue, Paris prend son bain de pluie quotidien. Il est dix heures. Marlyse, ma blonde Marlyse me croit sûrement perdu dans le maquis. Si l'hôtel de Propriano a le téléphone, j'essaierai de lui donner de mes nouvelles.

— Vous venez vous rafraîchir, monsieur l'abbé ?

Elle va durer longtemps cette plaisanterie ? Il y a au moins soixante-dix kilomètres d'Ajaccio à Propriano. Un parcours tortueux, semé d'arrêts innombrables, dans des villages accrochés au bord des ravins, perdus au milieu des chênes verts et des noyers.

Après Olmeto, bâti en terrasse sur des pentes peuplées d'oliviers, une somnolence m'a peu à peu gagné. Ma tête dodeline. Un virage en épingle à cheveux m'arrache de mon engourdissement. Propriano ! Les cloches de l'église me martèlent le crâne. Midi. De chaque côté de l'alignée de bistrots qui bordent le port, s'étendent des plages de sable fin. Il me vient des envies de bain de mer.

J'ai faim. L'hôtel-restaurant qui s'offre à moi semble adapté aux frais de mission dont je dispose. Je me laisse choir sur une chaise de fer, à l'ombre d'un olivier, au milieu des fleurs de la terrasse.

Je ferme les yeux. Est-ce l'effet envoûtant de la Corse ? Aussitôt, l'image du Maltais s'empare de mon esprit embrumé.

La prison des Baumettes n'est pas le pénitencier
d'Alcatraz, redouté de tous les candidats américains à
l'évasion, mais c'est une forteresse bien conçue pour
décourager les amateurs. Elle est bâtie au milieu des
collines qui dominent le village de Mazargues. A travers
les barreaux de sa fenêtre, Dominique Cambuccia se
morfond à contempler les ondulations symétriques des
pinèdes, rompues seulement par la coulée sinueuse qui
aboutit à une exploitation de carrières, taches blanches
dans le soleil, au sein de la mer de verdure.

Sa méditation forcée, devant ce paysage dont il ne voit
plus que la monotonie, l'a conduit à une conviction : il a
une chance de s'évader, il faut qu'il la saisisse avant de
comparaître en cour d'assises. Maître Carlotti l'a bien
prévenu. Ses dénégations, la rétractation tardive de ses
co-inculpés, avant leur mort, toutes les astuces de
plaidoirie et les artifices juridiques d'un avocat passé
maître à ce jeu, n'auront pas le moindre effet sur les
jurés d'Aix-en-Provence. Tout ce que veut l'avocat
général, c'est expédier pour le plus longtemps possible
derrière les hauts murs un accusé encombrant, déconcer-
tant, dangereux. Toute l'activité du Maltais, connue ou
inconnue, supposée ou prouvée, occulte ou évidente, en
fait le type même de l'ennemi de la société.

— Ils ne te rateront pas, insistait Carlotti. Car, si la
justice acquitte parfois au bénéfice du doute, elle
condamne, plus souvent, comme capable du fait.

Le Maltais n'avait nul besoin du jargon de l'avocat
pour savoir que la magistrature ne lui ferait pas de
cadeaux.

Pendant des jours, des semaines, des mois, Dominique reste en observation derrière ses barreaux, au

deuxième étage du bâtiment principal, juste à la hauteur
de l'appartement du surveillant-chef. Le logement de ce
fonctionnaire est bâti à cheval sur les murs d'enceinte,
au-dessus de la monumentale porte d'entrée.

Le Maltais revient toujours à cette architecture,
cherchant le biais. Inlassablement, minutieusement, il
repère les lieux, note les allées et venues, enregistre les
habitudes du personnel, apprend par cœur la routine des
Baumettes. Les plans les plus audacieux, les plus fous, se
bousculent dans sa tête. Une fois sorti de ces maudites
murailles, tout ira bien ! Il n'a que des amis à Marseille.
Ils se feront un plaisir de lui trouver une planque sûre,
qui le mettra à l'abri des policiers lancés à sa poursuite,
écumant les bars et les bas-fonds du Vieux Port... Il le
voit bien, le schéma de sa cavale ! Doris, la fidèle Doris,
assurera la liaison. De temps en temps, elle ira prélever
les intérêts des sommes qu'il a placées chez le Bougnat.
Pour le reste François Marcantoni s'en chargera. Un
cœur d'or, François. Un des derniers seigneurs, qui
assure avec une aisance, une classe, universellement
célébrées, le départ des évadés pour l'étranger. Un
Sinibaldi, un Dellapina, condamnés aux travaux forcés à
perpétuité, n'ont eu qu'à se louer de ses services.

Aussi, quand les flics auront rangé leurs armes au
râtelier, quand Doris l'aura définitivement rejoint, cer-
taine d'avoir semé ses poursuivants, le Maltais demandera à François d'organiser son départ pour les pays du
soleil, où la police est gangrenée à souhait et où les
mauvais garçons font la loi.

Les yeux fermés, rêvant de cocotiers et de sable fin, le
Maltais attend son heure. Dès qu'il aura réussi à
s'évader, il ira se fixer sous le ciel toujours bleu des
Caraïbes. Ce serait bien digne de lui, de son intelligence
et de son audace, que de prendre l'avion sous un nom
d'emprunt, en se moquant de la police des frontières, et
de s'installer tranquillement sous les Tropiques, claquer

le fric que d'autres, moins doués, mettent des générations à acquérir.

L'œil du Maltais met à profit les inévitables allées et venues du détenu : extractions pour interrogatoires au palais de justice de Marseille, promenades obligatoires dans les cours nues et sévères, visites à l'infirmerie — plus ou moins justifiées, celles-là ! Il finit par connaître la disposition des bâtiments. Le sien est ceinturé par une passerelle où deux gardiens font la ronde en permanence, de nuit comme de jour. Il connaît leur manège par cœur. Chacun surveille la moitié du bâtiment de quatre étages. Ils partent ensemble du même angle, s'éloignent l'un de l'autre sur la passerelle, se rejoignent derrière le bâtiment, échangent quelques propos, se tournent le dos pour repartir dans le sens opposé et revenir à leur point de départ. C'est donc toujours le même qui, selon les consignes du gardien-chef, se promène devant la lucarne du Maltais.

Le détail capital qu'il a noté, c'est que chaque quinzaine, dans la nuit du mardi au mercredi, c'est un surveillant corse qui est de faction.

Naturellement, il réussit à lui parler à travers les barreaux. Il sait maintenant qu'il est de Calenzana, le village des Guérini et de maître Carlotti, qui ont toujours des cousins quelque part ! C'est ainsi qu'Olivesi, le surveillant au teint de Maure, est le cousin de Bistinga, dont maître Carlotti a sauvé la tête il n'y a pas si longtemps. Il est aussi le petit-cousin d'Antoine.

De quoi faire jubiler le Maltais ! Le maton n'entendra pas les grincements de la scie sur les barreaux.

Tout dort, dans le pénitencier. Seules quelques veilleuses blafardes, sinistres dans la nuit, éclairent le long couloir du bâtiment de l'hôpital, en face. Lorsque le barreau sera complètement scié, il n'y aura pas une seconde à perdre...

La direction a placé une forte tête dans la cellule du Maltais : Victor Spalagi, lui aussi en instance de cour d'assises pour vols qualifiés. Un être froid, rébarbatif, hirsute. Un faciès de brute. Il est d'accord pour la cavale.

Le Maltais a extrait de la semelle de son espadrille gauche la lame de scie que maître Carlotti lui a charitablement procurée lors de son avant-dernier parloir. Il peine sur l'acier. Lorsqu'il a grignoté le barreau aux neuf dixièmes, son doigt ensanglanté n'a plus la force de guider la lame. Il passe le relais à Spalagi. Encore une heure d'efforts et la coupure est nette, au ras du ciment.

— La Cadillac d'Antoine sera à quatre heures pile au rond-point de la Seigneurie, a dit Carlotti. Vous le gagnez par la carrière. Si vous êtes en avance, vous vous planquez dans le sous-sol de la dernière H.L.M. en construction, au bout à droite, boulevard du Vallon.

Oui, mais auparavant, Dominique le sait, il faudra franchir deux murs d'enceinte de douze mètres de haut, séparés par un couloir de protection. Il faut y arriver, à ces murs ! Seul, l'évasion n'est guère possible. A deux, elle est jouable, malaisée, truffée de pièges.

Le Maltais a tout prévu. En étudiant chaque pierre, il a constaté qu'un mur facile à franchir sépare le bâtiment principal du quartier des mineurs. C'est avec une intense satisfaction qu'il a remarqué qu'au fond de la cour des jeunes délinquants, l'administration fait construire un local haut d'un étage, dont le toit plat s'accole au premier mur d'enceinte. Il reste donc six mètres à escalader pour arriver au faîte de l'arrogante barrière principale. Six mètres, c'est beaucoup pour un détenu normal. C'est une paille pour un homme de l'envergure du Maltais.

Le pas d'Olivesi s'est éloigné sur la passerelle. Spalagi, le premier, tente de passer à travers les barreaux que sa poigne puissante a écartés... L'ouverture est trop étroite pour lui. Les jambes, le bassin, pendent dans le vide, mais les épaules restent coincées.

Le Maltais, comme toujours, garde son sang-froid.

— Déshabille-toi, ordonne-t-il. Je te jetterai tes fringues.

Sur l'épaule nue de la brute, il applique son pied droit, pousse le plus possible, en s'arc-boutant. Le corps passe cette fois. Spalagi se laisse glisser le long de la corde faite de bandes découpées dans les couvertures, tombe sur le toit du premier étage. Il élève les bras pour recevoir les pieds du Maltais, qui a décroché le nœud d'un barreau du second étage. Il réussit, de justesse, à le rattraper. Il était temps.

Le garde revient à son point de départ. Tapis dans l'ombre, les deux fugitifs retiennent leur souffle. Dès que les pas s'éloignent, Spalagi se rhabille. Dominique entoure la corde autour de sa taille. Ils courent, sur le petit toit, jusqu'à la passerelle de ronde, qu'ils franchissent, silencieux comme des ombres.

Les voici en équilibre sur le mur de séparation des cours de promenades. Ils se risquent jusqu'au bout, leurs bras servant de balanciers. Dès lors, ce n'est plus qu'un jeu de descendre de l'autre côté.

Les pas du collègue d'Olivesi se font entendre. Les fugitifs s'aplatissent dans les broussailles. Le garde passe au-dessus d'eux, sans les voir. Dès qu'il disparaît, Spalagi s'accroupit au pied du mur, fait la courte échelle au Maltais qui grimpe lestement sur ses épaules, puis sur sa tête et parvient à se hisser sur le faîte, où il s'assied à califourchon. Il lance la corde à Spalagi qui se hisse par la force des bras, prenant appui de ses pieds sur le ciment.

Ils redescendent dans la cour des mineurs, vont chercher l'échelle à coulisse que les ouvriers laissent dans le bâtiment inachevé, ouvert à tous les vents. Ils ont tôt fait d'atteindre le toit. Là, ils dressent l'échelle contre le mur d'enceinte.

Ils ont gagné la première manche.

La seconde s'annonce plus difficile.

Il faut franchir le couloir intérieur pour arriver au sommet du deuxième mur d'enceinte, d'où ils feront le saut vers la liberté — si on peut appeler liberté une cavale pleine de menaces !

Dans un souffle, le Maltais explique à Spalagi que l'échelle est trop courte pour être placée en travers, comme passerelle :

— Il faut passer par la maison du gardien-chef, qui est à cheval sur les deux murs.

Dominique commence à ramper... Qu'ils sont longs, ces cinquante mètres à plat ventre ! Les mains et les genoux saignent. Mais le cœur bat plus vite, parce que la vie est là-bas, dehors.

Spalagi n'a pas la souplesse féline du Maltais. Il fatigue. Il s'essouffle. Il a du mal à suivre. Dominique s'arrête pour l'attendre. Les étoiles, dans le ciel pur, lui parlent de Doris. La Méditerranée, au loin, sous le clair de lune, lui rappelle ses deux îles, Malte et la Corse. Une autre, peut-être, de l'autre côté des Océans... Il s'agrippe à l'étroite corniche, à plat ventre, écoute le sifflement de la corde dans le vide. Il sent qu'elle est trop courte. Deux mètres doivent manquer. Trois, sans doute.

Surtout, ne pas réfléchir !

— Tu t'allonges sur le mur, tu me la tiens et je descends.

Les paumes de ses mains le brûlent au long de la glissade. A quatre mètres du sol, la ligature des couvertures se rompt. C'est la chute libre.

A Malte, quand il cambriolait les docks de l'armée, Dominique en a vu d'autres. Depuis sa tendre enfance, il pratique le sport. Là, c'est un réflexe acquis au cours d'une dizaine de sauts qui le font tendre ses muscles comme des ressorts à la fois souples et solides. C'est tout juste s'il vacille un peu sur le côté, après le rebond.

Là-haut, Spalagi, affolé, reste avec le tronçon de corde dans les doigts. Le Maltais enroule autour d'une pierre le bout qui l'a suivi dans sa chute, la lance en priant le ciel qu'elle ne tombe pas de l'autre côté du mur. Dans une détente désespérée, Spalagi la cueille au vol. Il se hâte de nouer les deux extrémités rompues, fait un double nœud à l'intérieur d'un joint de la corniche et se laisse glisser à son tour. Dominique l'attend pour amortir sa chute. La corde, cette fois, n'a pas cassé.

Ils courent vers la pinède, le dos courbé. Et quand les projecteurs inondent les murs de la prison, que mugissent les sirènes d'alarme, Cambuccia et Spalagi soupirent d'aise dans la puissante voiture d'Antoine qui, par les chemins déserts de la pinède Grandval, rejoint la route de Cassis.

Le Maltais a réédité l'impossible exploit de son compatriote Paul Dellapina, l'ami de Mathieu Costa[1].

---

1. Les Mémoires de Paul Dellapina, le célèbre Arsène Lupin de l'après-guerre, ont été publiés par les éditions Fayard sous le titre *Cambrioles*

8

Lorsque j'ai grimpé, soutane au poing, dans l'autocar de Sartène, l'après-midi touchait à sa fin. Le soleil plongeait dans la haute mer, jetant des reflets d'or jusqu'au fond du golfe. Les soubresauts du véhicule fatigué me secouent au long du Rizzanese, démasquant à chaque virage un de ces villages accrochés aux pentes des collines, à l'étrangeté desquels je commence à m'habituer. Un grincement de freins, sous une voûte, annonce Sartène. Nous débouchons sur la place de la Libération.

Je meurs de soif. Le saucisson du Niolo et les fortes épices du *pebronatu* de bœuf ont incendié mon estomac continental. Un prêtre insulaire pénétrerait-il, le missel sous le bras, dans ce café dont les grandes glaces brillent comme les yeux du démon de la tentation ? Moi, j'entre. Et bien sûr, c'est encore la voix de Tino Rossi qui m'accueille. Le haut-parleur nasillard fait ce qu'il peut pour couvrir les vociférations de deux Corses solidement chapeautés de noir, qui rivalisent d'accent et de gestes. Silencieux, presque sinistres, sont en revanche les joueurs de cartes du fond de la salle. Ceux-là, en ce Vendredi saint, semblent se préparer à un enterrement.

Le jeune serveur aux cheveux crépus, au visage blafard, me regarde avec une curiosité insistante lorsque j'avale d'un trait le demi de bière fade mais fraîche qu'il vient de tirer. A peine ai-je reposé mon verre que la soif me reprend. Je fais signe de le remplir. Pour couper court à son étonnement devant un prêtre qui consomme autant, je lui demande à quelle heure commence la procession. Avant qu'il ait ouvert la bouche pour répondre, une voix intervient sur ma droite :

— Dix heures, mon père.

Je me retourne vers un personnage aux cheveux blancs, au teint de brique, qui vient manifestement d'entrer. Il s'accoude près de moi au comptoir. J'incline la tête, le remerciant d'un sourire dévot.

Lui me dévisage sans amabilité. Une seconde, j'ai la désagréable impression qu'il perçoit le flic sous la soutane.

— C'est la première fois que vous venez au *Catenacciu*[1] ?

Ce n'est pas le genre d'individu à qui il faut raconter des histoires. Ses petits yeux noirs me transpercent.

— La première fois, dis-je. Le diocèse de Bourg-en-Bresse m'a délégué, comme il le fait chaque année, pour qu'un prêtre de chez nous suive les processions à Corte et Sartène.

Je me dis que je ne manque pas de culot, et je me demande où je vais chercher tout ça. Je ne sais même pas s'il y a un évêque à Bourg-en-Bresse. Je me souviens seulement d'une église, à la sortie de la ville, à Brou, je crois. Je m'étais arrêté juste en face, avec ma blonde Marlyse, devant un petit restaurant excellent et pas cher. Hidoine nous avait prêté sa Peugeot pour cette virée d'amoureux...

— Alors, comme ça, dit mon voisin léchant quelques gouttes de Casanis sur ses lèvres, vous logez à Sartène... Au couvent de San Damiano, sans doute ?

1. L'Enchaîné.

J'abrite derrière la mousse de mon second demi mon regard perplexe. Le couvent de San Damiano m'est aussi inconnu que l'évêché de Bourg-en-Bresse...

— Un ami me prête une chambre à Propriano, dis-je prudemment. Le temps des fêtes pascales...

— Ah, je comprends, c'est donc pour ça que vous êtes venu par le car !

Je ne m'étais par trompé sur l'amateur de Casanis. C'est un vicieux. Il commence à me croire. Pour achever de gagner sa confiance, j'offre une tournée.

— Le Grand Pénitent doit être en prières à cette heure-ci, dis-je.

Il lève son verre d'un air entendu. Nous buvons en silence... Ce que je sais sur la procession de Sartène, je le tiens de Poli, un collègue avec qui je me trouvais de permanence, un jour d'hiver particulièrement gris, où il ne se passait rien. Il m'avait parlé des croyances et des superstitions, des fêtes et des rites de son pays. J'avais ainsi appris que le Grand Pénitent est un fidèle qui n'est connu que du seul curé de sa paroisse. Ce peut être un honnête berger, ou une parfaite crapule. Depuis le Moyen Age, son identité n'a jamais été révélée. On ne plaisante pas, en Corse, avec le secret professionnel des prêtres.

Mon voisin de comptoir me tire de mes réflexions :

— Il faut que je rentre, dit-il, j'ai mes bougies à préparer.

Il soupire, jetant un coup d'œil sur la pendule flanquée de deux anges de pacotille, au-dessus d'un tromblon écrasé qui a dû faire le bonheur d'un maquisard du temps jadis.

Il me tend une main que je crois bon de ne pas saisir. Un ecclésiastique en tenue serre-t-il la main ? Dans le doute, je m'abstiens. J'ai envie de donner ma bénédiction à ce provocateur un peu ivre, mais je me dis qu'il ne faut quand même pas pousser. Je le laisse sortir et je règle l'addition, y compris le premier Casa que le rougeaud aux yeux noirs a oublié de payer.

Il est à peine six heures. J'ai le temps de flâner. Je traverse la place. J'évoque un de ces innombrables films italiens où il y a toujours un curé qui coupe une place.

Je me signe discrètement et me voici dans l'église. Deux ouvriers s'affairent à décrocher du mur une croix monumentale. L'un fait basculer le haut, tandis que l'autre, s'arc-boutant sur ses jambes, soutient le bas avec peine. Après les avoir encouragés d'un regard bienveillant, je m'avance vers le chœur, m'agenouille, ébauche une prière.

Je prie surtout pour que cette comédie s'achève au plus vite, et que je me retrouve bientôt dans mon trois-pièces-cuisine de Montmartre, bredouille ou non.

J'ai l'impression de plus en plus vive que je ne trouverai rien, dans ce folklore. Pas plus le Maltais que les documents chers au ministre. Tout ce que je peux faire, pour ne pas voler l'argent du contribuable, c'est chercher la maison de la tante de l'évadé.

Un tunnel s'offre à moi : le passage voûté qui traverse l'hôtel de ville. J'émerge dans les vieux quartiers. Les rares lampadaires jouent les cailloux du Petit Poucet au hasard des ruelles dallées. Serrées au flanc de la montagne comme pour se retenir l'une à l'autre, les bâtisses de granit m'opposent leur arrogance de forteresses, dans la complicité des arcs de pierres qui les relient, des escaliers aux marches usées qui dégringolent de voûte en voûte, architecture faite d'étages extérieurs, à l'infini.

— La maison des Cambuccia, s'il vous plaît ?

Ma voix résonne en écho quand j'interpelle le patriar che barbu qui surgit d'une galerie à arcades, jonchée de

bottes de paille défaites. Il me répond dans un français
hésitant, désignant une bâtisse noyée d'ombre :

— Cambuccia ? Horace, Victor ou Laetitia ? Horace
est au premier, Victor au second. Laetitia, c'est juste
devant l'échauguette.

Il a débité ça sur le ton radoteur et inquiétant du
vieillard qui rabâche un conte devant un enfant. Puis, il
discerne ma soutane et me salue d'un ferme « Bonsoir,
mon père » auquel je réponds :

— C'est la maison de la tante de Dominique que je
cherche.

— Ah, Laetitia... Il est mort, son frère...

Je suis tellement dans mon rôle que je manque de lui
assener que les voies du Seigneur sont insondables. Je
me contente de lui prêter l'attention dont tous les
vieillards sont friands. Il n'y a qu'à le laisser aller :

— Oui... Il est mort à Malte, le pauvre Antoine...
Heureusement, il reste Dominique. C'est un bon neveu
pour Laetitia. Il vient souvent la voir. Il lui envoie des
mandats. Elle en a bien besoin...

Et soudain, comme s'il se rendait compte qu'on ne
racontait pas tout, même à un prêtre, il a bougonné, se
détournant sans même me dire au revoir :

— A tout à l'heure, mon père. Peut-être qu'on se
reverra à la procession.

La nuit de Sartène tournoie devant mes yeux comme
une ruche renversée par la patte de l'ours.

Revenant sur la place principale, je me fais l'effet du
taureau qui déboule au milieu de l'arène. J'ai perdu mon
temps devant les hauts murs du couvent de San
Damiano, à la sortie de la ville, sur la route de
Bonifacio, où je me suis rendu par acquit de conscience.
Je n'allais pas tenter l'escalade, ni sonner à la porte au
risque d'attirer sur ma soutane l'attention critique d'un

professionnel de la religion... Le spectacle, au moins, valait le détour, quand j'ai rebroussé chemin. J'ai découvert Sartène illuminée de milliers de bougies et de lampes à huile placées dans l'embrasure des fenêtres. Les flammes dansaient, fantomatiques, sur les farouches murailles. J'aperçois, dans la vallée, d'autres villages tout aussi scintillants de lumières, pour fêter le Vendredi saint.

La grand-place est dans une effervescence que je n'aurais jamais soupçonnée tout à l'heure. Les radios des cafés l'inondent de musique. Des hommes au regard sombre bavardent sous les rares lampadaires, s'interpellent en patois d'un groupe à l'autre. De vieilles femmes en fichu évoquent un ballet de sorcières, filant comme des ombres vers l'église. Les fées, par contraste, ce sont les jeunes filles qui marchent de long en large, bras dessus, bras dessous. Leurs hauts talons font résonner le pavé. Les jeunes gens, à la fois farauds et timides, échangent avec elles des coups d'œil furtifs, sans jamais s'arrêter ni se mélanger.

Et voilà que, soudain, le vacarme fait place à un murmure sourd. Un coup de baguette du magicien a fait taire les radios. Tous les regards convergent vers le portail de l'église, d'où sort le premier pénitent. Je joue des coudes à travers la foule qui se resserre, afin de m'approcher le plus possible. C'est le Grand Pénitent qui vient en tête. Il a sur l'épaule la lourde croix noire décrochée dans l'église, tout à l'heure. Il porte une robe tout aussi écarlate que sa cagoule surmontée de fronces qui enserrent le tissu dans une forme de nœud.

Je me pose des questions. Comment agir en détective, avec des gens pareillement déguisés ? Il n'y a que le Gros pour m'envoyer dans une embuscade pareille !

Je suis bien avancé, quand j'ai constaté que l'homme en rouge a la taille du Maltais ! On a beau croire aux coïncidences ce serait un peu gros de s'imaginer que

c'est lui le Grand Pénitent, même si sa religion confine
au fanatisme. Il avance, pieds nus, traînant une lourde
chaîne à la cheville droite. Ses pieds, c'est tout ce que je
peux voir de son corps. Moyen d'identification original,
mais douteux. Je me vois, transmettant à Roblin les
caractéristiques d'un pied. Malgré la solennité du
moment, j'ai envie de rire en imaginant l'Identité
judiciaire aux prises avec un pied! Les mains d'accord,
c'est vieux comme le monde, mais il n'y a guère que le
F.B.I. américain pour relever tous les détails, dimen-
sions et caractéristiques de chaque partie du corps. En
France, c'est comme en Italie, moins on en fait, mieux
on se porte. Il faudra que je dise au Gros de révolution-
ner les principes, ça pourra toujours servir.

Le pénitent blanc, derrière son confrère écarlate,
soutient le montant de la croix. Il avance lentement, plié
en deux. Ses mains touchent presque le sol. Sa robe et sa
cagoule immaculées resplendissent dans le reflet des
lumières. Vu sa position, je ne peux pas jouer au jeu de
la taille du Maltais. Mais il semble grand, lui aussi.
Suivent les prêtres, les moines et la chorale, tête nue,
vêtus de blanc, avec des capes rouges, brandissant des
cierges dont la flamme vacille. Là, pas de surprise à
attendre. Ils avancent le visage nu. Il n'y a pas de Maltais
parmi eux. Mais je peux recommencer à jouer avec les
huit pénitents qui ferment la marche, en robes et
cagoules noires. Aucun n'a la taille de Dominique
Cambuccia. Par son demi-sang anglais, il a bien trahi les
mensurations du pays! Quatre de ces hommes noirs
portent un cercueil surmonté d'un Christ en bois,
allongé sur un linceul blanc semé de lis. Les six autres
soutiennent un palanquin au-dessus du Christ.

Je me mêle au cortège qui contourne l'église. Nous
nous engouffrons dans une ruelle. Faute de Maltais, j'en
suis à observer le scintillement des lumières, la projec-

tion des flammes des cierges sur la grisaille des façades, quand une voix me glisse à l'oreille :

— Alors, abbé de mes deux, qu'est-ce que vous foutez ici, hein ?

Cette gouaille de titi parisien me cueille à froid. Je sursaute. Je rassemble ma dignité. Je fronce le sourcil, tourne à peine la tête, la mine outrée. Je m'apprête à tancer l'impertinent de la plus noble façon, quand je découvre avec stupeur un visage que je ne connais que trop : hé oui, ce petit homme chapeauté de noir, tout vêtu de gris, qui chemine à mon côté, dans une ruelle perdue de Sartène, c'est Courthiol !

C'est bien lui, l'inspecteur principal de la Brigade criminelle, parti lui aussi à la chasse au Maltais ! Dans un sens, sa présence est encourageante. En même temps, elle me désespère : si la P.P. est là, c'est que Cambuccia n'est pas loin, sans doute. Mais comment vais-je faire, tout seul, contre des concurrents qui ont dû préparer soigneusement leur terrain ?

— Et vous ?

Je n'ai pu dissimuler ma surprise. Courthiol répond, avec un petit rire :

— Je vais vous dire un truc, mon vieux. Ce n'était pas la peine de vous déguiser en cureton. Hier soir encore, le Maltais s'est distingué au bois de Vincennes. Il y a flingué un nouveau mec. Ça n'a pas l'air de rigoler, la vendetta corse, hein ?

9

Gino Torri savoure le plaisir du maître lorsqu'il range sa Cadillac vert pomme devant l'accueillante maison de la rue Cardinet. L'ancien hôtel des Deux-Sœurs, cher aux provinciaux des années trente, a fait place à un établissement qui est devenu, en quelques mois, l'un des hauts lieux de la galanterie parisienne. Des couples en quête de plaisirs mêlés s'y rencontrent, s'y prélassent, s'y conjuguent : maris désabusés et femmes volages, messieurs décorés et secrétaires de charme, hommes politiques et apprenties starlettes à la recherche d'un homme d'argent.

Gino Torri dirige son club de rencontres avec un sens commercial remarquable. Il connaît le dictionnaire de la sexualité en dix volumes. Aussi a-t-il fait installer, dans les anciennes cuisines du sous-sol, une salle de projection pour films pornographiques. Les deux étages, que l'on atteint par un ascenseur laqué noir, sont aménagés en chambres communicantes avec miroirs muraux et plafond réfléchissant. Apollon, l'éphèbe de service, est toujours là quand il faut rendre service, et faire payer. Il fait coulisser, à la demande, les portes qui métamorphosent les chambres particulières en une vaste galerie des ébats. Derrière les glaces sans tain de réduits où l'on se tient debout, les voyeurs peuvent assister à l'érotisme des autres. Il n'en coûte à ces amateurs qu'un supplément de prix, qui vient grossir le trésor de guerre du propriétaire des lieux.

Gino a connu des temps difficiles. Ce qu'il apprécie, désormais, c'est l'ordre. En bon chef d'entreprise, il respecte la société établie. Il a doté Apollon d'un Rolleiflex qui lui permet de saisir, sous tous les angles, les couples en positions délicates. Il n'a plus alors qu'à transmettre les clichés aux brigades spécialisées de la Mondaine ou des Renseignements Généraux pour bénéficier, en retour, d'une protection efficace. Le *Meeting House* ne figure pas sur la liste des contrôles.

Meeting House... Les lettres d'or sont gravées dans la plaque de marbre vert scellée à la droite de la porte. Les habitants du quartier ne la connaissent que trop, cette porte. Au fil des heures de la nuit, les paquebots américains, tous chromes dehors, et les bolides italiens, au museau plat, s'installent en double file, pour le temps qui leur convient. Cela ne gêne pas beaucoup les voitures-ventouses, la nuit tombée, mais les chiens qui cherchent, au bout de leur laisse, à se faufiler jusqu'au caniveau.

Les grands bourgeois de la fin du XIXe siècle se retourneraient dans leur tombe s'ils voyaient la destinée de leur fief : la plaine Monceau n'a plus rien à envier à la rue Saint-Denis. L'argent, seul, fait la différence. Les rues de Chazelles, de Prony, Henri-Rochefort, regorgent de maisons de rendez-vous où la discrétion se paie au plus fort tarif.

Gino Torri quitte la Cadillac. Il serre dans sa main gauche la poignée de l'attaché-case de cuir noir qui fait partie de son personnage, comme son complet trois pièces, gris anthracite. Il introduit la clé de sécurité dans la serrure de cuivre. Il est chez lui. Il n'a pas besoin de s'annoncer ni de se faire reconnaître à travers l'œilleton filtreur.

Chaque jour, à minuit, selon le rite immuable auquel son visage glacé confère une solennité quasi religieuse, Gino vient contrôler l'activité du club et ramasser la caisse. L'escalier dérobé, tapissé de velours bordeaux le conduit au troisième étage, sous les combles. C'est là qu'il s'est aménagé un luxueux bureau de P.D.G. de la débauche. C'est là aussi qu'Apollon vient au rapport et fournit, au centime près, le chiffre des entrées et des suppléments qu'il faut transmettre ensuite au bailleur de fonds de Torri, Paul Graniouze dit le Bougnat.

L'empereur des boîtes de nuit a financé, en effet, moyennant une reconnaissance de dette de cinquante millions, l'aménagement de l'ancien hôtel des Deux-Sœurs. A plusieurs reprises, Paul le Bougnat a réclamé le remboursement de sa créance. Mais si l'habile Gino s'acquitte, rubis sur l'ongle, du paiement des intérêts, il a retardé, de mois en mois, la dure échéance. Les bonnes relations de la veille, assorties de dîners fastueux au Ritz ou au Crillon, ont bientôt fait place aux sommations de restitution, chez l'un, aux menaces verbales de représailles, chez l'autre. Chaque jour qui passait, Gino guettait l'infarctus qui pourrait enlever le vieil usurier à son affection. Mais l'Auvergnat avait le cœur aussi solide que ses volcans du Massif central et Gino Torri avait dû faire appel à Toussaint Ferrucci dont il s'étonne, ce soir, de ne pas avoir de nouvelles.

— Vous avez de la visite, monsieur...

Torri n'aime pas ces mots-là. Ils lui évoquent fâcheusement les flics de la pièce *Un inspecteur vous demande,* dont il a écouté quelques extraits l'autre jour, à la radio.

Que viennent-ils faire, les poulets, au *Meeting House,* où il a pour principe de ne jamais les recevoir ? Il glisse bien une liasse de billets dans l'enveloppe mensuelle destinée à acheter sa tranquillité, mais c'est par la glace baissée de sa voiture qu'il la lance lors de rendez-vous discrets qui sont pris dans des allées non moins discrètes du Bois de Boulogne, jamais les mêmes. Gino roule lentement. Il se délecte de voir, dans le rétroviseur, le plongeon des représentants de l'ordre, vite évanouis au sein des buissons environnants. Mais aujourd'hui, ce n'est pas la date de l'échéance... Pourquoi rappliquent-ils ce soir ?

— Quelle visite, Apollon ? Les Mœurs ?

L'éphèbe secoue son profil grec de droite à gauche.

— Non, monsieur. Joseph et un autre, un blond. Beau garçon.

— Et ils ont pris l'ascenseur ?

— Votre escalier, monsieur. Ils se sont installés dans votre bureau.

Gino n'aime pas ça. Il tolère Joseph, qui aime à se rincer l'œil gratuitement, en échange de petits services. Apollon l'installe dans le réduit prévu pour les voyeurs, ou dans la salle de projection du sous-sol. Il y reste des heures durant. Joseph ne se lasse pas d'un spectacle qui n'a pourtant rien d'inédit.

Gino se demande quelle connerie il a encore été inventer. Pourquoi, surtout, il amène un témoin s'il a l'intention de lui demander des explications sur la mort du Bougnat, que Moustique a dû lui apprendre. Toussaint aurait mieux fait de le supprimer tout de suite, celui-là. Gino croit voir qui c'est, le blond. Le neveu de Joseph. Un grand dadais qui use ses étés et ses poumons en plongées sous-marines, au large de Cargèse. Qui gaspille ses hivers à draguer les bourgeoises d'âge mûr. Des bêcheuses, ennuyeuses au dernier degré, mais confortablement assises sur leur compte en banque. Le seul grain de sable dans sa carrière de play-boy, c'est qu'il louche, ce qui le contraint à porter, jour et nuit, des verres fumés.

— Tu as vu s'il avait des lunettes noires, le blond ?

— Si noires qu'on ne voit pas ses yeux.

Bon. Pas de surprise. Eh bien, s'il veut des explications, il va en avoir, l'ancien berger du Niolo qui sent le fromage à quinze pas. C'est simple : le Bougnat n'avait qu'à ne pas essayer de mettre les flics de son côté pour obtenir le remboursement des cinquante briques que Gino lui devait... Voilà ! Joseph est assez con pour avaler cette version des faits. Il suffira d'ajouter que la fille qui se trouvait là par hasard était un témoin dangereux à liquider ! Ce n'est tout de même pas sa faute, à lui Gino, si le Maltais porte le chapeau du double assassinat. Et qui aurait pu penser que la fille en question était sa petite amie ?

Joseph, de toute façon, n'est pas seulement un voyeur. C'est aussi un radin de première classe qui ne crachera pas sur sa part du magot... Et puis, ce qui est fait est fait ! Quant au Maltais, qu'il se débrouille. Il a assez d'argent et de relations pour trouver tous les alibis qui s'imposent. Sa femme ? Une de perdue, dix de retrouvées. Séduisant comme il est, il n'aura que l'embarras du choix.

Gino escalade les trois étages avec une agilité étonnante chez ce quinquagénaire grisonnant. Il pousse la porte capitonnée de son bureau, la referme du pied. Et tout de suite, il se crispe. Quelque chose ne tourne pas, c'est évident. Joseph est là, debout contre la fenêtre. Son visage, d'habitude brun olivâtre, a viré au jaune cire. Son chapeau paraît ridiculement petit sur son crâne épais. Ses mains, sur le costume sombre à fines rayures, sont des mains de cadavres. Le grand blond, à côté de lui, Gino a tôt fait de le photographier. Ce n'est pas le neveu de Joseph.

C'est le Maltais. La dangereuse tranquillité de Cambuccia, dont la main droite ne quitte pas la poche de son blazer bleu-marine glace Gino, qui reste statufié au milieu de la pièce.

Il n'arrive même plus à affecter un air détaché, le maître du *Meeting House*. Il parvient tout juste à désigner, du menton, les deux chaises à ses inquiétants visiteurs. En fait, sa seule chance est d'atteindre son bureau, d'ouvrir le tiroir de droite pour y saisir le Beretta, de tirer le premier...

Il lui sera facile, ensuite, de plaider la légitime défense. Il voit déjà les titres des journaux : « Evadé des Baumettes, le fameux Maltais, auteur du double meurtre du boulevard de Montmorency, tentait de faire chanter le roi du *Paris by night*. » C'est tout juste si on ne le décorera pas pour avoir débarrassé la société d'un individu aussi dangereux que le Maltais...

Oui, mais pour cela, il faut l'avoir en main, ce Beretta ! Il y a intérêt à amuser la galerie, profiter du moindre moment d'inattention. En deux secondes, Gino a modifié sa tactique. Il va faire semblant de ne rien savoir. Après tout, il n'est pas obligé d'avoir revu le Niçois.

— Tu devines pourquoi on vient ? dit Joseph. Tu ne vas pas nous chanter que tu ne sais rien ?

Gino a un geste négatif de la tête, puis il attaque :

— Explique-toi, au lieu de faire cette gueule d'enterrement.

Un instant déconcerté, Joseph sollicite le Maltais du regard.

— Voilà, dit-il finalement, nous savons qui a flingué le Bougnat.

Gino a repris tout d'un coup son assurance. Il a un sourire en coin, en même temps qu'il soulève une épaule.

— Tu ne penses quand même pas que c'est moi ?

— Non, c'est le Niçois.

Le rire de Torri sonne faux :

— Toussaint ? Alors là, ça m'étonnerait ! Ce soir-là, il était sur un casse. Avec ton chauffeur, encore !

Il jette un coup d'œil à Cambuccia qui ne bronche pas.

— Justement ! dit Joseph. Ton casse, c'était chez le Bougnat ! Et Toussaint a flingué Paul et la femme du Maltais !

Gino mime la stupeur, se laisse tomber sur le fauteuil de son bureau, les bras ballants. Insensiblement, il rapproche ses mains du tiroir. Il va le faire glisser vers l'extérieur, à l'aide du genou, bondir sur son Beretta. Le coffret à cigarettes, en palissandre, posé à l'angle du bureau, masquera le mouvement de la main.

— Crois-moi, Joseph ! plaide-t-il. Jamais Toussaint ne m'a dit qu'il allait opérer le Bougnat ! Quoique, personnellement, je n'en aie rien à foutre !

Sans bruit, le genou a réussi à faire avancer une partie du tiroir. C'est à moitié gagné. Soudain, Gino est pris d'une angoisse : son arme est-elle chargée, au moins ? Il s'est amusé à la démonter et à la remonter, l'autre matin. Il a ôté le chargeur, l'a remis en place, a fait jouer le percuteur à vide... Mais a-t-il remis une balle dans le canon ? La vie tient à ce genre de détails.

Ce qui le bouleverse, c'est que les yeux invisibles du Maltais semblent suivre les détours de sa pensée. Va-t-il se décider à agir ? Il le voit sortir de sa poche une main gantée, ôter posément ses lunettes, les glisser dans la poche de son veston. Il s'approche du bureau. L'éclat métallique de ses yeux bleus met à son comble la terreur de Gino. C'est cela qui lui donne le courage du désespoir. Il plonge la main dans le tiroir : le Beretta a disparu.

La sueur coule sur ses tempes. Est-il le jouet d'une hallucination ?

— Ton flingue, je l'ai, dit le Maltais. Toussaint m'a tout raconté. Tu voulais récupérer ta reconnaissance de dette sans lâcher le fric. En fait de dette, tu es servi. Il faut savoir payer, quand on perd, Gino !

Le maître du *Meeting House* s'efforce de reprendre son sang-froid. Gagner du temps, à tout prix. Gagner du temps ! Seul un miracle peut encore le sauver.

— Je ne comprends pas ce que tu veux dire, énonce-t-il d'une voix blanche.

Le colt que le Maltais a sorti de sa poche se met à l'horizontale.

— Prends un papier, ordonne-t-il, on va faire une page d'écriture.

Il appuie le canon contre la tempe de Gino.

— Et ne tremble pas comme ça ! Ecris ! « Je soussigné, Torri Gino, demeurant 232 boulevard Maurice-Barrès à Neuilly, certifie que Dominique Cambuccia est accusé par erreur du double meurtre commis au 22 boulevard de Montmorency... » Arrête de trembler, il faut que ton texte soit lisible ! Continue !

Le Maltais maintient toujours le canon appuyé sur la tempe de Gino. Penché sur Torri, il surveille le cours de sa dictée :

— « Le coupable, c'est mon ami Toussaint Ferrucci... »

— Ce n'est pas mon ami...

— Ecris !... « J'ai payé Ferrucci pour récupérer une reconnaissance de dette de cinquante millions auprès de Graniouze. » Voilà. Ça suffit. Signe ! Et sur l'enveloppe, tu mets « Monsieur le Procureur de la République, Palais de Justice. » Bien.

Gino s'effondre. Il sait qu'il va mourir. Joseph, fasciné, suit le mouvement du doigt du Maltais sur la détente. Il attend.

Le Maltais ne tire pas.

Il glisse le pistolet dans sa poche gauche, l'enveloppe dans sa poche droite.

— On s'en va, dit-il.

10

Courthiol m'a sonné. Tel un boxeur qui s'accroche pour ne pas tomber, je mets machinalement un pied devant l'autre. La foule du cortège commence à être saisie d'hystérie collective. Les hommes poussent des cris gutturaux, se bousculent. Leurs voix montent au point de couvrir le chant des choristes. Le tapage croît de seconde en seconde. Ces hommes de la vigne, silencieux et austères de nature, se défoulent à fond lors des cérémonies pascales. Les voici qui encerclent le Grand Pénitent, le forcent à accélérer l'allure. On essaie même de lui faire des croche-pieds pour qu'il s'effondre sous le poids de la croix. Je me prends à espérer qu'on lui arrache sa cagoule, mais mes espoirs sont déçus. Massés aux fenêtres, sur les balcons, les perrons et même les arcs de pierre, les spectateurs vocifèrent, applaudissent à tout rompre : l'homme en rouge vient de choir pour la première fois. Le hasard d'une vague de foule qui reflue me permet de voir ses pieds déjà couverts d'ecchymoses.

— Vous restez là à voir ces conneries ? demande Courthiol. Moi pas. Je suis franc-maçon. Si je ne vous avais pas repéré, je ne serais pas venu dans le cortège. On se retrouve au bistrot, qu'on discute, hein ?

Je n'en ai guère envie ! Et surtout pas de raconter mon voyage dans cette tenue ridicule. Ça va faire le tour de la

P.P. Quand je pense que le ministre avait recommandé la discrétion...

— Demain, si vous voulez, dis-je. Ce soir, je voudrais voir comment ça se termine...

— Comme vous voudrez, monsieur l'abbé, dit Courthiol rigolard. Mais si vous croyez alpaguer le Maltais, vous repasserez, mon vieux. Ça fait trois jours qu'on planque ici.

Il ne me tend même pas la main. Je reprends le mouvement lent de la procession. La foule se resserre pour franchir la voûte de l'hôtel de ville. Le Grand Pénitent se paye une seconde chute, sur la place, avant de chanceler dans une ruelle qui grimpe. Les intérieurs des maisons éclairées forment autant de tableaux intimistes. Les familles, sur les terrasses et les balcons superposés, se penchent pour reconnaître un parent dans le défilé religieux.

Le silence s'est fait, peu à peu. J'entends les paroles du cantique « Pardonne-moi, mon Dieu ». Ce refrain repris à chaque strophe a une vertu hallucinatoire, avec l'accompagnement de la chaîne du Pénitent qui grince et du souffle saccadé de l'homme qui peine. Je profite d'un mouvement du cortège entre deux goulots d'étranglement pour prendre la tangente. Courthiol est sûr que le Maltais n'est pas là. La plaisanterie n'a que trop duré.

Je rebrousse chemin. Je marche aussi vite que me le permet cette maudite soutane, vers l'échauguette qui signale la maison Cambuccia, que j'ai repérée tout à l'heure. Je m'arrête au coin d'un mur. Dans une rue étroite, déserte, se dresse un réverbère, à l'angle d'une ruelle qui file vers la gauche. De l'autre côté de la rue, c'est un tableau qui ravirait une âme romantique passionnée de poésie sépulcrale. Moi, homme lugubre, vêtu de noir, planté là-devant, je trouve sinistres ces ruines, ces montants de porte déchiquetés, ce corps de cheminée moribond, cet encadrement granitique d'une fenêtre

dans lequel ne manque que le couperet d'une guillotine.
Sinistres et sordides, car au centre de ce qui fut une
maison, le sol n'est qu'un amas d'ordures, de chiffons,
de ferrailles tordues. Là-bas, du côté des êtres humains,
les torches montent vers une chapelle, but de la procession.

J'escalade un escalier de pierre, tout en grommelant
que le Gros et son ministre ne se doutent pas de ce qu'il
faut faire pour gagner sa vie.

— Ramenez-moi le Maltais et les documents, Borniche !

Merci, patron, tu parles comme c'est facile !

Déjà, pour le Maltais, fini, zéro. Courthiol sait ce qu'il
dit... Mon pied bute contre un caillou particulièrement
agressif. C'est alors qu'il me vient une idée : le patriarche m'a dit que Laetitia habitait en face de l'échauguette, et voilà que je grimpe vers le premier étage de
cette historique tourelle... Je redescends au bas de
l'escalier. Une brise m'apporte des bruits de voix
lointains, des échos de chants religieux. Je me dirige, au
radar, sous une voûte disjointe qui débouche dans un
trou d'ombre, au bord duquel me saute au visage une
façade aux fenêtres éclairées.

La porte est grande ouverte. Je m'approche, colle le
nez à une vitre. La salle est triste, déserte. Je me tapis
dans le noir, le cœur battant. Je retiens mon souffle. Je
viens de percevoir, derrière moi, un bruit de pas qui
s'arrête aussitôt. Je me colle à la pierre. Ma soutane me
rend invisible, ton sur ton. Je tourne lentement la tête
vers la ruelle. Une lumière s'allume, au premier étage de
l'autre bâtisse. Je soupire...

Je n'hésite plus. J'entre. Je pose un pied violateur sur
le sol dallé de la longue et large salle. Personne. Les
bûches qui flambent dans la cheminée monumentale
n'ont tout de même pas été allumées par un fantôme...
Les flammes lèchent un chaudron noirci, suspendu à un

crochet par une chaîne semblable à celle que traînait à la
patte le Grand Pénitent rouge. Des plats de faïence
s'ennuient côte à côte, sur un buffet de merisier. La
chaux s'écaille sur le plafond bas. Un Christ, taillé dans
une branche d'olivier, surplombe une tribu d'images
pieuses dispersées au hasard des aspérités du mur. Sur
une table bancale, au centre de la pièce, une assiette et
un verre sales font bon ménage avec un journal froissé.
Une ampoule électrique fichée dans une antique lampe à
pétrole règne sur cette misère. L'abat-jour de porcelaine
verte est ébréché, près du support.

Une nausée me secoue quand je m'approche du large
évier de grès qui pue la vieille éponge. Une porte
entrouverte donne dans une chambre. Au point où j'en
suis, je ne me gêne plus, j'y vais. Un chandelier trône sur
la table recouverte d'une écharpe à franges. Machinalement, je le soulève. Rien. Mais dans le tiroir, entre deux
almanachs des P.T.T., une enveloppe. Enfin, une trou-
vaille ! La lettre a · été postée à Paris, rue Clerc,
7e arrondissement, il y a plus d'une semaine. Sa lecture
me cloue au sol.

C'est du Maltais, tout simplement. Ce neveu atten-
tionné signale à sa tante Laetitia qu'il est bien arrivé.
Qu'elle ne se fasse aucun souci. Il pourra à nouveau lui
faire parvenir de l'argent. « Pour me toucher, ajoute-
t-il, tu as l'adresse de Doris. Ou tu écris à Joseph, au bar
Le Corsica, rue Fontaine, à Paris. Tu mets seulement les
initiales D.C. dans le coin de l'enveloppe. Joseph est au
courant. Il me remettra ton courrier. »

Je remets la lettre en place, ragaillardi. Certes, la piste
Doris est morte en même temps que la malheureuse. Et
Courthiol a dû passer son appartement au peigne fin.
Mais Joseph, du *Corsica,* ça c'est de l'inédit ! Bon, ce
n'est ni le lieu, ni le temps des hypothèses... J'ai la
chance d'être seul dans la maison, je vais fouiller les

pièces. Ça sera vite fait, tout semble ouvert, offert, apparent.

Les tiroirs de la commode ne me livrent rien d'intéressant. De la paperasse en pagaille, des vieux cahiers mêlés à des cartes postales jaunies... Une photo, tout de même. Celle de mon gibier, Dominique Cambuccia enfant, avec son père, pendant des vacances à Sartène, devant l'église que je reconnais bien. Il tient la main de son père. Il sourit... Et moi, je suis bêtement ému.

Je fouille le panier en osier qui ne contient que du linge sale. Je retrouve la même nausée que devant l'évier, tout à l'heure. Je m'empresse de refermer le couvercle.

Je me mets à genoux. Sans lampe électrique, je n'y vois pas grand-chose, sinon des moutons vieux de plusieurs années sans doute. Je me relève, déçu, renonçant même à brosser ma soutane. Les documents chers au ministre ne sont sûrement pas ici. D'ailleurs, qu'y feraient-ils ?

Je cherche en vain un commutateur qui m'éclaire l'escalier de la cave, car la trappe découpée dans le sol de la salle à manger évoque une bouche d'oubliettes. Heureusement, j'aperçois une boîte d'allumettes sur la margelle de granit, près de la cheminée. Ce n'est pas fameux, comme flamme, cela fait plus d'ombres que de lumière, et c'est avec une extrême prudence que j'entame, à tâtons sur les larges degrés que je sens usés, glissants, ma descente aux Enfers.

J'ai l'impression d'explorer les mystères d'une forteresse des livres d'histoire de mon enfance. Un vaste couloir voûté traverse le sous-sol, sous les deux pièces. Dans un coin, une table sur laquelle est fichée une bougie, collée au bois par la cire fondue, semble attendre le greffier d'un tribunal de l'Inquisition. Je l'allume, j'écarquille les yeux, les ombres s'agrandissent. L'humidité qui suinte des murs perce ma soutane. La lumière se répand sur le fond de la cave, jusqu'à la hauteur de la troisième marche de l'escalier. Le reste est plongé dans l'obscurité la plus menaçante.

Je frissonne de froid, d'appréhension, de fatigue. Je me sens bien désarmé, cherchant avec une bougie des documents intéressant la sécurité de l'Etat !

L'épaisse et vénérable porte de chêne qui se dresse en face de moi au bout du couloir me rappelle mes souvenirs de l'histoire corse. Au temps des Génois, cette porte devait permettre de s'enfuir en passant dans les maisons contiguës. Je crains que les gonds ne soient rouillés, vu son air de vétusté. Mais non. Je la tire à moi, et elle s'ouvre très facilement. Elle doit donc servir assez souvent. Ma lassitude fait place à l'excitation. La curiosité m'entraîne dans un réduit voûté. A droite, une ouverture fermée par une trappe rouillée, à claire-voie. C'est bien ce que je pensais. Aux temps héroïques, tout était prévu pour la fuite.

Il ne manquait, dans ce décor, que le coffre clouté, au couvercle semi-cylindrique, sorti tout droit d'un conte de pirates. J'approche la flamme. Sur le couvercle même, et sur le sol autour, de nombreuses traces de bougies montrent bien que le coffre mystérieux n'est pas abandonné là depuis la nuit des temps. La vieille Laetitia y cacherait-elle ses économies ? Peu probable : la serrure n'est pas verrouillée.

Au contraire de la lourde porte du couloir, le couvercle du coffre, également pesant, s'ouvre avec un grincement sinistre. Une odeur de naphtaline se dégage, chassant celle du salpêtre des vieux murs. Je farfouille, tel un chiffonnier aux mains nues, dans un amas de fripes de satin noir. Courageusement, je vais tout au fond, espérant qu'un rat ne prendra pas ma main pour une friandise inespérée...

Soudain, mon cœur s'accélère, mes doigts ont rencontré un objet dur, qu'ils contournent... Un pistolet. Avec avidité, je l'extrais de sa gangue de vêtements anciens. Je l'examine, avant de le glisser dans la poche de mon pantalon, sous la soutane. C'est un Mauser, de fabrication allemande, calibre 9 mm.

Je recommence à explorer le fond du coffre. Cette fois, c'est du carton que mes doigts palpent. Je fais le vide, exhume un dossier ceinturé d'un ruban de coton. Il ne doit pas être là depuis longtemps, car il n'est pas moisi, ni même humide.

Je lis : « *Affaire Cambuccia. Cabinet de maître Carlotti, avocat au barreau de Marseille.* »

J'ai mis la main sur le dossier du Maltais, au temps où il était prisonnier aux Baumettes. Qu'est-ce qu'il fait là ? Je détache le ruban. Dès les premières pièces, je constate que les procès-verbaux de justice sont mélangés avec des documents anonymes. Je les glisse dans ma ceinture, replace le dossier au fond du coffre, continue fébrilement à fouiller... Rien d'autre, hélas ! Je n'ai plus qu'à m'en aller.

Tout à coup, une voix rauque éclate dans le silence sépulcral. J'étais si loin de tout que je sursaute comme si un coup de canon m'éclatait dans les oreilles. Figé, glacé, j'entends une autre voix, chevrotante, qui· dit : « *A vedeci, bona notte* », à son tour. Je suis coincé ! La vieille est de retour ! Comment sortir de ce guêpier ? Les pas de l'homme s'éloignent tandis qu'une clé verrouille la porte d'entrée.

Je ne respire plus. Pour détendre un peu mes membres ankylosés dans ce réduit, je fais un mouvement vers le couloir, je me cogne contre un mur. Je pèse chaque possibilité de fuite. J'en conclus qu'il faut attendre que Laetitia se couche, gagner sans bruit la porte de sortie, faire tourner délicatement la clé. Si la vieille a le sommeil léger, elle surgira de son lit pour voir, avec effroi, un curé s'enfuir dans la nuit.

Elles sont longues ces minutes, elles n'en finissent pas. Elles ne s'écoulent pas, elles s'étirent...

Enfin, quand le clocher carillonne les deux heures du matin, quand le silence du rez-de-chaussée n'est plus troué que par des ronflements sonores, je me décide à sortir de mon oubliette. J'avais bien senti le froid, mais je ne me savais pas gelé à ce point. Je peux à peine bouger. Les chaussures à la main, les documents coincés dans la ceinture de mon pantalon, la soutane relevée, je monte les gradins de pierre. Ils ne risquent pas de craquer, au moins.

Pas plus que les dalles de la salle à manger, qui me mènent jusqu'à la porte. La clé tourne discrètement. Le panneau s'entrouvre sans bruit pour laisser le passage à l'oiseau noir que je suis, volant dans la rue, la soutane au vent, les chaussures à la main et la frousse dans l'estomac. Voici la voûte de l'hôtel de ville, voici la place. Les cafés sont encore éclairés. Deux jeunes gens, au milieu d'un groupe, s'amusent à tirer des coups de pistolet en l'air. A l'abri d'un coin de mur, je remets mes chaussures. D'une démarche nonchalante, je gagne le centre de la place.

J'enrage. Toutes ces péripéties m'ont entraîné bien au-delà de l'heure du dernier car de ramassage pour Propriano. Je ne vais quand même pas faire treize kilomètres à pied, en pleine montagne ! J'en aurais au moins pour trois heures, plus même. Je maudis le Gros qui, en ce moment, les orteils en éventail et les mains croisées sur la bedaine, ronfle tranquillement dans son quatre pièces-balcon du boulevard Saint-Marcel.

— On vous ramène, monsieur l'abbé ?

Ce n'est pas un des tireurs d'élite qui m'interpelle

aussi charitablement, non C'est Courthiol qui me
contemple en rigolant. Je reste sans voix.

— Hé oui, curé, on vous a filoché ! Vous espériez
peut-être trouver le Maltais dans la maison de Laetitia
par l'opération du Saint-Esprit, hein ? Rassurez-vous, on
y est passé avant vous. Je vais vous dire un truc, moi,
Borniche. Vous autres, à la Sûreté, vous nous faites
rigoler. Attendez que je rentre à Paris et comment je
vais vous la régler, cette affaire, en deux coups de cuiller
à pot !

ACTE II

11

Mme Le Dû dort profondément lorsque des coups redoublés à la porte la font sursauter. Elle ouvre l'œil, perçoit des murmures sur le palier, allume sa lampe de chevet. Il est six heures.

Inquiète, elle sort de son lit, ramasse la robe de chambre en chiffon sur la carpette et l'endosse. Elle vient ensuite, pieds nus, se poster derrière le rideau de la porte vitrée de la loge.

— Qui c'est qu'est là ? ronchonne-t-elle.

— Police, répond une voix. On veut vous voir.

La gorge nouée, les cheveux ébouriffés, Mme Le Dû s'exécute à contrecœur. Deux hommes se tiennent dans l'encadrement, un petit brun qui suçote un mégot jauni et un plus jeune, grand, coiffé d'un chapeau de gabardine. A nouveau, Mme Le Dû grommelle :

— C'est-y une heure pour réveiller les gens ? Vous vous croyez tout permis, ma parole...

— La ferme, répond l'homme au mégot en exhibant une carte barrée de bleu et de rouge. Toussaint Ferrucci, c'est bien ici, hein ?

La concierge lui fait signe de parler moins fort. Ses locataires dorment encore. S'ils savaient qu'il y a une visite de la police dans l'immeuble...

L'inspecteur principal Courthiol franchit le seuil de la

pièce malodorante, plongée dans l'obscurité. Au-dessus du lit défait, une photographie de poilu de la guerre de 1914-1918 trône, en bleu horizon, casqué et en bandes molletières. Un rameau de houx fiché dans le cadre semble lui chatouiller le nez. Dans l'angle près de la fenêtre, une table avec, au beau milieu, deux bouteilles d'alcool de cidre aux trois quarts vides et un verre sale. Autour du poêle Godin, de la cendre sur le linoléum.

— C'est ici, oui, se décide enfin à dire Mme Le Dû. Qu'est-ce qu'il a donc fait pour que vous réveilliez comme ça le pauvre monde ?

— Il est mort, dit Courthiol.

Et tandis que Mme Le Dû reprend ses esprits, il lui assène la question nette, précise, brutale, qui la fait sursauter :

— Est-ce que vous avez ici des affaires lui appartenant ?

Des chaussettes, elle en a bien sûr, Mme Le Dû. Et des chemises. Elle les a lavées et repassées hier après-midi. Elle devait les lui remettre, ce matin, à M. Toussaint, vers dix heures, en faisant son ménage. Elle montre du menton la pile de linge, ce qui entraîne aussitôt une question qui est plutôt une affirmation :

— Il recevait des gens que vous connaissiez bien, hein, Toussaint ? Je vous préviens que si vous ne dites pas la vérité, je vous embarque.

Angoissée, Mme Le Dû ouvre des yeux ahuris. Non, vraiment, non, M. Ferrucci ne recevait personne. Ni homme, ni femme d'ailleurs. C'est un locataire modèle, propre, généreux. Son métier, elle ne le connaît pas vraiment, mais il devait être riche, à voir son train de vie. Comment se fait-il qu'il soit mort et où ?

— Personne que je sache, monsieur le commissaire.

— Inspecteur principal, rectifie Courthiol dont le mégot ne cesse de batifoler. Bon. Vous allez assister à la perquisition de son logement. Comme témoin, c'est la loi. Il habitait quel étage ?

Les yeux de Mme Le Dû s'écarquillent :

— Troisième droite, monsieur le commissaire. Pourquoi moi ?

Courthiol soulève les épaules sans répondre. Il a hâte de quitter ce bouge qui sent le renfermé. Mme Le Dû resserre les pans de sa robe à fleurs délavée sur la chemise de nuit rose.

— C'est que je n'ai pas les clés...

— Je les ai, moi, dit Courthiol. Elles étaient dans sa poche. Dépêchez-vous, on n'a pas que ça à faire.

La fouille du logement est vite achevée. Il ne faut qu'une demi-heure, sous l'œil vigilant de Courthiol, pour inspecter les coins les plus discrets. Les livres eux-mêmes ont été effeuillés, l'armoire à pharmacie du cabinet de toilette passée au crible.

— Vous avez les clés du bahut ? interroge Courthiol.

Seul, en effet, le buffet de merisier a échappé aux investigations. Mme Le Dû est satisfaite. Les policiers n'ont rien découvert de compromettant chez son locataire. Elle les avait prévenus. Elle se méfie de ce petit homme bougon au mégot ratatiné. Pourquoi cette nouvelle question ? Dans un buffet, il n'y a que de la vaisselle. Qu'espèrent-ils y trouver d'autre ?

— Ma foi non, commissaire, maugrée-t-elle. Je ne suis pas chargée de compter les assiettes, moi !

Courthiol cherche dans le tiroir de la table, découvre un tournevis. Il en enfonce la pointe entre les deux portes, exerce une pesée. Un craquement, et le pêne de la serrure s'arrache de sa cavité. Les portes s'ouvrent. Sous les regards, extasié de Courthiol, arrondi de Mme Le Dû, le placard livre son trésor : deux mitraillettes, une cagoule, un pistolet automatique, une paire de

gants, quatre fausses plaques minéralogiques, trois per-
ruques, deux masques et un passe-montagne de couleur
noire.

Fascinée, la concierge regarde l'inspecteur étaler cet
attirail sur la table. Il prend délicatement chaque objet,
l'un après l'autre, la main protégée par un torchon qu'il
a sorti d'un tiroir. « Ce doit être pour les empreintes »,
se dit-elle. Elle avale sa salive. Maintenant, elle se
souvient... M. Ferrucci tenait toujours le buffet fermé,
lorsqu'elle venait faire le ménage. L'autre jour, encore,
il lui a dit de laisser la vaisselle sur l'évier afin qu'il puisse
la ranger lui-même. C'est comme le cadre, au-dessus du
buffet. Jamais, il ne voulait qu'elle l'époussette. Peut-
être y a-t-il des armes cachées derrière ?

En dessous, elle jette un coup d'œil à ce flic dont la
prunelle furète partout. Réflexion faite, il vaut mieux
composer avec lui, on ne sait jamais.

— Le cadre, dit-elle en le désignant du doigt.

— Quoi, le cadre ? questionne Courthiol, qui s'est
tout d'un coup retourné, le mégot en équilibre.

— Il voulait pas que j'y touche !

Courthiol lui lance un regard soupçonneux. Il s'approche du buffet, écarte du mur le tableau qui représente
une scène de chasse. Un bruit métallique fait sursauter
Mme Le Dû : une clé vient de tomber à terre en même
temps qu'une feuille de papier voltige et atterrit sur le
dessus du meuble. L'inspecteur la ramasse, la déplie.
Son visage s'éclaire au fur et à mesure qu'il la parcourt.
Quand il a terminé sa lecture, il la range soigneusement
dans son portefeuille, s'empare de la clef, fronce le
sourcil :

— Qu'est-ce que c'est ça, hein ? demande-t-il.

Mme Le Dû se soude au sol. « Ça », c'est la clef de la
cave de Ferrucci. La sienne plutôt, celle qu'elle lui a
prêtée quand il a emménagé. Pourquoi la dissimulait-il
derrière le tableau alors que la cave ne contient que des

vieilles ferrailles ? Mystère ! Toutes ces découvertes la tuent.

— Voilà, dit-elle dans un souffle, c'est la clef de ma cave. Il m'avait demandé de la lui prêter...

— Eh bien, profère Courthiol, je vais vous dire un truc, ma bonne dame. Le papier que je viens de trouver, la clef derrière le tableau, la cave que vous prêtez, comme par hasard, à Ferrucci, tout ça me donne à penser que vous connaissez pas mal de choses, hein ? On va vous la visiter, votre cave, et votre loge aussi. Après, vous vous habillerez chaudement. Je vous embarque.

Tout a commencé la veille au soir. Le téléphone grelottait sur la table de Courthiol, de retour de Corse, fatigué et déçu. C'était Henriot. Sa voix de Bourguignon résonnait dans le vieil écouteur que le service du matériel de la Préfecture entretient, à grand renfort de points de soudure, en attendant que les nouveaux appareils soient débloqués, en même temps que les crédits.

— Tu es rentré, ma vieille ?

Courthiol a levé le sourcil vers l'œil-de-bœuf en forme d'hexagone qui surmonte l'ouverture de la fenêtre. Il marquait vingt heures.

— Pourquoi, hein ?

— Il faut que je te cause. Monte donc cinq minutes.

Courthiol a endossé son imperméable, a descendu calmement le célèbre escalier de la police judiciaire, s'est arrêté devant la porte du premier étage qui communique avec les dépendances de la cour d'appel. Elle était fermée. En maugréant, il a repris sa marche, traversé la cour du quai des Orfèvres encombrée de véhicules en instance de restitution, et gagné, par le couloir du Tribunal pour enfants, la galerie du Palais. Il s'est ensuite propulsé jusqu'à la porte de l'Identité

judiciaire sous les combles de l'édifice. Henriot l'y
attendait.

— Qu'est-ce qui se passe, Adolphe ? a demandé
Courthiol, reprenant son souffle. C'est si pressé que ça,
hein ?

Henriot a souri au lieu de répondre et Honoré a
manqué laisser choir son mégot d'indignation.

Le filiforme artiste du microscope a soulevé une
paupière pour juger de l'humeur de son collègue, puis a
fait signe à Courthiol de le suivre. Arrivé dans la pièce
mansardée qui lui sert de laboratoire, il a pris tout son
temps pour escalader un haut tabouret, l'a fait pivoter,
s'est recueilli un instant. Sa blouse blanche, trop longue,
flottait sur ses jambes repliées. Courthiol commençait à
trouver que le cinéma du grand maître inspiré durait un
peu trop longtemps.

Henriot s'est enfin décidé à parler :

— Je t'ai dit que j'avais deux chouettes traces de pas,
l'autre jour. Tu te souviens ?

— Oui. Alors ?

— Et deux douilles et une balle ?

L'inspecteur principal a poussé un soupir. Henriot
n'allait pas lui énumérer point par point toutes les
opérations auxquelles il avait procédé pour aboutir à une
conclusion qui n'arrivait pas... Il s'est contenté de faire
un signe affirmatif de la tête.

— Eh bien, a poursuivi Henriot, ces deux douilles ont
été tirées par le flingue qui a abattu Toussaint Ferrucci
quand tu étais en Corse. On t'a prévenu, non ?

Courthiol a attendu quelques secondes avant d'approuver :

— On m'a prévenu, en effet.

Il fixait la houppette grise qui surmonte la figure
allongée, ravinée, de son camarade d'enfance, les sourcils charbonneux, en forme d'accent circonflexe.

— Conclusion ? a-t-il demandé.

— C'est simple. C'est la même arme qui a abattu Graniouze, Doris May et Ferrucci. Il semble qu'un silencieux ait été collé dessus. Les trois éléments de base : fumée, flamme, poudre qui n'ont pas dépassé la zone avoisinant la bouche du canon, me le donnent à penser.

— Conclusion ? a répété Courthiol, excité. Le Maltais a tué trois fois, hein ?

Henriot a esquissé un brusque mouvement de repli :

— J'ai dit la même arme, pas le même auteur ! Surtout qu'ils étaient deux, chez l'Auvergnat. Si la dimension d'un pied correspond à celle de Cambuccia, il y en a une autre qui m'a semblé des plus anormales. Du 35, ce n'est pas une pointure courante, n'est-ce pas ?

Henriot a sauté de son tabouret à vis centrale. Il a traversé la pièce, ouvert un classeur à tablier de bois dont il a extrait une fiche couverte de notes :

— ... Mais des petites pointures, il n'y en a pas des mille. Des types qui travaillent au chalumeau et des Peugeot, non plus. J'ai pu relever, au millimètre près, l'écartement des pneus dans l'herbe mouillée, ainsi que des traces d'amiante provenant du pot d'échappement. Il n'y a qu'à faire le tour de tes informateurs pour savoir qui réunit ces trois conditions.

— Parce que tu me crois assez con pour ne pas y avoir pensé ? Les indics, c'est pour quoi faire, alors ? De toute façon, demain matin, je perquisitionne chez Ferrucci.

Clémentine Le Dû a eu beau engloutir, coup sur coup, deux demi-verres d'alcool de cidre pour se remonter le moral avant de suivre l'inspecteur principal Courthiol, son courage l'abandonne au bout de deux heures d'interrogatoire. Elle se sent tour à tour fiévreuse et glacée. Avec un désarroi croissant, elle dévisage les trois inspecteurs qui l'entourent. Les deux maigrichons sont debout, le cheveu en bataille, la lippe mauvaise. L'autre, le plus puissant de l'équipe, au front bas et aux mains de lutteur, s'est assis à califourchon sur une chaise. Barrant la porte du fond, un gardien de la paix, armé d'une mitraillette, assiste en bâillant au déroulement de l'entretien.

Clémentine Le Dû soupire. Elle passe la main dans ses cheveux grisonnants qui tombent en désordre sur ses épaules. Jusqu'à présent, elle a tenu le choc. Elle ne connaît ni les relations de feu M. Toussaint, ni son emploi du temps, de jour comme de nuit. S'il croit l'avoir au baratin, l'inspecteur au mégot, il se trompe. Clémentine ne sait rien. Vingt fois, elle le lui a répété. C'est un mauvais moment à passer, un point c'est tout. Pourquoi, alors, cette angoisse qui lui serre la gorge par instants ?

Le contenu de son sac est étalé sur le bureau. Ça lui est insupportable de voir sa carte d'identité périmée, qu'elle n'a jamais pensé à renouveler, passer de main en main, de même que le porte-clés à la marque des défuntes automobiles De Dion-Bouton, le porte-monnaie vidé de sa ferraille et la photo jaunie de feu Amédée Le Dû, décédé d'une cirrhose à l'hôpital des Quinze-Vingts.

Clémentine baisse sur ses bras courtauds les manches de sa robe noire que l'usage a verdie. C'est l'un des moments où elle a froid. Courthiol, lui, s'amuse à faire sauter le porte-clés dans sa main. Elle l'agace, Clémentine, au plus haut point. Il va pourtant falloir qu'elle explique ce que faisait dans sa cave la valise pleine d'or et de billets ! Elle commence à l'énerver, cette bonne femme qui s'enferme dans son mutisme et qui sent mauvais.

Courthiol décide de frapper un grand coup :

— Puisque vous ne voulez pas parler, je vais vous dire, moi, à quoi cette histoire de valise me fait penser...

Vous avez payé quelques voyous du quartier pour assassiner Toussaint Ferrucci. Pas mal combiné, hein ? pour garder le magot !

Clémentine, épouvantée, se voit déjà en cour d'assises. Une expression lue dans *Détective* lui revient à la mémoire :

— C'est une erreur judiciaire !

Un éclat de rire unanime troue le silence de la pièce et met à son comble la frayeur de la malheureuse. Courthiol, posément, a fait le tour de la table. Il se place devant sa victime, bien calé sur ses courtes jambes :

— C'est bien comme ça que ça s'est passé, hein ? Je ne me trompe pas ? Vous l'avez fait zigouiller et vous avez piqué son fric que vous avez planqué dans votre cave en attendant que ça se tasse ! L'histoire qu'il vous ait demandé la clé, c'est du bidon... On est moins cons que vous le pensez, ma petite dame !

Mme Le Dû reste sans voix. Pour elle, ce flic est un fou, un fou dangereux. Il n'y a qu'à le voir agiter son mégot. Seulement, elle est entre ses griffes. Et ses acolytes ne sont guère plus rassurants ! La peur fait transpirer davantage encore Clémentine Le Dû qui se tasse sur elle-même, comme écrasée par une masse.

— Je suis fatiguée, gémit-elle. Laissez-moi partir !

Elle enlève son chapeau, d'un geste machinal, le pose sur la table. Dans un brouillard, elle entend Courthiol recommencer sa litanie :

— Un bon mouvement, madame Le Dû...

Les images se troublent devant ses yeux. Elle revoit le visage de Toussaint Ferrucci, pâle comme un fantôme... Lui un malfaiteur ? Lui qui ne manquait jamais de la saluer dans l'escalier, qui n'oubliait jamais les étrennes, qui ne recevait personne... Jamais de femmes, jamais de bruit ! Jamais la moindre observation à lui faire, depuis qu'il occupait le logement de M. Torri. Elle ne sait d'ailleurs pas à quoi il ressemble, ce M. Torri. Les quittances de loyer portent son nom, c'est tout. Elle les remettait à M. Toussaint, qui réglait sur-le-champ, toujours en argent liquide, sans oublier un généreux pourboire...

— A quoi pensez-vous ?

Mme Le Dû sursaute. La voix de Courthiol l'extirpe de la torpeur dans laquelle la fatigue l'avait plongée. Ses yeux rencontrent les oiseaux de son chapeau, sur la table. Elle a envie de pleurer.

— Il y a bien quelque chose, monsieur l'inspecteur, dit-elle, effondrée...

Courthiol relève la tête, intéressé.

— A la bonne heure, dit-il, à nouveau doucereux. Allez-y, Clémentine, ça fait du bien de se soulager...

Dans le ton redevenu bonhomme, Clémentine Le Dû trouve un encouragement. Elle se lance :

— Il me revient un détail, dit-elle, mais je sais pas si ça vous intéresse. Le locataire en titre de l'appartement de M. Toussaint, je le connais pas, je l'ai jamais vu. Mais les quittances sont au nom de celui du papier qui est tombé du cadre.

— Vous voyez bien que vous en saviez des choses, hein ? ricane Courthiol soudain épanoui.

12

Lorsque le Mistral se glisse le long des rangées de chariots qui encombrent le quai de la gare de Lyon, je ne pense qu'à Marlyse. Ce serait bien, si les femmes des flics pouvaient suivre leurs maris dans leurs déplacements. Elle aurait bien droit à sa note de frais, Marlyse, après tous les services qu'elle a rendus à la Sûreté. Seulement voilà, c'était du travail non officiel. Elle est femme de flic, pas femme-flic...

La Méditerranée est loin. Marseille est au bout du rail. Et de l'autre côté de la Grande Bleue, j'ai abandonné le vieil autocar surchargé qui m'a conduit, à force de soubresauts et de virages suicidaires, de Propriano à Ajaccio.

La portière s'ouvre. Le flot des voyageurs me propulse vers la sortie. Pourquoi les hommes se bousculent-ils ainsi pour gagner quelques minutes ? Je n'ai plus qu'à faire comme eux, jouer de ma valise comme d'un chasse-neige, jusqu'au portillon du métro que je franchis, ma carte de circulation millésimée à la main.

Après le tumulte du train, la station de métro me semble bien calme, en ce dimanche de Pâques. Vais-je passer par l'Etoile ? Non. Pour gagner la station Blanche et mon palais de trois pièces sous les toits, rue Lepic, je vais m'offrir la direction Château de Vincennes, avec changement à Nation. C'est un peu plus court. Je descends les marches au moment où le portillon se ferme. C'est bien ma veine.

Elle ne sait pas que je reviens aujourd'hui, Marlyse. J'ai voulu lui faire la surprise. Je la sens déjà dans mes bras, après ces quatre jours d'expédition forcée. Tout ce safari corse pour quelques heures de procession ! Si ça servait à quelque chose, au moins ! J'ai lu et relu, dans ma chambre d'hôtel à Propriano, les documents que j'ai subtilisés. Je n'y ai rien compris. Le ministre, lui, comprendra, je l'espère.

Le Gros avait été formel :

— Surtout aucun coup de fil de Corse !

J'avais promis, j'ai tenu parole. Mais dès que la passerelle mouvante du *Ville d'Ajaccio* m'a projeté dans la faune du port de Marseille, j'ai foncé à la poste centrale, rue Colbert. Seul le guichet téléphonique était ouvert. La préposée tricotait, faute de client, une maille à l'endroit, deux mailles à l'envers. La carapace dorée de Notre-Dame-de-la-Garde me narguait de tout son soleil. Mais la sonnerie s'acharnait en vain, rue Lepic. Marlyse n'était pas là. Encore un coup de ma belle-mère, qui réquisitionne sa fille chaque jour férié. Un dimanche de Pâques, quelle aubaine pour elle !

Elle me regardait avec un drôle d'air, l'employée tricoteuse de la poste Colbert. Pour échapper au rôle du monsieur obstiné à solliciter un numéro qui ne répond pas, j'ai demandé le ministère. J'étais persuadé qu'il n'y avait personne, dans le bureau du Gros. Je le voyais, ce vide : la table nettoyée de tous les dossiers, la bibliothèque toujours aussi pauvre, le boa empaillé, ce bizarre fétiche du patron, semblant digérer un éternel repas dans l'angle de la fenêtre à guillotine. Stupide animal dont la langue jadis rose porte une bonne couche de poussière parisienne.

— Oui ?

Il était là ! Le dimanche ne signifie rien pour lui. Un vrai commandant de bord. Pas de vie de famille. Noël, Pâques, la Pentecôte, et le reste, il s'en moque. On n'abandonne pas le navire.

— Allô...

— Borniche, patron. Je vous appelle de Marseille.

J'ai baissé le ton. Un coup d'œil à travers la vitre : l'employée avait repris son jeu de mailles.

— Alors ?

— J'ai les papiers... Mais le Maltais...

— Je sais, Borniche. Courthiol s'en occupe. Il est déjà rentré à Paris, *lui* !

— Ah !

— Hé oui, ah ! Il y en a qui ne font pas de tourisme !

Ma main tremblait sur le récepteur. Salaud de Vieuchêne ! Salaud de Courthiol ! Il s'était bien foutu de moi, celui-là, en me déposant à Propriano, prétendant qu'il allait coucher à Olmeto ! En fait, il avait filé sur Ajaccio, rendu sa voiture de location, et pris le premier avion pour Paris !

J'avais l'air malin ! Il pouvait rigoler, en se moquant des flics de la Sûreté ! Il y avait de quoi. Sous prétexte qu'on nous a fait cadeau d'une carte de transport S.N.C.F., le Gros a décrété qu'il faut qu'on l'utilise. L'avion, pas question. A la Préfecture, ils ne se gênent pas, eux qui n'ont, en principe, même pas le droit d'intervenir en province.

— Oui, Borniche, reprenait la voix accusatrice de Vieuchêne, j'ai le rapport de Courthiol sous les yeux. Le Maltais a liquidé dans le bois de Vincennes un truand de deuxième ordre, Toussaint Ferrucci. Votre ami de la P.P. pense qu'il est en rapport avec Joseph Mariani, le barman du *Corsica*. C'est dans votre coin, ça... Voilà où on en est, pour l'instant. Dites, le lundi de Pâques n'est pas férié pour vous, au moins ?

Il a raccroché. Je n'avais pas le moral, en dérangeant

les nuées de pigeons que les retraités attentionnés inondent de graines, sur le quai du Vieux-Port. Rue du Musée, j'ai repéré une enseigne : *Chez Antoine.* Le lieu était tranquille. J'ai soupiré d'aise, en m'asseyant dans un coin reculé. J'ai commandé une pizza napolitaine, et une demi-bouteille de rosé, sous le regard de Tino Rossi épinglé sur le mur à côté de Line Renaud. Quelques secondes, j'ai eu une pensée nostalgique pour mes débuts de chanteur de cabaret. Puis, en liquidant mon frugal repas, je me suis dit que cela n'allait pas se passer comme ça. Le petit Courthiol et son mégot n'auraient pas le dernier mot.

En escaladant l'interminable escalier de la gare Saint-Charles, je me répétais : « C'est toi qui l'arrêteras, le Maltais. Personne d'autre ! » Bien calé dans le coin d'une banquette de la salle d'attente, je faisais passer et repasser dans ma tête le film où se mêlaient le double meurtre du boulevard de Montmorency, le vol des documents que j'avais récupérés, l'exécution de Ferrucci... A moi de débrouiller tout cela. Pas pour faire plaisir au Gros et à son ministre. Parce que ce Maltais, c'était mon gibier, désormais. Et pas du petit gibier !
... Le métro arrive enfin. Je saute dans le premier wagon de seconde. Demain, Marlyse repassera ma soutane, roulée en boule dans la valise. L'abbé Borniche est mort. Vive Borniche flic !

Il n'a pas perdu son temps, Courthiol. Une visite à l'hôtel des Alliés lui a fait découvrir une standardiste qui note tous les numéros de téléphone que demandent les clients. Doris May était abonnée à celui du *Corsica*, rue Fontaine. Courthiol n'a eu aucun mal à vérifier, dans les archives de la Préfecture, que Joseph Mariani était l'ami du Maltais. C'était lui qu'il fallait surveiller en même temps que Torri. Aussi a-t-il sollicité et obtenu de son patron des moyens exceptionnels. L'appartement de Torri et le très spécial hôtel particulier de la rue Cardinet sont désormais sur écoute. Deux camionnettes bâchées, reliées par radio, stagnent devant le *Corsica* et le domicile de Joseph, cité Véron, à deux pas du Moulin-Rouge.

— Pas question de filatures! a ordonné Courthiol, prudent. Dès que Joseph quitte son bar, on le suit à la jumelle jusqu'à la place Blanche. C'est là qu'il sera repris par l'équipe de la voiture légère. Celle-ci passera le relais à la cité Véron dès qu'il rentre chez lui. Sinon, elle le prendra en chasse.

Quand Joseph soulève le rideau du bar, Courthiol et ses hommes sont là. Lorsqu'il le baisse, ils sont toujours là. Il ne manque pas d'allure, Joseph, lorsqu'il remonte la rue Fontaine, les mains dans les poches, le chapeau vissé bien droit sur le crâne... Toutes les prostituées de Pigalle, qu'il salue au passage, plaisantent avec lui. Marceau, le jeune inspecteur stagiaire nouvellement affecté à la Criminelle, ne perd pas un mouvement du barman. Il commence à la trouver longue, cette nuit, l'œil collé au trou de la toile rugueuse, qui lui octroie une vue imprenable sur l'entrée du *Corsica*!

Si le Maltais se pointe, on attend sa sortie. Pas de bavure. Pas de drame sur la voie publique, ni dans le bar qui comporte une sortie secondaire par laquelle il pourrait fort bien s'éclipser. Courthiol a posté ses hommes dans les encoignures des portes alentour.

— Quand il passe, on le ceinture. Pas de flingues, pas de bruit. De la belle ouvrage! Pas question de transformer Paris en Chicago! Un vrai flic, c'est un chasseur, pas un assassin.

Bouygues, un vieux routier du groupe, ne s'est pas privé de faire de l'humour :

— Ben, voyons! On n'a qu'à le filocher, Joseph, jusqu'à la planque du Maltais. Puis demander à Dominique la permission de le border, et revenir le cueillir à son réveil !

Courthiol n'a répondu que par un déplacement de mégot.

— Le mec qui entre, là, ça ne te dit rien ?

Marceau secoue Bouygues, qui somnole près de lui en attendant son heure de veille. Bouygues se frotte l'œil, le colle au trou de la bâche. Un petit bonhomme ouvre la portière, côté conducteur, d'une Peugeot qui vient de s'arrêter au coin de la rue.

— Rien à voir avec le Maltais, dit Bouygues. On s'en fout de ce type...

— Je dis ça parce que le principal a parlé d'un mini-format, d'après les empreintes relevées boulevard de Montmorency. Alors, comme ce minus traîne dans le coin... Je le note ou je ne le note pas le numéro de la bagnole ?

— Note, note, dit Bouygues, étouffant un bâillement. Au moins tu auras fait quelque chose d'utile dans ta soirée !

La joie des retrouvailles nous a fait veiller tard dans la nuit, Marlyse et moi. Nous nous sommes finalement assoupis dans les bras l'un de l'autre. Je vogue en plein rêve. Je suis allongé contre elle, sur la plage de Propriano. C'est beau, les vacances. Et c'est dans ce moment de béatitude que retentit la sonnerie du télé-phone, dans l'entrée. Je me lève dans l'obscurité, gagne à tâtons la porte de la chambre. Je l'ouvre et la referme doucement, actionne l'interrupteur du couloir. J'ai l'im-pression que je dors encore, lorsque je tends la main vers l'appareil placé sous la pendule-baromètre en sarment de vigne, cadeau de belle-maman, que j'ai fixé au mur l'hiver dernier. Une heure du matin. J'ai dormi vingt minutes.

— Enfin, Borniche !

Bien sûr, ce ne pouvait être que lui, le Gros. J'aurais dû décrocher le combiné avant de me coucher... Non, en fait, ça n'aurait pas servi à grand-chose. Quand il veut me joindre, il ne recule devant rien. La dernière fois qu'il a entendu un peu trop longtemps la sonnerie « occupé », il a tout simplement téléphoné au commissariat. A trois heures du matin, les chaussures à clous d'un gardien ont révolutionné tout l'escalier pour finalement résonner devant ma porte. Les coups redoublés sur le panneau ont secoué l'immeuble. Le lendemain, j'ai eu droit aux récriminations des locataires et de la concierge, pour une fois réunis :

— Mettez votre nom sur la porte, bon sang ! Ce n'est pas parce que vous êtes flic que vous devez réveiller ceux qui travaillent !

Le Gros, au bout du fil, attend ma réaction. Je réponds simplement :

— Oui, patron ?

— Je reste chez Victor une petite demi-heure. Après, vous pourrez me joindre chez moi...

Où veut-il en venir ? Cela ne m'étonne pas qu'il soit encore, à cette heure-ci, chez Victor, rue Gît-le-Cœur. Le café-restaurant-épicerie des Deux-Marches est l'un des lieux de prédilection des flics de la Préfecture et de la Sûreté. Ils se retrouvent là pour boire, jouer aux dés, s'intoxiquer à force de pastis et de fausses nouvelles clamées à voix haute, dans la longue salle dont les murs beiges s'ornent de casseroles de cuivre, de tromblons, de fusils de chasse archaïques disposés comme une garde d'honneur autour du portrait de l'Empereur. Noblesse oblige : le patron, Victor Marchetti, est corse. Dolorès, son bras droit, ne se lasse pas de préparer, à longueur de journée, les tripettes, le bœuf mode, le coq au vin, qui mijotent sur la lourde cuisinière à charbon.

— D'accord, patron, vous êtes chez Victor... Mais pourquoi me dites-vous ça ?

J'entends des verres se heurter. Le Gros laisse passer quelques secondes avant de chuchoter :

— Cessez de poser des questions saugrenues, Borniche... Je vous dis ça parce que Hidoine et Crocbois se trouvent à l'endroit dont je vous ai parlé ce matin... C'est à cent mètres de chez vous, vous voyez ce que je veux dire ? Faites-y un saut et rappelez-moi s'il y a du nouveau !

Marlyse, en chemise de nuit transparente, s'empare du second écouteur, écarte une mèche de cheveux blonds pour le plaquer sur son oreille.

— Encore lui, murmure-t-elle... Il ne te fichera donc jamais la paix ?

Je lui fais signe de se taire pendant que je demande au Gros :

— Si je comprends bien, nous travaillons avec la P.P., désormais ?

Un grognement fait immédiatement vibrer la membrane de l'écouteur :

— Vous êtes fou ou quoi, Borniche ? On la surveille, c'est pas la même chose ! Si le Maltais se pointe, au moins on a une chance de ne pas être les derniers à le cravater !

Une heure et demie. Les lampadaires du boulevard de Clichy jouent aux fantômes au sein des traînées de brouillard qui s'effilochent dans la nuit. Nous aussi, nous jouons aux fantômes, Marlyse et moi. Bras dessus, bras dessous, nous arpentons la rue Fontaine. Elle a eu tôt fait d'enfiler un pantalon, un chemisier et le pull que sa mère lui a tricoté :

— Je t'accompagne. A deux, on se fera moins remarquer.

Je cherche en vain Hidoine et Crocbois. Ont-ils levé la surveillance ? Nous voici à la hauteur du *Corsica*. J'enlace Marlyse. Un baiser prolongé me permet d'inspecter les lieux, par-dessus son épaule. On ne voit rien, à travers les doubles rideaux qui masquent la vitrine du bar. Je m'adosse à une camionnette, serrant toujours Marlyse contre moi. Il faut savoir joindre l'utile à l'agréable, dirait le Gros.

Au bout d'un moment, la porte du *Corsica* s'ouvre pour livrer passage à un minuscule homme brun. Il se dirige vers une Peugeot, ouvre la portière, s'installe au volant.

C'est une vieille connaissance, Albert Morello dit Moustique, cette petite gouape qui pendant des années a été le chauffeur de Jo Attia. Nous nous sommes rencontrés lors de l'affaire de Pierrot-le-Fou[1]... Il démarre. Les feux rouges de la Peugeot s'éloignent vers le haut de la rue Fontaine.

J'entraîne Marlyse :

— On se met un peu plus loin, dis-je

Nous suivons le trottoir de droite. A la hauteur du dancing *Le Chantilly,* une porte cochère s'entrebâille, un sifflement discret nous sollicite. C'est Hidoine :

— Les gars de la P.P. sont toujours là, souffle-t-il, ils ont dû vous voir passer. Vous vous êtes bécotés devant leur camionnette. Tiens, voilà Joseph qui ferme sa porte pour rentrer chez lui. C'est râpé pour ce soir.

Le temps de quitter notre encoignure, de devancer Joseph Mariani, et nous voici à l'angle de la place Blanche, à deux pas de la cité Véron et de la rue Lepic. Hidoine est resté en retrait.

Une autre figure connue se matérialise devant nous,

---

1. Voir *le Gang,* Fayard.

dans le brouillard. C'est Crocbois, le chauffeur play-boy du service, aux cheveux toujours soigneusement crantés. Il se plaque contre la devanture de l'Uniprix. Il n'a pas l'air étonné de nous voir :

— Faites gaffe, me dit-il, il arrive de ce côté. Vous devriez grimper dans ma bagnole, sur le boulevard...

Je jette un coup d'œil en arrière. Le petit chapeau de Joseph navigue dans le haut de la rue Fontaine. Je repère la Citroën de la boîte. On s'installe à l'arrière. Par la vitre, je ne quitte pas Joseph des yeux. Il traverse la place Blanche. Les phares d'une Renault, qui stationne devant la pharmacie, clignotent deux fois.

— Ce sont les gars de Courthiol, dit Crocbois qui se glisse derrière son volant. Ils signalent au type qui guette, en bas, dans la camionnette, que Joseph vient de la dépasser. Ils ne savent pas qu'on les a repérés.

Connaissant la susceptibilité du chauffeur, je ne lui dis pas que ce n'était guère difficile de les remarquer, les gars de la P.P., avec le rapport de Courthiol que le Gros a piqué au passage. Je me demande ce qu'on va faire, maintenant, si Joseph rentre chez lui. On ne va pas rester à planquer là toute la nuit...

Joseph a atteint le Moulin-Rouge. Il s'apprête à s'engouffrer dans la sombre cité Véron quand la Peugeot de Moustique s'arrête près de lui. La portière avant droite s'ouvre. Joseph se précipite. La voiture file vers la place Clichy.

— Merde, jure Crocbois, je ne m'attendais pas à celle-là. La P.P. non plus. Regarde-les jaillir de leur Renault ! Qu'est-ce que je me marrerais si je ne risquais pas de me faire engueuler !

Et moi donc ! L'ennui c'est que nous venons de rater la seule piste qui pouvait nous conduire au Maltais !

13

Le Maltais s'est levé plus tôt que d'habitude. Sa valise est prête. L'autre nuit, en rentrant de l'expédition du *Meeting House,* il l'a préparée. Il ne lui reste plus qu'à emmagasiner le nécessaire de toilette, l'after-shave, deux tee-shirts et le pull-over de cachemire, prévu pour le voyage, dans la mallette de cuir bordeaux. Comme chaque matin, il fait succéder la douche écossaise aux exercices d'assouplissement. Il sent ses muscles s'épanouir sous le jet tour à tour brûlant et glacé.

Dominique plie maintenant avec soin le pyjama de soie que Doris lui a offert, la veille de sa mort, enveloppé dans un papier mauve. Il fait fondre le sucre dans la tasse de café soluble. Ses yeux se posent sur l'enveloppe de papier kraft où il a glissé les attestations arrachées à Ferrucci et à Torri. Il hausse les épaules. Ça ne servira sans doute à rien. Maître Carlotti qu'il a réveillé, tout à l'heure, ne lui a laissé aucune illusion.

— Envoie-les si tu veux, a-t-il grasseyé en étouffant un bâillement, ou remets-les à qui tu sais. Pour moi, elles n'ont aucune valeur juridique.

L'avocat a raccroché, soucieux d'abréger la conversation. Toujours prudent, Carlotti. En reposant le combiné sur le socle d'ivoire, le Maltais a regretté de ne pas

avoir descendu Torri-le-lâche. Mais on ne se refait pas.
L'aristocrate de la pègre répugne aux basses besognes.

Dominique est un homme d'ordre. Joseph lui a confié
le studio en parfait état de propreté, il le laissera tel
quel. Il lave la tasse, la soucoupe, la cuiller au robinet de
l'évier, les essuie, leur fait réintégrer le placard mural. Il
s'assure aussi que la poubelle et le réfrigérateur sont
vides. Joseph pourra ainsi disposer du meublé, à sa
convenance. L'offrir, peut-être, à un nouvel ami en
difficulté. Les sollicitations ne doivent pas lui manquer.

Dominique s'habille avec soin. Chemise bleue, complet fil à fil gris, cravate bleu marine aux discrètes
rayures blanches, mocassins noirs aux fines semelles
made in Italy. La tristesse qu'il a de quitter les lieux où
Doris se plaisait à venir le rejoindre, lui fait décomposer
ses mouvements, comme s'ils étaient accomplis par un
autre. De nouveau, il lui faut se durcir, chasser l'image
de la jeune femme assassinée.

— Tu vas me rendre un service, Joseph, avait-il émis
au retour du *Meeting House.* Ferrucci a laissé ses
empreintes sur le flingue. J'aimerais que tu le remettes à
Carlotti. Et que tu lui demandes si, en l'expédiant
anonymement aux flics, ça ne ferait pas remonter mes
actions ? Que je paie les braquages, d'accord, le règlement de comptes Ferrucci, à la rigueur. Mais l'assassinat
de mes amis, ce n'est pas possible…

Le permis de conduire et le passeport britanniques, au
nom de William Callington, rejoignent, dans la poche
intérieure de la veste, le billet de première classe sur la
ligne de chemin de fer Paris-Bruxelles et le coupon de la
Sabena, Bruxelles-New York, également en première
classe, avec extension sur Miami.

Le Maltais distribue, dans les autres poches, cinq
billets de cent francs belges et une liasse de dollars.
François Marcantoni a bien fait les choses. Il est plein
d'idées, François. Le faussaire dont il utilise les services

s'est surpassé. De quoi donner le change au plus zélé des policiers de frontière, surtout en plein exode pascal. Non, William Callington n'évoque en rien l'évadé des Baumettes, recherché par toutes les polices.

— Tu as un vrai talent de comédien, lui avait dit Marcantoni, à la vue de la perruque, des lunettes et de la grosse moustache. Et, crois-moi, je m'y connais !

C'est vrai qu'il s'y connaît, François ! Et il ne donne pas sa confiance à n'importe qui. Il plaisante avec tout le monde mais il est l'un des hommes les plus secrets du Milieu. L'inspecteur Courthiol en sait quelque chose. Il s'est toujours cassé les dents sur ce Corse à l'allure bonhomme, goguenard, placide, que ses compatriotes surnomment le Commandant. Le sourire de Marcantoni le met en fureur. Il le hait depuis qu'il lui a infligé la plus grande humiliation de sa carrière.

Pour confondre le Commandant, qu'il soupçonnait d'être l'auteur d'un hold-up commis chez une personnalité de l'avenue Foch, Courthiol avait utilisé tous les artifices de sa profession. Marcantoni restait de marbre, rigolard même, pendant que la Criminelle fouillait son appartement, éventrait les canapés, décortiquait sa Buick.

— Si j'étais vous, monsieur l'inspecteur, ironisait-il, je démonterais les pneus. Peut-être que j'y ai planqué les billets.

Courthiol, rageur, avait soulevé les épaules, donné le signal de la retraite. Quelques jours plus tard, devant la brigade au grand complet, rangée en demi-cercle, secouée de rires, il apprenait, de la bouche de son indic numéro un, que les billets volés se trouvaient effectivement dans le pneu arrière de la voiture de Marcantoni. Il était trop tard pour agir, mais il s'était promis de se venger.

François a pour Dominique une amitié presque frater-
nelle qui s'est nouée aux premiers jours du débarquement allié en Provence. Marcantoni avait mené la vie
dure aux Allemands. C'est Antoine Guérini qui les a
présentés, et François a trouvé le Maltais séduisant, bien
élevé, élégant. Le sourire de ce grand garçon aux yeux
bleus ne trompait pas les seigneurs du Milieu. Le Maltais
était de leur race. Aussi, lorsque Dominique lui a confié
son projet de cavale aux Tropiques, Marcantoni n'a pas
hésité à l'entraîner chez Patte Folle, un contrefacteur
boiteux de la rue du Bac, près de la galerie de meubles
Mancel.

— Il te faut des papiers authentiques. Pourquoi pas
anglais, puisque tu es né à Malte ? Et une autre gueule.
Viens, j'ai un champion.

Le champion des faussaires a ouvert un placard, choisi
un postiche roux, une paire de lunettes cerclées, une
fausse moustache.

— Mets-toi ça sur la tronche que je t'opère. La
perruque est réversible, un côté noir, un côté roux pour
aller avec la moustache. Ça fait très anglais.

Pendant qu'il tirait un rideau de shantung, démasquant un appareil photographique sur trépied, et allu-
mait un projecteur, Dominique, devant la glace, se
métamorphosait. Puis il s'installait dans l'axe de l'objec-
tif. Deux jours plus tard, Doris s'extasiait sur les
documents :

— Ils sont plus vrais que des vrais !

Patte Folle avait soigneusement varié les dates et les
sceaux de divers services officiels britanniques. Il avait
pensé à tout, Patte Folle. Le docteur William Callington
était né.

Toutes les chances étaient maintenant de son côté
pour l'aventure tropicale. Le magot qui fructifiait depuis
des années chez le Bougnat se révélait confortable. Un
soir, Doris était allée en prélever une partie et donner

des instructions pour le transfert. Dominique l'avait accompagnée jusqu'à sa voiture, garée dans la contre-allée de l'avenue Bosquet.

— Réflexion faite, je prends un taxi, avait-elle dit. Je te rejoindrai chez Marius, c'est à deux pas.

Il l'avait vainement attendue devant la bouillabaisse à la provençale, spécialité du célèbre restaurant.

Le Maltais s'octroie encore quelques minutes pour parfaire sa transformation. Il raccourcit quelques mèches blondes, dissimule sa chevelure sous la tignasse rousse que Patte Folle lui a concédée pour quelques billets de mille, chausse les lunettes qui lui donnent l'air d'un professeur. Il ajuste la moustache, efface les traces de ses préparatifs, s'empare des valises et de l'enveloppe. Il s'assure de la tranquillité du palier à travers l'œilleton de la porte. Un long couloir réunit la maison, à partir du quatrième, avec le même étage de l'immeuble contigu. La minuterie est éteinte. Le Maltais sort, referme la porte sans bruit, pose ses valises sur le tapis sombre. Il tire de sa poche une lampe-stylo dont il projette le faisceau sur le haut du panneau. Trois secondes lui suffisent pour retendre le cheveu, entre les deux minuscules boules de cire apposées sur le chambranle et sur la porte. Il se baisse, refait l'opération à un centimètre du sol, se relève. Les deux témoins, invisibles pour un œil non exercé, sont la preuve que le studio ne reçoit pas de visites indésirables.

Dominique suit le couloir jusqu'aux bacs de plantes exotiques qui annoncent l'escalier principal de l'immeuble voisin. Il avance avec précautions, les jambes écartées, pour ne pas faire gémir le parquet ancien. Lorsque l'ascenseur le dépose, à six heures moins dix, près de la loge, la concierge dort encore, protégée par l'épais rideau qui la dérobe aux regards. Paris baigne dans la torpeur. Dominique soulève le guichet qui lui permet de voir, juste en face, la Peugeot de Moustique se garer près d'un lampadaire. Il appuie sur le bouton qui commande la porte découpée dans le lourd portail. En trois bonds, il est près de la voiture, jette ses valises sur le siège arrière, s'y engouffre.

— Bravo pour l'exactitude, dit-il à Joseph avec un pâle sourire.

Une benne bloque la voie à hauteur de la rue Malar. Moustique-le-Virtuose évite le piège toujours possible. Une rapide marche arrière et il vire dans l'avenue Bosquet, accélère en direction des quais de la Seine, l'œil fixé sur le rétroviseur.

— Secteur calme sur l'ensemble du front, dit Joseph, ça change de chez moi. Ce n'est plus une rue, c'est un poulailler. On les a semés en beauté.

La Peugeot arrive en vue de la gare du Nord. Elle se glisse dans le passage privé de la S.N.C.F., entre les rues de Dunkerque et de Maubeuge, s'immobilise devant l'entrée des bureaux du personnel. Les Parisiens se bousculent vers l'évasion. L'agitation rassure Dominique. Plus il y a de monde, moins les flics s'aviseront de faire du zèle.

— Donc, c'est d'accord, reprend Joseph en se retournant, le coude sur le dosseret du siège avant. Je descends à Marseille porter les attestations et le flingue à Carlotti. Et toi, dès que tu es là-bas, tu me mets une carte.

Les deux hommes, pour une fois, ne se donnent pas l'accolade. Un Anglais n'est pas un Corse... Ils se contentent de se serrer la main. Le Maltais serre aussi celle de Moustique puis passe sous la verrière de la gare, ses valises à bout de bras. Il ne se retourne pas. Dans quelques heures, il sera en Belgique. Elle est fragile, la première frontière de sa cavale, mais il se sentira plus libre, tout de même. Et après...

L'express d'Amsterdam est à quai. Le Maltais s'installe dans la seconde voiture, à sa place réservée. La grande aiguille de l'horloge s'est mise à la verticale. Une autre vie commence.

Le docteur William Callington se plonge dans la lecture du *Times*.

ACTE III

14

— Bravo, Borniche. Compliments ! Avoir le Maltais à portée de la main et le laisser filer, il faut le faire. Qu'est-ce qui vous arrive en ce moment ? Je ne vous reconnais plus.

Moi, je les reconnais, les colères du Gros. J'en ai essuyé de toutes les couleurs depuis que je navigue sous son aile protectrice. Le ton méprisant de sa voix tranchante, exaspérée, me surprend tout de même. Dans sa fureur, il s'est à demi soulevé de son fauteuil de chef.

— Je vous parle, Borniche, vous entendez ? reprend Vieuchêne que la contemplation de mon pied-de-poule congestionne un peu plus. Qu'est-ce qui vous arrive ? Enfin, quoi, Mariani vous passe sous les narines et vous n'avez même pas le réflexe de le suivre ? Il va être heureux, le ministre, quand il va savoir ça. Parce que, croyez-moi, Borniche, je ne vais pas me gêner pour le mettre au courant.

La vague de fond qui le soulève le précipite vers moi. Stoïque, j'affronte la tempête. Que le ministre le sache ou non, je m'en contrefous. Enfin, je me décide :

— Courthiol n'a pas mieux fait que nous, patron. Lui aussi, il les a laissés filer, Joseph et Moustique, cette nuit.

Le Gros hausse les épaules. Il me toise de toute la puissance de son regard dans lequel je lis les signes d'une mauvaise foi évidente.

— Ben voyons, maugrée-t-il, je les attendais, vos arguments. C'est bizarre qu'il faut toujours que vous trouviez des justifications à ce qu'on vous dit. Ce n'est pas parce que les autres sont des incapables qu'il faut que vous le soyez aussi ! Vous faites partie de *mon* équipe, Borniche, vous avez trop tendance à l'oublier. Mais je vous préviens, ça ne durera pas. Moustique est le maillon faible de la chaîne. Si Courthiol le coince, s'il se met à table et s'il lui balance la planque du Maltais, vous aurez bonne mine, c'est moi qui vous le dis !

Je tempère mon exaspération soudaine pour rétorquer, un sourire en biais aux lèvres :

— Pour l'heure, Courthiol n'a coincé personne. Je peux même vous dire qu'il a fait les cartes grises en espérant loger Moustique. Il s'est cassé les dents, la Peugeot porte un numéro bidon...

— Comment le savez-vous ?

— Parce que je les ai faites aussi. J'ai sorti son dossier. L'adresse qu'il a donnée lorsqu'il a quitté la centrale de Clairvaux est toujours celle de sa maîtresse, Annette Cordier, rue des Martyrs. Je doute qu'elle soit encore bonne. J'y partais lorsque vous m'avez appelé...

— Eh bien, alors, qu'est-ce que vous attendez ? Sautez-y, bon sang. Je vous ai toujours dit que diligence est mère de bonne fortune !

Comme chaque fois qu'il assène une de ses maximes favorites, le Gros me regarde quelques instants droit dans les yeux, afin que je m'imprègne de sa pensée. Puis, il tourne les talons et se laisse choir dans son fauteuil, plastifié de vert.

Il me rappelle au moment où je referme sur moi la porte de son bureau. Je l'entrouvre :

— Au fait, soupire-t-il, vous ne vous êtes pas non plus

couvert de gloire, chez les Corses ! Les paperasses que vous m'avez rapportées n'ont pas grande valeur. Aucune, même. Vous baissez, mon cher, vous baissez...

Le Gros ressemble maintenant à un pneu qui se dégonfle. Il pose ses grosses lunettes d'écaille sur la table, sort un mouchoir à carreaux, s'éponge le front.

— Courthiol n'est pas comme vous, poursuit-il. Il ne court pas après une seule piste, lui. Il va, il vient, il tourne, il se démène, il interroge les témoins, les voisins des victimes, les suspects éventuels... Je le connais, Courthiol. C'est un vrai policier, issu de la vieille école, qui ne rechigne pas à travailler vingt-quatre heures sur vingt-quatre. Je vous fiche mon billet qu'il ne tardera pas à trouver le bout de fil qui le conduira au Maltais et qu'il va vous régler cette affaire en deux coups de cuiller à pot.

Je claque la porte. J'ai l'impression d'avoir déjà entendu ça quelque part.

— Il y a deux messieurs qui demandent Monsieur, Monsieur.

Pour une fois, les yeux ahuris et l'accent chantant de Mamadou, le valet de chambre guinéen, ne fait même pas sourire Gino Torri. Deux messieurs, ça ne peut être que des flics. La matinée débute mal.

— Ils t'ont dit leur nom ?

— Non. Ils ont seulement dit « Police », Monsieur.

— Fais-les entrer.

— D'accord, Monsieur. Je les fais entrer. Mais, je vais aussi rester caché dans un coin, des fois qu'ils voudraient du mal à Monsieur.

— Les flics sont mes amis, Mamadou. Va dans ton office.

Gino Torri ne jette même pas un coup d'œil sur les cartes bicolores de Courthiol et de Bouygues. Il a

toujours pensé que l'administration faisait des frais
d'imprimerie inutiles. Les flics portent leur carte sur leur
gueule.

— Je vous en prie, dit-il. Asseyez-vous. Qu'est-ce qui
me vaut le plaisir de votre visite ?

Le mégot de Courthiol prend la direction du coup
d'œil qu'il lance à Bouygues. Coup d'œil qui signifie :
« On n'a pas l'air de l'impressionner, cette vieille
crapule. C'est tout juste s'il ne se fout pas de nous ! »

— Inspecteur principal Courthiol, de la Brigade criminelle, bougonne-t-il. Mon adjoint, l'inspecteur Bouygues.

Et, tandis que Torri allume lentement le Davidoff
qu'il vient d'extraire d'un étui d'ébène, Courthiol, lui,
sort de sa poche une feuille qu'il déplie :

— Le juge m'a délivré une commission rogatoire pour
assassinat. Vous voyez de qui je veux parler, sans
doute ? Je dois entendre tous témoins, procéder à toutes
perquisitions et saisies.

Torri, impassible, souffle en cercles bleutés la fumée
de son cigare. Il a compris. Mais que peuvent lui
reprocher ces deux types de la Criminelle ? Ferrucci est
mort, et ce ne sont pas Joseph, ni Moustique, qui
risquent de s'accuser de complicité !

— Je ne vois ni de qui, ni de quoi vous voulez parler,
dit-il.

— De l'assassinat de votre ami Paul Graniouze, le
Bougnat. Vous êtes au courant, quand même, hein ?

— Comme tout le monde...

— Et de votre autre ami, Toussaint Ferrucci.

Torri hausse les épaules avec un air d'insolence
suprême, qui a le don d'exaspérer Courthiol.

— J'ai des amis partout. Même dans la police.

Du bout de son Davidoff, il nargue le mégot de
Courthiol, qui reprend :

— Il y a longtemps que vous l'avez vu, Ferrucci ?

— Quinze jours, trois semaines... Il m'a apporté la quittance de loyer. Je le dépanne en lui sous-louant un studio dont je suis locataire passage Thiéré. Tout ce que je sais, c'est qu'il me payait régulièrement.

— Avec quel argent ? demande Bouygues, d'une voix cassante.

Les épaules de Torri se soulèvent :

— Je n'en sais rien. Il avait ses affaires, et moi les miennes, mon bon monsieur. Demandez-le-lui.

Le mégot de Courthiol donne des signes d'agitation. Son teint vire au rouge :

— Je tiens à vous faire remarquer que vous parlez à des policiers en mission qui représentent le juge d'instruction. Je pourrais vous embarquer.

Torri sent qu'il a été un peu loin. Un repli stratégique s'impose :

— Excusez-moi, mais vous devriez comprendre combien il est pénible, pour un honnête commerçant, de voir débarquer la police dans ce quartier résidentiel de Neuilly... Vous avez demandé des renseignements au gardien ?

Courthiol ne répond pas. Bien sûr qu'il l'a questionné, cette espèce de Belge à moustaches, mais il s'est heurté à un mur. Il devine à peu près le montant du pourboire que l'honorable Gino Torri doit lui refiler à la moindre occasion... Bouygues, lui, évalue avec la précision d'un commissaire-priseur la valeur du mobilier Empire, des tapis, des tableaux... Et dans une seule pièce, encore ! Qu'est-ce que ça doit être, si on fait le total ! Plus que ce que dix zélés serviteurs de la société réunis gagneraient de toute leur vie.

— La mort du Bougnat, dit Courthiol, ça a dû vous faire de la peine, hein ?

— Beaucoup, monsieur l'inspecteur, d'autant qu'en plus de l'ami, j'ai perdu un commanditaire...

— Tiens donc !...

— Paul m'avait en effet avancé pas mal d'argent pour m'établir. Je lui payais les intérêts cash, comme il se doit, en attendant de lui rembourser les fonds le plus vite possible.

— Ben voyons, approuve Courthiol. Vous aviez fixé ça devant quel notaire ?

— Je déteste les intermédiaires, dit Torri. C'était en confiance que nous avions traité, entre amis... Une simple reconnaissance de dette...

— Je vois. Ce bout de papier signé entre amis, je suppose que le Bougnat n'en a pas fait des confetti ? Il a dû le mettre à l'abri dans un coffre, à la banque, je ne sais pas, moi ? Peut-être chez lui, dans son coffre personnel ?

Là, Torri a beau s'accrocher à son cigare, il a du mal à garder son sang-froid. Le piège commence à se refermer. Ferrucci l'a bien récupérée, cette maudite reconnaissance de dette, mais qu'est-ce qu'il a pu en faire ? Ce n'était pas une lumière, Toussaint. Un flingueur, oui. Mais petite cervelle... Il s'entend répondre, sur le ton le plus détaché possible :

— Je le saurai quand ses ayants droit se manifesteront... un jour ou l'autre. Ça m'étonnerait qu'ils tardent, d'ailleurs...

— Sauf si le bout de papier a disparu, dit Courthiol, qui s'offre le luxe d'allumer une cigarette neuve.

Il fait des ronds de fumée, comme le faisait Torri avec son cigare, avant d'ajouter :

— Ça vous arrangerait drôlement, hein ? qu'on ne le retrouve jamais, ce papier ! Tenez, je vais vous raconter une histoire : un jour, l'homme qui a signé la reconnaissance de dette, un certain Torri, confie une mallette pleine d'argent à un tueur nommé Ferrucci, pour rembourser le Bougnat. Devant les liasses contenues dans la mallette, le Bougnat ouvre son coffre. Il s'empare de la reconnaissance de dette et la tend au visiteur en échange de l'argent... A ce moment-là...

— C'est stupide, dit Torri. Pourquoi n'y serais-je pas allé moi-même, dans ce cas-là... ?

— Parce que tu n'es qu'un taulier de boîte à partouzes, et que tu n'aurais jamais eu le courage de flinguer le Bougnat, ni la femme qui se trouvait là ! Il fallait trucider le Bougnat pour reprendre ce fameux papier... Elle n'est pas logique, mon histoire ?

— Je vous interdis de me tutoyer, dit Torri, qui perd pied.

— Bien, très bien. Alors, un bon mouvement... Dites-moi qui a tué Paul Graniouze ?

— Le Maltais. Vous le savez ! Mieux que moi encore ! Drame de la jalousie... C'est paru dans toute la presse !

— Non, monsieur Torri. C'est Ferrucci qui l'a tué. Votre ami Ferrucci. Votre reconnaissance de dette, je l'ai ramassée chez lui. Et le magot aussi, dans la cave de la concierge, sa maîtresse sans doute. Si le Maltais avait fait le coup, l'argent n'aurait pas été passage Thiéré. Quant à cette histoire de jalousie, le Maltais a les nerfs plus solides que ça... A propos, vous l'avez connu comment, vous, le Maltais ?

Gino Torri cherche désespérément une réponse. Jusqu'à l'irruption de l'autre soir, il ne le connaissait que de réputation. Mais ce flic de malheur ne peut pas avoir eu vent de cette visite...

— Je ne l'ai jamais vu, dit-il. Je ne fréquente pas les cambrioleurs, même si ce sont des compatriotes.

— Bien sûr, dit Courthiol, ce n'est pas votre spécialité. Trop dangereux. Ça ne vaut pas les galipettes, le ciné cochon, le fric sans risques, hein ?

Torri joue du mieux qu'il peut l'indignation vertueuse :

— Mon établissement reçoit les couples, légitimes ou non, comme n'importe quel hôtel, monsieur l'inspec-

teur. Je ne fais pas de racolage sur la voie publique, je
n'accepte pas les prostituées. Je ne tombe donc pas sous
le coup de la loi. Maintenant, puisque vous pensez que
je suis de l'autre côté de la barricade, ce en quoi vous
vous trompez, demandez donc à vos collègues des
Mœurs si je ne leur rends pas souvent service...

— Je sais, je sais, bougonne Courthiol. Et alors?

Il s'est levé. Il marche de long en large dans la pièce,
le front soucieux. Il est bien insensible, lui, au luxe
arrogant du décor. Ce Torri l'exaspère avec sa face de
faux jeton. Il doit faire un gros effort pour ne pas se
montrer grossier et énoncer, avec une assurance tranquille :

— Vous savez aussi, par la presse, que le Maltais a
flingué Ferrucci dans le bois de Vincennes, j'imagine ?

— Par la presse, en effet! Mais si je devais croire tout
ce que les journaux racontent !

— Savez-vous encore que c'est la même arme qui a
servi pour le Bougnat, pour Doris May, et pour Ferrucci ?

Torri, la gorge sèche, hausse les épaules sans répondre. Les allées et venues de ce flic aux petites mains, aux
petites jambes, à l'air buté, signalent un tournant
dangereux. Mais qu'a-t-il contre lui? Rien. Sinon, il
l'aurait déjà embarqué, alors qu'à la première observation il a cessé de le tutoyer... Puisque c'est la même
arme, c'est bien la preuve que le même tueur s'en est
servi, que le Maltais est bien l'assassin...

— Joseph Mariani, vous connaissez ?

La question, posée à brûle-pourpoint, ne surprend pas
Torri. Il s'y attendait.

— Tous les Corses le connaissent, monsieur l'inspecteur. Son bar, c'est le rendez-vous de nos compatriotes.
Il y a des chanteurs, des avocats, des magistrats...

— Des truands, surtout, coupe Courthiol. Du genre
Moustique ou Cambuccia. C'est drôle que vous ne le

connaissiez pas, le Maltais. Enfin, puisque vous niez...
De toute façon, c'est à moi d'apporter la preuve de ce
que j'avance...

Torri s'efforce de masquer son inquiétude derrière un
sourire qui ne veut rien dire... Ce matin même, il a
téléphoné à son avocat, pour lui demander un rendez-
vous d'urgence. Comme tous les conseils grassement
payés, il rentrait de vacances de Pâques et ne pouvait le
recevoir avant deux jours. Il lui a expliqué l'affaire en
quelques mots : une lettre extorquée sous la menace est-
elle valable en justice ? L'avocat l'a rassuré. Mais c'était
peut-être pour se débarrasser de lui. Il était si pressé, le
maître ! Et si la police avait enregistré la communication ?

— Quelle preuve, monsieur l'inspecteur ?
— Rien, dit Courthiol, sortant de son portefeuille un
papier que Torri, soudain figé, ne quitte pas des yeux.
Vous viendrez quai des Orfèvres, cet après-midi. Je vous
laisse une convocation. En attendant, nous allons procéder à une perquisition. Rassurez-vous, c'est pour la
forme. Je suppose qu'un honnête commerçant n'a rien à
cacher... N'oubliez pas, hein ? Trois heures précises.
Marquez donc ça sur le beau carnet Hermès que je vois
devant vous ! Et prenez une couverture, on ne sait
jamais...

Il se retourne, toise Torri de la tête aux pieds. Son
mégot s'est dressé, à la verticale.

— Je vais vous dire un truc, moi, monsieur Torri. Les
macs je ne les ai pas en odeur de sainteté. Les
entremetteurs non plus. Alors, si vous souhaitez rester le
moins longtemps possible en ma compagnie, tâchez de
m'apporter l'adresse du Maltais.

15

Le sifflement des moteurs décroît, s'assourdit. Le Viscount de la *Caribair* amorce sa descente vers Haïti. Dominique Cambuccia boucle sa ceinture. Il appuie sur le bouton qui relève le dossier de son siège, éteint sa cigarette. De nouveau, il colle son nez au hublot. Au-dessous de lui, les terres ocre et gris du royaume du Vaudou s'avancent comme des pinces de crabe dans les eaux couleur d'aigue-marine qui enserrent l'île de la Gonave. Le profil d'une chaîne montagneuse se dissout dans le bleu du ciel. A perte de vue, des plages alignent leur arc de sable blanc, dans la courbe sombre des cocotiers.

— *Es una maravilla !*

L'exclamation de l'hôtesse lui fait tourner la tête. Elle s'est assise à côté de lui. Elle sangle, elle aussi, sa ceinture. C'est à La Havane que le Maltais l'a remarquée, lorsque l'appareil, venant de Floride, a changé d'équipage. Il l'a gratifiée d'un sourire. La taille, élancée comme une liane tropicale, le regard sombre et brillant dans la peau caramel, le buste, surtout, libre sous le chemisier d'uniforme, lui auraient donné le goût des filles des îles, si l'image de Doris ne tenaillait pas son esprit.

Le Viscount glisse le long de la côte, le train d'atterrissage se déverrouille. Les ailerons grincent. L'avion va se poser. Un large virage et Port-au-Prince jaillit sous l'aile droite, dans la fournaise du soleil de midi. C'est une merveille, en effet. La ville lovée dans la profonde baie dévoile, dans le balancement de l'aile, ses demeures altières, ornées de dentelles de bois, du temps jadis, les villas arrogantes des quartiers résidentiels et les cahutes branlantes, au toit de tôle, qui s'accrochent, l'une à l'autre, sur l'escarpement des collines. Et partout des fleurs, des pelouses, des jardins, des plantations. Le port est une fourmilière de voiles balafrées. Les cargos avalent des tonnes de régimes de bananes vertes, de sacs de café. Des montagnes de fruits jonchent les quais.

Le quadrimoteur rase de si près le faîte d'un hangar que le Maltais croit à l'imminence de l'accident. Un premier choc puis un second, plus dur, et les roues aspirent l'asphalte inégal de la piste. Les chèvres efflanquées, qui broutent l'herbe en bordure de l'aire d'atterrissage, ne lèvent même pas les cornes. Elles ont l'habitude des vrombissements de moteur. Le pilote renverse le pas de l'hélice pour freiner. Le passager Cambuccia se sent projeté en avant. Puis, la pression se relâche et l'avion roule doucement vers le bâtiment d'arrivée.

Le Maltais desserre sa ceinture. Il se lève, cueille dans le filet sa mallette de voyage à l'étiquette « Docteur William Callington, M.D. 66 Knightsbridge S.W. 1, London ».

— Pas de mauvais sang à te faire, avait dit Patte Folle, c'est l'adresse de l'hôtel *Hyde-Park*. Ça va, ça vient, là-dedans. Comment veux-tu qu'ils retrouvent un Callington !

A Bruxelles, le policier de l'air s'est attardé sur le passeport avant d'y apposer le tampon libérateur. Une moustache à la Charlot ornait sa lèvre supérieure. Le

moment comique fut celui où il a articulé avec un fort
accent d'outre-Quiévrain :

— Si ce n'était pas trop vous demander une fois,
docteur, qu'est-ce qu'on peut faire pour guérir la fièvre
de ma femme ?

— Elle tousse ?

— Elle a surtout mal à la gorge, savez-vous...

Le Maltais a pris son air le plus doctoral pour énoncer
son diagnostic :

— Angine. Deux aspirines le matin, deux le soir.
Gargarismes à l'eau salée bouillie et grog au coucher.
Dans trois jours, il n'y paraîtra plus.

Il en souriait encore à New York-Ildewild en escaladant la passerelle du Super-G qui devait le déposer à
Miami, après l'escale d'entretien. A l'aéroport, il avait
hésité : Viviani, un ami de François Marcantoni qui a
déjà recueilli Michelesi, condamné à mort par contu-
mace, tient un restaurant dans le quartier français de La
Nouvelle-Orléans, 29 Bourbon Street, et un autre à San
Francisco, avenue Colombus. Deux points de chute
éventuels, pas plus loin que Port-au-Prince... Mais,
après réflexion, le Maltais a suivi le conseil de Joseph :
mieux valait se réfugier chez le cousin du barman, Roch
Mariani, riche propriétaire de Pétionville, au-dessus de
la capitale haïtienne. Mariani est au mieux avec les
autorités gouvernementales.

Un géant, aussi noir que le cambouis qui macule sa
salopette, s'évertue à plaquer l'extrémité de l'escalier
roulant contre le seuil de la porte de la cabine, que
l'hôtesse a ouverte. Le Maltais est le premier à s'y
engager. En quelques enjambées, il gagne la salle de
débarquement. Le passage devant la police ne pose
aucun problème. Dominique se sent soulagé. En parcou-
rant la courte distance qui sépare les guichets des

bureaux de douane, il considère d'un œil amusé les Noirs qui s'agitent de l'autre côté de la porte vitrée. Des femmes caquettent, assises sur des paquets hétéroclites, des enfants se poursuivent en criant, des vendeurs de Coca-Cola et de balais lancent leur cri : « *K'la, k'la, k'la* », « *Gros balé, ti balé, min machann balé* ». Des refrains haïtiens résonnent, venus d'on ne sait où.

— Hum, hum, fait le douanier, l'air important, la casquette enfoncée sur les yeux. Bonjour, Blanc. Retiré-tchanpan.

Il trace, à la craie, une croix sur la valise que le Maltais empoigne. La mallette ne l'intéresse pas.

Dehors, le soleil flamboie. Le goudron n'est qu'une longue traînée de glu. Il colle aux semelles. Un chiffon rouge flotte sur les capots des voitures déglinguées et bariolées qui servent de taxis. Le Maltais hésite entre deux chauffeurs de même taille, mais de couleurs différentes. L'espace d'un éclair, il essaie de faire la différence entre le mulâtre, le quarteron, le métis, le sang-mêlé, le mamelouque, le griffe et le sacatra. Il y renonce, mais trop tard ! Déjà, il est entouré d'enfants qui crient, qui tendent la main. Tiraillé, harcelé, il a du mal à tenir la poignée de sa valise. Il a serré instinctivement la mallette sous son bras gauche.

La réverbération est intense. Les « *tap-tap* » peinturlurés, crêtés de titres flamboyants, croulent sous le poids des voyageurs agglutinés. Le *Terreur des Routes,* par suite d'une fausse manœuvre, a failli emboutir le *Au Bon Dieu la Chance.* En France, les conducteurs en viendraient aux mains. Ici, ils se font des politesses avec des révérences de marquis du siècle du roi Christophe.

Le Maltais se décide pour le chauffeur triste, tout au bout de la file.

— Pétionville, ordonne-t-il en s'installant sur la banquette arrière.

Pas de taximètre, pas de drapeau.

— Dix gourdes, ça va, Blanc ?
— Ça va.

Le chauffeur se déride. Une forte tape à son chapeau de paille en guise de satisfaction et il démarre après un tapageur demi-tour. Sa conduite lente irrite quelque peu le Maltais. Ils quittent bientôt l'enceinte de l'aéroport. Ils longent un bidonville. Le taxi se fraie un chemin dans le labyrinthe d'étroites ruelles, tressaute sur des rigoles d'eau sale. Une vieille femme édentée s'affaire dans un chaudron fumant avec un morceau de bois. Trois chiens faméliques l'observent, à distance.

— On ne va pas à Pétionville, par ici !

Le Créole lève le bras, regarde le Maltais dans le rétroviseur :

— On passe d'abord par Bois Verna. Moi content embrasser femme. Moi ne sé quand venir, ce soir. Elle aller champs, tout là-haut.

Fataliste, le Maltais attend le retour du chauffeur. Son attention est soudain détournée de cet intermède inattendu par l'apparition d'une jeune fille en minirobe rouge, si légère qu'elle cache à peine la croupe cambrée, les hanches qui roulent. Elle disparaît au coin d'une venelle.

« Eh bien, pense le Maltais, il ne doit pas s'ennuyer, Roch, dans ce bled ! Il doit même amasser un sacré magot avec tous ses bordels. »

— Je suis pressé, dit-il au chauffeur qui a réintégré son volant. Maintenant, tu ne t'arrêtes que devant une banque, il faut que je change... et on file...

Antoine Mariani, le père de Roch, ne risquait pas de faire fortune dans son échoppe de cordonnier du quartier de la Citadelle, à Bonifacio. Sa femme, Maria, usée par les grossesses successives, réussissait le tour de force d'élever ses sept enfants et de confectionner des chemises pour un négociant d'Ajaccio. Cette ménagère méritante était loin de se douter que son préféré, le petit dernier, passait déjà, à quinze ans, pour le plus dur des durs de la Ville Haute, ce quadrillage de rues serrées que de hautes façades austères protègent du soleil. Le manque de surveillance dont il jouissait depuis son enfance en avait fait un voleur aussi redoutable qu'habile. Il dissimulait le produit de ses rapines dans les conduits d'eau de pluie qui relient les toits les uns aux autres. Plusieurs fois arrêté, il avait opposé un tel mutisme à la gendarmerie locale qu'il avait été relâché au bout de quelques heures. On comprend avec quel soulagement le chef de brigade l'avait vu s'embarquer pour le continent.

Marseille est le terrain idéal pour apprendre le métier de proxénète, sous la férule de Spirito, l'un des caïds de la drogue et de la prostitution. Roch, malgré sa petite taille, est ce qu'il est convenu d'appeler un beau garçon, bien découplé, avec des yeux clairs et des cheveux drus. Il s'offre à servir d'homme de main à Spirito qui, pour récompense, lui délègue une pauvre fille soumise, squelettique et rousse. Elle déparait la collection de ses protégées locales, mais elle est bien assez bonne pour le voyou de Bonifacio.

Roch épuise la rousse Lydia sans vergogne, l'oblige à doubler ou tripler son rythme de racolage dans la rue Mazagran, tout près de la Canebière. Très vite, ses économies réalisées lui permettront d'acquérir une seconde femme.

Lydia et Sandrine font bon ménage. Elles ne sont que les premiers éléments de l'équipe de cinq prostituées qui assurent les revenus de Mariani. Mais l'enfant de Bonifacio ne s'en tient pas là. En 1939, il a fait quelques placements de père de famille dans des maisons closes de Sète, d'Avignon et d'Ollioules. Hélas ! le terrain devient brûlant pour des gens de son espèce considérés comme dangereux pour la sécurité générale. La France a déclaré la guerre à l'Allemagne et l'Italie s'est rangée dans le camp nazi. Pour échapper à l'internement administratif au camp de Sisteron, Roch s'embarque sur un cargo à destination de Casablanca. Il était temps. Il trouve un appartement meublé, à la lisière de la vieille et populeuse médina. Là, il fait le point. Certes, il pourrait se contenter des royalties que ses protégées continuent à lui faire parvenir. Mais comment surveiller le nombre des passes ? La mer le sépare du bataillon de prostituées qui consolent le soldat aux alentours de la ligne Maginot.

La débâcle arrive, avec son cortège de difficultés. Le chiffre d'affaires de Roch atteint son point le plus bas. L'inaction lui pèse. Le mandat d'arrêt pour désertion dont il a fait l'objet l'empêche de remettre les pieds à Marseille. Les mois passent. Et soudain, en novembre 1942, alors que les troupes allemandes envahissent la zone libre et que la marine française se saborde à Toulon, une armada alliée débarque en Afrique du Nord.

C'est la chance de Roch. Dans son cerveau inventif germe une idée de génie. La plupart des militaires anglais qui vont être jetés contre les divisions blindées de Rommel sont des engagés. Ils n'ont pas d'argent. Ils ne refuseraient certainement pas, avant leur départ et moyennant finances, d'épouser quelques prostituées qui acquerraient ainsi la nationalité anglaise et pourraient exercer, en toute tranquillité, le plus vieux métier du monde au Royaume-Uni, sans craindre les foudres de Scotland Yard ni des bobbies casqués.

Idée de génie, oui. Il y a de l'or à gagner avec ces mariages blancs. Sitôt dit, sitôt fait. Roch n'a aucune peine à découvrir, dans le quartier réservé, des femmes qui n'ont rien à perdre. Soho Street, le Montmartre londonien, et Charing Cross Road, aux abords de Trafalgar Square, résonnent bientôt des hauts talons des protégées de Roch. C'est son matériel d'exportation. Son premier bordel, il l'a monté aux Bermudes : Hamilton Harbour, le royaume des hôtels de luxe. Ensuite, dans la foulée, Nassau, le paradis fiscal des Bahamas où s'établissent les milliardaires du monde entier.

Il est riche, Roch Mariani. Il ne doit rien à personne. Parfois, il a l'impression que toute la mer Caraïbe lui appartient. Il est loin, le pavé marseillais ! Ils peuvent bien le réclamer, les guignols des cours de justice et des tribunaux militaires. Roch Mariani s'en moque !

Son compte n'a pas cessé de s'accroître, dans la colonne « crédit », à la *British Bank* de Kingston, Jamaïque. Il travaille sur Cuba, Saint-Domingue et Haïti. Le palais colonial qu'il a fait bâtir sur la colline de Pétionville, il l'a payé *cash*. Et il ne reçoit pas n'importe qui, dans son petit Versailles blanc ! Il a des relations, Roch Mariani. Paul Magloire, entre autres. Personnage fringant, bardé de décorations qu'il exhibe un jour sur deux, il commande les casernes Dessalines, à Port-au-Prince. Magloire a un grand avenir, Roch le sait. Il travaille dans l'ombre, il attend son heure. Dans l'imbroglio de la politique haïtienne, tout est possible.

Roch est tranquille. Résident haïtien, protégé par le major Magloire, devenu colonel et grand patron de la police et de l'armée, il va où il veut. Son laissez-passer officiel lui permet de franchir les cordons de la douane et de saluer de haut les gardes des ministères et même ceux du Palais national.

Avec un tel protecteur, le Maltais a vraiment de beaux jours en perspective !

16

Cherchez la femme...

Je me berce de ce lieu commun, tandis que la voiture de Crocbois ralentit au bas de la rue des Martyrs. Je continue à pied, jusqu'à une maison du xviiie siècle, dont la façade s'orne, au premier étage, de guirlandes de pierre.

Je frappe à la porte, mais je n'attends pas la réponse de la concierge pour pénétrer dans une loge qui fait plaisir à voir : tout est clair, propre, bien rangé. Le chat tigré, qui s'étire voluptueusement au pied de la chaise de sa maîtresse, vient se frotter contre le bas de mon pantalon. La vieille aux cheveux blancs pose son tricot, baisse la roucoulade du poste de radio.

— Bonjour, dis-je, la mine réjouie. Vous me reconnaissez ?

Elle secoue négativement la tête. Je poursuis sur ma lancée :

— Je suis venu vous voir il y a quelques années... Moustique ! Vous vous souvenez ?

Elle fait un visible effort de mémoire, mais en vain. Ma tête ne lui dit rien. J'insiste :

— Moustique... le copain de Pierrot-le-Fou !

Ça lui rappelle maintenant quelque chose. Elle me regarde d'un air bizarre.

— Oui, peut-être... Et alors ?

— Alors, rien. Je passais dans le quartier. Je voulais savoir comment vous alliez, depuis le temps. Comme on est du même pays...

Une fois de plus, je suis en train de jouer de ma mémoire qui m'a si souvent rendu service. J'observe la réaction de la concierge. Je vois bien que sa mémoire à elle reste muette. A moi de la faire parler. Le procès-verbal que j'ai lu mentionne qu'elle est née en Corrèze. Comme ma famille maternelle est du Limousin, il n'y a qu'un pas à franchir.

— Vous êtes bien de Chamboulive, n'est-ce pas ? Moi de Seilhac... On en avait parlé ensemble... Le fils Baroulaud...

J'ai beau faire mon sourire des grands jours, ça ne lui dit vraiment rien. Pourtant, c'est bien un nom limousin, Baroulaud. De Saint-Laurent-sur-Gorre, Haute-Vienne. Pour une fois, je ne l'ai pas inventé, ce nom. C'est celui de ma mère...

Même si la cervelle de la vieille flanche manifestement, elle continue de me regarder comme une bête curieuse. Je questionne, l'air innocent :

— Elle est toujours là, la marchande de fleurs ?

— Nénette ? Elle est morte.

Je ravale ma déception. Cherchez la femme, soit. Mais vivante ! Ma bouche retombe en signe d'affliction :

— Elle n'était pourtant pas vieille, dis-je.

— Quarante-cinq ans, une pleurésie... Forcément, toujours sous les portes cochères, par tous les temps ! Sûr qu'elle valait mieux que votre copain.

— Ce n'était pas mon copain, dis-je. Je l'avais arrêté. Je suis de la P.J.

Du coup, l'œil s'éclaire brusquement, comme un ciel nuageux sous l'effet d'une bourrasque. Elle a confiance, le chapelet se déroule. Ça fait du bien de s'épancher, quand on est seule.

— Elle est morte peu après la sortie de prison du ouistiti. C'est comme ça que je l'appelais. Qu'est-ce qu'elle pouvait fabriquer avec un salopard pareil ! Vous savez ce qu'il a fait, à peine qu'elle était froide ? Eh bien, il a déménagé les trois meubles qu'elle possédait, et il les a bazardés au brocanteur de la rue Clauzel. Même le linoléum qu'elle m'avait promis. C'est-y pas malheureux ?

Je la laisse continuer, sans l'interrompre. Il ne faut jamais couper le fil.

— ... Je sais pas ce qu'il devient, celui-là. Mais ça lui portera pas chance. Je l'ai aperçu une fois avec une autre pépé, une rouquine, tout de la pute, dans une grosse bagnole. Comme m'a dit Mme Crochut la semaine dernière, avant qu'elle soit hospitalisée, on se demande où il prend son fric !

— Qui c'est ça, Mme Crochut ?

— La concierge du 7. Même qu'elle a vu la poule sortir de la rue de Dunkerque. Elle allait à la Sécurité sociale, toucher ses prestations... Vous savez, avec ce qu'on gagne, nous, les concierges...

Il a fallu la laisser dévider la bobine de rancœur avant de revenir au point de départ. Pendant ce temps, j'ai parcouru dans ma tête la rue de Dunkerque. Elle se termine au boulevard Rochechouart, et n'a que quatre-vingt-quinze numéros maximum. La caisse d'assurance maladie est au 69 bis. Ça, je le sais. J'y suis allé souvent fouiller dans les dossiers des assurés. Pour venir de la rue des Martyrs, Mme Crochut n'a pu que suivre l'avenue Trudaine, qui longe le lycée Jacques-Decour et tombe au 81 de la rue de Dunkerque. J'ai donc peu de maisons à visiter. Une indication précise, enfin.

— Oui, ça me revient, dis-je, avec l'air du flic qui en sait long. On m'a dit qu'il habitait par là et qu'il était redevenu sérieux. Ça, c'est autre chose... Personne n'a demandé après lui, dernièrement ?

— Ma foi non...

Une joie m'envahit. Je consulte ma montre.

— Il faut que je file, dis-je... Je n'ai pas commencé mes courses. Je reviendrai vous voir bientôt. Adieu, payse !

Je la laisse sur sa faim, mais je suis pressé, fiévreux même. Et de plus en plus, à mesure que je progresse vers cette fameuse rue de Dunkerque ! Aucun doute. Le trajet de Mme Crochut, je le fais à pied en partant de la rue des Martyrs. Elle n'a pu voir Moustique, d'un côté ou de l'autre de la voie, qu'entre le 81 et le 65. Au pire, si elle a une bonne vue, vers les numéros 60, en direction de la gare du Nord.

Vais-je continuer à rôder dans les parages, ou revenir avec le renfort de Marlyse, mon assistante bénévole ? Je n'ai pas intérêt à ce que Moustique m'aperçoive de son logement. La rue Lepic est à dix minutes. Je fais un saut chez nous, pour la chercher. Oui, avec Marlyse, c'est plus sûr.

Il est près de onze heures du soir quand la Peugeot de Moustique entre dans Marseille en se glissant entre les voûtes de la porte d'Aix, gagne la rue de Rome par le Vieux Port et la Canebière, puis suit l'avenue du Prado en direction du Rond-Point. Moustique laisse sur sa gauche le boulevard Michelet, file sur le Prado jusqu'à l'impasse de la Planche. Notre-Dame de la Garde luit sous les feux des projecteurs. Les rues sont désertes. Marseille ne retentit pas encore de son vacarme habituel de klaxons.

— Arrête-toi là, ordonne Joseph, lorsqu'un terre-plein s'offre à eux, devant un hôtel particulier entouré de murs épais. Tu iras m'attendre sur la promenade, devant l'entrée du champ de courses. Dans une heure pile, je te rejoins.

Moustique fait demi-tour. Lorsque les feux de la voiture ont disparu, Joseph Mariani revient sur ses pas. Il aperçoit les stops de la Peugeot s'allumer au rond-point de la plage. Il quitte alors la rue de la Planche, suit le Prado jusqu'à la traverse de la Gironde, marque un temps d'arrêt à l'angle du boulevard de Tunis. Ces lieux déserts le rassurent. Il se décide à sonner à la grille de fer forgé d'un pavillon clos de vieux murs envahis par la vigne vierge. Un domestique vietnamien vient lui ouvrir. Ses pas légers font à peine crisser le gravier blanc. Il reconnaît Joseph, l'accueille avec un sourire obséquieux.

— Le maître vous attend...

Il referme la grille à clé.

Derrière une rangée d'ifs apparaissent les murs de crépi blanc de la luxueuse demeure du célèbre avocat. Le grand salon brillamment illuminé évoque une galerie de peintures, avec ses enfilades de toiles de maître. Maître Carlotti est un grand amateur de tableaux anciens. Joseph ne peut s'empêcher de se demander combien il a fallu d'honoraires pour acquérir tout cela... Et combien de hold-up, d'arrestations, de commissions sur les partages pour justifier lesdits honoraires, pour la plupart en liquide et au noir !

Maître Carlotti, dans sa robe de chambre de velours grenat, ressemble à ceux qu'il fréquente. Il évoque à la fois un magistrat et un truand. Il désigne à Joseph un fauteuil de cuir brun, où le barman se laisse tomber avec un soupir d'aise :

— Content de vous voir, Joseph. Bon voyage ?

— Crevant. J'ai roulé toute la journée. Il y avait de la bagnole sur la route !

Les épaules de l'avocat se soulèvent. Ses mains se tendent, théâtrales, en un geste d'impuissance, avant de s'affairer sur le bouchon d'une bouteille de champagne qu'il vient de sortir du minuscule réfrigérateur placé à la droite de son fauteuil, tandis que le regard de Joseph se pose, perplexe, sur un Picasso avant de se rassurer, approbateur, grâce à une fille de Renoir bien en chair, comme il les aime...

— Pourquoi n'avez-vous pas pris l'avion ? demande Carlotti, qui a vu la mimique et réprime un sourire. Ç'aurait été moins fatigant.

— J'ai mon chauffeur. Moustique, vous connaissez ?

— Oh ! Moustique ! Et ses voitures...

— Quoi, ses bagnoles ?

— Voyons, sa voiture est-elle saine ou pas ? Parce qu'avec lui...

« Merde, pense Joseph, c'est vrai ! Il est de bon conseil, Carlotti ! »

Joseph s'en est remis à Moustique pour le voyage. Il ne s'est pas du tout posé la question. Carlotti a touché le point sensible. Si la voiture est normale, pas de problème, Moustique et lui sont en balade dans le Sud-Est. Ils n'ont rien à craindre. Mais si la Peugeot a été volée ?

Joseph repousse cette éventualité. Moustique n'aurait pas fait ça, tout de même ! Il lui posera la question en sortant. Au pire, il rentrera par le train. L'avion lui fait peur. Il y a eu trop d'accidents ces temps derniers. Du bout de son index, il cueille une bulle au ras de sa coupe, dont la mousse déborde. Il pose délicatement la goutte de liquide glacé derrière son oreille.

— Ça porte bonheur ! dit-il.

Il élève le verre à la hauteur de son front pour porter un toast, boit quelques gorgées :

— Dominique aurait aimé connaître le salaud qui a placé la lettre anonyme dans sa cellule, sitôt après son évasion, dit-il. D'après lui, il n'y aurait guère que Torri, pour avoir intérêt à lui faire porter le chapeau. Il a dû payer un gardien...

— J'ai mon idée là-dessus, dit Carlotti, l'œil allumé derrière ses verres de myope. C'est Lucien Pinazza, de Bonifacio... Son frère a épousé la nièce de Gino Torri. Il

vivait à Saint-Antoine, de l'autre côté de Marseille, en
meublé... Deux heures de tramway par jour ! Vous allez
voir comme il y a de drôles de hasards... Ce Lucien qui
n'arrivait jamais à joindre les deux bouts, eh bien il a
loué un deux-pièces, chemin de la Sonde, à deux pas des
Baumettes. Et il a dévalisé les *Dames de France* pour se
meubler, en payant cash ! La conclusion se fait toute
seule, non ?

Maître Carlotti regarde Joseph bien en face. Un mince
sourire découvre trois dents en or :

— C'est ça qu'il faut lui expliquer à Dominique,
Joseph. Vous verrez qu'il sera de mon avis. Expliquez-
lui aussi que les lettres de Ferrucci et de Torri ne valent
rien. Ferrucci est mort. L'autre prétendra qu'elle lui a
été extorquée sous la menace. D'ailleurs, il ne serait pas
assez stupide pour s'accuser d'avoir fait flinguer le
Bougnat. Sa reconnaissance de dette n'est pas une
preuve. On ne l'a pas trouvée chez lui. Il pourra toujours
dire que Ferrucci a tout combiné à son insu.

— Malgré les aveux qu'il nous a faits ?

— Bien sûr.

Joseph est atterré. Tout se mêle dans sa tête. Carlotti
apprécie son silence. Il en profite pour remplir les
coupes de ce champagne qui le rend euphorique, lui,
mais qui semble plonger le barman du *Corsica* dans la
dépression... C'est avant tout un homme d'affaires,
maître Carlotti. Le tiroir-caisse bien huilé s'ouvre dans
sa tête :

— Pendant que j'y pense, le Maltais m'avait promis
une provision. J'ai eu pas mal de frais, avec son histoire.
Il devait me l'adresser après avoir vu le Bougnat...

C'est d'un geste presque machinal que Joseph sort de
sa poche une liasse de billets, les jette en vrac sur la
desserte :

— Je fais l'avance pour lui, le temps qu'il se rem-
plume puisque le fric du Bougnat a été saisi.

— Bien sûr qu'il faut qu'il se refasse, dit Carlotti, qui pense déjà à ce que la nouvelle activité du Maltais va pouvoir lui rapporter. C'est même indispensable. Le moral ?

— Ça va. Enfin du mieux possible après le coup dur. Si vous voulez le joindre, il vous faudra passer par moi. Je l'ai expédié au calme pour le moment...

Maître Carlotti acquiesce, avant de lancer :

— Bravo. Pour Pinazza, qu'est-ce qu'on décide ?

Le front de Joseph se plisse :

— Je ne comprends pas.

— J'ai le gars qu'il faut pour exécuter le contrat. Et pas cher ! Vous en parlez à Cambuccia et vous me rappelez...

— D'accord, dit Joseph en se levant. Il nous servira peut-être plus vivant que mort, pour témoigner du coup monté. En attendant, on fait comme si on ne savait rien.

Joseph tire de sa poche le pistolet muni du silencieux enveloppé dans un papier journal.

— C'est l'arme des crimes, dit-il en la remettant à Carlotti. Peut-être servira-t-elle à innocenter le Maltais. Ses empreintes n'y sont pas. Il vous demande de la planquer en attendant des jours meilleurs, cher Maître. Contre honoraires, bien entendu.

17

Si j'avais l'âme militaire, je me mettrais au garde-à-vous devant le receveur principal des P.T.T. de la rue Hippolyte-Lebas, dans le 9e arrondissement. Sa vareuse bleue me rappelle ma jeunesse, le temps où je jouais les comiques troupiers sur la scène du Petit-Casino. Je distingue mal, dans la pénombre, la couleur du ruban qui orne sa boutonnière. Légion d'honneur, Mérite agricole, Ouissam alaouite ou Palmes académiques ? Ses cheveux poivre et sel, taillés en brosse, me font opter pour la Légion d'honneur. Je le vois bien, mon receveur, assis à côté d'Hidoine, dans un banquet de sous-officiers de réserve qui lui permettrait d'échapper, une fois par mois, à la douce torpeur du foyer conjugal. Un employé en blouse grise, juché sur un escabeau, change l'ampoule qui venait de griller, et je peux maintenant vérifier que le ruban rouge confère au receveur la dignité qui sied à sa cinquantaine bien sonnée. C'est le genre d'homme qui prend ses fonctions au sérieux. Deux rides creusent son visage de chaque côté du nez. Les fines lunettes d'acier, le regard froid du fonctionnaire modèle, grand responsable de la distribution du courrier dans les quatre quartiers de l'arrondissement, témoignent de l'importance du personnage, cible de mes préoccupations actuelles.

Le soleil a fait son apparition, en cette matinée enfin printanière, comme pour saluer le progrès de mon enquête, que je dois à Marlyse.

Tout a commencé au petit déjeuner, tandis qu'elle me servait un grand bol de café.

— Tu sais à quoi je pense ? m'a-t-elle dit.

— Non, mais je vais le savoir.

— Ne plaisante pas. Suppose que la caisse d'assurance maladie de la rue de Dunkerque doive de l'argent à Moustique... C'est possible, après tout. J'y fonce, je ramasse le plus de prospectus possible pour me donner une contenance, et je commence mon porte-à-porte.

Elle est vraiment douée, Marlyse. De mon observatoire, un bistrot de l'avenue Trudaine, je la voyais entrer et ressortir des immeubles, son adorable bonnet bleu ciel couvrant ses cheveux jusqu'aux oreilles, ma serviette à la main pour faire sérieux. J'ai su que la huitième visite avait été la bonne, quand j'ai vu ma compagne rappliquer dare-dare vers le bistrot.

— Troisième gauche, a-t-elle dit, quelque peu émue, essoufflée. Au 62, fond du couloir à droite. Vue sur cour. Malheureusement, il n'est pas là.

— La concierge ne s'est pas méfiée ?

— Pas du tout. Elle m'a même demandé de faire une vérification pour elle. Il paraît que la Sécurité sociale lui doit de l'argent !

Malgré l'absence de Moustique, Marlyse ne s'avouait pas vaincue :

— Ne m'as-tu pas dit que la vieille Laetitia écrivait à son neveu aux bons soins de Joseph en inscrivant les initiales D. C. au coin de l'enveloppe ? Tu devrais chercher de ce côté-là.

Vingt minutes plus tard, j'étais au bâtiment central des P.T.T. de Paris 9e, devant le receveur décoré.

— Inspecteur Borniche, dis-je en exhibant ma carte

tricolore. J'ai besoin de vos lumières pour une affaire exceptionnelle, monsieur le receveur divisionnaire.

J'ai l'impression que j'y vais un peu fort. Ce grade existe-t-il dans les Postes ? Tant pis. Je fais comme Hidoine qui croit calmer les colères du Gros en lui distribuant des « monsieur le directeur ». Quand on veut franchir les remparts administratifs, tout est bon, de la ruse à la flatterie.

— Oui... Que puis-je pour vous ?

Le regard derrière les lunettes s'est encore refroidi. Preuve que le fonctionnaire ouvre déjà son parapluie. Sans doute se demande-t-il quel problème je vais lui coller sur les bras ?

— C'est simple, dis-je, avec mon sourire le plus rassurant. Vous avez naturellement entendu parler du Maltais. Eh bien, grâce à vous, je peux l'arrêter.

Le héros décoré a un mouvement de recul, comme s'il s'attendait à voir le redoutable malfaiteur surgir, le pistolet au poing, dans son univers de routine. Ses yeux s'agrandissent. Les lunettes ont glissé d'un centimètre sur le nez. Les rides, de chaque côté, se sont brutalement creusées.

Je continue, sur ma lancée, à développer mon plan de bataille :

— J'ai appris qu'il reçoit du courrier au bar *Le Corsica*, rue Fontaine, au nom de son ami Joseph Mariani. Peut-être même au sien.

Le receveur incline la tête. Ses mains se joignent. Il ressemble à un curé, maintenant. Il ne lui manque que la soutane de mon expédition corse. Il se recueille. Il a compris ce que je voulais. Il prend tout son temps pour réfléchir. Le silence commence à me peser, quand il se décide :

— En somme, ce que vous souhaitez, c'est la surveillance du courrier pendant des jours et des semaines ! Vous vous rendez compte, c'est un travail de titan !

Mon « divisionnaire » commence à s'abriter derrière le mur des lamentations ! Je le coupe, très vite :

— Quand on change d'adresse, on vous demande bien de réexpédier la correspondance, n'est-ce pas ? Alors, il me semble que ce n'est pas plus gênant, ni plus fatigant, que ce que je désire. Ce qui est primordial pour mon enquête, c'est de savoir si les lettres que reçoit Mariani sont destinées à lui-même ou à Dominique Cambuccia, le nom du Maltais. C'est simple...

L'officier de réserve-ecclésiastique relève la tête, laisse tomber ses bras le long du corps. C'est vraiment l'employé perplexe, maintenant. Et je suis, moi, le pépin de sa journée.

— Comment voulez-vous le savoir ? dit-il. Je ne peux pas vous donner les lettres à lire, tout de même !

Je joue les flics indignés :

— Certainement pas... Quelques-unes, en provenance de Sartène, porteront l'adresse de Mariani, avec, dans l'angle, les initiales D. C. C'est déjà une indication. Si le Maltais est à Paris, Mariani les lui remettra. S'il est ailleurs, il les réexpédiera.

Le receveur lève les bras au ciel :

— Mais enfin, monsieur l'inspecteur, est-ce que vous êtes conscient de ce que vous me demandez ? Les lettres peuvent être jetées par Mariani dans n'importe quelle boîte de la région parisienne, sous un nom et sous une adresse différents ! Comment voulez-vous... ?

— Qui ne risque rien n'a rien, dis-je. C'est ce que dit mon patron. Alors, moi, je risque. Je sais que ce n'est pas facile, mais un homme comme vous doit pouvoir arranger ça... Mariani peut aussi recevoir du courrier du Maltais. J'ai un spécimen de son écriture. Vous me prévenez, j'arrive et je vérifie...

La bouche et les yeux du receveur tombent à la verticale. Il a l'air d'un employé des pompes funèbres, maintenant. Ses sourcils attristés montrent le peu de cas qu'il fait de mon efficacité policière.

— Il faudrait que vous soyez là matin et soir, marmonne-t-il. Est-ce que vous savez que je ne peux rien faire sans être couvert par un ordre de la justice ?

— Je l'ai, dis-je, sortant majestueusement le papier de mon portefeuille.

J'avais prévu le coup. Je l'ai rédigé juste avant de venir, mon procès-verbal de fantaisie. Les juges d'instruction ont l'habitude de déléguer leurs pouvoirs aux flics, pour que l'enquête aboutisse plus vite. Leurs paperasses s'appellent des commissions rogatoires. J'en ai une bonne dizaine qui intéressent des affaires différentes. En me servant de la plus récente, j'ai tapé la réquisition indispensable à la vérification du courrier. Et deux autres pour d'autres centres postaux. Personne ne viendra juger de leur authenticité.

Le receveur la parcourt à mi-voix, examine le cachet que j'ai apposé, bien violet, bien lisible. Je lis sur son visage que ça change tout.

— Cette pièce me délie du secret professionnel, dit-il, plaçant respectueusement le papier dans son tiroir. L'observation commencera cet après-midi même, monsieur l'inspecteur... Je vais faire bloquer tout courrier arrivant au nom de Cambuccia et de Mariani avec les initiales D. C., c'est bien ça ?

— Oui. Plus les enveloppes où vous reconnaîtrez cette écriture...

Je sors de ma poche la photographie d'un brouillon de lettre découvert dans la cellule du Maltais. Marseille nous l'a expédié et Cocagne, le spécialiste de l'identité de la Sûreté, en a tiré plusieurs exemplaires pendant que je tapais mon procès-verbal. Le receveur l'examine, l'agrafe à ma réquisition.

Il est dans une phase de zèle, maintenant :

— Et si les lettres arrivaient hors de mon arrondisse-ment, je ne sais pas, moi, en poste restante ?

— C'est prévu, monsieur le divisionnaire, j'ai rédigé la même réquisition à l'intention du receveur du 18ᵉ, car Mariani habite cité Véron, et à votre collègue de la recette principale de la rue du Louvre, qui couvre la région parisienne. Comme dit mon patron, ce que l'on cherche, on le trouve, et ce que l'on néglige, nous échappe.

— Alors, ces démarches, Borniche ?

C'est tout. Il a raccroché. En quelques enjambées, je traverse le couloir. Je frappe deux coups à la porte du Gros. J'attends son « Entrez ! » impératif.

Son œil des mauvais jours m'accueille, au bas du front crispé. Il ne m'invite pas à m'asseoir. Impassible, il écoute le compte rendu de mes visites matinales.

— Et c'est tout ce que vous avez à me dire ? gronde-t-il quand j'ai terminé. Dommage, oui, vraiment dom-mage que vos enquêtes se limitent désormais à des enquêtes de concierges ou de postiers ! Vous m'aviez habitué à mieux. Sans indiscrétion, vous comptez l'arrê-ter quand, votre Maltais ?

J'ai beau être vacciné, je reçois son ironie en pleine figure. Comme si j'avais perdu mon temps, depuis mon retour de Sartène ! J'ai déjà marqué un point. Grâce à la concierge de la rue des Martyrs, et le précieux concours de Marlyse, j'ai découvert le domicile de Moustique. Les résultats de mon intervention à la poste ne devraient pas tarder.

— Je me suis d'abord occupé de placer mes pions, patron. Maintenant, je vais remuer mes indics.

Le Gros se rejette en arrière, les pouces dans les poches du gilet qui s'écarte sur son ventre de plus en plus imposant. Ses yeux de magot chinois se rétrécissent encore plus. Il se moque de moi, c'est visible, tandis qu'il articule, avec une lenteur étudiée :

— Vos pions, ne me faites pas rire ! Pour Moustique, ce n'est plus la peine, en tout cas. Il est arrêté.

Il jouit de ma stupeur, Vieuchêne !

Ainsi, Courthiol a fait feu de tout bois. Les barrages qu'il a sûrement déclenchés lui ont donné plusieurs longueurs d'avance sur nous.

J'avale difficilement ma salive.

— Et Joseph, ils l'ont arrêté aussi ?

Le Gros remue négativement la tête :

— Non. Lisez le télégramme sur ma table.

« COMMISSAIRE PEDRONI SRPJ MARSEILLE A DIRECTION PJ PARIS — PRIÈRE FOURNIR TOUS RENSEIGNEMENTS SUR MORELLO ALBERT SANS PROFESSION NI DOMICILE CONNU INTERPELLÉ BOULEVARD DE LA PLAGE PAR PATROUILLE DE NUIT COMMISSARIAT SAINT-GINIEZ — STOP — ÉTAIT SEUL AU VOLANT VOITURE VOLÉE CONTENANT MATÉRIEL CAMBRIOLAGE — N'A PU JUSTIFIER SA PRÉSENCE DANS CE QUARTIER RÉSIDENTIEL — STOP — PINCES, GANTS, MASQUES ET CHALUMEAU SAISIS SERONT DÉPOSES GREFFE — INTERROGATOIRE SE POURSUIT — FIN. SIGNÉ : PEDRONI. »

Je repose lentement le message sur le bureau. Déçu, satisfait à la fois. Pedroni, c'est la Sûreté, pas la Préfecture. Il y a moyen de s'entendre. Et Moustique ne semble avoir parlé ni de Joseph, ni du Maltais...

Le Gros se lève, lance ses lunettes sur le sous-main que nous lui avons offert, Hidoine et moi, pour son anniversaire.

— Manquerait plus qu'il se mette à table et qu'il balance la planque du Maltais ! grogne-t-il.

— Ce n'est pas son genre, patron. Et ça m'étonnerait que le Maltais lui ait fait des confidences. Celui qui sait tout, c'est Joseph, croyez-moi. Reste à prouver s'il était avec Moustique à Marseille...

Après quelques secondes de réflexion, ma décision est prise : .

— Je vais passer à son bar. Je verrai bien s'il est là !

— Inutile, dit le Gros. Il y est. Il l'a ouvert, comme d'habitude, à quatorze heures. Hidoine, qui est sur place, m'a prévenu. Naturellement, Courthiol y est aussi, avec ses camionnettes. J'ai téléphoné à Pedroni, pour le calmer. Je lui ai dit que nous faisions les recherches nécessaires, sans lui parler du Maltais, bien entendu. Je lui ai surtout recommandé de ne rien communiquer à la presse, car cela pourrait gêner nos investigations. Maintenant, je me demande si vous devez aller à Marseille interroger Moustique au sujet de l'assassinat du Bougnat...

— Comment cela ? dis-je, stupéfait.

— Mon pauvre Borniche ! Servez-vous donc un peu de votre cervelle. Un : Henriot, de l'Identité, a relevé sur les lieux des pointures de très petite taille, vous vous souvenez de ça, j'espère. Or, Moustique est un nabot, ou presque. Deux : Ferrucci a été torturé au chalumeau avant de recevoir une balle dans la tête. Les Marseillais ont justement retrouvé un chalumeau dans la voiture de Moustique. Vous ne croyez pas que cela me permet de faire un singulier rapprochement et de conclure que Moustique, Joseph et le Maltais, c'est le trio meurtrier ?

— Joseph et le Maltais, peut-être, dis-je. Moustique, j'en doute. Je l'ai toujours considéré comme un comparse. Vicieux, bien sûr, mais pas d'envergure. Un cambrioleur minable.

— Admettons. Mais, plus j'y pense, plus je suis d'avis que vous fonciez à Marseille l'interroger aux Baumettes, dès que Pedroni s'en sera débarrassé.

L'arrogance du Gros s'est calmée. Preuve que sa perplexité croît en proportion directe de sa réflexion. Je peux le contredire sans risquer ses foudres. Je m'offre un air sceptique :

— Si Moustique n'a rien dit à Pedroni, avec les moyens frappants que celui-ci affectionne, ça m'étonnerait qu'il me fasse, à moi, des confidences ! Je préfère ma piste des P.T.T.

Vieuchêne stoppe net sa progression vers son fauteuil de grand chef opérationnel :

— Ne me cassez pas les pieds avec vos P.T.T., Borniche ! Je vais vous dire une chose, moi. A voir la forme que vous affichez en ce moment, vous ne l'attraperez jamais, le Maltais !

18

La peau bronzée, encore scintillante de l'eau chlorée de la piscine, les poils noirs de son torse de lutteur émergeant de son peignoir entrouvert où des oiseaux des îles se disputent les palmes des cocotiers dans une débauche de couleurs, Roch Mariani a sursauté lorsqu'a retenti, devant le portail, la pétarade d'un moteur de taxi moribond. Le soleil, au-dessus des massifs de flamboyants, l'éblouissait malgré ses lunettes noires.

Qui donc marche à côté de l'escogriffe noir porteur d'une lourde valise ? Plissant les yeux, il distingue, derrière le chapeau de paille, des cheveux d'un blond clair. Il presse le pas, ouvre les bras au Maltais :

— Dominique... ça, alors !

Les deux hommes se donnent l'accolade, à coups de tapes sur les omoplates, puis se séparent les bras tendus.

— Sois le bienvenu, dit Roch. Tu aurais pu me prévenir. Je serais allé te chercher à l'aéroport.

Le chauffeur s'éclipse discrètement, en recomptant les gourdes dont le Maltais l'a gratifié.

— Comment aurais-tu fait puisqu'on ne se connaissait pas ?

— Tu parles, dit Roch, un blond, ça se remarque ! On lit les canards français ici, qu'est-ce que tu crois ? Ta photo est parue partout.

Tout en gagnant la luxueuse villa de style colonial, les deux hommes s'examinent avec sympathie. Le Maltais compare les traits de Roch avec ceux de son cousin Joseph. Ils ne se ressemblent vraiment pas. Roch apparaît comme un athlète à la cinquantaine séduisante. Il est de Bonifacio, le pays d'au-delà-des-Monts, la partie méridionale de la Corse, où les tempéraments se forgent. Joseph, lui, est de Bastia, de l'autre côté. C'est sans doute pour ça qu'il a choisi une existence relativement tranquille : servir des pastis à longueur de soirées n'a rien d'exaltant. Non, il ne ressemble pas à Roch, Joseph, avec son petit chapeau un peu ridicule qu'il porte droit sur le crâne, à la manière des rabbins... Avec Roch, le Maltais ne se doutait pas qu'il allait tomber sur un homme respirant à ce point la force et la fortune. Un privilégié, dans ce décor de rêve !

Roch l'a pris par le bras, l'entraîne vers le living :

— Mes nègres vont s'occuper de ta valise, dit-il. Tu dois avoir soif, avec cette chaleur. Punch ou champagne ?

— Une bonne douche, dit le Maltais, le remerciant d'un sourire.

Roch part donner des ordres dans l'office.

L'alliance du luxe et du charme exotique éblouit Dominique. Il est impressionné, malgré lui. Admiratif, même. Le living aux proportions seigneuriales donne de plain-pied sur une terrasse meublée de sièges de rotin et de coussins multicolores. Ses yeux portent, au-delà de la piscine ovale dont le bleu de la mosaïque se confond avec celui de l'eau, sur un panorama illimité. Le regard de Dominique embrasse la baie de Port-au-Prince, au bas des collines au long desquelles dégringolent des cascades de genévriers et de lauriers-roses. « Le Paradis », se dit-il, troublé, presque mal à l'aise devant tant de beauté.

Le décor intérieur est digne du paysage. Comble de

luxe inutile sous les Tropiques, une cheminée monumentale dans laquelle reposent deux bûches, sur des chenets de bronze. Vision surréaliste, lorsqu'on entend, en même temps, le ronronnement des climatiseurs. Des tableaux naïfs haïtiens recouvrent les murs. Etranges images d'une nature à plat, sans perspectives, mais vibrante de mystère, de surnaturel et de quotidien à la fois. Et toujours ces couleurs, comme dans le jardin, comme sur ces collines qui descendent jusqu'au bleu intense de la mer. « Comme les autocars peinturlurés que j'ai vus tout à l'heure », se dit-il.

Oui, si la chance lui sourit, le Maltais pourrait bien consacrer le magot, qu'il reconstituera avec quelques beaux coups, à l'acquisition d'une maison comme celle-ci. Roch l'accueille fraternellement, c'est sûr, mais il ne pourra rester chez lui indéfiniment. Si les femmes rapportent plus que les braquages, lui, le Maltais, ne pourrait pas faire le maquereau. Ce n'est pas son genre. Il préfère le risque.

— Ta piaule est prête, dit Roch, qui réapparaît à l'autre bout du living, une bouteille de champagne à la main. Ma jeune Joséphine t'a soigné. Une sacrée belle créole. Après, on déjeunera.

Il se sert une coupe, enchaîne :

— César, mon cuisinier, est un peu sorcier. C'est le roi des spécialités de l'île. Grouille-toi.

De sa chambre, au premier étage, le Maltais pourrait plonger directement dans la piscine. Il ressent un pincement au cœur. Qu'elle serait belle, Doris, naïade bronzée, allongée sur les dallages bleu ciel ! Il reste songeur. Les pétales déliés des flamboyants boivent le soleil des Tropiques. Il lit sa destinée dans le rouge des fleurs, qui lui rappelle les reflets sanglants du soleil couchant, entre mer et ciel, la veille, avant l'escale de New York.

Il y a des jours comme ça, où on ne se dit rien, Marlyse et moi, pendant tout le déjeuner. On s'éternise devant les assiettes. Elle pense de son côté, moi du mien. Ça n'enlève rien à notre complicité, au contraire. C'est une forme de respect. Et c'est aussi grâce à de tels moments qu'on tient la route depuis un bon bout de temps, tous les deux. Je ressasse mes affaires. Marlyse sait que ce n'est pas facile. Elle comprend que son silence m'est autant indispensable que sa présence. Le receveur des postes ne m'a pas donné de ses nouvelles. A croire que Joseph Mariani traite toutes ses affaires par téléphone. Ou que les postiers n'arrivent pas à sortir, du flot de courrier du 9e, les lettres destinées au *Corsica*. Aucune des deux hypothèses n'est guère réjouissante.

Marlyse dégrafe son tablier, le pose sur une chaise, s'installe en face de moi. Je la regarde. Je la trouve toujours plus belle. Je lui décerne un sourire amoureux. Mais son air sérieux m'annonce qu'elle est dans un moment « femme-flic ».

— Voilà à quoi j'ai pensé, Roger. Tu ne devrais pas t'en faire autant. A mon avis, les employés des postes ne pourront jamais te rendre compte de tout le courrier Mariani. Le receveur te l'a dit, c'est un travail énorme. De toute façon, même s'ils font tout ce qu'ils peuvent, ils risquent de laisser passer une lettre qui serait justement la bonne. J'ai une idée.

Je vide ma tasse et dresse l'oreille. Marlyse a toujours de bonnes idées. Ce n'est pas la première fois depuis que je cours après les truands.

Elle passe ses bras autour de mon cou.

— ... Et si tu lui envoyais une lettre recommandée, à Cambuccia, au *Corsica* ? Une lettre qui attirerait automatiquement l'attention des postiers. Tu aurais un moyen de contrôle.

— Qu'est-ce que tu chantes là ?

Je me suis écarté, agacé. Marlyse ne se démonte pas. Elle me regarde avec un petit sourire de pitié :

— Ecoute-moi jusqu'au bout, poursuit-elle. Une lettre recommandée arrive de Corse au nom de Dominique Cambuccia, au bar par exemple. Que va faire Joseph ? Il n'acceptera pas une lettre recommandée destinée au Maltais. Alors, de deux choses l'une : ou il renvoie la lettre à l'expéditeur, ou il la rend tout simplement au facteur avec l'adresse où faire suivre. Tu me suis ?

Je pose ma main sur celle de Marlyse pour me faire pardonner mon mouvement d'humeur. Son idée n'est pas si bête après tout. Elle a le mérite de limiter les surveillances. Oui, mais...

— Oui, mais qui pourrait envoyer une lettre recommandée au Maltais ? Que mettre dedans pour la justifier ? Il faudrait qu'elle vienne de Sartène, que Joseph reconnaisse au moins l'écriture. Sinon, il se méfiera.

— Justement... Tu m'as dit que, dans le coffre de la tante Laetitia, tu avais vu le dossier du Maltais ?

— Oui. J'ai même piqué dedans des documents.

— Tu te souviens de ce qu'il y avait d'autre ?

— Tu parles ! La copie du curriculum vitae du Maltais m'a sauté aux yeux.

— Eh bien, voilà... Il suffit que la tante Laetitia le lui envoie chez Joseph, en recommandé avec accusé de réception. L'adresse de l'enveloppe sera libellée de sa main, et Joseph, qui connaît l'écriture, ne pourra que la réexpédier ou la faire suivre.

J'évite un geste d'impatience.

— Comment vas-tu expliquer à Laetitia de faire ça ?

— Facile, mon gros nounours. On va le lui demander dans une lettre anonyme, tapée à la machine. Elle pensera que c'est par précaution, mais elle sera sûre que ça vient du Maltais. On lui précisera qu'elle doit expédier d'urgence le curriculum vitae, sans rien d'autre. Tu crois qu'elle ira chercher plus loin, la pauvre vieille ? Surtout si tu glisses un billet de cent francs dans l'enveloppe !

Marlyse est vraiment démoniaque. C'est elle qui devrait être à ma place, dans le service de Vieuchêne. Seulement, elle ne les supporterait pas huit jours, les foucades du Gros.

— Et tu vas la poster d'où, la lettre ?

— De la rue Fontaine, voyons. Si, par extraordinaire, Laetitia regarde le cachet de départ, elle sera rassurée. Et nous, nous verrons si les postiers surveillent bien tout le courrier de Joseph. Normalement, ils devraient te prévenir puisqu'on mettra au verso *Le Corsica* avec l'adresse.

— Tu crois qu'on n'y va pas un peu fort ? dis-je, encore sceptique.

— Mais non, mon poulet. Comme dirait ton illustre patron : « Nul n'est plus chanceux que celui qui croit à sa chance. » Et moi, j'y crois.

Elle est bien la seule. Toute cette affaire tourne on ne peut plus mal. D'après les rapports de la P.P., que Vieuchêne distrait au passage, l'enquête de Courthiol s'enlise dans les marécages montmartrois. L'interrogatoire Torri n'a rien donné. Comme je l'avais prévu, Moustique n'a pas parlé, malgré les uppercuts au foie de Pedroni.

Et quant à moi, force est de constater que le Gros, pour une fois, a raison. Je traverse une passe de malchance comme je n'en ai jamais vécu.

19

Port-au-Prince est en liesse. La ville, qui oublie sa misère au rythme des tambours, vit l'apothéose d'une journée folle. Elle acclame le retour du colonel Magloire dont la campagne électorale dans les départements du Nord et du Centre a pris l'allure d'un plébiscite. Les cloches de la cathédrale le célèbrent du haut de leurs tours jumelles, roses et blanches, qui narguent les nuages que l'alizé balaie sur le bleu implacable du ciel. Les carillons de la Sainte-Trinité leur répondent. Les drapeaux rouge et bleu de la République haïtienne claquent sur le Champ-de-Mars.

Le président Estimé Dumarsais ne jurait que par les Noirs. Paul Magloire, son successeur, sera le président des mulâtres. Il l'a garanti lors de sa randonnée triomphale. Les métis respirent. Les banderoles de la Grande Rue expriment leur reconnaissance en lettres d'or : « *Bienvenue à notre sauveur* ». Les arcs floraux croulent sous son portrait. « *Gloire à Magloire, Cançon Fé*[1] », scande la foule. Des groupes de danseurs se déchaînent, comme au temps du carnaval. Les robes bariolées des filles se tendent sur le galbe des hanches.

Le Maltais ne peut rester insensible à la prodigieuse

1. *Cançon Fé :* pantalon de fer. Homme fort.

sensualité qui a pris possession de l'île, comme chaque
fois qu'un événement suscite une fête. Il se fraie un
chemin dans la cohue de riches et de pauvres qui
ovationne le chef de la Junte devant les grilles de la
somptueuse résidence de la Boulle. Le colonel Magloire
y a convié les personnalités de l'île, opportunément
ralliées. Le corps diplomatique au grand complet est de
la cérémonie.

C'est par la radio que Dominique a appris, ce matin,
que le colonel avait pris la tête du triumvirat militaire,
première étape de sa marche vers la présidence. Il se
moque de la politique, Dominique. Ce qui lui importe,
comme le lui a suggéré Roch Mariani, c'est d'avoir
l'oreille des autorités en place afin de pouvoir reconsti-
tuer sa fortune dans ce paradis tropical. Roch affectionne les régimes forts. Aussi est-il depuis longtemps
acquis à son ami et protecteur vigilant, Paul Magloire.

Dominique présente le laissez-passer officiel aux
impressionnants gardes noirs, en uniforme bleu, qui,
devant l'entrée principale, sont chargés de réceptionner
les notabilités.

— Je te rejoins dans deux minutes, a dit Roch en lui
remettant l'invitation. Le temps de m'approvisionner en
cigarillos et de garer ma bagnole. Tout le monde me
connaît, ici, je n'en ai pas besoin.

Les salons et les pelouses de la luxueuse propriété
regorgent de sommités civiles et militaires. L'or et les
diamants s'étalent sur la peau caramel des femmes.
L'éclat des smokings blancs dans le soleil couchant fait
oublier qu'Haïti est l'un des pays les plus pauvres du
monde. Le Maltais compare, d'un œil amusé, les unifor-
mes chamarrés à ceux des gardes du palais princier de
Monaco. « L'opérette gagne du terrain ! » pense-t-il. Il
s'est discrètement placé dans l'embrasure d'une fenêtre,
un verre de champagne à la main, pour se donner une
contenance. Sa stature et ses muscles, ses cheveux

blonds, son regard bleu et le smoking immaculé, que Roch lui a prêté, attirent plus d'un regard féminin. Ils lui confèrent cet air sûr de lui qui séduit tant les sociétés insulaires, fermées sur elles-mêmes. Les belles gueules d'aventuriers ont toujours connu le succès dans les pays exotiques.

Dominique contemple le soleil qui descend sur la baie. Port-au-Prince baigne dans les reflets rougeâtres. La masse sombre de l'île de la Gonave disparaît déjà dans la brume. Roch le tire de sa rêverie :

— Viens, dit-il, que je te présente.

Il porte beau, Mariani. Il a choisi un smoking bleu nuit, à la boutonnière duquel le Maltais remarque un ruban rouge orangé. Dominique se laisse conduire vers le héros du jour dont l'entourage chante les louanges, Paul Magloire, flanqué de son état-major : le général Lavaud, chef d'état-major de l'armée, un rallié de la dernière minute, et le colonel Levelt qui vient d'être nommé secrétaire d'Etat au tourisme, fonction primordiale dans une île qui n'a guère d'autres ressources, hormis la banane et le café. Les femmes sont superbes. Doris n'aurait pas dépareillé la collection dans ce pays de soleil et de musique.

— Les meilleurs médecins du monde sont haïtiens, dit le colonel. Même les Etats-Unis nous les arrachent. Je ferai en sorte de les retenir sur le sol natal.

Dominique s'incline. Roch a déjà parlé de sa profession usurpée au colonel, qui ajoute :

— Vous comptez rester longtemps parmi nous, docteur ?

— Quelques semaines, mon colonel. Le temps d'achever ma documentation sur l'ouvrage de pédiatrie que je compte faire éditer à mon retour à Londres.

— Bravo, docteur Callington. Les enfants, il n'y a que ça ! J'adore les enfants. Leurs jeunes mères, surtout.

Le colonel, sur cette boutade, se tourne vers un

personnage dont l'uniforme tient du gardien de musée, du montreur d'ours et du maréchal napoléonien.

— Tu viens danser? demande Roch en attirant le Maltais vers le jardin.

Il se précipite vers la plus jolie femme de l'entourage du colonel, l'entraîne sur la piste. C'est une métis aux yeux clairs. L'orchestre se déchaîne, caché derrière les palmiers nains, au bord de la piscine. La cavalière de Roch ondule au rythme de la rumba.

Roch lance au Maltais un clin d'œil qui signifie : « Ne reste pas seul. » Mais comment pourrait-il comprendre que Dominique ne peut oublier Doris?

— Que pensez-vous de cette soirée, docteur Callington?

Une main d'homme s'est posée sur son bras. La pierre d'une bague reflète l'éclat d'un projecteur. Le Maltais n'aime pas les hommes à bague. Mais ici, tout est différent. Il se force à sourire, il lutte contre la méfiance qui l'envahit, quelques secondes, comme ce jour où il jouait, à Malte, avec des camarades de l'école : un serpent avait jailli entre les pierres où le ballon s'était égaré. Il avait connu la peur.

— Formidable. Gloire au colonel Magloire! dit-il en se souvenant des inscriptions des banderoles.

— Merci. J'ai entendu votre nom et votre qualité, tout à l'heure. Je me présente : Luc Fouché, secrétaire d'Etat au Commerce. Je viens vous souhaiter la bienvenue au nom du gouvernement.

Dominique se plie avec respect, feignant d'être flatté. Le politicien reprend :

— Mon nom n'est pas difficile à retenir. Fouché comme le ministre de la police de Napoléon. Lui, c'était Joseph... Il y a beaucoup de Joseph, chez les Corses... Roch a, je crois, un cousin de ce prénom...

Dominique n'aime pas le ton cauteleux de cet homme qui vient de le mettre tout d'un coup sur ses gardes. Il se demande où veut en venir ce ministre de comédie. D'instinct, il sent qu'il peut lui nuire ou le servir. A lui de savoir manœuvrer.

— « Les Frères de la Côte » sont indiscutablement le meilleur orchestre d'Haïti, dit Fouché. Le colonel a voulu la plus belle musique pour les plus jolies femmes.

Entre deux hurlements de rumba, Roch passe devant la fenêtre, virevoltant avec sa danseuse.

— C'est une très belle soirée, se contente de répondre le Maltais.

— Il y en aura d'autres. Cette île est faite pour le plaisir des yeux. On ne devrait pas y avoir de soucis... Surtout vous, un ami de Roch... Vous verrez que l'hospitalité haïtienne est l'une des plus chaleureuses du monde.

Comme pour donner raison au secrétaire d'Etat, un groupe de cinq jeunes femmes rieuses, décolletées autant que le permet la décence, tournoie autour d'eux avant d'aller rejoindre les danseurs de rumba.

Le Maltais, perplexe, regarde Luc Fouché. Il ne peut se défendre d'un violent sentiment d'antipathie.

— Tenez, votre ami, dit Fouché, désignant Roch qui s'évertue sur la piste de danse, eh bien, il a eu quelques ennuis au début, mais tout s'est vite arrangé. Sa fortune est faite. Et c'est un homme heureux.

— Je ne comprends pas, dit le Maltais.

— Vous allez comprendre, insiste Fouché, un sourire en coin. Je suis secrétaire d'Etat au Commerce. Mais je suis aussi, à titre privé, le conseiller du colonel. J'ai suivi toute sa carrière à la Garde — enfin à la police... Ici, c'est la même chose... Et le colonel vient justement d'ajouter à mes attributions celle de secrétaire d'Etat à la Garde et à l'Intérieur. J'aurai donc l'honneur de

veiller à votre sécurité, tant que vous séjournerez dans
notre île...

Le Maltais, mal à l'aise, réprime un frisson.

— Je vous félicite, monsieur le ministre, dit-il. Le
colonel ne pouvait faire un meilleur choix...

L'orchestre redouble d'ardeur. Le Maltais commence
à en avoir assez des rumbas, des filles provocantes, des
paroles ambiguës de Fouché.

— J'aimerais parler tranquillement avec vous en tête
à tête dans mon bureau, poursuit Fouché. C'est tout à
côté du palais présidentiel. Est-ce que dix heures, après-
demain, vous conviendrait ? J'apprécie la compétence
des Anglais dans tous les domaines...

Il a de nouveau posé sa main sur le bras du Maltais,
pour prendre congé :

— Excusez-moi, je vois que le colonel Prosper Marcaisse s'apprête à partir... Il faut que je lui parle. Après-
demain dix heures, n'est-ce pas ?

— Avec joie, dit le Maltais.

— Je vous présenterai aussi à Marcaisse, le chef de la
police de Port-au-Prince. Vous pourriez avoir besoin de
lui, on ne sait jamais ! Enchanté d'avoir fait votre
connaissance, cher docteur Callington.

Le Maltais se remémore cette soirée folle, peuplée de
beautés locales et de louches politiciens. Il se retourne
dans son lit, allume la lampe de chevet. Le rythme
lancinant des rumbas résonne encore dans sa tête...
Quatre heures du matin, et Roch n'est toujours pas
rentré. Dominique s'est fait raccompagner, prétextant
une migraine, par le chauffeur du député Petitbonheur,
leur voisin. Il a contemplé un long moment le ciel criblé
d'étoiles. Il s'est peu à peu calmé, réfléchissant aux
propos de Fouché.

Il descend dans le living, décidé à y attendre Roch.

Les forêts de pins forment d'immenses taches sombres au flanc de la montagne. Le pic de la Selle se détache, majestueux, dans la blancheur diffuse de la pleine lune. Seul murmure dans le silence, la dégringolade d'une cascade au long des pentes du morne, nervure claire au milieu des plantations de caféiers. La baie s'éveille dans le petit jour qui s'annonce. C'est le chassé-croisé des fanaux des barques. C'est le faisceau du phare du port, balayant régulièrement le demi-cercle de collines, alentour.

Des phares de voiture illuminent le living, au moment où le Maltais s'apprête à regagner sa chambre. Roch fait irruption, quelque peu éméché. « J'ai loupé mon coup avec cette sauterelle, grommelle-t-il. Impossible de l'amener ici... Je perds la forme ! »

Il jette son veston sur le canapé, desserre le nœud papillon, ouvre le col de la chemise :

— Et toi ? interroge-t-il.

— Moi, j'ai eu affaire à Fouché, dit Dominique. Je dois passer le voir après-demain à dix heures. Invitation et convocation à la fois !

— C'est donc qu'il est au courant de ta situation, dit Roch, dégrisé. Je ne sais pas comment, mais il l'est.

Il ouvre le petit réfrigérateur dissimulé dans les boiseries.

— Whisky ?

— Merci, dit le Maltais.

Roch se sert une rasade généreuse de Long John, l'avale d'un trait :

— Tel que je le connais, il va te demander de travailler pour lui, dit-il. C'est son chantage habituel.

— Et alors ?

— Alors, tu réponds « amen » à tout ce qu'il te dira. Dans quelques jours, on y verra plus clair... Le docteur Duvalier est le chef de l'opposition, qui compte prendre le pouvoir un jour ou l'autre. C'est la bête noire de Fouché. Il va t'offrir de cavaler après lui...

— Ça me paraît intéressant, ça !

— Plus que tu ne le penses. Duvalier se balade dans les îles alentour, Cuba, la Jamaïque. Les Anglais l'ont viré des Bahamas, mais il a des partisans aux Antilles françaises... En fait, c'est un agitateur aux dents longues. Les hougans sont pour lui. La sorcellerie, c'est l'âme de ce pays. Magloire sait que Duvalier est dangereux. Tous les moyens sont bons pour l'éliminer. Fouché a dû faire faire une enquête sur toi par la délégation de Grande-Bretagne. Pas difficile de découvrir que le docteur Callington n'existe pas... J'ai toujours pensé que les états civils bidons étaient une connerie. Patte Folle aurait mieux fait de te donner le nom d'un mec disparu pendant la guerre. Il n'en manque pas !

— De toute façon, Duvalier ou pas, dit le Maltais, pas question de flinguer un type, serait-ce un nègre, uniquement pour avoir la paix !

— Qui te parle de flinguer ? Il s'agit de jouer le jeu du pouvoir. Rien d'autre. Tu auras le fric et les papiers officiels que tu veux. C'est du bluff, tout ça ! Ils ont fait le même coup avec moi, il y a dix ans... Quand tu as de l'argent, tu les arroses, ça leur fait oublier ce qu'ils voulaient de toi une semaine avant... D'autant que ça prend du temps, de courir après les fantômes. Le régime ici change sans arrêt. Le taulard de la veille devient président le lendemain. Il suffit d'un peu de diplomatie...

— Ils comprendront vite que je me fous d'eux...

— Tu es assez mariolle pour qu'ils n'y voient que du feu. J'ai une villa à Jacmel. La fille que j'y logeais s'est fait la malle avec un Ricain de la C.I.A. Je la mets à ta disposition, si tu veux. Elle est au nom de mon associée de Ciudad Trujillo, à Saint-Domingue, Térésa Ruiz. Elle a une belle affaire en vue. Si ça t'intéresse...

— Fouché la connaît, ta villa ?

— Je n'en sais rien. Mais crois-moi, tout s'arrange ici.

Le Maltais semble perdu dans une rêverie empreinte de préoccupation. Il est temps d'agir. Depuis plus d'un mois qu'il est en Haïti, il n'a entrepris aucune opération, monté aucune affaire rentable. Roch lui fait des avances d'argent, bien sûr, mais Dominique supporte mal d'être en compte. Il considère la carte de Saint-Domingue, au-dessus de la commode d'acajou, de style british-colonial.

Il sent que la roue va tourner s'il accepte les propositions de Fouché. Il bénéficiera de la protection de la police et de l'armée. Et puisque l'amie de Roch a un travail intéressant en perspective à Saint-Domingue, autant que ce soit lui qui en profite.

Un excellent moyen de refaire fortune.

ACTE IV

ACTE IV

20

— *Cé ké bouteye, mamite, papié. Timan te sic là...
Min café grillé*[1].

La marchande de fruits, les bras tendus, me barre le
passage. Les vociférations s'entrecroisent de tous les
côtés. Depuis que je me suis engagé dans la rue des
Pucelles, j'avance péniblement mètre par mètre, suant
et soufflant, ma valise à la main, ma veste-damier sur
l'épaule. Je cherche un hôtel dans mes moyens. J'ai
délaissé momentanément l'*Oloffson* que m'a conseillé le
policier de l'immigration. C'est un bâtiment Belle-
Epoque, avec piscine et boîte de nuit. La vue depuis le
jardin exotique est, paraît-il, admirable, mais cette
merveille doit dépasser la somme dont je dispose.

— Ne profitez pas de la situation, Borniche, m'a dit le
Gros. Ce n'est pas parce que le ministre ne jure que par
vous, que les Ricains vous paient des vacances, qu'il faut
que vous en profitiez !

Mes pieds gonflent dans mes semelles de crêpe. Je
serais mieux en espadrilles. Je pense à ceux qui sont
restés au service à Paris : Vieuchêne, Hidoine, Crocbois... Ils doivent m'imaginer allongé sur le sable, sous

1. « Qui a des bouteilles, des marmites, du papier. Voici du sucre
là. Voici du café grillé. » La marmite de sucre est très prisée en Haïti.

un cocotier. Ils m'envient, c'est sûr. Hidoine ne me l'a pas envoyé dire que j'étais un veinard ! Eh bien, moi, je les envie, eux ! S'ils me voyaient suer sous le soleil de plomb, bousculé par la foule, empuanti par l'odeur de la viande douteuse, des fruits pourris, des conserves avariées, ils changeraient vite d'avis. Les mendiants affamés m'assaillent. Je dois me faire violence pour les repousser.

Une fillette s'est accrochée à mon bras. Ses cheveux crépus sont séparés par une raie blanche soigneusement tracée. Ses papillotes innombrables ruissellent de rubans roses :

— *Gou'de, Missié !*

Là encore, si je m'écoutais, la gourde ce serait moi. Je ne peux quand même pas distribuer à tout bout de champ la monnaie du pays ! J'emprunte la rue des Miracles — c'est comme ça, je n'y puis rien — pour me retrouver, je ne sais comment, dans la rue de l'Enterrement !

J'ai vite fait de constater que les hôtels convenables se situent sur les hauteurs, au-dessus de Port-au-Prince. Je regrette, finalement, de ne pas avoir adopté l'*Oloffson.* Haïti me fait penser à un théâtre : l'orchestre, ce sont les meublés misérables. Les mezzanines, les hôtels bourgeois, ceux-là mêmes que peut s'offrir un modeste inspecteur de police français en mission extraordinaire ! Eh bien, il se rebiffe, l'inspecteur ! Tant pis pour mon budget, je me l'offre, l'*Oloffson !*

Je me dirige au radar, me fiant à mon intuition. Je commence à en avoir l'habitude, des villes étrangères. Me voici dans la rue Capois qui me ramène, au-delà de l'immeuble de l'ambassade de France, sur les hauteurs de Saint-Gérard. Une allée s'enfonce au sein d'une exubérance florale. Je m'y engage.

L'hôtel *Oloffson* surgit des cocotiers et des bougainvillées comme un palais baroque s'offrirait soudain à l'explorateur, au beau milieu de la brousse. Je découvre une demeure étonnante, éblouissante explosion de l'art victorien romantique. Tant d'originale beauté me coupe le souffle. La façade est tout en dentelles de bois. Les tourelles des vérandas sont si fines et si légères, au-dessus des structures ajourées, qu'elles semblent flotter, comme des tapis volants. Une chaire s'avance au-dessus du double escalier de briques peintes qui mène au hall d'entrée. Elle n'attend plus, depuis la construction en 1900 de l'édifice, que la venue du prédicateur.

A peine ma main s'est-elle posée sur la rampe qu'un portier se précipite, souriant d'une mâchoire si éblouissante que je le crédite de soixante-quatre dents, pour le moins. Il m'arrache ma valise, plongeant devant moi avec une révérence que ne renierait pas la reine d'Angleterre, s'emparant ensuite de ma main, qu'il secoue, comme si notre amitié datait du certificat d'études ! Je trouve ça touchant, mais je m'affole un peu en calculant le montant du pourboire, proportionnel au zèle de ce diable noir et à la classe de l'établissement.

Je m'efforce de dissimuler mon inquiétude, tandis que mon regard parcourt le décor intérieur, qui ne le cède en rien à la façade et au parc. Les meubles aux teintes chaudes, les larges canapés en osier, les tableaux naïfs ruisselants de couleurs, mis en valeur par les tissus brodés de gros coton blanc suspendus au mur, tout cela compose un décor de bon goût, d'un luxe discret, qui m'enchanterait, n'était le montant prévisible de la note.

Le concierge, plus galonné qu'un amiral dans sa veste blanche, joue les hommes-troncs derrière son comptoir. Il a la courbette plus discrète :

— Bienvenue à l'*Oloffson,* monsieur. Monsieur est seul ?

Je confirme. Mes moyens ne me permettent, hélas !

pas d'entraîner Marlyse dans mes aventures exotiques. A quoi rêve-t-elle en ce moment, perdue dans notre grand lit de la rue Lepic?

Le Gros, au moins, je sais à quoi il pense... Sûrement pas aux images qui me frappent la rétine depuis ce matin, tour à tour somptueuses et misérables, de l'éblouissement du survol de la baie au *tap-tap* tressautant et puant qui m'a déposé rue Pavée, devant le siège de la *Pan-Am*. Sa seule et unique préoccupation, à Vieuchêne, c'est de savoir quand je vais lui expédier mon télégramme de victoire par l'intermédiaire de l'ambassade, qui lui permettra de foncer chez le ministre, le papier à la main. Il me l'a assez rabâché, à Orly, au moment du départ. Je l'écoutais à peine. Lui, tout à son idée fixe, s'agitait comme s'il s'adressait à un sourd :

— Vous m'avez bien compris, Borniche. Dès que vous l'avez, hein...?

Ses gros doigts pianotaient dans le vide. Comme sur le clavier d'une radio clandestine.

Il en ferait une tête, Vieuchêne, s'il me voyait patauger dans le luxe de l'*Oloffson*. Le portier a déjà embarqué ma valise de pauvre, pas mal rayée, beaucoup écornée, qui porte à la craie blanche le signe zodiacal de la douane d'Haïti.

Si j'arrête le Maltais, je m'en offrirai une nouvelle, à la toile solide, à la carcasse increvable. J'en ai vu dans le film de Jacques Tati *Jour de fête,* au Gaumont Palace.

Marlyse avait plié avec soin le pantalon de toile, les chemisettes de sport à salamandre verte, les slips et les chaussettes de coton achetés à la mercerie voisine de la rue des Abbesses. Puis, elle y avait glissé une boîte de cachets d'aspirine et deux tubes de comprimés minuscules que le pharmacien lui avait conseillés.

— Surtout, ne bois jamais d'eau du robinet dans ces

pays sauvages. Ne te lave les dents qu'avec de l'eau minérale. Chaque fois, tu mettras deux comprimés au fond du verre. Autre chose que te recommande le préparateur : tu ne marches jamais les pieds nus sur la plage ou ailleurs. Tous les Haïtiens ont le crabe.

— Qu'est-ce que c'est ?

— Le pian, si tu préfères. Une maladie cutanée contagieuse et infectieuse...

Elle semblait tout agitée, Marlyse. Je me doutais bien de ce qu'elle pensait tout bas, sans oser me l'avouer : elle avait si souvent murmuré que le Gros devait être tombé sur la tête pour m'expédier aux antipodes... Hier, alors que je m'endormais, elle m'avait glissé dans l'oreille :

— Vous aviez l'adresse du Maltais à Haïti, la police de là-bas pouvait très bien faire le nécessaire !

Et comme j'exprimais cette idée devant Vieuchêne, il a bondi :

— Jamais de la vie !

Il s'en étranglait d'indignation :

— Vous n'allez quand même pas comparer mon service à cette bande de nègres ! Les fuites, qu'est-ce que vous en faites, Borniche ? Dites-vous bien qu'un oiseau dans la main vaut mieux que deux sur le buisson. Paris-Les Antilles, ça se fait en un saut de puce, que diable ! J'ai l'impression que votre métier ne vous intéresse plus. Je me trompe ou non ?

En fait de saut de puce, j'allais avoir droit à un bond de kangourou. La traversée de l'Atlantique n'en finissait plus. A Pointe-à-Pitre, *Air France* m'avait abandonné à mon triste sort. La frousse aux tripes, je m'étais risqué dans un bimoteur omnibus de l'aviation locale, doté d'un train d'atterrissage fixe qui lui donnait une allure folklorique. Sur l'aéroport de Port-au-Prince, je l'avais quitté sans regret. Je ruminais les dernières phrases du Gros :

— Si vous le ramenez, Borniche, avec les papiers,

vous passez commissaire. Le ministre me l'a fait comprendre. Il m'a exprimé sa satisfaction pour ce que vous
avez trouvé à Sartène. Je ne vois pas en quoi, mais c'est
comme ça ! Il est persuadé que le Maltais en a conservé
un paquet...

J'en suis beaucoup moins sûr, moi. Pourquoi Cambuccia se serait-il embarrassé de documents dont il n'a rien à
faire ? Mais a-t-on le droit de contrarier les directives
ministérielles quand on est comme moi le modeste
paillasson de la hiérarchie ?

— Appartement avec loggia, ou chambre ?
La voix du concierge de l'*Oloffson* brise le cours de
mes quelques secondes de rêverie.

— Chambre, dis-je avec précipitation, décidé à limiter les dégâts. Avec douche, si possible, je déteste les
bains.

J'y vais un peu fort, mais je me dois de sauver ma
dignité de flic fauché. Je louche sur le tableau des tarifs,
affiché dans l'angle du comptoir.

— La 25 n'est pas mal... dis-je. Si elle était libre...
J'ai vite repéré que c'était la moins chère. Le
concierge-amiral me toise avec une moue peu enthousiaste.

— Vous n'aurez pas la vue comme en façade... Elle
donne sur les jardins et les mornes de Saint-Gérard.

— Tant mieux, j'adore la nature.
C'est vrai que j'aime le vallonnement des mornes, ces
collines à la végétation luxuriante, sillonnées de sentiers
de chèvres sur lesquels évoluent courageusement les
petits bourricots. A tous les points de vue, la chambre 25
me convient.

Mon faux passeport au nom de Richebon est resté
dans le tiroir de ma table, au bureau. J'exhibe l'officiel,
sur lequel figure ma qualité de flic. Les yeux du

concierge, arrondis à l'extrême, pétillent de satisfaction. Je les vois courir de la photo du passeport à mon portrait en chair et en os. Il me sourit aussi largement que le portier tout à l'heure. Dans ce pays où les dictatures se succèdent, je me rends compte qu'un flic, c'est quelqu'un !

— Mon frère est lieutenant, dit-il avec un clin d'œil complice. Vous aussi ?

Je souligne du doigt le mot « inspecteur » écrit sur le passeport :

— Chez nous, en France, les lieutenants sont des militaires.

— Tiens ! Ici, c'est un colonel qui commande la police. Casimir ? Chambre 25.

Casimir-le-portier, à l'impressionnante denture, reprend ma valise pour me guider jusqu'à la fameuse chambre. Je marche sur ses talons jusqu'au second étage, au long d'un dédale de couloirs. Il s'arrête dans un renfoncement. Sa clé farfouille dans la serrure. La porte s'ouvre sur une forte odeur de renfermé. Le noir Casimir s'est dilué dans l'obscurité. Il tire les doubles rideaux, ouvre la fenêtre, relève le store. La lumière envahit la pièce. De la fenêtre, je découvre le jardin tropical, avec toujours cette profusion de plantes, ces bouquets géants de fleurs multicolores, qui me fascinent.

— Quand ça sera aéré, dit Casimir, vous la fermerez. C'est mieux pour le climatiseur.

Il tourne un bouton d'où jaillit une gerbe d'étincelles. L'hélice d'un ventilateur se met à hoqueter avec un bruit de crécelle.

— C'est la tige qui n'est plus droite, dit Casimir. Mais on s'y habitue.

Le cabinet de toilette est minuscule, mais propre. Le mobilier de la chambre est à mon goût. Un lit de bonne apparence, deux fauteuils d'osier, et une commode à trois tiroirs, deux de trop car je n'aime pas vider ma valise, habitué à l'empoigner en catastrophe pour des départs précipités. Je retrouve, sur les quatre murs, des tableaux naïfs qui rappellent ceux du hall, quoique de format réduit : coucher de soleil sur l'île de la Tortue ! repaire des flibustiers du XVIIIe siècle ; femme haïtienne portant en équilibre sur sa tête une pile de paniers ; scène de mariage, avec prêtre en noir et mariée en blanc ; enfin, le plus riche de couleurs et de mouvement : le marché de Cap-Haïtien.

Nanti de son pourboire, Casimir a quitté la chambre. Je me mets à l'aise. La tuyauterie proteste dans un bruit de chaînes, puis le filet d'eau marron s'éclaircit peu à peu. Le jet se fait plus froid, plus puissant. Je suis bientôt détendu, quoique toujours las. Le long voyage m'a épuisé. Le décalage horaire m'achève. Je m'allonge sur le lit. Lorsque je me réveille, quatre heures plus tard, il n'est que temps de filer au bureau central de la police, que le télégramme du Gros a forcément prévenu de mon arrivée.

21

— Cher ami, dit Luc Fouché, je ne vous ferai pas l'injure de vous prendre pour un de ces Blancs qui nous considèrent, nous les natifs de l'île, pour des imbéciles sous-développés.

Et, comme le Maltais fait mine de protester, il l'arrête d'un geste nerveux de sa main droite, qui joue avec un briquet Zippo en acier satiné, orné du blason de la République haïtienne.

Si Dominique n'était pas d'une solidité à toute épreuve, il se laisserait hypnotiser par les yeux étincelants et fixes derrière les lunettes à fine monture, du même acier que le briquet. Il semble que Fouché collectionne les objets d'une dureté métallique pour mieux fasciner ses interlocuteurs. Oui, il est redoutable, ce Luc Fouché, et le Maltais le sent bien. Tous deux s'observent. Le bureau impeccablement rangé est en fait une jungle où on ne se fait pas de cadeau...

— Je vous adresse mes compliments, monsieur le ministre, dit enfin le Maltais, grand seigneur. J'admire votre précision et votre technique... Comment avez-vous pu deviner ?

La face noire s'illumine. L'éclat des dents rivalise avec celui des yeux.

— Question d'habitude ! D'ailleurs « deviner » n'est

pas le mot. J'ai raisonné logiquement, voilà tout. Il nous arrive souvent de réfléchir, nous autres Noirs, quoi que vous en pensiez... Je n'ai guère eu besoin de recourir au vaudou pour vous percer à jour. Vous avez commis une erreur. Vous avez mal choisi votre nationalité d'emprunt. Sans doute ignoriez-vous que notre ami Mariani ne supporte pas les sujets de Sa Gracieuse Majesté britannique ? Ils l'empêchent de travailler sur leurs territoires. Ils viennent même de fermer l'une de ses principales boîtes de nuit, à la Barbade. Alors, mettez-vous à ma place, comment auriez-vous réagi en apprenant que M. Mariani hébergeait un gentleman plus britannique que nature ?

Le Maltais réfléchit très vite, tout en écoutant le discours de Fouché, quelque peu agaçant à force de suffisance. En fait, il est plus que probable que c'est un employé de Roch qui a vendu la mèche. Il doit distribuer les indics un peu partout, comme des pions, le distingué secrétaire d'Etat ! Un employé ? Une employée, plutôt !

Le regard en dessous de Joséphine avait déjà inspiré quelque méfiance au Maltais. Mais il s'était dit qu'elle était bien jeune pour jouer les espionnes d'un film de série B. Eh bien, il avait eu tort. C'est sans doute elle qui a fouillé la commode et la table de nuit, trouvé le faux passeport... Comme par hasard, elle était encore de service au déjeuner, apportant le grillot[1] et le pot de piment-oiseau... La Joséphine avait très bien entendu la phrase de Roch, quand le Maltais toussait, le gosier incendié par le piment :

— J'aurais dû te prévenir, Dominique. Tu manges un peu de riz, et surtout tu attends quelques minutes avant de boire.

Le ministre a respecté le silence du Maltais, le temps de le laisser réfléchir.

---

1. Porc des îles grillé

— Votre réputation n'est plus à faire, dit-il enfin. Vous êtes trop intelligent pour ne pas deviner comment j'ai procédé. Le fichier de l'aéroport m'a procuré votre fausse identité. J'ai su rapidement que vous étiez parti de Bruxelles. Je n'avais plus qu'à contacter Londres pour me faire confirmer ce dont j'étais sûr : le docteur William Callington n'existait pas. Et comme il se trouve que j'ai regardé attentivement tous les invités du colonel Magloire, notre président bien-aimé, j'ai voulu savoir qui se cachait derrière le nom fantaisiste de l'ami de Roch Mariani... Vous êtes célèbre, monsieur Dominique Cambuccia... La presse française, qui nous parvient régulièrement, me l'a appris. Avec des photographies dont la qualité technique est supérieure à celle de nos journaux locaux... Vous comprenez ?

Il comprend parfaitement, le Maltais. Il commence même à être sérieusement agacé par la lucidité et le discours complaisant du ministre. Mais ce n'est pas le moment de laisser transparaître ses sentiments...

— Vous voyez donc que nous avons intérêt à bien nous entendre tous les deux !

Le ton est dur. La main ouvre un tiroir, d'un geste sec. Trois photographies sont étalées devant le Maltais, comme un brelan de poker.

— Lisez aussi ça, dit le ministre, jetant sur la table une note dactylographiée.

Dominique parcourt la page. Il commence à le connaître, ce docteur Duvalier !

— La patience du président Magloire a des limites, dit Fouché. L'une de ces photos est la reproduction de la carte d'identité de ce Duvalier, qui est davantage docteur en vaudou qu'en médecine. Les deux autres, moins nettes, ont été prises au téléobjectif par un de nos agents... Je suis donc habilité à vous dire que le gouvernement haïtien serait prêt à oublier Dominique Cambuccia, pour ne plus connaître que le docteur

William Callington, si l'on n'entendait plus parler du dénommé Duvalier. Vous saisissez ?

— Très bien...

Le Maltais se rappelle les conseils de Roch. Même si son orgueil doit en souffrir, ce n'est pas le moment de déplaire au pouvoir...

— D'après vous, monsieur le ministre, Duvalier est à Saint-Domingue ?

Le sourire de Fouché a disparu. Ses yeux brillent, plus que jamais, d'un éclat cruel.

— Il devrait y être, grince-t-il. L'ennui, c'est qu'il se déplace beaucoup. C'est un vrai singe, comme vous diriez, vous autres Blancs. Mais un singe qui agit comme l'écureuil, il tourne en rond pour rejoindre l'endroit, toujours le même, où il se sent en sécurité. Cet endroit, c'est Ciudad Trujillo à Saint-Domingue. C'est là que vous l'attendrez. Vous avez carte blanche, pour le temps et pour l'argent. Ce que j'exige, c'est un résultat définitif.

— Définitif, monsieur le ministre ?

— Définitif !

Le mot sonne comme un glas.

— Naturellement, j'ai de bonnes antennes à Ciudad Trujillo, reprend Fouché. Vous ne les utiliserez pas. Vous ne les contacterez même pas. Duvalier ne se méfiera pas d'un Blanc...

Son rire bref retentit dans le bureau.

— Il ne pensera jamais que moi, Fouché, je puisse avoir un agent blanc ! Un Anglais, de surcroît !

— Vous me faites trop d'honneur, dit le Maltais.

— Vous êtes un homme dangereux, docteur Calling-ton, et aussi un homme d'esprit... Je vous ai retenu une chambre au *Paz-Hôtel,* face à la mer. Vous n'y trouverez sans doute pas le standing auquel vous êtes habitué, mais c'est un établissement qui a le mérite d'être discret... Il y a aussi ceci...

Le Maltais réprime un sourire : le ministre vient de sortir de sa poche une liasse de billets, exactement comme pour une transaction dans un bar louche de Pigalle.

— Dix mille pesos, dit Fouché. Pour vos premiers frais. Ce n'est qu'une avance, bien sûr, vous en aurez davantage... L'avion d'*Aerovias Quysqueyana* décolle demain à 10 h 20. C'est une petite compagnie dominicaine. Nous travaillons souvent avec elle. A midi, vous serez sur place. Au *Paz-Hôtel,* une enveloppe vous sera remise. Vous y trouverez un chèque au porteur sur la *Banco de Bilbao.* Cela vous va ?

— Cela me va, monsieur le ministre.

— Un homme de votre trempe ne peut pas rester éternellement gibier... Il fallait bien qu'il devienne chasseur, non ? Et chasseur de « gros », comme disent les Blancs lorsqu'ils vont tirer l'éléphant dans les savanes de mes ancêtres africains !

22

Pour le folklore, je suis servi. Port-au-Prince me gâte. Je me fais l'effet d'être un nain, derrière le Noir colossal qui me précède dans les couloirs de la direction de la police. Nous venons de franchir le poste de garde, où des vociférations et des appels stridents s'entrecroisent et s'ajoutent au vacarme des jeeps et à la pétarade des camionnettes peinturlurées qui font du gymkhana dans les avenues, se fraient un passage en ballet étourdissant, à grands coups de volant, de cris, de menaces furieuses qu'on ne met pas à exécution, heureusement.

A peine avais-je quitté l'hôtel, tout à l'heure, que j'ai eu droit au spectacle. Trois chauffeurs de *tap-tap* rivalisaient d'inconscience et de manœuvres dangereuses pour se dépasser et cueillir un hypothétique client supplémentaire, au péril de leur vie — et de celle du client, d'ailleurs. Il serait pourtant dommage d'abîmer ces petits chefs-d'œuvre de décoration, truffés d'ex-voto, de proverbes, de slogans saugrenus, de devises religieuses, entremêlés de fleurs, de volutes, d'arabesques. J'ai lu sur l'un : *Tu me poussais pour me faire tomber, mais l'Eternel m'a secouru.* Sur l'autre : *Le Pain de mes Efforts.* Finalement, c'est le troisième, *Jésus Céleste Guide,* qui a remporté la victoire de haute lutte en grillant ses concurrents au feu rouge, manquant de peu un militaire en uniforme kaki et casquette américaine de cuir marron, qui s'est contenté de soulever les épaules d'un air fataliste, avant de poursuivre son chemin jusqu'au Champ-de-Mars.

Je reconnais cette singulière odeur de cuir, dans le couloir. Tous les bureaux de police sentent ça. A croire que tous les flics du monde, blancs, noirs ou jaunes, dégagent les mâles effluves qui les caractérisent... Le colonel que je dois rencontrer est le chef du district de police de Port-au-Prince. J'ai demandé ma route à Casimir :

— Quand vous quittez la rue Capois, le bâtiment est à gauche du grand Q.G. de la Garde.

J'ai suivi à la lettre ses instructions. J'ai salué au passage quelques statues de libérateurs de l'esclavage, puis je suis tombé sur un militaire bien vivant à qui j'ai présenté ma carte tricolore. Il l'a regardée sans comprendre, a levé les yeux vers moi, les a rabaissés avant d'appeler le pachyderme qui me sert de guide et se retourne tous les dix mètres, comme pour s'assurer que je n'ai pas pris la tangente. Chez nous, les gardiens du poste de la rue des Saussaies se contentent de vous indiquer l'escalier et l'étage, sans vous accompagner. N'importe quel visiteur pourrait facilement se cacher dans les toilettes jusqu'à la fermeture et perquisitionner les bureaux pour chaparder ou détruire un des dossiers qui traînent sur les tables ou dans les classeurs de bois. C'est ça la république.

Ici, pas question. Mon cerbère ne se laisse pas distancer. Sa mimique peu rassurante me devance jusqu'à une porte du second étage, sur laquelle je lis *Secrétariat*. Il explique, en barbare, à deux Noirs, qui traînent dans le coin et me regardent comme une bête curieuse, que je désire voir le colonel. Il parle vite, sans me quitter des yeux dont le blanc est énorme.

Puis il m'ordonne de m'asseoir sur une banquette, à

droite de la porte. Je me sens mal à l'aise. Des autochtones se relaient pour venir m'examiner. Je suis même, pourquoi le nier, vaguement inquiet.

La porte découvre enfin la carrure d'un gradé, tête nue, devant lequel mon gorille se fige en un garde-à-vous rocambolesque. Il me fait signe d'entrer et de m'asseoir. L'ambiance n'est ni à la détente ni à la joie. Les yeux sombres du colonel Prosper Marcaisse, assis derrière son bureau, m'examinent sans ciller. Derrière lui, se détachant sur la blancheur éclatante du mur, le portrait en couleurs du nouveau maître de la Junte, le colonel Magloire, le torse bardé de décorations.

— Vous avez manifesté le désir de me voir ?

J'acquiesce de la tête. Le colonel s'exprime en un français correct. J'exhibe de nouveau ma carte qu'il ne prend même pas la peine de regarder et je commence à lui résumer le plus clairement possible l'enquête qui m'a conduit à Haïti.

Il m'écoute, impassible, me fait répéter deux fois le nom de Cambuccia. Je sors de ma serviette le dossier du Maltais, lui fournis l'état civil qu'il griffonne sur un morceau de papier. Il reste songeur quelques minutes, puis me demande tout à coup si je sais où et chez qui se cacherait l'évadé.

Question embarrassante : si je donne l'adresse et le nom que j'ai récoltés à Paris, si survient une indiscrétion ou une erreur de tactique, envolées les promesses du Gros de promotion exceptionnelle ! Oui, mais si je n'aide pas le colonel Prosper, sa confiance risque d'être ébranlée et moi, d'en faire les frais.

Pour gagner du temps, je tente une diversion :

— Mon chef de service a dû vous mettre au courant de ma visite, mon colonel ?

— Non. Et c'est ce qui m'étonne. A moins que l'état-major ait reçu le message et qu'il ne m'en ait pas avisé. Je m'en assurerai. Que contenait-il ?

A vrai dire, je ne le sais pas au juste. Le Gros, fidèle à la méfiance que lui inspire une « police de nègres », a dû informer les autorités haïtiennes de ma venue sans entrer dans les détails.

— Il a dû vous dire que Cambuccia a trouvé refuge dans votre île et de me prêter main-forte à l'occasion. C'est un homme dangereux, Cambuccia.

Le colonel secoue la tête, l'air ennuyé :

— Haïti est grand. Et le nom ne me dit rien.

Je suis sur le point de lui parler de Mariani, mais la prudence me retient. Je ne suis pas encore assez au fait des rapports entre les truands et les flics en Haïti.

— Il est Corse, mais né à Malte... A La Valette, vous avez vu...

— Un moment...

Le colonel appuie sur un bouton, ce qui a pour effet immédiat de faire apparaître un militaire, plié en deux, dans l'attitude de la plus évidente servilité. Le chef lui tend la note de renseignements que le sous-fifre prend sans dire un mot. Il s'éclipse. Je constate, une fois de plus, combien les méthodes policières diffèrent selon les pays. Ici, elles intimident. N'ai-je pas intérêt à tout dévoiler à mon hôte ? A lui montrer même la photo du Maltais ?

Une minute de silence : le colonel parcourt puis signe une lettre que vient de lui apporter une secrétaire, dont la mini-jupe ne cache pas grand-chose de ses cuisses couleur de pain d'épice. Le garde réapparaît :

— Aucun étranger à ce nom au fichier. Inconnu, dit-il.

Le colonel me dévisage, pensif.

— C'est bien ce que je vous disais, dit-il. L'identité est-elle exacte, au moins ?

— Absolument. Il a dû pénétrer ici sous un faux nom.

— Possible, dit le colonel. Et trouver asile chez un de ses compatriotes de Cap-Haïtien, dans le Nord. C'était

une ville française, autrefois Les Corses y sont nom-
breux.

Ce cher colonel Prosper, si j'en crois sa moue, n'a pas
l'air de les porter dans son cœur. Il ajoute :

— Il me faudrait des renseignements complémentai-
res, une photographie, si possible, si vous voulez que je
fasse quelque chose pour vous. C'est bizarre que vous
soyez parti sans documents. Tâchez de vous les faire
envoyer. Vous êtes à l'hôtel ?

— Oui, mon colonel. A l'*Oloffson*.

Il émet un sifflement inattendu.

— Bigre, dit-il. Alors, c'est que l'affaire en vaut la
peine ! Ce sont les personnalités qui descendent à
l'*Oloffson*.

Il semble me considérer, soudain, avec plus d'attention. A quoi bon lui dire que ma chambre est grande
comme un mouchoir de poche, avec vue... sur le morne !
Cela ne le regarde pas et puis il le saura toujours assez
tôt. De toute façon, si le Maltais n'est pas chez Roch
Mariani, je ne risque pas d'y moisir. dans ce pays de
sauvages, comme dit Marlyse.

De nouveau, j'ai une tendre pensée pour elle. Je nous
revois, après le coup de téléphone du receveur, enlacés
devant la porte cochère, rue Fontaine, guettant l'arrivée
au *Corsica*, du facteur des recommandés. Avec quelle
émotion nous avons vu l'uniforme bleu ressortir du bar
de Joseph. Le facteur a refermé son cahier de signatures,
glissé son crayon-encre sur l'oreille. Nos cœurs battaient
la chamade. L'avait-il laissée, cette précieuse lettre,
destinée à Dominique Cambuccia, ou la remportait-il
pour la réexpédier, avec l'adresse que je recherchais ?

Il l'avait !

Elle était là, sous mon nez, dans le bureau du chef de
centre, l'enveloppe que la vieille Laetitia avait envoyée

de Sartène. L'adresse et le prénom de Joseph Mariani étaient rayés. Je regardais, sans y croire, la suscription qui la remplaçait : « *Chez M. Roch Mariani, rue Ibo Lélé, Pétionville, Haïti* ». J'en aurais pleuré de joie ! Il y avait donc un second Mariani dans le circuit. L'ennui, c'est qu'il demeurait loin, très loin.

— Qu'est-ce que je fais de la lettre, inspecteur ? Je fais suivre ?

Il ne doutait de rien, le receveur-sous-officier au ruban rouge. Pour que Dominique se méfie dès réception !

— Pas question, dis-je. Le juge la veut pour son dossier. Je la saisis.

Le juge avait bon dos. Il importait, d'abord, de la retirer du circuit, de prendre ensuite les dispositions nécessaires, assez simples, comme je l'ai exposé à Vieuchêne :

— On communique l'information à la police d'Haïti, on fait coffrer le Maltais et la Chancellerie demande l'extradition.

Le Gros s'est vite débarrassé de son enthousiasme initial. Il a sursauté :

— Vous êtes fou ou quoi ? Il faut le piquer, Cambuccia, là où il se trouve.

— Mais...

— Il n'y a pas de « mais », Borniche. C'est énervant, à la fin, de toujours vouloir n'en faire qu'à votre tête ! Il fait beau, chez les vahinés, vous devriez être heureux. Vous en retrouverez, vous, des vacances pareilles ? Les Américains en ont tellement gros sur le cœur depuis le cambriolage de leur attaché d'ambassade à Paris, qu'ils vous paient la moitié du voyage. Alors, vous foncez chercher votre valise et, hop, en l'air ! Le ministre est d'accord.

Depuis qu'il a trouvé l'argument du ministre, le Gros en use et abuse. Je me demande pourquoi, d'ailleurs, puisqu'il a toujours le dernier mot, hiérarchie oblige. Je me suis quand même vengé. J'ai réussi à lui faire entendre que Tahiti et Haïti n'étaient pas sous les mêmes Tropiques et qu'on n'avait jamais aperçu de vahinés à Port-au-Prince !

Pendant que le colonel Prosper fait tourner le cadran de son téléphone, je m'interroge. Sur l'annuaire de l'hôtel *Oloffson,* j'ai localisé la *Cocotière,* la villa de Roch Mariani. Cela n'a guère été difficile. Pétionville est à dix kilomètres de Port-au-Prince et le Corse habite une villa de la rue Ibo Lélé. Mais faut-il prononcer le nom de Mariani ?

— C'est vous, Henriquez ? Venez me voir.

Le colonel a aboyé l'ordre dans le téléphone, tout comme le Gros à Paris. Rien à dire, les chefs se ressemblent. Il raccroche, me regarde :

— Le lieutenant Henriquez habite Pétionville. Il y connaît à peu près tout le monde. Peut-être pourra-t-il vous renseigner. Notre police est bien faite, à Haïti. Forcément, nous faisons chaque jour la chasse aux hommes de main de Duvalier. Nos observateurs sont vigilants.

Je me dispense de lui dire que je m'en moque, de ce Duvalier. Je ne sais même pas qui c'est. Moi, c'est le Maltais qui m'intéresse !

Le lieutenant Henriquez porte l'uniforme jaune de la Garde présidentielle. C'est un athlète. Son nez aplati de boxeur lui donnerait un air farouche s'il ne résultait, tout simplement, de sa lointaine ascendance africaine. Le colonel, après une brève présentation, en vient au fait. Le large front d'Henriquez, au bas des cheveux crépus, se ride dans un effort de réflexion :

— Cambuccia, mon colonel ? Je ne vois pas.

— Un Français...

Le front d'Henriquez se flétrit davantage encore :

— J'en connais, des Français, à Pétionville. Mais pas de ce nom-là...

Voilà qu'il se met à réciter, avec l'application d'un écolier :

— ... Il y a Vachon, rue Louverture, Moschetti, rue Rigaud, Céletier, sur la route de la Boulle... Et Mariani, que vous connaissez aussi, mon colonel, rue Ibo Lélé... C'est tout ce que je vois. Maintenant, pour les autres départements, je ne sais pas...

Le nom de Mariani m'a frappé au plexus. Surtout avec le commentaire d'Henriquez : « ... que vous connaissez aussi... » Mon malaise s'accroît lorsqu'il enchaîne :

— Je peux lui demander à M. Mariani... Il connaît tous les Français, lui.

Heureusement que j'ai été discret !

Une seconde, j'entrevois la catastrophe. Machine arrière, toute, et vite ! Comment noyer le poisson, désormais ? Si le lieutenant s'adresse à Roch Mariani et prononce le nom de Cambuccia, c'est la faillite. Roch va s'empresser de prévenir le Maltais qui s'empressera, lui, de disparaître. Et moi, je n'aurai plus qu'à retraverser l'Atlantique pour aller essuyer la colère du Gros : « Je vous l'avais assez dit, Borniche, que vous ne deviez pas collaborer avec cette police de nègres ! »

Un frisson me parcourt l'échine, malgré la chaleur qui règne dans le bureau où le climatiseur est manifestement en panne. Non, pourtant, il ronronne. Je l'entends dans le silence de la pièce. Heureusement, le gong me sauve. Et le gong, c'est le brave lieutenant Henriquez qui n'attend pas la réponse du colonel pour regarder sa montre, l'air préoccupé :

— Je me permets de vous rappeler le combat de tout

à l'heure, mon colonel. Il faut que je remonte à Pétionville et que je revienne à la gaguère[1]...

Un combat ? Son nez a peut-être vraiment été aplati sur le ring, après tout.

Le colonel approuve du chef.

— Je n'y pensais plus, dit-il. Tous mes vœux, Henriquez. (Puis se tournant vers moi :) Dites, Français, est-ce qu'un combat de coqs vous intéresse ? Le lieutenant tient en main le favori, mais l'outsider n'est pas à dédaigner.

Et avant que j'aie pu formuler une réponse, il ajoute :

— Le Blanc vous accompagne, Henriquez. Pendant ce temps, j'aurai fait rechercher son Cambuccia dans les fiches de débarquement de bateaux et d'avions. Côté Mariani, il faut y aller sur la pointe des pieds. Il ne m'inspire pas tellement confiance, ce zozo-là ! A tout à l'heure.

1. Arène des combats de coqs.

23

Il est rassuré, le Maltais. Au fond, Fouché n'est pas antipathique. Au contraire. Ce ministre ambitieux et cynique lui convient. Ils ne sont pas de la même couleur, tous les deux, mais ils sont de la même race : des fauves ou des loups.

Ce qu'il ne peut savoir, Fouché, c'est que le Maltais est prêt à saisir la première occasion pour monter une grosse opération à Saint-Domingue. Roch ne lui a-t-il pas confié que son amie de Ciudad Trujillo avait une belle affaire en vue ? Bien sûr, il faudra tout organiser, minutieusement, sur place. Mais Dominique a l'habitude de ne rien laisser au hasard. Il l'a prouvé.

Le soleil l'assaille, au sortir du palais présidentiel. Il se donne le temps de réfléchir, en jouant au touriste. Il flâne autour des statues du Champ-de-Mars. « Fouché vérifiera, dès demain, que je suis bien parti pour Saint-Domingue. Je laisserai une valise chez Roch, pour brouiller les pistes, au cas où la jolie Joséphine travaillerait aussi pour Duvalier... » Avec les pesos du ministre, il a les moyens de s'offrir un de ces sacs de cuir fauve qui viennent de Colombie en contrebande et hors taxes.

Il n'a pas besoin de se retourner pour savoir qu'on le suit. Il a vite fait de le repérer, le mouchard ! Un petit métis grisâtre, coiffé d'une casquette bleu-de-chauffe, un cigarillo aux lèvres. Le Maltais s'amuse à marcher très lentement dans la rue Saint-Honoré pour que l'autre, perplexe, soit obligé de faire du surplace. Avenue Dessalines, il vire, sans crier gare, dans une cour intérieure, fait le tour du traditionnel bananier nain, ressort juste à temps pour voir la casquette bleue disparaître derrière un distributeur de Coca-Cola. Il passe devant son espion, ignorant sa présence, le nez au vent, le sourcil froncé, comme s'il cherchait un numéro. Il rentre dans la cour du bananier. Il va vraiment se demander ce que le Maltais va faire dans cette maison, le sbire de Fouché ! Il sera sûrement présent à l'aéroport demain. Il ne risque pas de rater le décollage de l'avion de l'*Aerovias Quysqueyana,* direction Saint-Domingue, s'il tient à garder son emploi de barbouze !

Modeste Henriquez écrase au plancher le champignon de l'accélérateur. Je fais un bond en avant. Ma tête s'arrête à quelques centimètres du pare-brise, à peine. Un sourire d'émail illumine la face noire du lieutenant Henriquez. Il lève le pouce en l'air pour célébrer la nervosité de son véhicule. Nous tressautons au rythme du déhanchement vigoureux des quatre roues motrices sur la piste crevassée, ravinée par les pluies tropicales, saignée ouverte dans l'immense forêt de pins auxquels s'agrippent des plantes à fleurs amarante, et d'où émergent, tour à tour, de luxueuses villas modernes auréolées de verdure, d'austères demeures victoriennes aux balcons de bois dentelé, des cases de paysans au toit de tôle ondulée.

Nous dépassons des files ininterrompues de femmes. La pipe à la bouche, le madras bariolé sur la tête, elles descendent à la ville vendre les fruits et les légumes de leur jardin. Je remarque de jolies jeunes filles aux yeux bleus, souvenir de quelque lointain ancêtre pirate. Les hommes, eux, ne marchent pas pieds nus dans la poussière. Ils suivent à cheval, sans étriers, sans selle, abrités comme sous un parasol par leur immense chapeau en fibres de palmier tressées...

— Port-au-Prince ! me dit le lieutenant.

Il me montre, du sommet de la colline sur lequel nous débouchons, la ville lovée à quelque mille mètres en contrebas, dans la profonde baie bleue. Le lieutenant Modeste Henriquez est blasé d'une vue féerique certes, mais qu'il connaît depuis son enfance. Moi pas. Et j'ouvre les yeux tout grands, sur la splendeur de l'île, alors que mon compagnon, lui, rumine la pensée qu'il m'a confiée tout à l'heure : faire de *Puissance Divine* le héros du jour.

Puissance Divine... Ce coq au nom glorieux, que nous sommes allés chercher à Pétionville, Henriquez en surveille le comportement dans le rétroviseur. Le redoutable volatile est accroupi dans la caisse grillagée qui lui sert de dortoir. Il semble parfaitement maître de lui, ce coq. Depuis des mois, son maître le prépare au combat qui va l'opposer, en finale, à son rival invaincu jusqu'alors, le fougueux, le féroce *Fer de Lance,* venu tout exprès de l'île de la Gonave, paradis des flibustiers, des pêcheurs primitifs et des iguanes géants. Il m'explique comment il s'y prend, Henriquez. Il nourrit son volatile de viande crue et de piments arrosés d'eau-de-vie. Il lui masse le cou, les pattes et le croupion avec de l'écorce d'acajou. Il lui enduit la peau de gingembre pour la rendre aussi dure que le blindage de la porte du commissariat.

Oui, *Puissance Divine* est armé pour remporter la victoire !

Aucun de ses adversaires ne lui arrive à l'ergot. Les champions de Jacmel, de Jérémie et même de Cap-

Haïtien, ne font pas le poids. Tout à l'heure, à la gaguère du terrain des expositions, les paris vont battre tous les records. Depuis une semaine la presse ne parle que de ça. Le dernier bulletin de Radio-Cacique a donné *Fer de Lance* favori à trois contre un :

— Blanc Borniche, me dit le lieutenant, cet oiseau de malheur ne se doute pas de la raclée qu'il va recevoir !

Henriquez connaît d'autant mieux les performances du concurrent de *Puissance Divine* qu'il a envoyé des policiers déguisés à Anse-à-Galets, afin de le filmer. Il connaît désormais toutes les réactions de *Fer de Lance*... Trois contre un ! A se demander si le speaker n'a pas été arrosé par le docteur François Duvalier, lui-même. La victoire de *Puissance Divine* devient une affaire d'Etat. Hier encore, Modeste Henriquez s'est fait interpeller par Luc Fouché, lors d'un cocktail dans les salons du ministère de la Défense :

— Alors, lieutenant, le moral est bon ?

— Excellent, monsieur le ministre.

— N'oubliez pas que l'attention du président se porte sur *Puissance Divine*... Une ficelle pour vous, s'il gagne !

Je ne me lasse pas de la symphonie des couleurs. Tandis que la jeep dévale les pentes de Pétionville, j'admire le vert des piscines émergeant du rouge des flamboyants. La carte en relief du panorama bariolé s'élargit en contrebas. Nous longeons le musée du Peuple haïtien pour aller nous ranger à proximité de l'arène circulaire du parc des Expositions. Cela commence à sentir l'ambiance de la corrida. Moi qui n'aime ni les courses de taureaux, ni les foules surexcitées, je sens que je vais être servi, avec les coqs ! Le public se presse dans l'enceinte. Autour de la balustrade, les cinq rangées circulaires sont noires de monde. Les rayons de l'impitoyable soleil des Caraïbes se glissent dans les

fentes du toit de chaume, dessinant de longues traînées de poussière lumineuse sur la piste de terre
battue.

Les paris s'engagent dans le tumulte, le vacarme percé
çà et là par le cri des marchands de Coca-Cola. Je n'ai
pas trouvé de place assise. Henriquez, adossé à un pilier,
regarde la foule qui se déchaîne en réclamant l'entrée
des combattants du lever de rideau.

Leurs propriétaires se défient de la voix et du geste,
tâtent leur bête avec des mines de défi.

Puissance Divine, à l'ombre d'un parasol d'osier,
attend son heure.

L'arbitre, martial comme un matador, arbore, à sa
ceinture, un parabellum impressionnant.

Le silence s'abat quand il fait son entrée sur la piste
J'ai de plus en plus la certitude que je vais détester ce
spectacle... Les trois membres du jury examinent les
premiers combattants. Deux coups de sifflet stridents :
les voici attachés par une patte, face à face.

Le lieutenant Henriquez m'explique, en confidence,
que le plus petit des juges, celui de droite, qui arbore un
crâne en pain de sucre coiffé d'un chapeau bleu, est dans
la poche. Il a eu l'occasion de lui rendre service, il y a
peu de temps, à l'occasion d'un accident de la circulation... Son autobus rouge, jaune et bleu, baptisé *Gare-
toi que je circule,* avait eu la malencontreuse idée de
passer sur le corps obèse d'une marchande qui portait
ses coupons de soie en bandoulière. L'épaisseur du tissu
avait amorti le poids de la roue. Quinze jours d'hôpital,
une petite indemnité et la vendeuse avait retrouvé son
emplacement au marché de la ferraille.

— Si *Puissance Divine* a une défaillance, me dit
Henriquez, le juge chauffard se montrera compréhen-
sif... Il me l'a promis.

Nouveau coup de sifflet. Les coqs, libérés par le canif de leur maître, qui coupe la ficelle, bondissent l'un vers l'autre. Modeste Henriquez suit le combat d'un œil morne.

— De vraies carnes, soupire-t-il. *Puissance Divine* n'en ferait qu'une bouchée !

L'un des protagonistes, les ailes déployées, saute par-dessus la balustrade et tente de fuir vers le jardin voisin. Je suis au bord de la nausée quand dix paires de mains se tendent, le rattrapent, le rejettent dans l'arène, tandis que fusent les paris.

Henriquez, méprisant, hausse les épaules. Il fait quelques pas vers la jeep pour jeter un coup d'œil au parasol, sous lequel se repose son protégé. Au moment où il va le soulever, une jeep s'approche de nous, sa longue antenne déployée.

— C'est Macadou, me dit Henriquez, du service des transmissions.

Il a une bonne tête, Macadou. Encore deux fois plus de dents blanches que Modeste ! Il salue impeccablement, la main au képi, saute de la jeep, claque les talons.

— Un pli urgent, mon lieutenant !

Un cachet *Grand Quartier Général* orne l'enveloppe blanche qu'il lui tend. Henriquez fronce les sourcils. De son petit doigt, il décachette le message. Lorsqu'il l'a lu, il réfléchit quelques secondes :

— Pas de réponse, dit-il enfin. Tu peux rentrer.

Macadou salue de nouveau, fait demi-tour, démarre en trombe vers le centre de la ville. Modeste se tourne vers moi :

— Aucun Cambuccia n'a débarqué en Haïti, dit-il. Tant pis. On s'occupera de votre client dès que *Puissance Divine* sera champion.

Lorsque Modeste Henriquez fait son entrée officielle dans l'arène, les cris cessent comme par enchantement.

Très droit, raide dans son uniforme, le lieutenant s'avance vers le jury. Sa démarche me semble solennelle. Il affirme, sur l'honneur, qu'aucune arme n'est cachée sous les ailes et que les plumes de *Puissance Divine,* qu'il présente à la foule, n'ont pas été taillées.

La lame de son canif aiguise une dernière fois les ergots, déjà acérés comme des poignards. De nouveau, Henriquez jure qu'aucun poison n'a été utilisé. Il présente la lame du canif aux officiels. Son concurrent lui jette un regard en dessous, assorti d'un sourire optimiste. Le lieutenant n'apprécie pas ce triomphalisme. Il décroche une bouteille d'eau du poteau central, gonfle ses joues de liquide, asperge son animal de petits jets rafraîchissants.

L'arbitre siffle. Le grand moment est arrivé. Henriquez, en pleine concentration, attache la corde à la patte de son coq. Je me demande quel dieu vaudou il est en train de prier.

Un silence de mort suit la rupture de la corde, quand *Puissance Divine* se rue sur *Fer de Lance.* Furieux et triomphant, le champion tourne autour de l'outsider, rompt, feint, frappe de son bec en forme de poignard, en sautillant sur le côté comme une ballerine échappée du *Lac des Cygnes.*

Il cherche la faille, *Puissance Divine.* Il va placer quelque botte secrète ? Mais *Fer de Lance* aussi a une idée dans sa tête minuscule. Son bec s'est planté sous l'œil de notre champion... Je dis notre, car, tout en réprouvant la cruauté de ce spectacle, je commence à ressentir de la sympathie pour ce brave *Puissance Divine,* dont la réaction de fureur, après le coup qui a failli l'éborgner, transporte le public d'enthousiasme :

— Ce fils de boucanier ne va pas faire la loi ici ! gronde le lieutenant Henriquez, les poings serrés.

Mon cœur chaviré, à la vue du sang qui se met à gicler, je me sens d'autant plus concerné que les hurlements de

la foule, en créole, sont, hélas ! assez traduisibles pour
moi :

— Tue-le, *Fer de Lance !* Mort au flic !

C'est l'hallali.

Puissance Divine rompt le combat. Tel le boxeur
touché qui hésite à regagner son coin, la pauvre bête
lance à son maître un appel désespéré.

Ce n'est plus de la lutte, c'est du marathon. *Puissance
Divine,* pourchassé sans pitié, court autour de la piste
comme une autruche dans un cirque.

Le poing de Modeste frappe sans arrêt le creux de sa
main.

— Ce salaud a jeté un sort à mon coq ! me crie-t-il
dans les oreilles.

— Il reprend l'avantage, dis-je, pour lui remonter le
moral. Regardez.

Le miracle a lieu, en effet.

Puissance Divine retourne la situation. Henriquez, un
moment figé, me bourre maintenant de coups de coude.
J'oublie ma répulsion pour le spectacle et je me mets à
crier : « Vas-y, *Puissance Divine !* »

Il y va le brave !

Il s'est arrêté d'un coup. Il a pivoté. Il fait un écart. Il
place un coup de bec si violent que *Fer de Lance* est
désarçonné, puis culbuté. Sans perdre une seconde,
notre champion se rue à l'attaque. Les hurlements de la
foule doivent s'entendre à des kilomètres.

Nul besoin d'être un spécialiste pour réaliser que la
carrière de *Fer de Lance* court à sa fin. *Puissance Divine,*
maintenant, frappe, lacère, égorge. Déjà, les mouches
tournent sur le sang qui imprègne la terre. Le maître de
Fer de Lance a beau s'évertuer, à genoux, à tracer des
signes dans la poussière, rien n'y fait.

La furie de *Puissance Divine* semble invincible. Une
fois encore, il a frappé son rival à la tête. L'œil gauche
est crevé. Rendu plus fou encore par le sang dont il a

recueilli des gouttes sur le bec, il frappe de nouveau, encore, encore... *Fer de Lance* s'écroule. Son maître lève les bras en signe d'abandon. S'il veut que son champion déchu ait sa revanche, et surtout la vie sauve, il vaut mieux arrêter les frais.

— Il aurait amoché *Puissance Divine* que je lui collais une rafale de mitraillette dans la gueule, à ce voyou, dit simplement Henriquez en recueillant son héros.

Je suis consterné. Cette police est pittoresque, d'accord, musclée, sûrement, mais je n'ai pas parcouru sept mille kilomètres pour assister à des combats de coqs. Dès demain, je prendrai un *tap-tap* pour Pétionville. Selon ma méthode favorite, j'irai rôder autour de la propriété de Roch Mariani, la *Cocotière,* rue Ibo Lélé.

L'ennui, c'est que pour arrêter le Maltais, je suis seul, tout seul. Et comme dit le Gros, on n'est jamais moins seul que dans la solitude !

24

Joseph Mariani ne veut rien savoir, ne veut rien dire, et les heures s'écoulent.

Pourtant, l'inspecteur principal Courthiol avait su mettre tous les atouts de son côté. Il a fait jouer l'effet de surprise. Ils n'en menaient pas large, les Arabes de la Cité Véron, quand ils ont vu débarquer l'armada policière, au lever du jour, sur le coup de six heures du matin. Les flics, en civil et en tenue, bouclaient les alentours de la place Blanche.

Joseph Mariani, en l'honneur duquel s'étaient déployées les forces de l'ordre, s'était laissé embarquer avec le haussement d'épaules de l'homme sûr de lui, bien au-dessus des bavures administratives, après avoir assisté d'un œil serein à la perquisition.

Courthiol a commencé à l'interroger à sept heures. La séance s'est poursuivie toute la matinée et tout l'après-midi.

La lassitude, l'exaspération ont tour à tour pris possession du bureau du quai des Orfèvres, empuanti par les innombrables mégots de Courthiol, qui les jette sans y penser, puis les récupère dans l'épais cendrier de verre fumé.

Il est exténué, Courthiol. Les yeux cernés, pas rasé, il fait peine à voir. Il n'a pas chômé. Il a su se montrer, au

fil des heures, persuasif, débonnaire, paternel, menaçant, doucereux. Un flic habile, Courthiol.

Pourtant, Joseph Mariani s'entête. Il refuse, en bloc,
tous les arguments. Il soutient vaillamment sa version :
c'est une machination montée par la police pour se
venger de l'affront Marcantoni, son ami.

Le triple meurtre ? Il ne comprend pas. Il ne connaissait ni le Bougnat, ni Doris, ni Ferrucci. Quant au
Maltais, il en a entendu parler dans la presse et par la
radio.

— Et Moustique ? demande Courthiol. Hein, Moustique ?

— Moustique ?

— Oui, Moustique, avec lequel vous êtes parti l'autre
nuit, dans une Peugeot volée...

Joseph passe la main sur un front que les nuits
blanches ont dégarni, puis la lève et la laisse tomber,
geste de l'honnête citoyen accablé par le malentendu, la
fatalité. Comment, lui, un commerçant patenté, ayant
pignon sur rue, irait-il choisir pour chauffeur un voleur
de voitures ! Comme s'il avait envie qu'on lui retire sa
licence !

— Alors, Joseph ?

— Moustique ? Bien sûr que je le connais. Mais vous
vous mettez le doigt dans l'œil, inspecteur. Il respecte la
police, Moustique. Il sait qu'elle est bien faite. Il ne se
risquerait pas de se promener sous son nez avec une
voiture qui n'est pas à lui.

Courthiol serre les poings, garde à grand-peine son
sang-froid.

— Et l'autre soir, vous n'êtes pas monté dans la
Peugeot, peut-être ?

— Justement, j'allais vous en parler. Je rentrais chez
moi. Il passait place Blanche. Il m'a aperçu, il a ralenti,
il m'a dit : « Tiens, Joseph ! Je te raccompagne. »... J'ai
trouvé ça plutôt gentil de sa part, non ?

Courthiol n'en peut plus. Ce Corse aura sa peau, à force de le mener en bateau.

— Vous ne me prenez pas pour un con, Mariani ? Vous habitez à vingt mètres de la place Blanche et vous avez le culot de dire qu'il voulait vous raccompagner...

— Qu'est-ce que vous voulez que j'y fasse, monsieur l'inspecteur ? C'est comme ça que ça s'est passé, je n'y puis rien. Même que dans la voiture, il a voulu m'offrir un verre avant de rentrer. Alors, on a fait demi-tour et on est allés sur les Champs-Elysées.

— Tiens donc, s'étonne Courthiol. Et il vous a déposé chez vous à quelle heure, pour voir ?

Joseph renifle, pour se donner quelques secondes de réflexion : ils sont capables de l'avoir attendu des heures entières, ces salauds de poulets, alors que Moustique et lui fonçaient vers Marseille après avoir déposé le Maltais à la gare du Nord. « Quelle engeance, ces flics ! » se dit-il, cherchant désespérément la parade.

Il croit l'avoir trouvée :

— Ça, je peux vous dire qu'on a drôlement traîné, inspecteur. On cherchait des filles. Je suis un vieux garçon, alors que je sois chez moi ou dehors...

Il a à peine eu le temps de fignoler son système de défense que Courthiol reprend :

— Pour traîner, vous avez drôlement traîné, hein ? Les putes devaient être en grève. Parce que je vais vous dire un truc, moi, vous n'avez ouvert votre bistrot que le surlendemain. Qu'est-ce que vous avez foutu pendant tout ce temps-là ?

Joseph regarde ailleurs, de l'air de dire que ce sont ses affaires personnelles. « C'est bien ce que je pensais, se dit-il. Ils ont poireauté un bon bout de temps dans leurs camionnettes. Il m'agace, ce type, avec son mégot et ses " hein ". Si ce n'était pas un flic, comment je l'enverrais se faire foutre ! »

Courthiol sort de son tiroir une feuille de papier dactylographiée, la lit à mi-voix, relève la tête :

— Votre ami Moustique a été arrêté à Marseille, boulevard de la Plage, par une patrouille de gardiens. Il semblait attendre quelqu'un, au volant d'une Peugeot volée. Comme un fait exprès, c'est le lendemain même de votre disparition, à tous les deux. Où étiez-vous, à ce moment-là ?

Ça, c'est vraiment la question à mille francs ! Est-ce que Moustique aurait parlé ? Ce serait étonnant mais le flic a l'air sûr de lui. Ses yeux lui décapent le crâne, jusqu'au cerveau. Le mieux est de se taire, d'attendre que le destin fasse un geste en sa faveur. Que peut-il lui arriver s'il ne répond rien ? De passer quelques jours en taule ? Ce n'est pas la mort. Son avocat saura bien l'en sortir, ce cher maître qu'il paie à l'année et qui, comme quelques-uns de ses confrères, sait si bien ingurgiter les honoraires et le caviar.

De très loin lui parvient la voix de Courthiol, qui ne lâche pas prise :

— Vous savez où il a été ramassé, votre Moustique ? Je vous le donne en mille. A proximité du domicile de maître Carlotti, le propre avocat du Maltais ! Qu'est-ce que vous dites de ça ?

Le coup a porté. Il ne rigole plus, Joseph le barman. Pourquoi lance-t-il le nom de Carlotti, ce flic aux dents jaunes, au mégot baladeur ? Surtout qu'il poursuit sans attendre la réponse :

— Vous n'allez pas me dire que vous ne le connaissez pas, Carlotti, hein ? Marseille m'a appris que vous lui aviez téléphoné de la rue de l'Université, à propos de lettres à lui envoyer, ou à lui remettre... C'était quoi, ces lettres ?

Du coup, Joseph se dresse, relève le menton, arrogant :

— Parce que vous écoutez les communications avec

les avocats, maintenant ? Violation du secret des corres-
pondances... Il va être heureux, maître Carlotti, quand il
va savoir ça... Vous n'avez pas le droit...

— Eh bien le droit, je le prends, rugit Courthiol. Et
Carlotti, je l'emmerde.

Il jette, furieux, son mégot dans la corbeille à papiers.
Puis il se calme. Il ferme les yeux. Le Corse a réagi, c'est
bon signe. Il y a quelque chose à fouiller de ce côté-là.
Dès que Courthiol avait appris qu'une communication
téléphonique sibylline était arrivée, de nuit, chez
Carlotti, il s'était précipité au central interurbain de la
rue des Archives, là où tous les appels pour la province
sont collationnés en vue de leur facturation ultérieure. Il
connaissait l'heure, le jour et le numéro du destinataire.
Cela n'avait été qu'un jeu de découvrir, inscrit par
l'opératrice, le numéro d'appel parisien. En même
temps, il obtenait l'adresse et le nom de l'abonné.

Moins d'une demi-heure après, il était rue de l'Université. Là, nouvelle surprise ! Joseph Mariani était
propriétaire d'un studio, au cinquième étage de l'immeuble. Il y venait de temps en temps...

La concierge était exceptionnellement peu loquace.
Elle avait fait une moue négative devant la photo du
Maltais :

— ... Vois pas ! Dans la journée, moi, je travaille au-
dehors, mon bon monsieur. Et le soir, je tire le rideau. Y
en a du monde, qui grimpe là-dedans. Surtout qu'on
peut passer par l'immeuble mitoyen. Le bordel, quoi ! Je
peux pas vous en dire plus...

— Et Mariani, vous le voyez souvent ?

La moue avait été significative :

— Jamais. Enfin, c'est pas le mot qui convient. Tous
les ans, il vient me donner mes étrennes...

Courthiol rouvre les yeux, retrouve le regard de
Joseph, rusé mais inquiet. Il peut le faire craquer, il le

sent. Cela demandera peut-être du temps mais c'est possible. Il sourit, énonce sur un ton doucereux :

— Si je comprends bien, quand vous n'êtes pas Cité Véron, vous logez rue de l'Université, hein ?

— Exact, monsieur l'inspecteur. Je ne voulais pas vous le dire, mais c'est là que j'ai couché quand Moustique m'a déposé place de l'Alma, après notre virée sur les Champs-Elysées. Je ne tenais pas à ce qu'il sache que j'ai un autre appartement. Ça ne regarde personne.

— Vous avez raison, feint d'approuver Courthiol. Et vous y couchez souvent, rue de l'Université ?

— Ça dépend... Une ou deux fois par mois. Quand j'ai une fille à y amener. C'est le genre garçonnière, vous comprenez...

— Et comment, dit Courthiol. Alors, expliquez-moi pourquoi, depuis l'évasion du Maltais, vous avez fait une consommation anormale de téléphone, d'électricité et de gaz. Je me suis procuré les relevés dans les services compétents ! J'ai même vu que vous aviez téléphoné à Haïti. Vous vous rendez compte des frais que ça vous fait, tout ça ! Je vais vous dire un truc, moi, Joseph. On va y aller faire une petite visite, à votre baisodrome, et après, on reviendra bavarder. Parce qu'on a encore pas mal de choses à se dire, hein ? Mais, entre nous, franchement, entre nous, Haïti ou pas Haïti, vous n'avez pas l'impression que je brûle ?

25

— Vous prendrez bien un dernier verre ? propose
Térésa Ruiz.

Le Maltais jette un coup d'œil admiratif non déguisé
sur le superbe corps de l'Espagnole au teint mat, qui se
déploie sur la banquette de cuir du fiacre. Roch Mariani
sait bien choisir ses amies...

— Nous sommes *calle* Isabelle-la-Catholique, dit
Térésa. C'est chez moi.

— Puisque tu nous invites aussi gentiment, dit Roch,
il me semble difficile de refuser.

Le Maltais apprécie le calme de ce quartier riche. Le
phare du port de Ciudad Trujillo vient régulièrement
balayer la façade de la Maison de Velours, où résida
jadis Diego Colomb, le fils de l'illustre Christophe. Il
tend la main à la femme en robe blanche et châle de
dentelle, dont les formes agressives et le parfum musqué
le troublent depuis le début de la soirée. Roch, un peu
en retrait, glisse quelques pesos dans la main du cocher,
qui repart, très digne, au trot de sa rossinante.

Térésa Ruiz sort une clé de son sac à main de satin
blanc. Le jardinet, face à la poste centrale, donne accès
à un vieil immeuble de cinq étages, qui évoque la dignité
quelque peu austère du passé colonial espagnol. Le
bouton lumineux de l'ascenseur brille comme un œil

dans l'obscurité du hall. La cage aux archaïques grilles métalliques hisse le trio jusqu'au cinquième étage. Térésa manœuvre la double serrure de sécurité d'une porte d'ébène percée d'un judas. Les meubles du même bois noir, aux reflets satinés, prolifèrent dans le hall et le salon.

— Installez-vous, dit-elle. Roch, tu fais le service pendant que je me change...

Le Maltais apprécie le décor. Il n'est jamais aussi à l'aise que dans le luxe. Il s'assoit avec volupté sur le canapé de cuir blanc, face à la baie d'où il domine, par-delà la terrasse, le palais du Sénat de Saint-Domingue, le bord de mer scintillant de lumières et les rives de l'Ozama. Roch sort des glaçons d'un petit réfrigérateur de salon, laqué noir, choisit dans le bar une bouteille de Chivas, dispose sur une table basse trois verres de cristal.

— Qu'est-ce que tu en penses ? demande-t-il. C'est une belle affaire, non ? Deux millions de pesos, au bas mot. Personne ne pourra se douter du coup...

Le Maltais secoue la tête, boit une gorgée de whisky. Il se sent détendu, optimiste... Une affaire est belle, dès lors qu'une femme comme Térésa est dans le circuit.

Il ne s'était pas trompé sur Fouché. Les sbires du ministre étaient à l'aéroport de Port-au-Prince, pour s'assurer de son départ. Pour bien leur montrer qu'il les avait repérés, ces sous-fifres, il leur avait décerné son clin d'œil le plus ironique. La petite valise que Roch lui avait prêtée ne renfermait qu'un peu de linge. Il comptait refaire sa garde-robe à Saint-Domingue, les Espagnols étant des maîtres confectionneurs. Cela lui permettrait de faire honneur à sa réputation d'élégance.

« L'espionnage n'est pas discret, dans ce pays », avait-il songé en constatant, après son atterrissage à Punta Caucedo, que la femme au bébé ne le quittait pas d'une semelle, depuis la cabine téléphonique d'où il avait appelé Térésa. Cette femme, avec le bébé qu'elle portait si maladroitement qu'il ne pouvait être que d'emprunt, l'avait escorté jusqu'à la station de taxis. Elle avait murmuré quelques mots au conducteur d'une Seat grise, qui avait pris le taxi en chasse, sur la route du bord de mer. « Non, vraiment, ils ne sont pas discrets », avait-il pensé en relevant le numéro de la voiture.

Roch, qui venait de quitter l'appartement de Térésa, avait laissé ses instructions : « 19 heures au restaurant *El Bodegon*. »

Le portier du *Paz-Hôtel* a tendu une enveloppe au Maltais en même temps que la clé de sa chambre.

— Une jeune femme a apporté ça pour vous, docteur Callington.

Elle contenait un chèque au porteur de cent mille pesos, et un message anonyme et sibyllin : « *Cousin François absent pour le moment. Prière d'attendre.* » Il s'agissait évidemment du docteur François Duvalier. Le Maltais se frottait les mains : si le ministre haïtien continuait à l'approvisionner aussi généreusement, il n'aurait plus qu'à se laisser vivre. Ce ne serait même plus du sport ! Il a rangé sa valise dans un placard, inspecté avec soin les murs de la chambre, le dessous des lits jumeaux et même des fauteuils, à la recherche d'un éventuel micro caché. N'ayant rien trouvé, il s'est tout de même promis de ne jamais téléphoner du *Paz-Hôtel.*

Lorsqu'il s'est présenté dans la salle du restaurant de l'hôtel, les convives se sont tus un instant : le blond de ses cheveux, le bleu de ses yeux étonnaient.

A peine était-il assis qu'une serveuse au sourire nacré posait devant lui une coupe de champagne :

— La direction vous l'offre en vous souhaitant la bienvenue.

En se retournant pour remercier, le Maltais a vu un profil aigu d'Espagnol disparaître dans un journal largement déployé. Il n'a fait semblant de rien. Mais pendant le repas, il s'est servi de la lame de son couteau comme d'un miroir, pour bien fixer les traits de l'homme dans sa mémoire. L'inconnu ne devait pas le lâcher, après le déjeuner. Il l'a suivi jusqu'à l'ascenseur. Mais le Maltais en avait vu d'autres ! A partir du palier du troisième, il a longé un long couloir, trouvé la porte de service, est redescendu tranquillement par l'escalier secondaire.

A la *Banco de Bilbao, avenida* Bolivar, il a encaissé, au vu de son passeport britannique, son chèque de cent mille pesos. Puis, il s'est fait indiquer le meilleur tailleur-chemisier de la ville.

Quand il est revenu dans le hall de l'hôtel, il a pu constater, dans la glace, que l'homme à tête de spadassin espagnol était encore là, plongé dans son journal. Il a gagné sa chambre par l'escalier de service, puis, ostensiblement, est redescendu dans le hall acheter des cartes postales. L'homme en était toujours à la même page.

Le Maltais a clamé très fort, à l'intention du concierge :

— Vous me ferez monter une carte. Je dîne dans ma chambre ce soir !

Il a repris l'ascenseur. Deux heures plus tard, habillé de neuf, costume et cravate bleu pâle assortie à ses yeux, il repartait par l'escalier de service pour rejoindre Roch et Térésa à l'*El Bodegon*.

Trois musiciens jouaient en sourdine, lorgnant sous cape les jolies femmes qui roucoulaient sous les lumières tamisées.

— Je te présente Térésa, a dit Roch. C'est elle que tu as eue au téléphone à midi. C'est la plus belle de mes amies. C'est aussi la plus douée.

Térésa, de retour au salon, a troqué sa robe de cocktail blanche pour un pyjama de soie mauve, pantalon bouffant et boléro noué au-dessus du nombril.

— Magnifique, dit Roch, quand elle se penche pour prendre le verre de Chivas qu'il lui tend.

Le Maltais apprécie, lui aussi, les hanches pleines dans le pantalon très ajusté.

— A votre succès, murmure-t-elle, élevant le liquide ambré à la hauteur de ses yeux.

Le Maltais lui plaît, c'est évident. Elle continue à le regarder par-dessus le bord de son verre, tout en buvant.

Elle s'assoit en tailleur sur le tapis. Ses longs cheveux frôlent les jambes de Roch. Sa peau laiteuse, surprenant dans un pays de soleil, apparaît, troublante entre le boléro et la ceinture du pyjama.

— Il faut finir de mettre ça au point, dit Roch. Reparle-nous de ton directeur de banque. Il te rend donc visite une fois par semaine et il reste avec toi jusqu'à six heures du matin...

— Cinq heures. Il a des manies de vieux garçon. A cinq heures pile, il se glisse dans la salle de bains pour s'habiller. Puis, il referme doucement la porte du palier et s'éclipse. La semaine d'après, il me téléphone pour me demander si je suis libre. Tous les dimanches soir, depuis qu'il est veuf, il rapplique dans ces conditions.

— Pourquoi cinq heures ? demande le Maltais. Il a peur qu'on le voie ?

— Non, dit Térésa. C'est parce que le lundi matin, il prépare la tournée de distribution. C'est la plus importante. Les fonds doivent parvenir dans la matinée à La Vega, puis à Santiago, pour alimenter les agences locales... C'est La Vega qui, à son tour, dessert Jarabacoa et San Francisco de Macoris... Santiago se charge de Valverde et de Montecristi, à la frontière haïtienne.

Roch Mariani se verse deux doigts de whisky, se lève. commence à arpenter nerveusement le salon :

— Je ne comprends toujours pas pourquoi on ne piquerait pas les sacs à Montecristi. On mettrait tout de suite le cap sur l'île de la Tortue. C'est à côté.

— Si tu veux jouer les flibustiers, dit Térésa, avec un petit rire qui rehausse, sous le boléro, les seins généreux, ça te regarde... Mais à Montecristi, il reste à peine le quart des fonds du départ! Plus le fourgon avance, moins il reste de fric. Et, en cours de route, on ne peut rien faire. Deux motards le devancent. La plus belle part du gâteau, c'est ici à mon avis qu'il faut se la garder! Mais comment? Avoir les clés de la banque à portée de la main et tourner en rond, ça me rend folle.

Les yeux plissés, le Maltais réfléchit. Il est de l'avis de Térésa. Il faut prendre le paquet à Ciudad Trujillo, embarquer les sacs sur un bateau, à six heures du matin, avant que l'alerte ne soit donnée... Cette partie de l'opération est simple. Roch n'a qu'à faire venir son yacht de Jacmel.

— Voici à quoi j'ai pensé, dit-il à l'intention de Térésa et de Roch. Térésa pique le trousseau des trois clés dans la poche du directeur, au moment où il s'endort. Elle le dépose sur le rebord de la fenêtre de la salle de bains, par exemple, qu'elle laisse entrouverte. Nous, on le ramasse. Le temps de faire un saut *calle* Vicini, et on ouvre la porte de service de la banque. On traverse la cour. Avec la deuxième clé, on s'offre la porte de l'appartement du directeur. C'est un amusement de trouver le coffre dans sa chambre. On l'ouvre avec la troisième clé.

— C'est comme ça qu'il fait lui-même, dit Térésa, admirative. Vingt fois, il me l'a expliqué en prétextant que la chambre des coffres est inviolable. La clé de sûreté qui en assure l'ouverture est dans son coffre personnel. C'est pour cela que j'avais pensé à l'attaque sur le trajet du fourgon. Il faudrait flinguer les motards.

— Doucement, reprend le Maltais, doucement. Je ne suis pas un desesperado. Il y a sans doute un moyen de faire autrement. Une fois que l'on a cette fameuse clé, on peut ouvrir la grille de la salle. Bien. Térésa disait, au restaurant, qu'il est indispensable de la refermer sur soi, d'en verrouiller la serrure de l'intérieur et de retirer la clé, pour que la combinaison de la porte de l'armoire, placée à deux mètres en retrait de la grille, puisse fonctionner. Sinon, le système d'alarme se déclenche. C'est donc qu'il y a un relais électrique entre les deux portes.

— C'est ce qu'il m'a dit.

Le Maltais se lève, radieux :

— Eh bien, mes amis, j'ai trouvé ! On pourrait attendre le directeur chez lui, dans sa chambre, et le braquer. L'ennui, c'est qu'il peut se mettre à brailler avant de nous conduire à la salle du coffre, refuser même de donner la combinaison sous prétexte que c'est un autre employé qui la connaît. Dans ce cas, nous sommes possédés. La seule solution, à mon avis, c'est d'attendre tout simplement le directeur à l'intérieur de la salle, derrière la grille, où l'un de nous se fait enfermer et se planque. Il arrive, il ouvre la grille, il la referme, il retire la clé et il fait jouer sa combinaison. Dès que l'armoire est ouverte, nous surgissons et à nous les petits pesos ! On n'a plus qu'à amasser les sacs dans le couloir. On colle le brave directeur dans l'armoire, on referme la porte, on ouvre la grille puisque nous avons la clé et on part par le grand portail avant l'arrivée des convoyeurs...

— Tu parles comme un bréviaire ! s'exclame Roch. Il est impossible de rester dans la salle puisque le couloir est vide de tout meuble. Térésa te l'a dit, tout à l'heure. Dès que le directeur allumerait la lumière, il s'apercevrait d'une présence insolite et donnerait l'alerte. Le problème ne peut donc se poser ainsi.

— Et pourquoi donc ? demande le Maltais, l'œil allumé.

— Parce que, mon cher Dominique, si tu te sers de ses propres clés pour entrer et t'enfermer dans la banque, il ne les aura plus, lui, le directeur, dans sa poche. Alors, comment pourra-t-il y pénétrer, chez lui ? Et pourquoi ne prendrait-il pas des précautions élémentaires en pensant qu'il les a perdues ?

Dominique dévisage Roch avec une réelle compassion :

— Si tu avais écouté Térésa, au lieu de te précipiter sur l'excellent rosé de l'*El Bodegon,* tu aurais retenu que l'armoire en briques réfractaires qui entoure la porte des coffres ne touche pas le plafond de la pièce. Il y a donc un espace dans lequel on peut se couler. Quant aux clés, j'y ai pensé, figure-toi. Térésa nous les place sur le rebord de la salle de bains, on les prend et on les remet dès que l'un de nous est bouclé derrière la grille. On a justement la chance d'avoir une grille au lieu d'une porte pleine, les architectes n'avaient pas prévu cela ! On passe la clé à travers les barreaux, on la dépose dans le coffre de la chambre du directeur, on referme le coffre, on quitte les lieux et on remet les clés sur le rebord de la fenêtre. Térésa n'a plus qu'à les glisser dans la poche de son amoureux. Ni vu ni connu. Vol parfait...

— Tu es vraiment un chef, dit Roch, enthousiaste. Mais qui va rapporter le trousseau ici, pendant que je serai sur mon bateau ?

— My-Lan, dit Térésa. Une amie sûre. Je l'attends d'un moment à l'autre. C'est elle qui m'a donné l'idée du coup. Depuis longtemps, elle rêve de devenir propriétaire d'une chaîne d'hôtels en Floride. Les jeux seront peut-être autorisés là-bas un jour comme à Las Vegas. De toute façon, elle en a marre de Saint-Domingue. Elle veut partir.

Le Maltais examine la jeune Eurasienne qui vient de faire son entrée dans le salon. Il ne manifeste rien, mais il la trouve très belle Un mélange de délicatesse et d'assurance. Puisque l'entreprise réclame la présence d'une femme, il aurait mauvaise grâce à ne pas accepter cette My-Lan que Térésa lui a vivement recommandée.

— Un couple passerait plus inaperçu dans ce quartier résidentiel, avait-elle assuré. Il faut penser aux rondes de police. My-Lan est très débrouillarde. De plus, elle connaît les lieux car elle a été l'amie d'un convoyeur. C'est pour ça que j'ai pensé à elle.

My-Lan sourit, découvrant de petites dents alignées comme des perles. Le Maltais détaille les fines attaches, les yeux vert sombre, à peine bridés, brillants d'intelligence, les cheveux noirs et lisses. L'air à la fois volontaire, réfléchi, bref solide, le rassure.

— Tout ce que je lui demande, c'est de m'accompagner, dit-il. Le reste, je m'en charge quand elle m'aura bouclé.

Il réfléchit, penché sur la table où Térésa a étalé la carte de la région.

— Bien, dit-il finalement. Voici comment je vois les choses.

Il pointe son index sur un point de la carte :

— C'est là, à Punta Palenque, que la voiture dans laquelle on aura embarqué les sacs devra rejoindre le yacht de Roch. Cette voiture doit être grande, rapide, puissante pour arriver à temps au port et se glisser le long du criscraft. On aura une demi-heure au plus pour sortir des eaux territoriales. L'escorte de motards arrive à cinq heures cinquante-cinq à la banque, m'avez-vous dit ?

— Oui, dit Térésa. Le fourgon prend la route à six heures.

— Si le directeur vous quitte à cinq, qu'est-ce qu'il fait entre-temps ?

— Il met cinq minutes environ pour arriver chez lui. Encore cinq pour aller à la chambre forte. Le reste pour préparer les bordereaux de livraison pour les agences locales desservies par le fourgon...

— Qu'il peut avoir préparés le vendredi soir, ou même le samedi ou le dimanche pour gagner du temps, dit My-Lan. C'est déjà arrivé.

— Parfait, conclut le Maltais. L'ennui, c'est que si l'on sait que les trois employés débarquent à cinq heures trente pour charger le fourgon, on ignore s'il ouvre l'armoire blindée avant ou après leur arrivée. Ils entrent comment dans la banque ?

— Ils sonnent à la porte, dit My-Lan. Ils ont un code qui varie d'une semaine à l'autre.

Elle dévisage le Maltais et ajoute :

— J'en ai une, de voiture. Une Dodge. Pas très fraîche, mais nerveuse. En falsifiant les numéros...

— Pas la peine, dit le Maltais... La bagnole, on la flanque à la mer... Avec les armes que Térésa va nous procurer !

26

Fais de moi ce que tu veux… Ainsi se dénomme, s'intitule, se pavoise en rouge et bleu le *tap-tap* dans lequel je viens de m'installer tant bien que mal, entre les ressorts agressifs qui secouent durement mes vertèbres.

La plate-forme de la vieille Ford gémit sous les huit rangées de banquettes de bois qu'on lui a infligées. Le chauffeur-kamikaze fonce vers Pétionville. La grosse négresse, à ma gauche, m'écrase un peu plus à chaque cahot, juste quand ma nuque heurte un des lions de la fresque naïve que ne renierait pas notre Douanier Rousseau national. Ma jambe gauche reste coincée sous le panier de la matrone, d'où émergent deux têtes de poules qui, manifestement, souffrent plus encore que moi de la chaleur. Les Haïtiens seraient-ils faits de caoutchouc, pour qu'on puisse les compresser à ce point ? Mes os d'Européen résisteront-ils à ce traitement ? La matrone aux poules crache à mes pieds un jet de salive jaunâtre. Si le Gros me voyait, lui qui m'accordait si généreusement une poursuite-vacances de rêve sous les cocotiers !

Si au moins j'avais dormi, cette nuit. Mais non. Etait-ce le grincement du ventilateur, la touffeur de la nuit tropicale, le souvenir du combat de coqs, ou, tout simplement, la fièvre qui me brûlait ? Le Maltais était si près, quelque part dans cette île. Il ne fallait pas qu'il s'échappe. J'aurais pu filer, dès l'aube, à la résidence de Roch Mariani. Mais l'aube, aux Antilles, c'est cinq heures du matin... Le moment où j'ai somnolé, après avoir ruminé les étapes de mon enquête, passées, présentes, et à venir... Je ne me sentais pas dans une forme olympique, lorsque le chauffeur de *Cocotte en moins* m'a signifié, les bras ouverts sur son volant, que son véhicule était complet. Radio-Cacique, suspendue au cou d'un dandy local, chemise à fleurs et chaussures éculées, m'a fait patienter jusqu'au passage de *Fais de moi ce que tu veux.*

Je me suis habitué à la *native* obèse et à ses poules. Je me laisse bercer au gré des virages qui se déroulent au travers des plantations de canne à sucre. Les petits cochons noirs évitent le massacre, de toutes leurs pattes.

Le colonel Marcaisse a tenu sa promesse. C'était la joie hier soir, après la victoire de *Puissance Divine*. Le lieutenant Henriquez caressait son champion de coq avec la tendresse passionnée qu'on réserve d'ordinaire aux femmes. Marcaisse m'a entraîné à l'écart :

— Votre Cambuccia joue aux fantômes, inspecteur. Aucune trace ! Même dans les listes des districts départementaux. Je l'ai mis en observation sur tous les fichiers. Rien ! Puisqu'il est corse, vous devriez aller voir, vous-même, du côté de Mariani.

Merci, colonel, j'y ai pensé. Seulement, il faut se méfier de tout le monde, ici. C'est sans grande illusion que j'ai répondu :

— Puis-je vous demander une faveur, mon colonel ?

— Je vous écoute...

— Ne pourriez-vous pas faire discrètement surveiller la propriété de Mariani, identifier les gens qu'il reçoit, les photographier, si possible ? Ainsi, nous verrions s'il héberge vraiment Cambuccia...

— Haïti est une démocratie, Blanc !

— Et le président Magloire un homme d'honneur. Il n'apprécierait sans doute pas qu'un criminel, recherché par les polices française et américaine, ait trouvé asile dans son pays...

Le colonel m'a fait signe de me taire. Le planton apportait deux bières.

— Ici, inspecteur, les murs ont des oreilles... Vous disiez ?

— Que les Américains s'intéressent aussi à lui. Depuis, le cambriolage de leur attaché d'ambassade à Paris, ils veulent explorer toutes les pistes.

Le colonel a bu, d'un trait au goulot, la moitié de sa canette. Quand il s'est essuyé la bouche du dos de la main, je me suis demandé si sa chevalière n'allait pas meurtrir ses lèvres.

— Je pourrais avoir des informations, de l'intérieur, par Joséphine, la femme de chambre de Mariani... Une métis jeune, belle, produit d'un missionnaire et d'une fille des mornes. Mais j'ai l'impression qu'elle mange un peu dans tous les râteliers.

— Cela veut dire quoi, mon colonel ?

— Qu'il est très difficile, en Haïti, de faire de la bonne police. Le frère de Joséphine est major dans la Garde présidentielle. Si je la contacte, sans lui en parler, ça peut faire des vagues... Mariani a ses entrées au Palais où l'on ferme les yeux sur ses activités occultes...

Il fallait que je débarque dans une dictature policière, sous les Tropiques, pour retrouver les bonnes vieilles combinaisons de notre République. Et découvrir que même les fonctionnaires en uniforme savent, eux aussi, ouvrir tout grand le parapluie !

— A vrai dire, rien n'est simple, soupire le colonel. On ne m'a même pas transmis le télégramme annonçant votre arrivée. Le mieux, c'est que vous alliez faire le tour de Pétionville. Moi, pendant ce temps je vais réfléchir à la question.

Même au Mexique [1], je n'avais jamais subi cette montée du soleil à la verticale. Je le sens, au-dessus de moi, écrasant, impitoyable. Le *tap-tap* grimpe vers Pétionville. Il fait plus frais. La brise chasse l'odeur des poules qui se sont endormies, la tête pendante au bord du panier.

Un dernier grincement de freins. Je suis arrivé. Etourdi, en nage, je pose le pied dans une flaque de boue séchée, sur la place municipale. Je me secoue, comme un chien mouillé.

La rue de Kenscoff m'entraîne, pas à pas, au fil de ses lacets. Je joue les policiers errants. Les indigènes, tapis dans un coin d'ombre, soulèvent de deux doigts leur chapeau de paille effrangé, pour me crier :

— Bonjour, l'Américain !

Je réponds « Bonjour ! » tout en me demandant si la route va continuer à me faire jouer les alpinistes, dans ce désordre d'arbres où les *cayes* [2] au toit de paille jouent, elles, les chalets... Chaumières pleines d'enfants qui me donnent leur sourire.

Où suis-je, piétinant dans la rocaille ? Où sont les rues de Paris, mille fois arpentées ?

— La rue Ibo Lélé, s'il vous plaît ?

La jeune fille rétablit, sur sa tête, la pile de paniers multicolores qu'elle emporte au marché.

— Par là...

Un geste vague. Un sourire.

Il vaut mieux que je redescende sur la place, pour me renseigner. J'avise un grand Noir édenté qui, délicatement, du bout du doigt, passe un peu de salive sur le sabot de son âne.

1. *Le Gringo,* Grasset.
2. *Caye :* cabane de paysan.

— Il s'est blessé ?

— Il a mal...

— La rue Ibo Lélé ?

— Tu marches tout droit. Tu passes le pont. Tu prends la rue Metellus, et tu arrives.

Je caresse la crinière de la bête avant de contourner l'église, de trouver le pont et la rue Metellus. Un vieillard, cheveux gris sur crâne noir, mâchonne un épi de maïs, devant une maison jaune aux volets rouges :

— Là-haut, me dit-il, là où ils construisent l'hôtel de luxe. Ça fait deux ans qu'ils travaillent. Ils sont fous, les Américains.

La voici enfin, la *Cocotière,* le repaire de Roch, donc du Maltais ! Un nid d'aigle. La haie vive camoufle le haut mur. Ce n'est pas la première fois que j'ai cette sensation d'impuissance devant une propriété privée d'où peuvent surgir, au choix, des dobermans féroces, ou des gardes armés. Et je n'ai aucun droit de forcer ce portail. Ma carte de flic français ne vaut pas plus ici qu'un ticket de métro poinçonné, ramassé au bord des rails.

J'ai vraiment envie de m'asseoir par terre, de tout laisser tomber. Le toit-terrasse de la *Cocotière* me nargue, de sa blancheur solaire. Des heures et des heures d'avion, des palabres avec un colonel étoilé, la sueur, le *tap-tap*... Tout ça pour contempler le home luxueux, arrogant, protégé, d'un maquereau international qui héberge un ennemi public de première classe !

Les oiseaux-mouches s'en donnent à cœur joie, dans le pistil des bougainvillées. Le colonel Prosper Marcaisse avait raison. Ici, rien ne se passe comme ailleurs... J'essaie de me secouer. Je me rappelle la méchante phrase de Vieuchêne : « Vous baissez, Borniche ! »

Eh bien, ils vont voir !

Finalement, dans la pourriture de cette île, le lieutenant Henriquez, avec son coq vainqueur, me semble le plus propre ; peut-être parce que c'est un naïf, comme moi. Un vrai flic, sans compromission ni bavures. La victoire de *Puissance Divine* lui a valu une journée de congé, le temps de faire admirer son coq tueur et de ramasser l'argent des paris. Il m'a dit que je pourrais le rejoindre devant la galerie Marassa, rue Lamarre. S'il veut bien ranger sa volaille au poulailler, je pourrai l'inviter à déjeuner, et lui demander de me prêter une paire de jumelles. Un lieutenant de police doit avoir ça. Même chez les nègres, comme dirait le Gros.

Il fait froid, sur les hauteurs du morne, à dix heures du soir. La nuit tropicale est tombée brutalement, noyant d'ombre les chemins et les rochers, qui prennent une allure inquiétante. J'évoque les mystères du culte vaudou. Je ne serais pas étonné d'entendre résonner les tambours au fond de la forêt, tout en haut du chemin de la *Cocotière*. Je n'ai pas fière allure : mes vêtements se sont accrochés aux buissons épineux, et j'ai manqué me tordre une cheville sur un énorme caillou traîtreusement caché sous une touffe. Les nuages courent sur la lune. Le décor sinistre évoque à la fois la nuit des loups-garous, et une chasse aux fauves en nocturne... Quels peuvent être les hôtes à crocs et à griffes de la jungle de Pétionville ? Si Marlyse me voyait, nul doute qu'elle ne maudisse davantage encore le Gros et ses expéditions exotiques...

Le lieutenant Henriquez n'avait pas de jumelles, mais il a eu tôt fait de m'en dénicher une paire chez un hougan du coin, mi-sorcier, mi-ferrailleur. Des tubes rouillés datant du déluge, dont les lentilles sont envahies par les rayures et la crasse... Qu'importe, elles grossissent tout de même, c'est mieux que rien.

Après la chaleur de la journée, ce froid inattendu m'engourdit le cerveau et les doigts. Ce n'est pas le moment de lâcher prise, pourtant. Je me tiens simplement à califourchon sur la maîtresse branche d'un pin qui domine la *Cocotière*.

J'essaie, moi, de dominer la situation. Veilleur quelque peu fatigué, je vois Port-au-Prince scintiller au loin, en contrebas. Je ne sais quelle faune s'agite autour de mon arbre, mais ça bruite, ça craque, ça crépite... Je crois même entendre un gémissement. Mais c'est sûrement mon imagination qui me joue des tours.

De la propriété de Mariani, je n'aperçois que les communs. La façade, tournée vers la route, est invisible. Seuls, les petits lampadaires en forme de torchères, à demi dissimulés dans des massifs de fleurs, éclairent la piscine. Louchant tant bien que mal dans mes jumelles archaïques, je m'obstine à attendre le passage d'une ombre sur le gazon... en vain !

Une curieuse mélopée me parvient, du côté des cuisines : un chant créole où revient le nom de capitaine Zombi, à la grande joie de la domesticité. Le refrain est repris en chœur, on rit, on applaudit... Je me dis que cette fiesta signifie sans doute que la maison est vide. Le maître des lieux ne tolérerait sûrement pas un pareil vacarme. Quand les chanteurs, émules du célèbre orchestre des Frères de la Côte, en auront fini, quand tout sera éteint, je pourrai me risquer à visiter le domaine de Roch Mariani en escaladant la clôture par l'arrière.

Les chanteurs n'ont pas l'air fatigué. Moi, je grelotte. Je ne vais pas me transformer en glaçon sous le ciel des Tropiques, quand même ! Jamais je n'aurais pensé qu'il me faudrait un chandail à cette latitude ! Tout ce que j'ai apporté, c'est ma veste pied-de-poule, si chère au Gros. Elle est restée dans ma chambre d'hôtel... Il faisait si chaud, ce matin...

Enfin, il se passe quelque chose ! Un moteur se met à

pétarader du côté du garage, à l'arrière de la maison. Je vois trois hommes et deux femmes sortir par la porte de la cuisine, qu'ils referment à double tour. Les phares d'une jeep s'allument. Tous s'entassent dans le véhicule, qui s'élance sur le gravier de l'allée.

Je tremble de curiosité et d'impatience. Du coup, je n'ai plus froid ! L'un des hommes, massif, une carrure de catcheur, descend ouvrir les deux vantaux de la grille, qu'il repousse dès que la jeep s'est engagée sur la route. Dans la lumière des phares, je le vois refermer l'énorme serrure à double tour. Puis la jeep repart. Ses phares balaient les virages, avant de disparaître dans les rues de Pétionville.

La nuit frémissante d'insectes s'empare de nouveau de la propriété. Après l'éclair des phares, l'obscurité semble plus épaisse que jamais. Mes jumelles, braquées sur la villa, n'y découvrent pas trace de vie. Une horloge, au loin, sonne onze heures. J'hésite... J'interroge mon grand nez pour tâcher de deviner s'il y a un signal d'alarme, auquel cas je mettrais tout le morne en révolution et risquerais de ne pas m'en sortir vivant ! Ce doit être facile de faire disparaître un indiscret, dans ce relief accidenté à la végétation luxuriante.

Ce pays de mystère m'impressionne, je l'avoue, il me rappelle que je fais un métier dangereux... Tant pis, je me risque. Je ne vais pas rester planté sur ma branche, à réfléchir !

Je descends de mon perchoir, grimaçant à cause de ma cheville endolorie. Courageusement, j'entame le parcours du combattant sur les sentes empierrées. Les nuages se font plus déliés, sur la lune. C'est ma chance. Au moins, je vois où je marche. J'ai tôt fait d'atteindre la triple rangée de fil de fer barbelé qui enserre l'arrière de la *Cocotière*. Il faut aborder avec méfiance ce genre de clôture. Je me penche, je glisse mon buste sous la première rangée d'épines métalliques, je passe une jambe, puis l'autre. La double allée de flamboyants a des reflets de sang noir, sous la lune.

L'impeccable ordonnance du parc de la villa donne une impression de calme, de luxe. Roch Mariani n'est pas dans la misère et le Maltais doit se plaire dans ce décor digne du prince de la cambriole !

Je néglige la grande baie vitrée de la façade. Courbé, m'abritant derrière les arbustes, je progresse vers la porte du garage, que les domestiques ont laissée grande ouverte. Preuve que je dois me hâter, car leur absence sera de courte durée.

Le silence est total. Quand même, je trouve que la lune est trop claire, maintenant. J'ai vingt mètres à franchir, en pleine lumière. Si un domestique est resté dans la maison, il peut me tirer comme un lapin. De nouveau, le froid me saisit.

En quelques enjambées, m'efforçant de ne penser à rien, je me retrouve devant la porte du garage, de l'autre côté de la pelouse. Vais-je découvrir une échelle, là-dedans ? Une lampe électrique me serait bien utile. Qu'importe, je tâtonne, je m'efforce de m'habituer à l'obscurité... Et voilà que deux faisceaux lumineux trouent la voûte de verdure que forment les arbres au-dessus de l'allée. Je n'ai que le temps de regagner mon point de départ. C'est la jeep qui revient, avec deux passagers seulement, les domestiques noirs, qui referment le garage, font jouer la clé dans la serrure de la porte d'entrée, allument les lumières et rentrent dans la place.

Je n'ai plus qu'à rejoindre l'hôtel *Oloffson,* via Pétion-ville, décontenancé. Si la police haïtienne ne m'aide pas, je n'arriverai à rien.

27

My-Lan attend en silence dans le passage, derrière la
banque, au volant de la Dodge trapue, qui stationne tous
feux éteints. Elle cherche le beau Maltais blond aux yeux
bleus. Elle ne voit qu'un individu brun, voûté, porteur
de lunettes et marchant à petits pas. Elle retient son
souffle, perplexe, quand la voix bien connue, à la fois
chantante et autoritaire, l'inimitable voix de Dominique
Cambuccia, sort de cette tête de gratte-papier pour
demander tout bas :

— Tu as les clefs ?

Il a décidé de la tutoyer.

— Oui, souffle My-Lan, vite remise de sa surprise.

Elle quitte le véhicule et lui tend le trousseau. Le
Maltais contourne le bâtiment de son allure de prome-
neur attardé, tranquille, dans le quartier désert à cette
heure de la nuit. Il n'a rien laissé au hasard. Chaque
détail a été précisé au cours de sa reconnaissance
précédente.

La grande clef ouvre la porte de l'appartement du
directeur. Le couple s'y engouffre, referme derrière lui.
Dominique sort de sa poche sa lampe-stylo, qui les guide
jusqu'à la chambre. Le petit coffre mural apparaît dans
le faisceau. Pas de combinaison. La clef cuivrée du
trousseau l'ouvre sans difficulté.

Le Maltais sent le souffle de l'Eurasienne s'accélérer tout contre lui.

— Tu as peur ?

— Non, dit-elle. Mais ça fait tout de même drôle.

Il comprend qu'elle soit émue.

Il s'empare de la clef de sécurité de la salle des coffres, abandonne les autres sur la serrure. Ils traversent le couloir qui conduit au pied de l'escalier, l'escaladent dans la même foulée, souple, féline, accèdent à un couloir identique, au premier étage. Au bout, la grille qui donne accès à la porte. Elle est munie d'une énorme serrure.

Ils savent, grâce à Térésa, qu'il y a une manière secrète de tourner les combinaisons des trois serrures de la porte blindée. Rien ne peut être tenté avant que Manuel Carrero, le grand directeur de la banque *Hispanolia,* ne les ait actionnées... Il ne sait pas ce qui l'attend, Manuel Carrero, lui qui dort paisiblement, à cette heure, dans les bras de la pulpeuse Térésa !

Le Maltais introduit doucement la clef. Au second tour, le pêne s'ouvre. La grille pivote. Devant eux, à un mètre environ, l'imposante muraille, avec ses trois systèmes de combinaisons chiffrées placés à des hauteurs différentes.

Au-dessus de la masse inviolable, un passage de trente centimètres de haut.

— Merde, jure le Maltais, je ne pourrai jamais me couler là-dedans. C'est foutu !

Il est catastrophé. Son entreprise s'effondre. La paille dans la poutre !

My-Lan pose sa main sur son bras, presque avec tendresse.

— Mais moi, si, affirme-t-elle. On ne va pas rater l'affaire pour si peu.

Elle lui fait signe avec autorité de s'adosser contre le mur de métal, pour lui faire la courte échelle. Elle grimpe sur ses épaules. Souple comme un serpent, elle se faufile dans l'espace vide, saisit prestement le colt 45 avant de disparaître de l'autre côté.

Le Maltais doit se faire violence pour l'abandonner. Sacré bout de femme, tout de même ! Quand il referme sur lui la grille de communication, la cloche de la cathédrale sonne quatre heures. Il se hâte de refaire, en sens inverse, le trajet jusqu'à l'appartement du directeur, retrouve le coffre mural, dans la chambre, y remet la clef de la grille, le referme à double tour. Avec précaution, il ouvre la porte de la rue toujours aussi calme. Il referme l'appartement, met le trousseau dans sa poche, et reprend, jusqu'à la *calle* Isabelle-la-Catholique, sa démarche de petit minable au-dessus de tout soupçon.

Il a le cœur pincé. Il évoque le visage doré de My-Lan, les étonnants yeux verts volontaires, qui l'illuminent, les longs cheveux, la taille élancée, les doigts fins... Il craint pour elle, lui qui n'a jamais eu peur pour lui-même.

Térésa lui a confié la clef de son immeuble. Il délaisse l'ascenseur pour escalader, dans le noir, l'escalier de service. Arrivé au cinquième, il repère la fenêtre de la salle de bains, y dépose les clefs.

Une main s'en empare aussitôt.

— Il dort toujours, souffle la voix de Térésa. Pourvu que Dieu soit avec vous !

« Dieu... ou le Diable », songe Dominique en redescendant l'escalier à toute allure.

Le Maltais, devant la banque, consulte son chronomètre. Cinq heures. Le veuf doit s'habiller sans faire de bruit dans la salle de bains. Comment pourrait-il se douter que le trousseau a réintégré la poche de sa veste, et que Térésa épie, le cœur battant, son départ ?

Le Maltais sent une approche, avant même d'avoir

entendu le bruit des pas. Il se terre dans l'encoignure d'un porche à la grille ouvragée.

Le banquier est en avance. Il apparaît, dans la lueur du jour naissant, petit, gros, bedonnant. Dominique se détend une seconde pour penser que le courage de Térésa, d'accueillir dans son lit un pareil débris, va être enfin récompensé.

Manuel Carrero referme la porte de son appartement. Le Maltais s'impatiente. Il est temps que l'action se précipite, car il va bientôt faire grand jour.

Un instant, il a eu la tentation de braquer le directeur au moment où il entrait chez lui et de le forcer à parcourir, sous la menace, le trajet qu'il a fait tout à l'heure avec My-Lan jusqu'à la monumentale porte blindée de la salle des coffres. Mais il a pour principe de respecter les plans prévus. Il suffirait de si peu de chose pour qu'un détail accroche — une réaction inattendue du banquier, par exemple, ou une alarme cachée dans son appartement —, pour que My-Lan se trouve coincée dans la salle, comme une souris dans une nasse...

My-Lan ne se manifeste toujours pas. Plus que dix minutes avant l'arrivée des employés. Le Maltais se prend à souhaiter que les horaires soient moins souples à Saint-Domingue qu'en Europe.

Il est presque cinq heures trente. De grosses voix, de gros rires... De sa cachette, Dominique voit s'avancer deux malabars, un Noir et un métis. Ils ont bien la carrure de convoyeurs. Comme le troisième, un peu plus petit pourtant, au teint olivâtre, qui leur fait signe du bout de la rue avant de les rejoindre. Un coq, tout près, s'égosille. Le Maltais repousse du pied un chien errant qui s'obstine à lécher le bas de son pantalon. De toute façon, les trois hommes ne regardent pas autour d'eux...

Que se passe-t-il donc à l'intérieur de la banque ?

Pourquoi My-Lan ne lui a-t-elle pas ouvert le vantail du porche comme prévu ? Sa gorge devient sèche. Il réfléchit sur le parti à prendre, lorsque le métis appuie sur un bouton de sonnette, à droite de la porte. Un timbre résonne, en réponse au cri des coqs. Un coup, deux coups, un coup encore. Le signal, manifestement.

Le portail pivote lentement.

Le Maltais, d'instinct, sent qu'il faut maintenant intervenir. Souple, silencieux, il se rapproche des convoyeurs.

Il ne s'attendait pas à ce qu'il voit... Comme dans le gros plan d'un film, la fine main de My-Lan tient la porte entrebâillée, tandis que l'autre main menace du colt les trois hommes éberlués.

— Avancez ! dit durement le Maltais. Et pas un geste.

Du coin de l'œil, le plus grand des convoyeurs s'assure qu'un autre pistolet est bien braqué dans leur dos.

— Et les mains en l'air ! ajoute le Maltais. Direction salle des coffres.

Au pas accéléré, Dominique force les trois hommes à gagner le premier étage. La grille est ouverte, la lourde porte de l'armoire blindée fermée. My-Lan tourne une roue molletée, l'ouvre. Le directeur, abasourdi, apparaît. Dans la vaste chambre où sont rangées les liasses de pesos et de dollars, les convoyeurs restent cloués sur place.

— Entrez là-dedans ! commande le Maltais. Et, vous, le directeur, venez ici ! Où y a-t-il le plus de fric ?

Le malheureux désigne quatre sacs arrondis, portant en lettres capitales à l'encre noire les noms de La Vega, Santiago, Puerto Plata et Montecristi.

— Vous les mettez dans le couloir ! Devant les fenêtres, ordonne à nouveau le Maltais.

Pendant que My-Lan tient en respect les convoyeurs,

le banquier, épouvanté, s'exécute. Il traîne les quatre
colis, l'un après l'autre. Il peut, s'il lorgne un peu sur sa
droite, apercevoir le trou noir du canon dirigé vers sa
tempe. Avec des gestes rendus maladroits par la peur, il
ne va pas assez vite. Or le temps presse. Dans dix
minutes, la Dodge doit avoir quitté les lieux.

— Ça représente combien tout ça ? questionne le
Maltais.

— Deux millions de pesos, un de dollars...

— Et celui-ci ?

— Un million de dollars aussi...

— Ajoutez-le.

Les mains au-dessus de la tête, les trois convoyeurs,
livides, se tortillent pour soulager leurs muscles ankylosés. Leur respiration est haletante. La sueur coule sur
leur visage. Les voilà, les instructions du directeur, de
déposer les armes à la banque, après chaque mission !

Le Maltais fait un signe de tête. My-Lan a compris.
Elle abandonne la garde des prisonniers, disparaît dans
le couloir vers l'escalier de ciment. La porte d'acier se
referme tranquillement sur les victimes du Maltais qui
range son arme, arrive à la première fenêtre qui résiste.
Il tourne l'espagnolette de la seconde. Il se penche pour
apercevoir My-Lan rejoindre la Dodge. Alors, il empoigne un sac, le jette par la fenêtre. La plate-forme le
reçoit avec un bruit mat. Sans effort, Dominique s'empare des autres colis qu'il balance à leur tour tandis que
My-Lan les recouvre d'une bâche grise.

Il est cinq heures quarante-huit.

Le Maltais parcourt le couloir, descend l'escalier,
pousse une porte vitrée, déboule dans la cour. Il est déjà
dehors. La rue est déserte, à peine éclairée. Le moteur
de la Dodge tourne, silencieux.

— Tu es une championne, se contente-t-il de dire en
prenant le volant. Raconte-moi pourquoi tu as été si
longue à m'ouvrir ?

— Parce que ce gros lard n'en finissait pas d'arriver, répond My-Lan. Moi aussi, je m'en faisais du mauvais sang, là-haut, sur mon estrade. Quand je lui ai dégringolé dessus, la porte de l'armoire ouverte, j'ai cru qu'il allait avoir une attaque d'apoplexie !

La Dodge rugit. La pointe Palenque est atteinte dans un temps record. Le yacht *Toussaint Louverture* battant pavillon haïtien se balance doucement sur les eaux calmes de la crique. Les bateaux de pêche ne sont pas encore rentrés de leur nuit en mer ; quant aux rares navires de plaisance, il est encore trop tôt pour qu'ils appareillent.

Roch gesticule de grands saluts à l'adresse de ses amis, puis bondit sur le quai et marche à leur rencontre. Le Maltais, suivi de My-Lan, saute à terre.

— Une sacrée fille, dit le Maltais. Grouillons-nous !

Les sacs de jute, bourrés de billets, sont portés en cabine et dissimulés sous des cordages. Le Maltais s'installe au volant de la Dodge, fait un rapide demi-tour, escalade une montée caillouteuse qu'elle avale sans broncher. Voilà le sommet. Le Maltais ralentit, s'arrête. C'est l'endroit propice. Il descend, ramasse un bloc de pierre qu'il ajuste sur l'accélérateur. Le moteur s'emballe. Dominique, de la main, desserre le frein et la voiture folle, cahotante, prend de la vitesse. Elle roule droit vers la mer, emportant armes et déguisements.

Du yacht, Roch et My-Lan aperçoivent la masse beige et marron plonger, nez en avant, de trente mètres, rebondir sur un rocher au moment où elle touche l'eau. Puis, la mer se referme sur le véhicule. Définitivement.

A pas rapides, le Maltais se précipite vers le yacht dont le moteur se met brusquement à gronder. Roch soulève l'ancre, met la barre droit au sud. Le bateau se déhale et, en tanguant gentiment, se dirige vers la sortie de la crique. Roch tire sur la manette des gaz. Les moteurs tournent plus vite. Dès que sont franchis les bras de la crique, le *Toussaint Louverture,* que Mariani a diplomatiquement baptisé du nom du héros de l'indépendance d'Haïti, commence à rouler nerveusement. Les premiers moutons blancs apparaissent sur la crête des vagues. Roch, la carte marine étalée devant lui, fonce vers le sud. Il lui faut éviter le cap et l'île Beata, derniers promontoires de Saint-Domingue, pour se retrouver dans les eaux haïtiennes. Six heures de route, en perspective, pour gagner la crique déserte de Cyvadier, face à sa villa, à quelques kilomètres de Jacmel.

— Nous allons avoir des fonds de deux mille à trois mille mètres, dit-il. Ce n'est pas le moment de tomber à la flotte.

Il est heureux, Mariani, le magot est là, dans son bateau.

Sans le Maltais, rien ne pouvait réussir.

Sur le pont, Dominique contemple la mer qui s'agite devant l'étrave. La brise est douce. My-Lan, comme si rien ne s'était passé, assiste au déroulement de la côte dans les prismes des jumelles de quart. Elle est toute minuscule, cette Eurasienne, sans défense. Mais il fallait la voir braquer les trois convoyeurs, tout à l'heure. Quel aplomb !

Des cormorans survolent le bateau, les ailes déployées, se laissant glisser dans le vent. Puis plongent soudain, à l'arrière, trouvant un poisson dans le sillage des hélices.

— Regardez.

Le doigt de la jeune femme désigne un point, sur la côte, au-dessus de la baie de Barahona. Un hélicoptère de l'armée la longe, puis se détache, fonce au-dessus de la coque. Quelques secondes, il fait son point fixe à la

verticale du bâtiment. Roch et le Maltais agitent les bras
en signe d'amitié.

L'hélicoptère s'élance en une glissade sur les flots,
prend de la hauteur, file vers la côte.

La force du vent s'accroît. Les vagues sont de plus en
plus hautes. Mais Roch n'a pas peur de la mer. Les bras
rivés à la barre, il crie au Maltais :

— Eh bien, dis donc, quand le cousin Joseph saura
ça !

— Pourquoi le saurait-il ? dit sèchement le Maltais. Il
n'a pas besoin de le savoir...

Il a entouré de son bras les épaules de My-Lan. Le
visage tourné vers l'horizon, elle semble boire l'écume.

ACTE V

28

Quatre heures du matin. Je me tourne et retourne dans mon lit sans pouvoir dormir. Le grincement du ventilateur m'exaspère davantage, à mesure que je sens l'approche du jour. Je finis par me lever. J'écarte les rideaux, ouvre la fenêtre. La brise, encore fraîche, me fait du bien. Elle m'apporte le parfum des hibiscus. Le pic de la Selle commence à s'entourer de rose et d'or. C'est ma dernière aube tropicale. Ma décision est prise, je quitte Port-au-Prince.

Je me sens mal à l'aise. Je ne supporte pas l'échec. Je n'en ai pas l'habitude. Et ce n'est pas une consolation de se dire qu'il faut un commencement à tout ! Je vais prendre une douche, pour tâcher de secouer ma morosité.

Dans la salle d'eau, pas de lumière ! Le gouvernement coupe l'électricité sans crier gare, la nuit surtout, pour faire des économies. La direction de l'*Oloffson*, prévoyante, a placé, sur la tablette du lavabo, une sorte de coquille Saint-Jacques remplie d'huile, à mon intention. L'allumette me brûle les doigts avant que la mèche ne consente à grésiller. Puis la flamme danse, projetant sur le mur blanc l'ombre de ma brosse à dents, qui prend la forme inquiétante d'un balai de sorcière.

Il m'aurait fallu un jet glacé, après cette nuit blanche

au pays des Noirs. L'eau est tiède. Je compense par une énergique friction avec l'eau de Cologne trop parfumée que j'ai achetée au passage, à l'étal d'un gamin qui s'offrait déjà, à douze ou treize ans, une tête de receleur.

Heureusement, ma crème à raser a toujours la même vieille odeur parisienne. Et la lame du Gillette qui me racle la couenne me fait jubiler, tout à coup : la pensée de décoller vers la France me ragaillardit, même si le coucou local qui m'acheminera vers le DC 6 de Pointe-à-Pitre ne m'inspire qu'une confiance limitée. Je fredonne *Revoir Paris!* au rythme de mon peigne. Dans deux jours, je galoperai au long de la rue Lepic, j'escaladerai l'escalier de mon pigeonnier, je serrerai enfin Marlyse dans mes bras. Ça compensera l'engueulade du Gros... Comme si c'était ma faute ! C'est bien lui qui a eu l'idée ridicule de m'expédier à Haïti !

J'essaierai de lui faire comprendre que je ne pouvais pas m'incruster à Port-au-Prince, aux frais du contribuable français... Je ne pouvais pas non plus prendre du service chez le colonel Prosper Marcaisse, aux frais du contribuable haïtien.

D'autant qu'au fil des jours, le retour du Maltais m'apparaissait de plus en plus improbable. Déjà une semaine que j'étais là ! Sept longs jours, pendant lesquels je n'ai fait qu'attendre, attendre, encore attendre... En fait d'enquête policière, on trouve mieux. Je finirai par m'abrutir le jour dans le climat des Tropiques, et par prendre froid, la nuit, sur la branche de pin qui domine la *Cocotière,* malgré le pull marin d'origine indéterminée que je me suis offert pour une poignée de gourdes. Le colonel Prosper et le brave lieutenant Henriquez n'en revenaient pas :

— Quelle malchance, disait Henriquez. Vous voyez, moi, avec mon coq...

Il s'en moquait, lui, que ni le Maltais ni Mariani n'aient réapparu à la *Cocotière.* N'a pas l'âme de flic qui

veut. Le lieutenant Henriquez c'était un manager de
coqs égaré dans la police.

Du haut de mon perchoir, dans le prisme de mes
jumelles préhistoriques, j'aurais aussi bien pu chercher
un mammouth qu'un Maltais. Le champ restait vide.

En revanche, je pourrais tenter ma chance comme
guide touristique à Port-au-Prince. J'ai parcouru la ville
dans tous les sens, risquant ma vie au long des rues sans
trottoir, dont les noms sont tout aussi poétiques que
ceux des bus, des camions et des *tap-tap* : rue Babiole,
rue Peu-de-Chose, rue des Veuves... En fait de veuves,
j'ai surtout rencontré des commères joyeuses, rigolardes
et fortes en gueule, piaillant autour des lavoirs. J'ai fini
par aimer la puissante odeur de hareng du marché
Vallière dont l'armature métallique évoque de très loin
les Halles de notre Baltard. Port-au-Prince, comme
Paris, a son ventre, dans lequel j'ai plongé, au pied des
tours de style mauresque, royaume des marmites fêlées,
des sacs de jute usés jusqu'à la trame, des images pieuses
rongées par le vent marin, de l'accumulation en un
savant méli-mélo de riz, de café, d'épices, de tabac noir
aux larges feuilles vendues par mains, tels des bouquets
de cinq doigts, régimes d'énormes bananes-légumes et
de petites bananes-fruits détaillés par mains, eux aussi...
Pour les marchandes au bavardage intarissable, j'étais
un mauvais client mais un bon élève : j'ai appris une
foule de mots chantants, je me suis mis à aimer la langue
créole, davantage que l'argot américain envahisseur. La
puanteur des bidonvilles a cessé de m'épouvanter. On
s'habitue si vite à la misère des autres, sous le soleil des
Tropiques !

Marlyse sera contente : elle raffole des dentelles, et
mes moyens ne me permettent pas de lui en offrir à
Paris. Ici, j'en ai fait provision, marchandant, comme il
se doit, avec des revendeuses à l'œil canaille. Mais toutes
ces pérégrinations ne m'ont pas offert, au hasard d'une

rue, les cheveux blonds et les yeux bleus de Dominique Cambuccia, ce Maltais qui commence à ressembler sérieusement au serpent de mer.

Le lendemain de ma première nuit passée à surveiller la *Cocotière,* perché sur mon arbre comme maître Corbeau, je suis passé par hasard devant la Grande Poste, rue Bonne-Foi. L'idée m'est venue de lancer mon premier harpon : puisque j'avais le numéro de la *Cocotière,* pourquoi ne pas l'utiliser ?
— Monsieur Mariani ?
— Il n'est pas là.
— Vous êtes sûre ?
— Il n'est pas là.
— Vous savez quand il reviendra ?
— Je ne sais rien.
Avec un peu de chance, j'aurais pu tomber sur une Haïtienne aussi bavarde que les femmes de chambre de l'*Oloffson* qui passent leur temps à palabrer sur les paliers, les coudes sur les hanches, le madras sur la tête, pour les protéger d'une poussière qu'elles ne dérangent guère.
— C'est dommage qu'il ne soit pas là... Je suis le fondé de pouvoir de la banque du Canada, et j'ai une affaire à lui proposer...
— Il n'est pas là, monsieur. Moi, je comprends rien à tout ça.
Je m'en doutais. J'insiste quand même :
— Vous ne savez pas où il est ?
— Il n'est pas là.
Bon. Moi, j'ai compris. Autant parler à un disque. A propos de disque, j'entends un fond sonore de *meringue*[1] qui me prouve, une fois de plus, que les domesti-

---

1 Danse haïtienne, parente de la samba brésilienne.

ques ne s'ennuient pas à la *Cocotière,* quand le seigneur
Mariani est dans la nature !

— Tant pis, dis-je. Je rappellerai demain.

— Je ne sais pas s'il sera là.

— Passez-moi son ami, alors... le blond.

— Il n'est pas là.

Je n'en sortirai pas.

Une fois, cinq fois, dix fois, j'ai usé du même
stratagème. J'ai rappelé la *Cocotière,* de l'*Oloffson.* Au
point où j'en étais, je m'en moquais d'être espionné par
mes honorables collègues de la police du cru ! J'ai refait
le numéro des bistrots de Carrefour, le Montparnasse de
Port-au-Prince, où j'ai retrouvé le même genre de têtes
qu'à la *Coupole* parisienne, en plus bronzé, à proximité
des maisons dont les lampes multicolores signalent
qu'une dame attend le client.

Non, je ne me soucie plus guère du colonel Prosper et
de ses services militaires-policiers. J'ai l'impression que
lui non plus ne se soucie pas de *mon* affaire. Je ne l'ai
revu que deux fois. D'ailleurs, je n'ai rien à lui reprocher : c'est moi qui lui ai demandé de me laisser le
champ libre. C'est pour ça qu'il m'a confié à Henriquez,
l'homme-coq de service. J'étais bien content de pouvoir
faire ce que je voulais, en toute tranquillité.

Ça y est, il fait jour. Il est cinq heures. L'heure de
préparer mon départ... Oh, ce n'est pas de gaieté de
cœur, malgré le plaisir de revoir Marlyse, et Paris. Mais
je l'avais prévu, cet échec. A des milliers de kilomètres
de la France, sans indic, sans collaborateurs, dans un
pays où il faut tout deviner, les mœurs, la psychologie
des habitants, comment peut-on faire le métier de flic ?
Ce qui a trompé le Gros, c'est que je ne m'en étais pas
mal sorti dans d'autres enquêtes, hors de l'hexagone
que, lui, ne quitte jamais. Est-ce que je serais en baisse,

comme il dit ? Forme ou pas forme, je sais bien, moi, qu'au train où les choses évoluent ici, le Maltais n'est pas près de retrouver l'enfer des Baumettes !

Je vais lui envoyer un télégramme, au Gros, dès l'ouverture du bureau de poste. En comptant les six heures de décalage horaire, il le recevra après le déjeuner. Je l'entends déjà fulminer, devant mon fidèle Hidoine :

— Borniche me place une fois de plus devant le fait accompli !

Je ferais peut-être mieux de lui téléphoner, en P.C.V. ? Il est encore dans son bureau. Il ne le quitte qu'à une heure, pour son premier pastis...

Pas plus de téléphone que de lumière. Et là, pas moyen de recourir à l'antique lampe à huile ! Tant pis. J'attendrai l'ouverture de l'ambassade de France. J'ai le temps de faire mon dernier tour de piste, dans ce Port-au-Prince que j'ai appris à aimer : l'avion pour Pointe-à-Pitre, via Saint-Domingue, Porto-Rico et Saint-Martin, ne décolle pas avant onze heures.

J'enfile ma dernière chemise propre. Marlyse avait calculé juste : huit chemises. Le pantalon de toile est encore présentable. J'enfouis pêle-mêle dans la valise le linge sale et la trousse de toilette.

Une pancarte agrafée à la porte des bureaux de l'ambassade m'avertit charitablement qu'ils n'ouvrent, aujourd'hui, que l'après-midi... La veine continue ! Je n'ai plus qu'à me rabattre sur le quartier général du colonel Prosper. J'y trouverai bien un téléphone, quand même ! Et j'en profiterai pour faire mes adieux.

Une jeep freine pile devant moi. Le lieutenant Henriquez saute à terre, figure classique de rodéo. Il m'attrape par le bras, comme s'il voulait m'arrêter !

— Vous tombez à pic, j'allais vous chercher à votre hôtel. Venez vite.

Quelques minutes après, le chauffeur, toujours avec la

même délicatesse militaire, s'immobilise devant l'hôtel de police. Le lieutenant me tient encore par le bras, pour me faire grimper l'escalier jusqu'au troisième étage.

— Il y a du nouveau, pour votre Français, dit-il enfin.

— Quoi ?

— Le colonel va vous expliquer...

Henriquez frappe un coup sec à la porte du bureau du chef, entre sans attendre la réponse, me tirant derrière lui.

— Le voici, colonel !

Il fait une drôle de tête, derrière son bureau, le colonel Prosper !

— Le ministre m'a convoqué hier soir, dit-il sans préambule et sans même me serrer la main. Il porte un énorme intérêt à l'affaire Cambuccia. Il m'a chargé de vous le dire et de retrouver ce dangereux truand coûte que coûte. Il met aussi à votre disposition les fonds dont vous pourriez avoir besoin.

Je me dis que ça me fait une belle jambe, maintenant que j'ai décidé de prendre l'avion d'onze heures pour Pointe-à-Pitre. Le ministre, mot magique, sera-t-il le *deus ex machina* de mon expédition haïtienne ?

— Que se passe-t-il donc, mon colonel ?

— Il a obtenu des informations très intéressantes sur Dominique Cambuccia. Votre homme habitait bien chez Mariani, à la *Cocotière,* à Pétionville. Malheureusement, il n'y est plus. Il a quitté la villa la veille de votre arrivée.

Ai-je surpris une lueur de moquerie dans ses yeux, ou bien le désagréable sentiment de l'échec me rend-il trop susceptible ? Je me permets d'ironiser :

— Le ministre doit savoir alors où est passé Roch Mariani, non ?

— Il est là, lui, dans sa propriété. Rentré hier de croisière. Jacmel, où il mouille son yacht, m'a prévenu. Ce n'est pas la première fois qu'il s'absente une semaine ou deux avec une fille. Ce qui va vous étonner, c'est que Cambuccia ne s'appelle pas Cambuccia.

— Je m'en serais douté, dis-je d'un ton amer. Je vous l'avais laissé entendre, l'autre jour...

— Le ministre a percé sa fausse identité. Il est très avisé, mon ministre. Cambuccia se fait appeler William Callington ! Avec le titre de docteur, s'il vous plaît. Son séjour à la *Cocotière* a été de courte durée, un mois au plus. Mariani est un homme trop important pour héberger longtemps des compatriotes. Quand il apprend leur mauvaise réputation, il les chasse. Voilà ce qu'il a dit à Son Excellence, Luc Fouché, au cours d'un déjeuner à l'*Oloffson*...

De cela, moi, je suis moins sûr. Seul le Maltais m'importe, pas les louches relations d'un ministre haïtien avec un maquereau corse. Et de savoir si je suis toujours partant pour onze heures.

— Son Excellence a su également, poursuit le colonel, que Cambuccia-Callington aurait une chambre au *Paz-Hôtel* de Ciudad Trujillo, à Saint-Domingue. Il faudrait vous en assurer. Depuis que les Dominicains ont voulu assassiner l'ancien président Lescot, les relations sont tendues entre nous.

Encore un embryon de piste qui ne mène sans doute à rien. Oui, j'ai bien fait de décider de partir. Mais je me demande quand même pourquoi le ministre Fouché s'est mis tout à coup à se passionner pour mon Maltais. Je pose la question au colonel, qui prend l'air le plus évasif possible :

— Le ministre garde pour lui ses secrets, inspecteur. Peut-être que le message d'un de vos collègues français l'a fait réfléchir... Il confirmait que Cambuccia est un homme dangereux...

— Un message de mon patron, sans doute ?

Le colonel a sorti de sa poche un feuillet, qu'il déplie :

— Tenez !

Le télégramme est aussi mince qu'une feuille de papier à cigarettes. Je lis : « Prière aux autorités haïtiennes de vérifier si le nommé Mariani Roch, domicilié à Pétionville, héberge chez lui Cambuccia Dominique, recherché pour évasion, agressions à main armée et assassinats. Plusieurs communications téléphoniques ont été échangées entre le 7-0956 à Pétionville et l'appartement de Joseph Mariani, cousin de Roch, rue de l'Université à Paris. Fournir réponse d'urgence à inspecteur Courthiol, préfecture de police, Paris, tél. Turbigo 92.00, ou 36 quai des Orfèvres, Direction police judiciaire. »

Je repose le télégramme sur le bureau. Ainsi, Courthiol n'a même pas eu besoin de bouger ! Il a retrouvé la trace de la *Cocotière,* et peut-être du Maltais, sans quitter son bureau du quai des Orfèvres, empuanti par le tabac refroidi !

Le colonel Prosper attend un commentaire qui ne vient pas.

— On ne va pas surveiller la maison de Mariani, finit-il par dire, mais son téléphone. Maintenant qu'il est rentré, on ne le lâche plus. Le ministre me donne l'ordre de vous aider. J'exécute. Voici ce que je vous propose : nous mettons notre matériel à votre disposition et vous vous chargez de l'écoute.

— Tout seul ?

— Vous avez l'habitude des gangsters de votre pays... Ça m'étonnerait que le faux Callington n'appelle pas Mariani, dit-il avec un large sourire.

Ça m'étonnerait aussi. Et ça change mon plan de rapatriement. Tant pis, l'avion de Paris s'envolera sans moi. La fièvre de la chasse m'envahit de nouveau.

29

Dix-neuf heures trente. De retour dans ma chambre de l'*Oloffson,* j'ai dormi une bonne partie de l'après-midi. Je suis en forme. J'ai pris l'écoute, au côté du lieutenant Henriquez. On étouffe dans la camionnette Ford bâchée, discrète, close, trop close. Le lieutenant transpire. Il pue presque autant que son champion, *Puissance Divine...*

J'ai beau avoir l'habitude des planques et des attentes interminables, je commence à trouver le temps long. Je suis en train de ressasser la vieille idée que les méthodes policières sont les mêmes sous tous les climats, quand mes yeux s'immobilisent sur l'aiguille de l'ampèremètre. Elle a varié. Elle a filé vers le côté droit du cadran. Les bobines se sont mises à tourner. Henriquez se penche sur mon épaule.

Tac... tac... tac...

Mon cœur s'accélère. Qui est en ligne ? Un domestique qui émarge chez Fouché, ou Roch Mariani lui-même ? Le cliquetis du cadran s'égrène lentement, amplifié par les écouteurs... Non, ce ne peut pas être l'indic de Fouché : il n'aurait pas besoin de composer le numéro sur le cadran, puisque la communication entre la *Cocotière* et la camionnette est établie dès que le combiné de Roch est soulevé de son socle.

Le souffle court, nous surveillons le déroulement des bobines. Elles s'arrêtent. Le bruit aussi. La main qui formait le numéro renonce-t-elle, hésite-t-elle sur le chiffre à composer ?

Tac... tac... C'est reparti ! C'est la sonnerie qui retentit maintenant dans les écouteurs. Je ne respire plus, comme si le correspondant inconnu pouvait percevoir ma présence. Henriquez, plus suant que jamais, m'interroge de ses gros yeux injectés de sang. Je réponds par une moue d'ignorance. Il semble déçu.

La sonnerie insiste. Les secondes s'éternisent. Personne ne décroche. Mon imagination me projette à l'autre bout de la ligne, chez le mystérieux correspondant qui ne répond pas. J'essaie de deviner dans quel décor se répercute ce son lancinant, interminable : une somptueuse résidence, un meublé sordide, un hôtel, un restaurant, une boîte ?

J'ai perçu cinq ronflements dans mes écouteurs, avec, en bruit de fond, la respiration de Roch. Je suis sûr que c'est lui. Il raccroche, sans laisser sonner une sixième fois. S'il est déçu, je le suis encore plus que lui ! Je soupire. La déveine s'acharne. Henriquez se redresse. Sa tête touche la bâche de la camionnette. Une goutte de sueur a coulé de son front sur ma main. Moi aussi, je transpire. Elle est dans un bel état ma dernière chemise propre... En déchiffrant lentement les bobines, tout à l'heure, je pourrai trouver le numéro demandé. Les « tacs » sonores doivent correspondre à un code, comme notre numéro de la rue des Saussaies, Anjou.28.30 se décompose en deux traits pour le A, six traits pour le N et cinq traits pour le J : tac, tac, deux fois, puis six fois, puis cinq fois.

Et voilà que ça recommence ! De nouveau, la guerre des nerfs. Les bobines tournent. La sonnerie s'obstine, quelque part, une fois, deux fois, trois fois... Pourquoi ? Il n'y a sûrement personne ! Au cinquième coup, tou-

jours rien… Au sixième coup, ça décroche. Le cœur
serré, la gorge sèche, je reprends espoir. C'est sûrement
un signal. On laisse sonner cinq fois, pour alerter.
Ensuite, on recommence. Henriquez lit sur mon visage
qu'il se passe quelque chose. Il plie les genoux pour se
baisser à ma hauteur…

— *Bondiornu. Cumu state ?*
— *Sto be.*
— *Face bellu tempu.*
— *Ye.*
— *Dumane, a matina. Seiora…*
— *Capiscu. A vedeci.*

Clac. Raccroché. C'est net, c'est court, ça semble
précis, mais c'est de l'hébreu. Du corse, plutôt. Je n'ai
compris que « *bondiornu* » et « *capiscu* ». Bonjour et
compris. Un flic devrait connaître plusieurs langues. Au
lieu de nous apprendre je ne sais quoi, l'administration
ferait bien de nous offrir pour commencer, des cours
d'anglais et d'espagnol. Et des cours de corse ! On en a
besoin, à Pigalle !

Ils ont parlé très vite, comme pour se fixer un rendez-
vous… Si je réembobine tout de suite la bande, si je la
fais se dérouler très lentement, je peux tenter de
déchiffrer le numéro. Mais alors, je ne peux plus rester
sur l'écoute. Je risque de rater un autre appel de Roch,
une autre piste peut-être.

Tout porte à croire que c'est le Maltais, que Roch a eu
au bout du fil. Avec qui d'autre pourrait-il parler en
corse, et si brièvement ? J'ai senti une complicité, entre
ces deux voix… Non, l'interlocuteur inconnu n'est pas
un membre de la colonie corse de Cap-Haïtien. Alors,
tant pis pour les autres communications éventuelles !
Priorité au Maltais ! Je fais reculer la bobine. Puis
j'appuie sur la touche « *play* ». La bande se dévide trop
vite. Je la freine du bout des doigts. Les tac, tac, tac
ressemblent à des rugissements d'hippopotame. Je

décompose, je note, je renote, je recommence. J'arrive toujours au même numéro : 9.173.

. — Le chiffre 9, c'est l'indicatif de Jacmel, dit Henriquez. La police du district nous dira à quoi correspond le 173.

— C'est loin d'ici, ce pays ?

— Cent vingt kilomètres à peu près. Au moins deux heures de route. De l'autre côté de la montagne.

Ma montre indique huit heures et demie.

— On aurait intérêt à y foncer maintenant !

Henriquez me regarde, stupéfait, comme si je demandais la lune :

— Pas comme ça ! Il me faut l'autorisation du ministre ! Jacmel, c'est dans le département du Sud-Est. Ici, nous sommes dans celui de l'Ouest. Il nous est interdit d'intervenir chez les voisins, sauf pour une affaire intéressant la défense nationale. Ce n'est pas le cas !

Ça me rappelle les bonnes vieilles histoires de chez nous. Quoique la préfecture de police ne se soit pas gênée pour piétiner mes plates-bandes en Corse !

— En plus, je ne peux pas utiliser la camionnette des transmissions pour me déplacer. Il faut une autre voiture.

Et voilà ! La fureur me gagne. Ah ! ils ont la partie belle les truands, avec les formalités administratives qui nous paralysent, dans un pays comme dans l'autre !

Il rirait bien, le Maltais, s'il savait. En attendant, il va encore m'échapper, je le sens. Il faudrait agir vite, frapper tout de suite, au lieu de passer son temps à restituer la camionnette radio, à trouver le colonel pour qu'il avertisse le ministre, à attendre le feu vert de ce dernier... Autant dire que c'est fichu ! Je ne serai jamais à Jacmel avant demain après-midi, à ce train-là !

Au moment où j'exprime tout haut ce que je pense de l'administration, Henriquez me frappe sur l'épaule.

— Le voilà qui passe, Mariani, dit-il.

Je n'ai que le temps d'apercevoir, par un interstice de
la bâche, les feux arrière arrogants d'une voiture américaine. Les stops s'allument deux fois, comme pour nous
narguer.

30

Il fait frais sur la route du Sud. Roch Mariani s'engage sur le pont qui enjambe Rivière Froide. Cette route, il l'a maintes et maintes fois parcourue, Mariani, dans les deux sens, depuis qu'il mouille le *Toussaint Louverture* à Jacmel, près de la jetée, ou face à la villa de Cyvadier, qu'il a baptisée *Térésa*. Il connaît tous les flics de la petite bourgade, tous les douaniers aussi, dont les bureaux se tiennent entre le bar de la Ruine — quel nom pour un homme riche — et la vieille usine à café. Il sait, sous le moindre prétexte, leur distribuer les petits cadeaux qui font que son bateau est toujours propre et luisant et que toute notification préalable à ses sorties des eaux haïtiennes, de jour comme de nuit, est superflue. L'administration portuaire et le bureau de tourisme de la rue des Cayes lui sont, depuis longtemps, acquis.

Souvent, sachant que cela ne lui coûte pas grand-chose, Roch invite à bord un sous-officier de la Garde ou des Douanes. Il commence par lui offrir du cinq étoiles *Barbancourt,* ce vieux rhum coloré considéré comme le meilleur de toutes les Caraïbes, puis il lui paie un déjeuner bien arrosé aux *Boucaniers,* l'ancien repaire de flibustiers où le pirate Morgan rassembla jadis son équipage pour aller bombarder Panama. Ainsi parvient-il, en cours de traversée, à percer tous les petits secrets

de la surveillance côtière de la zone sud. Connaissant sa
gentillesse et son talent de navigateur, on l'autorise
même à amarrer son criscraft entre les rochers de la
crique de Cyvadier.

La Pontiac bondit, en silence, quand Mariani écrase
l'accélérateur sur la chaussée goudronnée qui mène à
Léogâne, village indien dont il ne reste, au lieu-dit *Ça-
ira*, qu'une ruine d'hôtel sur la plage de sable noir,
parsemée de coquilles de lambis. Les phares découpent
les plantations de cannes à sucre, de part et d'autre de la
route, les champs de glaïeuls et de menthe sauvage.
Roch chantonne. Le déjeuner avec Fouché s'est fort
bien passé, à l'*Oloffson*. Aucune allusion au vol de
Ciudad Trujillo. Quelques mots sur Cambuccia, mais à
peine. Le ministre le croit toujours à Saint-Domingue,
lancé sur les traces du docteur Duvalier. Tant mieux !
Roch s'est bien gardé de l'en dissuader, qui a même
poussé la comédie à dire :

— Quel homme secret, ce Dominique ! Impossible de
savoir ce qu'il fabrique. Il disparaît tout d'un coup, pour
réapparaître quand on ne l'attend pas...

Du coin de l'œil, il observe Luc Fouché qui ne cille
pas. Que Dominique soit un homme secret, en cela il ne
mentait pas, Mariani. Mais c'est surtout un organisateur
de génie. Le résultat est là, en bons billets espagnols et
américains, enfouis dans leurs sacs, au fond de la cale,
près des moteurs. Ils n'y resteront d'ailleurs pas longtemps. Tout à l'heure, le *Toussaint Louverture* appareil-
lera pour la Jamaïque, à quelque trois cents milles de
Jacmel. Il fera l'aller et retour en vingt-quatre heures.
Une simple croisière. A Kingston, il aura débarqué le
Maltais et My-Lan. Et surtout le magot que Christopher,
mi-contrebandier, mi-douanier, mettra au frais avant de
provisionner le compte que Roch y possède à la *British
Bank*. Henry, le frère de Christopher, en est le fondé de
pouvoir. Mariani l'a prévenu ce matin, de l'*Oloffson*.

d'un arrivage imminent. Pour le partage, Dominique
jugera de l'importance du rôle de chacun. Le hold-up
s'avère fructueux pour tout le monde, intermédiaires
compris.

La route commence à grimper en lacet. Elle s'éloigne,
un peu avant Grand Goâve, de la côte. Le massif de la
Selle est redoutable, pour les moteurs qui ont tendance à
chauffer. Roch met en seconde. Heureusement, tout au
bout de cette montée désertique, la descente sur Jacmel,
qui s'étale en amphithéâtre autour de sa rade profonde,
est longue.

Jacmel est sans aucun doute la bourgade la plus
typique d'Haïti. Elle invite à la déambulation amoureuse
à travers ses ruelles étroites, son marché de fer couvert
d'un toit de tuiles rouges, ses maisons de pierre et de
bois qui ont gardé toute leur saveur coloniale, peintes
dans les couleurs pastel, ses marchandes, ses badauds et
ses mulets, ses femmes qui trient, à même le sol, le café
séché au soleil.

C'est à Jacmel, au retour d'une promenade en mer,
que Roch a connu Térésa. Elle vaut de l'or. Il l'avait
senti tout de suite. Espagnole d'origine, de Cadix, en
Andalousie, elle en a le sang chaud et l'amour de la
danse. A dix-huit ans, elle trébuche sur un armateur sud-
américain qui lui fait miroiter les trésors du nouveau
monde. Elle a la jeunesse. Lui, la beauté, l'argent, des
masses d'argent. Comment résister? Térésa part avec
lui. Une escale aux Caraïbes et voilà que la guigne
tombe sur Armando Del Playo, trafiquant d'armes
international, qui connaît le centre d'interrogatoires de
Ciudad Trujillo, le 40, à *El Kilometro 14,* où il avoue
fournir des armes aux opposants de Batista, à Cuba, et
de Trujillo, à Saint-Domingue. Térésa, pour subsister,
se livre à la prostitution. Elle acquiert, en ce domaine,

une expérience qui lui permet de gravir les échelons. Un ancien S.S., réfugié à Ciudad Trujillo, lui achète une pension de famille qui devient un lupanar de première catégorie.

Térésa s'y entend pour recruter les filles. Elle a l'expérience que lui envierait plus d'une maquerelle parisienne ou marseillaise. Ses gains lui permettent d'acquérir un appartement dans le quartier huppé de la ville. Elle s'offre des vacances à Jacmel. C'est là qu'elle se lie à Mariani. L'association est née. Elle devient sa correspondante pour Saint-Domingue, comme d'autres sont ses antennes dans d'autres îles. Cela leur permet de faire « tourner » les filles. Le cœur débordant de reconnaissance, Roch décide de donner le prénom de Térésa à la villa qu'il vient de faire construire à Cyvadier. Il la met même à son nom tout en gardant, prudent, la totalité des parts en blanc.

Roch laisse la Pontiac filer dans la descente. Autrefois, Jacmel était isolée du reste du pays, tant la barrière montagneuse était difficile à franchir. La route a été tracée, tant bien que mal, mais Jacmel reste isolée dans cette presqu'île du Sud. C'est pourquoi Roch l'a choisie.

Dix heures du soir à la montre du tableau de bord. La Pontiac s'arrête à la station d'essence, face à la gare d'autobus.

— Le plein, Onésime !

Le pompiste manœuvre au bras le balancier qui remplit, l'un après l'autre, les deux cylindres de verre. Il transpire.

— Tu t'es occupé des réservoirs du bateau ? demande Roch par la glace baissée. Cette nuit, je vais jusqu'à Port-à-Nanette. Il y a de la langouste, là-bas. Je t'en rapporterai une.

Le pompiste fait un signe de tête affirmatif. Il va si vite

à actionner le levier qu'il n'a pas le souffle pour répondre. Roch le paie et repart en sifflotant. Demain soir, au retour de Kingston, il l'aura sa langouste, le brave Onésime. Et même deux. Une fois l'argent en sécurité à la Jamaïque, tout le monde aura droit à faire la fête.

31

La route escalade les contreforts de la montagne Dumay. Après les champs de glaïeuls et de menthe sauvage, nous passons entre des murailles de cannes à sucre, de trois mètres de haut. La beauté du décor, dans la fraîcheur de la nuit étoilée, évoquerait une balade pittoresque, si l'aspect de mes compagnons ne démentait pas ce paisible tableau pastoral. Le lieutenant Henriquez conduit nerveusement, la mine farouche, l'œil plus noir que jamais. Près de lui, le colonel Prosper, sa masse imposante bien calée sur le siège rudimentaire de la jeep. Les cahots le font à peine bouger, lui, alors que mon poids plume saute et tressaute à plaisir.

Le colonel est d'autant plus impressionnant qu'il serre une mitraillette entre ses genoux.

C'est grâce à lui que nous sommes ici, si vite. Il a prouvé qu'il n'appréciait pas plus que moi les atermoiements administratifs. Ça n'a pas traîné. A peine l'avions-nous déniché au restaurant de l'hôtel *Splendid,* où il achevait tranquillement de dîner, seul, dans la salle à manger qui évoque un vieux manoir, qu'il a pris la responsabilité et la direction des opérations.

Je n'ai pas l'habitude de ces véhicules tout terrain, qui semblent n'avoir pour vocation que de me broyer les vertèbres. Déjà mes jambes douloureuses sont ankylosées. J'ai l'impression que je ne pourrai plus jamais les dégager de l'enchevêtrement des crics, des cordages, des jerricans. C'est l'enfer, l'arrière d'une jeep !

Henriquez fonce dans un troupeau de chèvres. L'homme-coq ne semble pas porter les bêtes à poil dans son cœur. Je ferme les yeux. Quand je me retourne, le troupeau s'est évanoui des deux côtés de la piste. Je ne vois pas de cadavre.

Il est trois heures du matin. A part les chèvres, nous n'avons pas rencontré un seul être vivant. Heureusement, d'ailleurs, car nous roulons à tombeau ouvert. Nous avons amorcé notre dégringolade vers Jacmel. Le vent soulève la visière de la casquette de toile du colonel, enfoncée jusqu'aux oreilles.

L'antenne-radio siffle au-dessus de la capote, courbée comme la gaule d'un pêcheur de gros. Enfin, au bout d'une interminable succession de virages, j'aperçois quelques lumières, et l'éclat bien pâle, intermittent, d'un phare. Le colonel manipule les boutons de la radio. Ça tousse, ça crache, ça finit par nasiller :

— District de police de Jacmel. Colonel Prosper. Alors ?

— Votre numéro est celui de la villa *Térésa,* après le port, sur la route de Cyvadier. Elle est inoccupée, on dirait.

— Propriétaire ?

— Térésa Ruiz, une Espagnole de Saint-Domingue. Il y a longtemps qu'on ne l'a pas vue dans le coin.

Penché sur l'épaule du colonel, je m'efforce de ne rien perdre de l'entretien, malgré le vent de la course.

— Est-ce qu'il y a quelqu'un ?

— Je ne sais pas, colonel. Un sous-officier y est passé tout à l'heure. Il ne semble pas.

Je n'en mène pas large quand la face de Prosper se tourne vers moi. Je retrouve la tête du Gros, dans ses fameuses colères. De quoi va-t-il me traiter, Vieuchêne,

après cette chevauchée inutile ? S'il parvient à garder
son calme, il me conseillera sans doute de prendre
l'avion d'onze heures pour Pointe-à-Pitre, ce que j'aurais dû faire il y a quelques heures. Oui, j'aurais mieux
fait de le prendre, ce fameux avion d'onze heures !

Eh bien, non, tout n'est pas perdu. Le visage du
colonel passe du mécontentement à la perplexité, quand
le speaker-flic ajoute :

— Le *Toussaint Louverture* a pris la mer cette nuit à
Jacmel pour Port-à-Nanette, d'après le pompiste Onésime qui a fait le plein.

Voilà autre chose ! Un yacht, maintenant...

Les volets sont clos, la villa semble vide.

— Je passe derrière, dis-je à voix basse, attendez-moi
ici.

La jeep s'est arrêtée à deux cents mètres de la *Térésa*
que le lieutenant nous a désignée. C'est une construction
imposante, dans le style colonial. Un mur blanc, surmonté d'une haie de volubilis. A travers la porte à claire-
voie, une allée de graviers entre deux rangées de
lauriers-roses conduit au portique du pavillon. Les
portes et les fenêtres sont dissimulées par des volets, aux
couleurs pimpantes. Des colonnes doriques supportent
de vastes balustrades de fer forgé. Pas de lumière.

— Vous voyez quelque chose ?

Le lieutenant Henriquez m'a rejoint. Il a ôté ses
chaussures, à semelles de caoutchouc, qui pendent au
bout de ses doigts. Pas de chaussettes. Malgré la gravité
de la situation, je ne puis m'empêcher de sourire.

— Ou ils dorment, ou il n'y a personne, dis-je. Il
faudrait pouvoir s'en assurer...

Henriquez me fait signe, de l'index, d'approcher mon
oreille de sa bouche comme pour me faire une confidence.

— Tu crois pas qu'on ferait mieux d'attendre le lever du jour, dit-il. S'ils sont là, ils ouvriront bien la fenêtre !

Tiens, il me tutoie maintenant ! Et cette façon de dire « ils » au pluriel, comme si la conversation en corse que j'ai captée laissait supposer que la *Térésa* était un repaire de brigands !

— Oui, mais s'ils n'y sont pas ? On perd du temps...

Henriquez réfléchit quelques instants puis :

— Même les volets, là-haut, sont bouclés...

— Venez, dis-je. On va passer par-derrière la villa, monter sur le mur.

Je fais lentement le tour du parc, mais de l'extérieur. Henriquez me suit. Il a déposé ses chaussures sur un bloc de pierre, à l'entrée de la sente.

— Faites-moi la courte échelle.

Henriquez colle le dos au mur chaulé, joint ses mains. En deux essors, je suis sur ses épaules, puis sur le mur. Une légère douleur au doigt, un peu de sang. J'ai posé l'index sur une saillie, coupante comme du verre. Je vérifie toutes les fenêtres. Fermées, sauf une seule, toute petite, à l'étage. Ce doit être la lucarne d'un cabinet de toilette.

Sur les genoux, je rampe quelques mètres pour changer de point d'observation. En bas, Henriquez me suit. Stupeur. Dans la cour que j'aperçois maintenant, entre le bâtiment et un cabanon qui semble une buanderie, la Pontiac de Roch Mariani est garée. J'en ai le souffle coupé. Il n'est donc pas parti en mer comme le supposaient mes policiers haïtiens. Mariani est là. Et il est venu rejoindre le Maltais, tout simplement !

Je touche au but. Le Gros sera content. J'ai découvert le Maltais au bout du monde, sous le ciel des Tropiques. Il va pouvoir annoncer au ministre que, même aux antipodes, sa police est rudement bien faite !

Je fais signe à Henriquez de reprendre sa place le long
du mur. Je m'agenouille, me laisse glisser. J'ai laissé un
peu de sang sur la pierre, mais ce n'est rien. Je saute.

— Ils sont là, dis-je. Vous aviez raison. Venez.

Nous reprenons notre marche silencieuse. Je reviens
vers la façade... Et si une porte n'était pas verrouillée ?
Il suffirait de la pousser... de trouver la chambre, à
l'étage, de surprendre le Maltais en plein sommeil. Mes
trois compagnons boucheraient les issues.

De l'endroit où je me trouvais, tout à l'heure, face au
mur, la branche me permet de glisser à l'intérieur de la
villa et de descendre.

— Il y a peut-être moyen de faire sortir le Maltais de
son lit, si une porte est ouverte, dis-je. Ce serait drôle de
lui apporter son petit déjeuner, non ?

Les yeux de l'homme-coq ne sont plus que deux
boules blanches. Les événements le dépassent. Me
prend-il pour un fou ?

— Et si on se fait tirer dessus ? dit-il Puisqu'il y a la
caserne pas loin, on peut faire venir une voiture blindée.
Avec dix ou douze bonshommes, on donne l'assaut !

Comme il y va, le lieutenant !

— Ça ferait surtout du bruit, dis-je. Encore un coup
de courte échelle !

Je me hisse, je saisis la branche. Elle se courbe, elle
semble solide, je m'élance. J'atteins le tronc. Un oiseau,
affolé, s'envole sous ma joue, poussant un cri lugubre.
Je m'accroche. J'ai bien failli tomber. Je grimpe au long
du tronc. Je trouve une autre branche. Si Marlyse me
voyait ! Ça bouge, ça plie, mais ça résiste. Suspendu à
ma main gauche, je tends la droite vers la lucarne. Je
pousse. Ça s'ouvre, en miaulant. Un nouveau cri, dans
cette nuit bruissante d'animaux et d'insectes. Mon cœur
en prend un coup, une fois de plus. Il court les 24 heures
du Mans.

Il n'en finit pas de miauler, ce châssis ! Un écho

revient, répercuté d'on ne sait où. Puis, c'est le silence.
Je vais attendre deux ou trois minutes, mais je suis sûr
qu'il n'y a personne. Pas besoin de l'artillerie blindée
que souhaitait Henriquez !

Pourtant, le Maltais est là ! La conversation en corse
ne peut laisser de doute... Je passe la tête, puis le corps,
dans la lucarne. Ce sont bien les w.c. L'eau fuit du
réservoir de la chasse, par petits bruits furtifs.

La porte est fermée de l'extérieur ! Ils peuvent bien
laisser la lucarne ouverte, on ne risque pas d'aller loin !
Je n'ai plus qu'à jouer Tarzan dans l'autre sens, non ?

Le pêne est engagé dans la serrure. Je le vois, je le
devine, plutôt. Avec un tournevis, je pourrais le délo-
ger, lui faire réintégrer la serrure. Malheureusement, je
n'ai pas le moindre outil sous la main. Un lave-mains
avec deux robinets en acier chromé, une serviette
accrochée à son piton, un porte-rouleau de papier
hygiénique en porcelaine, rien d'autre. Si, une balayette
d'osier dans un pot de grès décoré... Il ne manquerait
plus que l'on vienne me surprendre dans ces waters,
même assis sur le siège !

Soudain, un bruit. Je ne rêve pas. Un bruit de pas et
un souffle court. Je m'aplatis. Coincé dans les toilettes
d'un truand ! Il va être content, Vieuchêne. J'entends
d'ici ses sarcasmes :

— Borniche, monsieur le ministre ? Il n'a jamais pu
faire de la police comme tout le monde. Ce n'est pas
faute de lui prodiguer mes conseils de prudence, pourtant. Rien à faire. Vous vous rendez compte, monsieur
le ministre, une violation de domicile chez les nègres !

Ce qui me surprend, c'est qu'aucun rai de lumière ne
filtre sous la porte. A moins qu'elle s'ouvre d'un seul
coup et que je me retrouve un pistolet sous le nez.

— Psstt.

Je tourne la tête. A travers la lucarne, la face de Henriquez se profile. Je me détends, d'un seul coup. Comment a-t-il fait pour escalader le mur ? L'homme-coq est là, sur le bord, m'interrogeant du regard. Je me relève.

— Il me faudrait un tournevis ou quelque chose de plat pour se glisser entre la serrure et la gâche. Une lampe, aussi.

Merci hasard, dieu des flics ! Henriquez a ce qu'il faut, sur lui. Tout en se tenant en équilibre sur la branche, il se fouille, sort un couteau de sa poche, me le passe. C'est bien, mais ce n'est pas suffisant. La lame peut casser net. Il faut que le bout puisse s'incruster au-dessus du pêne, dans la gâche.

— Et ça ?

Il éclaire la boucle de son ceinturon. Avec l'anneau, je ne peux rien faire, c'est sûr, mais avec l'ardillon ? Je fais signe que oui.

Tandis qu'il dirige le faisceau de la lampe sur la serrure, j'asticote le pêne. Il résiste. Je suis coriace. J'insiste. La pointe a pénétré la gâche. Je m'arc-boute, les doigts crochus comme des pinces de homard. Le pêne bouge...

Un coup un peu plus sec et le voilà qui a basculé.

Pas le moindre bruit dans le couloir. La porte s'ouvre sans grincer. Je m'empare de la lampe. Et pas le moindre souffle d'air. Voilà une précieuse indication. En principe, on dort les fenêtres ouvertes, pendant ces nuits fraîches. A moins que les volets soient hermétiques, au point de boucher complètement l'arrivée de la brise. Je me déchausse. La caresse des dalles d'un large couloir accueille mes pieds nus. Je m'y engage lentement. Trois portes se présentent, toutes collées au mur.

Le faisceau de la torche les visite rapidement, l'une

après l'autre. Vides. Je suis rassuré. Inquiet, en même temps. Je descends quelques marches de l'escalier d'acajou. Je passe la tête. Dans le living, personne. J'aperçois à nouveau la voiture de Mariani, dans la cour. Je retourne sur le palier. Que vais-je trouver dans la chambre ? Des vêtements de femme, dans l'armoire. Aucun papier dans le tiroir central. Des gants de peau, une ceinture, un porte-jarretelles et une photographie : une Européenne de type espagnol. Je glisse la photo dans ma poche. Je traverse une salle de bains, en grès marron. J'entre dans une autre chambre dont les murs sont couverts de dessins de voiliers. Une paire de babouches sommeille au pied du lit. Sur la table, un réveil. C'est tout. La troisième porte donne sur une lingerie. Des cartons à chapeaux, des valises, du matériel ménager.

Je reviens à la lucarne des toilettes. Je repère Henriquez qui rampe sur sa branche pour regagner le mur. Je l'appelle à mi-voix :

— Je descends vous ouvrir la porte d'entrée. Il n'y a personne.

Il disparaît derrière le mur. Au rez-de-chaussée, la porte donnant sur la cour est fermée à clé de l'extérieur. On est donc sorti par là ! La porte de service me permet de gagner la cour. Je m'approche de la Pontiac, me coule contre la portière gauche, l'ouvre. Les clés sont sur l'antivol. Je suis l'allée, arrive au portail. Fermé, naturellement. Je soulève la barre du vantail de gauche qui le tient fixé au sol. Je tire à moi les deux battants. Je force. Un coup sec, suivi d'un claquement. Le pêne a effectué un demi-tour suffisant pour que les deux vantaux se séparent. Henriquez, Prosper et le lieutenant de la Garde de Jacmel sont là, le pistolet au poing.

— La voiture est dans la cour, dis-je, mais la maison est vide.

— C'est normal, grogne le colonel, dépité. J'ai fait

réveiller le pompiste qui a fourni des détails. Hier matin, le *Toussaint Louverture* s'est ancré dans la crique de Cyvadier. Mariani, de retour de croisière, était seul. Il a demandé le remplissage des réservoirs, puis il a regagné Pétionville. Il est revenu, toujours seul, à la nuit tombée et il a appareillé pour Port-à-Nanette. Voilà !

Le colonel marque un temps d'arrêt avant d'ironiser :

— Les Blancs entendent des voix, dans les écouteurs, et prennent, pour du corse, notre patois local. En route, Henriquez. On n'a plus rien à faire ici.

32

Le temps est superbe, le vent nul, la mer plate. L'aube commence à diffuser une pâle lumière qui permet de distinguer, au loin, les formes de la côte. Il est quatre heures. Le criscraft a doublé l'Ile-à-Vaches. Roch Mariani, assis sur la banquette, devant la roue d'acajou cerclée de cuivre, surveille les instruments.

Il aime son bateau, Mariani. Il le couve, comme une femme son nouveau-né. Quand il a rejoint Dominique et My-Lan sur le pont, avant le départ, il était tout aussi heureux de les retrouver que de reprendre la barre.

— Tout s'est bien passé ?

— Tout, dit le Maltais. Depuis que tu m'as téléphoné, nous n'avons pas quitté la cabine.

Il regarde My-Lan. Elle sourit.

— Et, ajoute-t-il, nous avons fait un sort à tes boîtes de conserves. Il fallait reprendre des forces...

Roch a tourné la clé de contact. Aussitôt, les quatre cents chevaux des deux moteurs Perkins se sont mis à ronronner. Un ronflement à peine perceptible. Dès que les cylindres ont été réchauffés, il a repoussé le starter.

— Une horloge, a-t-il dit, dans un sourire de satisfaction.

Il a sorti, d'un coffret fixé sur la cloison, une casquette de marin, s'en est coiffé, a vérifié la précision des

compte-tours. Lorsque les aiguilles ont atteint la zone
verte, il a repoussé la manette des gaz vers l'arrière.

— Tire la chaîne ! a-t-il crié au Maltais.

Dominique a libéré les amarres à l'arrière, puis à
l'avant. My-Lan suivait la manœuvre. L'opération achevée, Roch, en bon capitaine, a fait basculer, sur un quart
de cercle arrière, le levier de l'inverseur gauche, puis,
presque aussitôt, l'a ramené à la verticale. Le *Toussaint
Louverture* s'est détaché du bord de la crique, dans un
lent mouvement de rotation. La même opération, vers
l'avant, de l'inverseur droit vite remis à la position zéro,
et l'arrière du bateau a décollé à son tour. La poupe
suffisamment éloignée des rochers pour manœuvrer,
Roch a embrayé les deux manettes, l'une vers l'avant,
l'autre vers l'arrière. Le criscraft a pivoté sur place.
Quand le demi-tour complet a été achevé, Mariani a
relevé les deux leviers, parallèlement. La barre dans les
mains, il a dirigé, à faible allure, le bateau vers la sortie
de la crique. Dès qu'il a doublé la pointe, il a poussé
progressivement le régime. Le criscraft a pris de la
vitesse, laissant un sillage d'argent dans le bleu de
l'onde.

A tribord, la ville de Jacmel a défilé. Ses lumières se
reflétaient dans l'eau. Des barques de pêcheurs se
balançaient, leurs fanaux allumés. Roch a augmenté la
puissance. Les quatre cents chevaux, enfin libérés, ont
entraîné le dix mètres à sa vitesse de croisière de vingt
nœuds.

— Nous serons à Kingston à onze heures au plus tard,
dit Roch.

Il a calculé juste. Et comme le Maltais s'approche de
lui :

— Tu devrais faire chauffer le café. Je mets la barre
automatique et je vous rejoins pour compter les billets.
J'adore le bruit des grosses coupures, à l'oreille !

Buenos dias, Santo Domingo!

Il fait aussi chaud qu'en Haïti. Je commence à m'habituer à ce climat tropical, au point de ne plus sentir que ma récente acquisition, une chemise ornée de feuilles de bananier, me colle à la peau.

J'étais si fatigué que le sommeil m'a accablé, dans le bimoteur de l'*Aérocondor* qui, en trois quarts d'heure à peine, m'a projeté de Port-au-Prince à Ciudad Trujillo.

Le fonctionnaire bronzé de l'immigration semble sortir d'une boîte, avec son short au pli impeccable et sa chemisette kaki. Lorsqu'il lit, sur mon passeport, ma qualité d'inspecteur de police, son visage s'éclaire. J'ai droit à un clin d'œil complice. Elle existe bien, la Mafia internationale des flics! Elle sévit même à l'aéroport de Punta Caucedo.

Un porteur métis, l'œil torve et la main agile, a déjà jeté son dévolu sur ma valise. Je résiste avec énergie. Pour trente *centavos,* port compris, il me propose un de ces taxis qui stationnent devant les longs bâtiments de béton. Je refuse. Dégoûté, il lâche la poignée de la valise, et crache à quelques centimètres de mes pieds.

Je fonce vers le car de l'*Expresos Dominicanos* qui vient de débarquer les dernières valises des voyageurs en partance. Il a une bonne tête, le chauffeur en blouse blanche. Il attrape mon bagage comme un ballon de rugby, pour l'expédier dans la soute. Je m'étire, très à l'aise, sur le fauteuil de droite. Je ressens le bienfait de la climatisation. Ça change des *tap-tap* de Port-au-Prince. Je suis loin des tambours, des peintures naïves, des Mme Sara[1], bardées de mètres de tissu et de volailles apeurées! De plus, l'autocar démarre à l'heure. Il donne toute sa puissance sur l'autoroute bordée de fleurs qui longe la mer et qui n'en finit pas, jusqu'au pont de

---

1. Surnom des commerçantes haïtiennes.

Duarte. Avant le fleuve Ozama, le chauffeur ralentit devant le *Parque de los tres ojos de agua*[1]. D'un mouvement du menton, il désigne les vastes grottes, dans lesquelles circule une rivière souterraine, pendant que les touristes inconscients traversent l'*autopista* sans se soucier de la circulation.

C'est le moment de rassembler mes faibles notions d'espagnol pour demander au chauffeur l'adresse d'un hôtel convenable et pas trop cher. Il m'en suggère trois, du même acabit : le *Commercial,* l'*Apolo,* le *Colon.* Le *Colon* a l'avantage d'être situé *calle* Emiliano Tejera, tout près de la *calle* Isabelle-la-Catholique, où habite Térésa Ruiz. Va pour le *Colon.*

Le seul profit que j'ai tiré de la perquisition de la villa de Jacmel, c'est en effet l'adresse dominicaine de l'amie de Roch Mariani, et une photographie. Je me suis employé à remettre le classeur en place, après avoir enregistré mentalement les indications mentionnées sur la police d'assurance de la villa. Les quittances sont à expédier à M. Roch Mariani, rue Ibo Lélé à Pétionville et, en cas de défaillance, à Mme Térésa Ruiz, *calle* Isabelle-la-Catholique à Ciudad Trujillo.

La photographie découverte dans un album érotique mentionnait une autre adresse : *Térésa Ruiz, casa de huéspedes Santa-Maria, avenida Mella, Ciudad Trujillo.*

Toute la journée, le colonel Prosper, le lieutenant Henriquez et moi, avons attendu le retour du *Toussaint Louverture.* Nous étions déprimés, les heures tournaient. Le lieutenant Amédée nous avait bien offert un repas à la pension *Alexandra,* mais l'enthousiasme n'y était pas. Une beauté noire nous avait servi, sur le balcon d'où nous dominions la mer, une langouste accompagnée du

1. Parc des trois yeux d'eau.

célèbre riz djon-djon, mêlé de haricots rouges. Au café, le colonel Prosper avait recommencé sa litanie :

— Vous avez confondu le corse et le créole, mon pauvre ami ! La villa est inoccupée, en dehors de Mariani...

Confondre le corse et le créole ! Il n'y a que Prosper pour avoir ce genre d'idée ! Mais il n'avait pas eu tort. Roch était rentré seul. Depuis la tombée de la nuit, les jumelles en bandoulière, la jeep dissimulée sur une hauteur surplombant la villa, nous guettions les feux du criscraft. A une heure du matin, le bateau avait planté son ancre dans la crique. Roch, très alerte, avait sauté sur le rocher puis sur la berge. Le soupir de Prosper, dans le noir, était évocateur. Il contenait tous les reproches de la terre.

Mariani a ouvert le portail, sorti la Pontiac et, moteur ronronnant, refermé à clé les deux vantaux. Puis les feux rouges avaient pris la direction de la ville. Nous les avions vus disparaître au sommet de la côte, vers Port-au-Prince, balayer les virages supérieurs. Pas de doute, Roch regagnait Pétionville. Seul.

J'étais désemparé. Pourtant, je n'avais pas rêvé. Je trouvais bizarre que Mariani soit venu tout exprès de Pétionville la veille, ait pris seul la mer, pour rentrer, de nuit, vingt-quatre heures après. On peut aimer la promenade en solitaire, mais ce tour de piste marin me laissait sur ma faim.

La visite du bateau m'avait déçu. J'avais eu toutes les peines du monde à décider le colonel d'attendre quelques minutes supplémentaires. Henriquez lui-même n'y croyait plus. Le coffret, à droite du poste de pilotage, était vide, à part une casquette à ancre dorée et des cartes marines. J'étais descendu de deux degrés. La porte de la cabine était fermée au loquet. Négligent, Mariani ? Non. Il n'y avait rien à voler au niveau de la cuisine-salle à manger. Mais les portes donnant accès aux couchettes étaient, elles, verrouillées. Impossible de pénétrer dans la cabine sans effraction.

Sous l'évier en inox, derrière le portillon d'acajou à claire-voie, un seau métallique servait de poubelle. Je l'avais soulevé. Quelques cigarettes à moitié consumées, dont une portait des traces de rouge à lèvres, gisaient sur des papiers froissés ! Je les écartais. Un ticket de cinéma de couleur bleue, imprimé en lettres noires : *Entrada : 00956* captait mon attention. *Entrada,* c'est « entrée » en espagnol ! Aucun intérêt s'il n'avait comporté, au verso, inscrit en lettres fines, très fines, semblables à des hiéroglyphes chinois : *Moo Cheng, casa Santa-Maria.* Curieusement, l'indication était identique à celle de la photo de Térésa Ruiz, bien que l'écriture fût différente. J'avais alors regagné la jeep. Les flics haïtiens commençaient à s'impatienter.

— Rien ! avais-je dit, gardant pour moi ma bien modeste découverte. Absolument rien !

Quand j'étais arrivé à l'*Oloffson,* à quatre heures du matin, Casimir ronflait dans son fauteuil d'osier ; les lumières du hall étaient en veilleuse. J'ai pris ma clef, dans la case, sans le réveiller et j'ai gravi les marches de l'escalier à pas légers.

A huit heures du matin, comme deux jours auparavant, j'étais sur le pied de guerre, ma valise à la main. Ma décision était irrévocable, je quittais Port-au-Prince.

J'ai demandé ma note et c'est alors que j'ai eu une surprise agréable.

— Tout est réglé, monsieur, m'a dit le caissier. L'avion aussi. L'ordre est venu du gouvernement.

Ce n'est pas le Gros qui aurait fait ça pour un flic étranger !

J'ai distribué, quand même, quelques gourdes de pourboire aux femmes de chambre et au caissier qui me tendait un billet de la compagnie *Aérocondor* pour le vol

« *open* » hebdomadaire Port-au-Prince-Ciudad Trujillo, avec retour également ouvert.

Il y avait justement un vol ce lundi, au départ de dix heures. Avant de regagner la France, je pouvais aller m'assurer, sur place, si le Maltais était à Saint-Domingue. Ce n'était pas le moment de rater le départ.

L'autobus m'a laissé au terminus, *11 avenue Independencia*. Le nez au vent, je cherche la rue Tejera. Je longe la mer. Elles sont loin les maisons coloniales de Jacmel aux tons pastel! C'est une civilisation différente. C'est un peu les Etats-Unis. Je tombe sur une vieille porte-monument, baptisée *El Condé,* qui domine le square de l'Indépendance où grouillent les taxis, les autobus et les piétons. Des remparts gardent un reste d'arrogance ancienne. Ils semblent séparer le quartier colonial des constructions nouvelles. Des crieurs de journaux m'assourdissent, des fiacres vont lentement, mêlant le crottin de cheval au charme suranné de la ville.

— *Haga el favor, el hotel Colon?*

Le balayeur édenté me répond si vite que je n'ai pas le temps de comprendre. Je fais de vagues gestes dans la direction que je crois être la bonne, mais il me désigne le coin gauche de la place :

— *Derechito calle Las Mercedes, a la izquierda, calle Isabel-la-Catolica y otra vez a la izquierda, calle Emiliano Tejera... Es bueno, el hotel Colon!*

D'accord, mais c'est loin! La rue Mercedes n'en finit pas. Je réussis à me perdre dans la *calle* Luperon et je débouche devant le *Panteon nacional,* vieux de plusieurs siècles, qui ressemble à s'y méprendre à une église. Enfin, le voici, mon hôtel, à deux pas de la poste centrale. Je ne peux pas mieux tomber. Je téléphonerai au Gros dès que j'aurai achevé cette dernière vérification de routine.

33

Pour le Maltais, le nom de « Jamaïque » avait toujours évoqué des vacances de milliardaire. C'est ce qu'il est en train de s'offrir. My-Lan ne les a pas volées non plus, ces vacances. Il la regarde se balancer doucement, dans le hamac suspendu entre deux troncs de cocotiers, au-dessus des massifs d'orchidées.

Tout, à l'auberge-manoir *The Blue Mountain,* invite à la jouissance : le parfum des fleurs multicolores, le frisson des palmes, le bavardage des perruches. La mer des Caraïbes, six cents mètres plus bas, frissonne dans l'alizé qui gonfle les voiles des yachts. Le Maltais préfère le rocking-chair aux hamacs. Le mobilier d'acajou colonial le séduit par ses tons rougeâtres, par l'impression de luxe discret qui en émane. Dans sa jeunesse, à Malte, il contemplait les pelouses des riches négociants de la ville, se promettant qu'un jour il savourerait, lui aussi, le champagne dans une coupe d'argent et dans un décor où les jets d'eau s'irisent de reflets d'arc-en-ciel, autour des balancelles.

Oui, le Maltais se complaît dans la contemplation du golf à neuf trous sur lequel il a réussi, dès le premier jour, un parcours honorable. Ses muscles s'étirent d'aise, lorsqu'il nage le crawl dans l'eau que les projecteurs bleus illuminent, dès la tombée de la nuit. Ce matin, il a assisté à un tournoi duquel est sorti vainqueur

le tennisman américain qui regarde My-Lan avec insis-
tance depuis son arrivée.

Il faut dire qu'elle vaut le coup d'œil, My-Lan. C'est
indiscutablement la plus belle cliente de l'hôtel de luxe,
réservé à la dizaine de privilégiés avides de soleil et d'air
pur. On pourrait croire que l'inventeur du bikini a pris le
corps de My-Lan pour modèle. Sa peau satinée semble
faite pour la caresse du soleil.

Avec délicatesse, le mulâtre aux cheveux gris essuie le
col de la bouteille de Krug avant de remplir les coupes.

— Tu dors ? demande le Maltais, dès que le maître
d'hôtel s'est éloigné.

— Non... dit My-Lan. Je vis. Tu entends tous ces
oiseaux ?

Le soleil frappe le Fort Charles, construit jadis par les
Anglais pour interdire aux Espagnols l'entrée de Kingston Harbour.

— La Côte d'Azur, c'est ça, mais en moins bien, dit
Dominique.

Les yeux verts de la jeune femme s'ouvrent et brillent,
au bas de la longue frange de cheveux noirs :

— Il paraît. Elle te manque, la Côte d'Azur ?

Le Maltais ne répond pas. Il a une pensée pour Doris.
Il se souvient d'un de leurs premiers dîners, au *Palm-
Beach* de Cannes. La Croisette resplendissait de
lumière. Sur la terrasse, l'orchestre d'Eddie Warner
jouait en sourdine. « Je ne pourrai jamais plus aimer
une autre femme », avait-il dit. Et puis, My-Lan est
venue.

— Tu ne veux pas te rafraîchir ?

Il vide sa coupe, s'élance vers la piscine, plonge. Elle
admire le jeu des muscles, la rapidité du crawl. Il émane
de lui une force tranquille. C'est peut-être cela qui lui a
donné sa force à elle, à la banque... Jamais elle n'avait
connu l'état de grâce où l'action la plus dangereuse
devient nette, précise évidente. Elle y avait pensé, à ce

vol. Sans le Maltais, il ne serait resté qu'un projet, presque un rêve. La chaîne d'hôtels en Floride, un fantasme !

La vie ne l'a guère gâtée, My-Lan. Depuis qu'elle a quitté son Saigon natal, dans les bagages du conseiller militaire de l'ambassade des Etats-Unis, elle s'est débrouillée seule. A peine étaient-ils arrivés à Saint-Domingue qu'il l'a délaissée pour une métis espagnole aux cheveux couleur de miel. Térésa Ruiz, rencontrée par hasard, ne pouvait manquer de se saisir d'une proie aussi rentable.

Tout est changé désormais. My-Lan ne donne pas seulement son corps au Maltais. Elle lui donne son âme.

Dominique est sorti de la piscine, s'approche du hamac. Sa main se pose sur la cuisse de My-Lan. Il murmure :

— A quoi penses-tu ?

— A rien.

Un toucan, perché sur un bananier, les nargue de son cri.

— Ce n'est pas une réponse, plaisante-t-il. Et à quoi penses-tu quand tu ne penses à rien ?

Elle le fixe :

— J'ai peur.

— De quoi ? demande-t-il, surpris. Tout est en ordre. Il n'y a plus qu'à se laisser vivre.

Diffusée par plusieurs conques de plastique, cachées dans les arbres, la voix de la speakerine retentit, insiste :

— On demande le docteur Callington au téléphone. S'il vous plaît...

My-Lan interroge Dominique du regard.

— C'est Roch, dit-il pour la tranquilliser. Il n'y a que lui qui a le numéro.

Il enfile son peignoir de soie, escalade les marches fleuries, disparaît dans l'ombre du hall.

— C'est le type de l'agence, dit Dominique en reprenant place dans le rocking-chair. Il me propose une villa à Mondego-Bay, la station la plus ultra de la Jamaïque. Si tu es d'accord, on la visite après-demain. Il viendra nous chercher ici.

Elle lui répond par un sourire, se laisse reprendre par la brise tiède, le délicieux arôme des *royal poincania*[1]. Il soigne Dominique, le type de l'agence *Jamaïca association of villas and apartments*! Il va lui présenter les plus belles et aussi les plus chères propriétés en location, avec le personnel domestique en supplément! My-Lan tend la main pour cueillir le paquet de Craven qui repose dans le buisson de digitales, comme un oiseau dans son nid. Elle hume le parfum opiacé. Elle imprime au hamac un mouvement latéral. Elle s'imprègne de l'air chargé d'odeurs multiples. Elle revoit le *Toussaint Louverture* entrer lentement à Port-Royal, promontoire de la baie de Kingston. Elle a appris, par le très guindé directeur de *Blue-Mountain,* que ce havre jamaïcain fut un repaire de corsaires, le quartier général de la flibuste. Ces navigateurs de choc, dignes du Maltais, elle ne les a pas reconnus dans les yachtmen en casquette d'amiral et pantalon immaculé, bateliers du dimanche, hissant leurs voiles avec des mines de boy-scouts déboussolés.

Le criscraft s'était glissé le long de la jetée, avait traversé le village de pêcheurs pour s'amarrer au pied d'une grue géante, à la pointe des Palisadoes. Roch Mariani avait jeté l'ancre. Deux doigts dans la bouche. Le coup de sifflet. Le signal. Aussitôt, une barque s'est détachée du *Morgan's Harbour-Beach* où les plongeurs

1 - Nom jamaïcain des flamboyants.

s'entraînent, espérant arracher à l'ancien village de Port-Royal, qui repose au fond de la mer, quelques reliques du passé.

Un homme sans âge tenait la barre, un collier de barbe poivre et sel soulignait les traits de son visage buriné. Un bonnet bleu, rayé de blanc, coiffait le tout. « Une figure de carte postale », songeait My-Lan.

— *Good morning, Christopher,* a dit Roch. J'ai quatre colis à mettre au frais.

Le Maltais, inquiet, ne perdait pas les sacs de vue, pendant que s'effectuait le transbordement de la cale du *Toussaint Louverture* à la barque de l'homme à tête de forban.

— Tu laisses partir le fric comme ça ?

— Pas de soucis, a répondu Roch, Christopher est un homme sûr. Ça fait dix ans que je le pratique. Il vaut mieux éviter la douane anglaise, même si ce n'est qu'une formalité...

— Et où va-t-il les débarquer ?

— A la *British Bank,* pardi ! Tout est organisé. Son frère l'attend de l'autre côté de la baie. Il ne manquera pas un centime.

— Je l'espère pour eux, dit le Maltais, d'un ton sec.

Ils ont passé sans encombre les formalités de l'immigration. Le bobbie à visage d'alcoolique, ami de Christopher, leur a remis des cartes de tourisme sans même exiger les passeports.

— Ça fait drôle d'avoir des papiers authentiques, a dit le Maltais, tandis qu'ils s'attablaient à la terrasse du *Rodney-Arms.* Je n'ai plus l'habitude.

Ils savourèrent un copieux breakfast à l'anglaise, pimenté d'une touche exotique : le *matrimony,* salade de fruits faite de pommes et d'oranges. Un moment plus tard, Christopher est venu les rejoindre. Il s'est assis à leur table, en soulevant son bonnet. Un sourire complice découvrait ses dents rongées par le tabac à chiquer. Il s'est adressé à Roch tout en couvant la jeune femme de son regard délavé.

— Marchandise livrée, a-t-il marmonné. Henry vous attend. Si vous voulez passer à sa banque, après déjeuner...

Il a craché un long jet de salive noirâtre, a avalé coup sur coup trois petits verres de rhum, puis il s'est éloigné en dressant deux doigts en V, en signe de victoire, à la manière de Churchill. Roch s'est éclipsé à son tour :

— Je te fais ouvrir un compte, a-t-il dit. Tu signeras les papiers demain. Kingston, c'est le paradis fiscal pour les capitaux étrangers.

Dans les rues, le Maltais sembla éprouver une étrange nostalgie.

— Ma mère était anglaise, prononça-t-il. C'est peut-être pour ça...

Son regard s'était porté sur un bobbie de haute taille qui réglait la circulation en chemise rayée blanc et bleu et pantalon bleu marine. Il avait ensuite entraîné My-Lan à l'*English Shop,* où ils choisirent des vêtements légers, et une valise de peau. Lorsque le Maltais est sorti de la cabine d'essayage, My-Lan, une fois de plus, a admiré sa prestance. La vendeuse, impressionnée elle aussi, leur a conseillé le luxueux *Blue-Mountain* réservé aux privilégiés de la fortune. Ils s'y étaient installés le soir même, le temps de trouver, par l'intermédiaire de l'agence Java, la propriété de leurs rêves !

34

A Saint-Domingue, comme en Espagne, on dîne tard. Quelle que soit l'heure de la nuit, les restaurants de Ciudad Trujillo sont prêts à servir, surtout les plus pittoresques, ceux de l'ancienne ville, où traîne, dans les échos des guitares, un parfum de colonie. Il fait bon, passé le crépuscule, dans ces ruelles plusieurs fois centenaires, au pavé poli par le pas des flâneurs. Je n'avais pas très faim, en entrant à la *Fonda de la Atarazana,* mais le charme du patio m'a ragaillardi. Seuls, vociféraient non loin de moi, quelques touristes à pantalons à carreaux et larges chapeaux, sortis tout droit de leur Texas natal.

J'ai dégusté les crevettes grillées et le fromage, arrosés d'une *cerveza* bien fraîche. Puis, je me suis mis en route pour la *casa de huéspedes Santa-Maria* de l'avenue Mella. Cette pension de famille d'un genre spécial ne se fait pas scrupule d'étaler sa publicité dans l'annuaire téléphonique... Allait-on me prendre pour un client de choix, rasé et parfumé comme j'étais, revêtu de la chemise ornée de feuille de bananier, que la patronne moustachue de mon hôtel a eu la gentillesse de me laver et de me repasser ?

La salle de l'accueillant établissement dont je pousse la porte est loin d'être comble. Les fausses serrures, destinées à donner un cachet historique à la maison, doivent être chaque jour badigeonnées de rouille, pour faire plus ancien... L'allure des rares clients ne correspond pas à celle des dîneurs de la *Fonda de la Atarazana.* Les cuisses de la préposée à l'accueil, gorgées de cellulite, sont contenues tant bien que mal par la jupette de satin noir. Je suis le mouvement ondulatoire de chameau fatigué, jusqu'à une table ronde du style Barbès espagnol, sur laquelle trône un cendrier réclame de rhum *Bermudez.* Une lampe à huile, objet de catacombe, joue les symboles chrétiens dans cette casa des plaisirs...

Le sourire carnassier de la soubrette me donne la chair de poule.

— Café, dis-je, pour bien préciser mes intentions. *Muy fuerte !*

Elle hoche la tête d'un air inspiré, s'éloigne. Je me cale un peu plus dans le fauteuil à tissu vert et rouge, que tendent de gros clous à tête dorée. Les clients m'ont jeté, à tour de rôle, un coup d'œil indifférent. Je joue à situer cette dizaine d'amateurs, assis comme moi devant les tables. Je devine quatre militaires en civil, trois commerçants sanguins, à l'âge du démon de midi, le traditionnel moine paillard, qui a laissé son froc au vestiaire et couvert sa tonsure d'un béret et, tout au bout de la salle, sous une reproduction de la plage de Puerto-Plata couverte de chiures de mouches, un mécanicien aux ongles noirs, en salopette jaune, visiblement fasciné par la croupe de la serveuse, qui m'apporte mon café, suivie de la maîtresse des lieux. C'est une créature qui ressemble à Edith Piaf. Son buste maigre est enfoui dans un corsage de dentelle noire, fermé au col par une chaînette d'or à laquelle pendent une croix et une médaille de la Vierge.

— Ça fait plaisir de voir un Français !

Elle m'a interpellé presque sans accent. Qu'ont donc

les Français de si particulier, pour qu'on les reconnaisse partout ?

— D'Indochine, dis-je, du ton le plus naturel qui soit. Enfin, Français quand même !

La chasse à la baleine blanche est commencée. Plutôt mal, d'ailleurs, car la maquerelle semble se moquer éperdument que je sois de Saigon ou de Clermont-Ferrand. Elle observe, d'un œil critique, le défilé de son cheptel, au son d'un piano à demi dissimulé par une tenture bordeaux. Tout le folklore du décor pour aventuriers ! Le pianiste, café au lait, le mégot au bec, entame un slow langoureux. Les quatre projecteurs braqués sur les filles diminuent d'intensité, s'éteignent, puis se rallument. Au centre du podium, les femmes, quatre métisses et deux blanches, sont alignées comme le bétail à la foire. La plus gracile, aux longs cheveux de lin, a le regard bovin. Les autres sont lourdes et grasses, même les métisses, ce qui m'étonne : je me souviens des belles plantes d'Haïti, souples comme des lianes.

Le pianiste enchaîne sur un tango. Les entraîneuses s'accouplent pour danser autour des tables. Quand les deux grandes, aux seins lourds, passent devant moi, le haut de leur déshabillé glisse soudain sur le parquet. L'assistance mâle salive. Les lumières s'éteignent au moment où les putes se retrouvent en culotte de dentelle. Quand elles se rallument, les filles ont disparu.

— Alors, me demande la môme Piaf, laquelle préférez-vous ?

Je hoche la tête, l'air sceptique.

— Térésa ne m'a pas trompé, dis-je. C'est vraiment du premier choix que vous avez là. Mais...

J'observe sa réaction, par-dessus le bord de la tasse de café que je porte à mes lèvres. Le sourire commercial de la maquerelle semble s'effacer.

— Parce que vous connaissez Térésa ? dit-elle, presque agressive.

J'opère une retraite prudente :

— Comme ça... Elle m'a invité deux ou trois fois dans sa maison de Jacmel. Un ami me l'a présentée. Un Corse...

Elle n'a pas l'air de porter Térésa dans son cœur, la maquerelle ! Mais, comme toutes les grues de sa corporation, elle répond, évasive :

— Elle a pris du galon, la Térésa ! Elle ne marche que sur rendez-vous maintenant. Quand je lui ai racheté la maison, c'était autre chose !

Un gros soupir que ma question interrompt :

— Elle m'avait parlé de l'Indochinoise. Vous ne l'avez plus ?

La môme Piaf sursaute, comme si elle était piquée par une des guêpes qui jouent les équilibristes au bord du verre d'orangeade que le moine rabelaisien a abandonné pour disparaître dans le sillage des filles dénudées.

— My-Lan Hiang ?

Elle s'assied à ma table, passe au ton de la confidence :

— Vous savez ce qui lui est arrivé à celle-là ? dit-elle l'œil méchamment allumé.

— Ma foi...

— Elle a dévalisé une banque ! Deux milliards, vous vous rendez compte ! C'était dans tous les journaux...

Elle se penche vers moi. Du coin de l'œil, je vérifie qu'il ne reste que trois clients. Ils attendent sans doute que deux filles redescendent.

— La Térésa serait dans le coup, que ça ne m'étonnerait pas, murmure-t-elle.

Je n'ai pas l'impression de perdre mon temps, dans ce bordel ! Je ne pose plus de questions, la môme Piaf est branchée. Il faut la laisser parler. Elle ne demande que ça d'ailleurs. Elle en remet :

— My-Lan a tenu le directeur au bout de son pistolet dans la salle des coffres ! Il a eu beau répéter qu'il

gardait toujours les clés dans sa poche, il s'est ridiculisé,
le malheureux. Comment aurait-elle pu entrer, sans ça !
Lui, on l'a foutu à la porte, sans attendre le résultat de
l'enquête. Le commissaire Colimar n'aime pas qu'on se
moque de lui ! Mais elle, on ne l'a pas retrouvée...

Son œil brille, quand elle prononce le nom de ce flic.
Les maquerelles ont toujours une passion pour les
commissaires, sinon pour les inspecteurs, ceux qui les
protègent, bien entendu.

Moi, à mesure, je gamberge : Mariani, le Maltais,
Térésa, Moo Cheng, et maintenant cette My-Lan Hiang
qui fait surface ! Ça grouille, à Saint-Domingue ! Je
tâche de diriger, dans ma tête, la ronde des noms et des
prénoms.

Déjà, je sais que le Maltais n'a laissé, au *Paz-Hôtel*,
qu'une valise presque vide, sans la moindre valeur. Je
l'ai vérifié par téléphone, dès mon arrivée. Les flics de
Saint-Domingue usent ce qui leur reste de matière grise
à rechercher la dénommée My-Lan, reconnue par le
directeur de la banque. Et moi, je ne sais pourquoi, je
devine dans ce coup la patte du Maltais, qui a disparu lui
aussi, comme par hasard, de son hôtel et que j'ai
retrouvé, au bout du fil, à Jacmel, dans la villa *Térésa*.
En prime, j'ai découvert dans le bateau de Mariani un
ticket de cinéma qui m'a propulsé à la maison des plaisirs
de Ciudad Trujillo qui, curieuse coïncidence, apparte-
nait autrefois à cette chère Térésa Ruiz !

Le harpon à la main, me voici de nouveau dans le
sillage de la baleine !

— Cette My-Lan avait sûrement un complice. Elle
n'a pas pu faire un hold-up toute seule ?

La bordelière soulève les épaules :

— La police ne l'a toujours pas identifié. C'était un
de ses clients, sans doute. Cheveux noirs, lunettes, le

genre petit vieux, quoi ! Il avait un accent, plus anglais qu'espagnol, quand il a menacé les convoyeurs. On n'a rien retrouvé, ni voiture, ni argent.

Il y a trop de coïncidences. Sans aucun doute, le Maltais est reparti à l'assaut dans la capitale de Saint-Domingue. Je bous d'impatience. Il faudrait cuisiner Mariani, savoir où il est allé et avec qui, lorsqu'il a disparu de Jacmel, alors que sa Pontiac l'attendait dans la cour de la propriété. Mariani ou Térésa Ruiz... Ils savent sûrement où se terrent le Maltais et cette My-Lan qui m'intrigue de plus en plus.

Les policiers reconnaissent tous que le facteur chance joue un rôle déterminant dans leur travail. Pendant des semaines, des mois, des années, ils pataugent, sèchent, triment, enquêtent dans le vide, piétinent, se morfondent, s'agitent, perdus dans le brouillard. Et puis, d'un seul coup, le ciel s'éclaire, les renseignements, disparates au début, se rejoignent, s'accumulent, se recoupent. C'est ce qui m'arrive aujourd'hui. Un élément auquel j'étais loin de m'attendre vient de me confirmer la raison de la présence du Maltais à Saint-Domingue.

— Excusez-moi, dit la môme Piaf en se levant, je dois m'occuper de mes filles. Laquelle je vous donne ?

— Moo Cheng. C'est d'elle que je vous parlais. Le nom de l'autre ne me dit rien. Il paraît qu'elle est assez experte, Moo Cheng !

Elle me regarde, intriguée :

— Ah ! Moo Cheng ? Je n'avais pas réalisé. Elle travaille à son compte celle-là, dans son boui-boui de la rue *Filantropica*... Si c'est elle que vous trouvez experte ! J'ai été obligée de la congédier... Elle en faisait le moins possible. Et je ne vous garantis rien, côté santé !

Quand je me retrouve dans l'avenue Mella, j'ai envie d'esquisser un pas de danse. Il est minuit. La *Torre del Homaneje,* forteresse sur la rive de l'Ozama, est illuminée. J'ignore où se trouve la rue *Filantropica* mais le

cocher de fiacre, qui ralentit près de moi, le sait
sûrement.

Il fait un signe de tête affirmatif, tandis que je
m'installe sur la moleskine usagée de la banquette,
comme un vrai touriste.

Mais un touriste qui sait ce qu'il veut. Mon plan, cette
fois, est bien arrêté. Je ne rentrerai à Paris qu'avec la
tête du Maltais !

35

J'ai broyé du noir à Port-au-Prince, côtoyé le pain d'épice à Ciudad Trujillo, et me voici en train de courir après une Jaune ! Le cocher de fiacre n'a pas voulu risquer sa jument aux jambes cagneuses dans le labyrinthe des ruelles qui prennent à gauche de la *avenida 27 de Febrero*. Il m'a déposé à l'angle de la *avenida* Duarte, en me mettant en garde contre la suite de mon aventure :

— *Muchos muertos aqui. Muchos bandoleros.*

Autrement dit, je vais me fourrer dans un coupe-gorge.

L'œil aux aguets, je m'engage dans la première rue qui se présente. Une plaque écaillée émerge à peine d'un monceau d'ordures : *calle* Valverde. Le linge, qui pend entre les maisons basses, se balance au-dessus des immondices. Les rues de Sartène, à côté de ça, c'est l'avenue Foch ! Elle n'a vraiment pas choisi les beaux quartiers, Moo Cheng !

J'oblique à gauche dans la rue Valverde, pour déboucher sur sa perpendiculaire, qui se nomme aussi Valverde. Perplexe, j'ausculte les façades lépreuses. Pile ou face ? Droite ou gauche... Va pour la gauche. Bien joué. Je tombe sur la rue *Filantropica*. Un nom prédestiné, pour la prostitution. Je vais voir si Moo Cheng respecte la grande tradition des courtisanes d'Asie. Rend-elle les hommes heureux, au moins ? Ils doivent en avoir besoin, dans cette île où les différences sociales me choquent, moi, l'Européen.

« MOO CHENG — MASSAGES — 3ᵉ ÉTAGE. »

La plaque est fixée par deux pitons rouillés, au-dessus d'un morceau de carton découpé en ovale qui signale le talent de Federico Caceres, *guitarrista*.

A mon coup de sonnette répond le grincement d'une lucarne qui s'ouvre, juste le temps de laisser passer une tête :

— *Tercero a la derecha, señor !*

Je le sais. C'était marqué sur la plaque. Le claquement du loquet. La porte s'ouvre. J'entre dans l'ombre. On n'a pas l'air de connaître les minuteries, rue Valverde. Je tâtonne. Je gravis un à un, du bout de la semelle, les degrés de pierre que l'usure et l'humidité rendent glissants. Ça pue le pipi de chat. Jusqu'au second étage, je me guide au son : le guitariste s'acharne sur son instrument.

Je grimpe vers la lumière mauve qui vacille sur le palier du troisième. La porte est ouverte.

Moo Cheng m'attend.

Elle semble si fragile, dans cette lumière irréelle, cette exilée de l'Extrême-Orient, importée dans les Caraïbes... Elle est si mince, dans son kimono de soie beige, que je ne peux pas me défendre contre un sentiment de pitié. Son délicat visage d'enfant égarée sourit au client. J'ai beau en avoir vu d'autres, comme tous les flics, je n'arrive pas à digérer ce gâchis moral, social, humain, tout simplemenl !

Les cheveux noirs, brillants, descendent jusqu'à la taille. Ils suffiraient presque à la vêtir, si le kimono ne révélait savamment des formes troublantes, quoique graciles.

— *Adelante*[1] !

La porte se referme derrière moi. Le verrou est poussé. Moo Cheng, poupée glissant sur ses pieds nus, va chercher un gant de toilette au bord de l'évier-lavabo. Elle l'enduit de savon avant de me le présenter, en même temps qu'une serviette. Je pose le tout sur la chaise de rotin, à côté de moi.

Ses mains fines écartent le dessus-de-lit blanc, pour découvrir le drap. La chambre est si petite que la glace, face à l'oreiller, semble immense : c'est là-dedans que le client peut contrôler ses performances, et suivre la comédie de Moo Cheng, qui doit avoir à cœur d'honorer sa signature...

Elle tend la main, fait glisser son pouce sur son index. Langage international. Elle précise :

— *Veinte* dollars.

Comme je ne bouge pas, elle insiste :

— *Estoy lista. No tengo tiempo para esparar*[2].

Elle reste debout, près du lit, surprise de me voir encore habillé. Elle doit se demander ce que ce client bizarre va exiger d'elle. Je la rassure d'un sourire :

— Je viens seulement vous transmettre le bonjour d'une amie.

Elle paraît stupéfaite de m'entendre parler français. J'enchaîne :

— C'est vrai. C'est My-Lan qui m'envoie.

Elle s'assoit sur le bord du lit. Son regard se trouble.

— My-Lan Hiang ? bredouille-t-elle.

— Ça n'a pas l'air de vous faire plaisir...

Elle garde le silence. Je me récapitule les indications de la patronne du bordel : le hold-up à la banque, les millions envolés. J'ouvre mon portefeuille. Le regard s'éclaire... Eh non, ce ne sont pas des dollars que

---

1 Entrez !
2. Je suis prête Je n'ai pas le temps d'attendre

j'exhume, mais un simple ticket de cinéma que je lui
mets sous le nez, sans commentaire.

— Oui, c'est moi qui lui ai écrit ce numéro, dit-elle.
Je n'ai pas le téléphone. Alors, pour me joindre, il faut
appeler Juanita à la pension. Elle me fait les messages...
J'ai marqué ça à My-Lan en vitesse sur le billet de
cinéma.

J'adopte une bonhomie souriante :

— Plus besoin de Juanita, puisque je suis là ! dis-je.

Le Gros serait content, s'il m'entendait ! « Du culot,
Borniche, il n'y a que le culot qui paie ! »

Et j'ajoute pour faire bonne mesure :

— Pour l'instant, My-Lan n'a pas de point fixe. Elle
vous le communiquera dès que possible. Qu'est-ce que
vous diriez si nous allions boire un verre dans une boîte ?

Il faut qu'elle sorte de son antre, de ces murs qui lui
donnent un sentiment de sécurité. Un témoin ne devient
bavard que lorsqu'on l'extirpe de son décor familier. Je
le sais par expérience. A défaut de local de police, une
boîte de nuit fera l'affaire. Tout ce que je peux espérer,
c'est que ça ne me coûte pas une fortune. Ma provision
de pesos n'est pas inépuisable.

— Un autre jour si vous voulez, dit-elle. Ce soir, je
suis fatiguée.

Je prends l'air du monsieur attristé :

— Dommage. Je repars demain. On m'avait parlé du
Jaragua...

— *La Fuente ?*

— Je crois. Allez... pour me faire plaisir. Ça vous
changera les idées...

Elle désigne son kimono de professionnelle. Je me
prends à insister :

— Le temps de boire un verre et on rentre.

Elle se résigne. Mais je ne m'attendais pas à voir le
kimono voler sur le lit, ni Moo Cheng traverser la
chambre, toute nue, pour aller fouiller dans son

armoire. Ses seins menus se passent de soutien-gorge. Elle enfile un slip, une robe blanche ultra-courte, des chaussures au talon ultra-haut.

— J'y suis, dit-elle. Mais, promis, on ne rentre pas tard !

Un taxi nous dépose avenue *Independencia.* Rien qu'à voir les portiers galonnés, je sais que l'addition sera douloureuse, dans la boîte de l'hôtel *Jaragua !*

L'uniforme des clients, c'est la veste blanche. Je n'en ai pas. Je choisis un coin discret, dans un angle. Moo Cheng se glisse à côté de moi. Elle sourit, détendue, maintenant. Un souvenir survient, qui me donne quelque inquiétude : une autre fille dont je voulais faire ma complice... Sylvia[1] ! A la *Guitoune,* le bar de la rue Cardinet, quand je faisais durer ma tasse de thé, pâlissant à mesure que s'accumulaient devant la charmante enfant les soucoupes-témoins des verres aussitôt éclusés, avec, en prime, un ticket de cigarettes américaines, le garçon s'amusait bien, lui !

— Qu'est-ce qu'on peut boire, avec cette chaleur ? dis-je, décidé à limiter tout de suite les dégâts. Un Coca ?

Ses lèvres délicates forment un mot qui m'ôte tout espoir :

— Plutôt un scotch... Un Long John, avec un peu de glace.

J'espère que ça fera la soirée ! Et qu'elle n'aura pas envie de danser. D'abord, je me remue comme un ours debout, ensuite, et surtout, je suis là pour causer. Pas pour voir se tortiller le petit corps de Moo Cheng.

Les musiciens de l'orchestre, en smoking bleu nuit, se rafraîchissent d'un verre d'orangeade avant d'attaquer

---

1. Voir *l'indic,* Grasset.

une *merengue*. Le lieutenant Henriquez, l'homme-coq, a essayé de m'enseigner les différences rythmiques qui la séparent, radicalement, de la *meringue* haïtienne. Pour moi, ça ne change rien. Je me sens incapable de suivre les couples qui virevoltent sur le parquet aussi glissant que la patinoire de Megève.

L'orchestre se renforce. Voici maintenant un accordéoniste, un batteur de *tambora,* ce petit tambour au son mat, un gratteur de *guirra,* et un colosse qui transpire sur sa *marimbula,* une valise en bois géante qu'il titille au moyen de lames de métal.

Moo Cheng m'explique :

— Ce sont des *Perico ripiao,* dit-elle. Ils ne faisaient que les bals de campagne. Maintenant, ils sont à la mode, même ici...

Le Coca et le Long John sont arrivés. Le garçon reste collé à la table. Il faut payer tout de suite. La confiance ne règne pas, à *La Fuente.* J'ajoute quand même un pourboire.

— J'ai envie de danser...

La couleur ambrée du liquide se reflète dans les yeux de Moo Cheng. J'aurais mauvaise grâce à refuser. C'est le Gros qui en ferait une tête s'il contemplait mes évolutions, dans l'endroit le plus « in » de Saint-Domingue, et dans les bras d'une hétaïre, des rues chaudes encore.

Je profite d'un instant de faiblesse de l'orchestre pour glisser, revenu à ma place :

— My-Lan a réussi un beau coup. Vous êtes au courant ?

Elle fait tournoyer un glaçon dans le verre de cristal :

— Vous parlez ! J'ai eu assez de problèmes avec la police à cause d'elle, du fait que je suis son amie.

Je plonge le nez dans le reste de Coca qui tiédit au fond de mon verre. Peut-être est-elle plus futée qu'elle n'en a l'air, la jeune femme aux yeux bridés. Puis, tout à coup :

— C'est à la Jamaïque que vous l'avez rencontrée, My-Lan ? demande-t-elle.

Me voici récompensé de mes efforts.

— Non, dis-je. A Haïti.

Je me souviens de mes numéros de cabaret, naguère. Je m'octroie un rôle de composition, celui du type louche. Je prends l'air apitoyé, lance, avec un geste digne d'un avocat marron et fataliste :

— Mais pourquoi vous ne l'essairiez pas la Jamaïque, vous ? Il y a de l'argent à prendre là-bas. Si vous voulez, je peux en parler à Roch Mariani et à My-Lan.

— Bah ! dit-elle, en reprenant le chemin de la piste, si je réussis mon coup, j'irai là-bas, moi aussi...

Son coup... Il faut que je la laisse venir, sans trop insister.

Elle s'immobilise. Mon pas d'ours s'immobilise aussi, en glissade sur le parquet. Elle évite deux danseurs déchaînés, elle me murmure dans l'oreille :

— Rassurez-vous, ce ne sera pas une banque ! Vous savez, vous, comment elle a pu monter une affaire pareille ?

Eh non, si je savais tout, je ne serais pas là. L'orchestre s'arrête. Je n'ai plus envie de faire semblant de danser. Le nom de « Jamaïque » me trotte drôlement dans l'esprit, maintenant. Oui, drôlement !

36

— Si je comprends bien, Leslie, vous délivrez des cartes de tourisme aux étrangers sans justification de leur identité ?

Le commissaire James Spinder lève des yeux courroucés sur le sergent de police O'Neill, au garde-à-vous devant lui dans le bureau de *Parade Garden's*. Leslie soulève les épaules en signe de capitulation. Il tourne et retourne son casque blanc de bobbie entre ses doigts hâlés. L'après-midi touche à sa fin, la circulation sur *Laws Street* est intense et James Spinder est furieux. Il n'a pas tort. Les consignes de sécurité stipulent que tout voyageur abordant l'île de la Jamaïque doit être minutieusement contrôlé, et refoulé s'il ne présente pas les conditions exigées par le gouvernement de Sa Majesté. Or le sergent O'Neill n'a pas appliqué le règlement.

— Qu'est-ce qui vous a pris ? reprend le chef de la police, après avoir une nouvelle fois toisé son collaborateur. Vous savez que vous êtes sous le coup d'une suppression de quatre jours de congé, n'est-ce pas ?

Le corps de Leslie, mou et replet, se raidit un peu à l'annonce de la sanction qui vient de le frapper. Une lueur d'affolement passe dans ses yeux gris. Ses mâchoires se serrent. Il bredouille :

— Christopher m'avait dit que c'étaient des amis à

lui, *sir*. Ils étaient venus pour quelques heures, en touristes. Je l'ai cru...

— Vous n'avez pas à croire, mais à exécuter les prescriptions administratives, gronde Spinder. On vous paie pour ça. Que ce soit pour quelques heures ou pour quelques mois, vous ne devez pas transgresser les ordres. Si je n'avais pas un peu de sympathie pour votre malheureuse épouse, je demanderais votre révocation. Cent fois, je vous ai dit que ce Christopher n'était pas une relation pour un fonctionnaire de police !

James Spinder se carre dans son fauteuil, hoche la tête, s'accorde un instant de réflexion avant de lancer :

— Et si c'était un couple d'espions ou d'agitateurs, entrés sous un faux nom, vous vous rendez compte des conséquences de votre stupidité ? Dans quel bain vous mettriez le corps de police tout entier ?

Leslie O'Neill baisse la tête. Le chef a raison. Cuba, l'île voisine, bouillonne de ferments communistes. A Haïti, tout proche, la junte militaire cherche à mettre la main sur le fauteur de troubles François Duvalier. A Saint-Domingue, les éléments d'opposition espèrent abattre le général-dictateur Trujillo que les Américains soutiennent à grand renfort de C.I.A. et de dollars. Les Caraïbes bougent. Un souffle d'indépendance gagne les îles les plus reculées. C'est pour préserver la Jamaïque de troubles latents que James Spinder y a été détaché.

C'est un des fonctionnaires les mieux notés du Royaume-Uni, James Spinder. Il a la réputation justifiée de réussir tout ce qu'il entreprend. Depuis le jour déjà lointain, où il est entré à Scotland Yard, il a collectionné les affaires plus difficiles les unes que les autres, sans connaître d'échec. Une si constante réussite s'explique par le don d'ubiquité qu'il a reçu du ciel et le réseau d'informateurs qu'il sait se constituer grâce à sa bonhomie et son impartialité. Il fait partie des mille sept cents policiers de la grande bâtisse grise du *Criminal*

Investigation Department. Puis, ses brillants états de service l'ont tout naturellement fait désigner pour aller prendre en main la destinée policière de la Jamaïque. Il a bénéficié d'une promotion exceptionnelle et d'un logement de fonction où il a casé Jenny, son épouse, au visage moucheté de taches de rousseur, et ses deux enfants, Margret et John.

De son bureau du centre de Kingston, il supervise les districts de Cornwall et de Middlesex. En même temps, et cela fait partie de ses activités occultes, il est le représentant de l'Intelligence Service pour tout ce qui intéresse les positions anglaises dans cette partie mouvante du globe. Sous le couvert de voyages d'agrément, il visite les îles voisines, prend contact avec le personnel des ambassades de Sa Majesté et ne regagne les lugubres et majestueuses constructions de Kingston qu'en possession de renseignements précis sur l'évolution de la situation politique aux Antilles, qu'elles soient anglaises, néerlandaises ou françaises.

— Si Steve Hafner, le propriétaire du *Blue-Mountain,* ne m'avait pas averti de l'arrivée de ce type et de sa femme, je n'en saurais strictement rien ! reprend Spinder. Je n'en ai trouvé aucune trace aux entrées de l'immigration. Vous étiez de service dimanche au port avec Robertson, je suppose. Que faisait-il, lui, pendant que vous les laissiez filer ?

Ses doigts tambourinent sur le cuir fatigué de son bureau. Le sergent Robertson avait été désigné pour assister Leslie O'Neill dans les formalités de départ et d'arrivée des bateaux à Port-Marie. C'est un policier intègre, Robertson, jeune mais plein d'avenir. Maintes fois, Leslie a essayé de lui faire partager son goût immodéré pour le rhum et le whisky, mais en vain. Robertson, célibataire sportif, préfère les joies du yachting aux libations interminables dans les pubs de Port-Marie avec les douaniers et les marins du village. La pauvre Mrs. O'Neill en voit de toutes les couleurs avec son alcoolique de mari dont l'intempérance est née d'un trop long séjour à la Jamaïque où le rhum est le lait du pays.

Le sergent O'Neill attend que les doigts cessent leur martèlement exaspérant pour répondre :

— Il était occupé au départ, *sir,* quand j'ai donné la carte temporaire. Christopher était avec deux personnes et le propriétaire du *Toussaint Louverture* qui vient souvent ici. Vous le connaissez, je crois ?

— Oui, oui, dit Spinder, le front plissé. Ce n'est pas une référence non plus. Alors ?

— Mariani avait garé son bateau à la pointe Palisadoes. Christopher m'a dit que ses amis, l'Anglais blond et sa femme, voulaient admirer la tribune d'orgue de Saint-Pierre et faire quelques emplettes, le temps de l'escale. Je les ai vus attablés à la terrasse du *Rodney-Arms*. Si c'étaient des espions, ils ne se seraient pas affichés comme ça, au soleil !

L'estomac de James Spinder se serre devant tant d'incompétence, de stupidité. Ce n'est pas un mauvais bougre, Leslie O'Neill, mais quelle différence avec Robertson ! Et surtout avec le sergent-détective Falmouth qu'il va envoyer demain matin aux renseignements au *Blue-Mountain*. Il n'est plus tout jeune, Falmouth, mais il a le don d'enquêter sans se dévoiler, de visiter aussi les chambres et les bagages des touristes sans laisser de traces, étant donné les bonnes relations qu'il entretient avec tous les propriétaires de meublés.

Ce n'est pas la première fois que le chef de la police lutte contre son découragement, devant cet abruti d'O'Neill.

— Bon, soupire-t-il. Vous savez au moins à quelle heure le *Toussaint Louverture* a repris la mer ?

— A midi, *sir.* Il franchissait la passe quand les cloches de Saint-Pierre sonnaient. Si vous voulez, je peux aller demander des renseignements plus précis à Christopher ?

— Surtout pas ! Ne vous occupez plus de rien, Leslie ! De rien, vous entendez ! Je ne veux plus vous voir traîner avec cette ordure. Si son frère n'était pas un ponte à la *British Bank,* il y a longtemps que ce douanier aurait eu de mes nouvelles... Est-ce que vous savez, au moins, s'ils avaient des valises, vos protégés ?

L'infortuné O'Neill, que ce mot d'ironie glacée ravale plus bas encore, ne peut que hausser les épaules, de l'air de l'homme qui voit la fin de sa carrière arriver plus rapidement que prévu :

— Non, *sir.* Je veux dire... Ils n'avaient pas de bagages.

— Rien ? rugit Spinder.

— Rien du tout, *sir.* C'est pour ça que j'ai cru qu'ils ne resteraient pas très longtemps à terre.

Le silence qui règne soudain dans le bureau terrifie davantage O'Neill que le rugissement de son chef. Il baisse sur le commissaire des yeux implorants. Il balbutie :

— Donnez-moi une chance, chef. J'ai commis une erreur, d'accord, mais je peux la réparer. Dites-moi ce que vous voulez que je fasse. Ma femme...

— Vous ne vous occupez de rien, je vous l'ai dit ! Et vous laissez votre femme tranquille. Je la plains, la malheureuse ! Quant à vous, si les deux clandestins ont quelque chose à se reprocher, je vous plains aussi, sergent !

C'est bien l'immeuble où habite Térésa Ruiz. Une bâtisse ancienne qui ne manque pas de classe, avec ses cinq étages étroits qui reflètent l'architecture espagnole. Une femme ouvre la porte, sort, me croise. Je me retourne sur sa silhouette à peine entrevue. Elle saute dans le taxi qui attendait devant la vieille maison de la *calle* Isabelle-la-Catholique. Je fais quelques pas dans le hall pavé de pierres usées par le temps. Au-delà d'un jardinet, je découvre la cage de l'ascenseur. Je m'arrête net, reviens sur mes pas, ressors. Le taxi s'éloigne.

Le visage de cette femme ne m'est pas inconnu! Seraient-ce les traits de la photographie découverte à Jacmel?

La panique me gagne : et si Térésa, avertie par Moo Cheng, avait foncé chez elle, pour en savoir plus? Je ne sais que faire, devant le petit jardin qui me sépare de l'ascenseur... Ai-je le temps de filer rue *Filantropica,* pour surprendre ce qu'elles se disent? A condition qu'on m'ouvre la porte...

La porte de l'immeuble, en tout cas, vient de se refermer. Impossible de la franchir sans clé. Je reste tout bête, la bouche sèche.

Je réfléchis. Dans ma carrière de flic, plus d'une occasion semblable s'est déjà présentée. Je m'en suis toujours assez bien tiré. La police, c'est l'école du mensonge. Si on n'a pas les aptitudes au départ, on les acquiert vite, pour lutter à armes égales avec le délinquant qui, lui, emploie les artifices les plus variés pour se tirer d'affaire. A menteur, menteur et demi. C'est le plus rusé, le plus fourbe qui triomphe. « Une bonne part de l'art de réussir consiste à savoir mentir », dit le Gros qui, singeant Molière, trouve que l'hypocrisie a de merveilleux avantages.

Il faut que je trouve une solution : ou bien je fonce chez Moo ou bien je me précipite au siège de la *Policia nacional* et j'explique tout au commissaire Colimar. Pourtant, cela m'ennuie de recommencer mon bla-bla haïtien avec un fonctionnaire de police dominicain. Je n'en sors pas des flics insulaires! Et si Colimar déclenche une action dont je ne serais plus maître, s'il interpelle Moo et Térésa, s'il intervient auprès du gouverneur de la proche Jamaïque, le Maltais, alerté, peut se volatiliser à nouveau.

Je me tâte. Dans le fond, l'hypothèse de la planque de Cambuccia et de My-Lan à la Jamaïque, je l'ai échafaudée tout seul... S'ils ne s'y trouvaient pas?

Il faut m'en assurer. Mais comment faire sans utiliser les services de police? Tout simplement par le truchement de l'ambassade de France. Elle est forcément en relation avec son consul de la Jamaïque qui, lui, peut se renseigner.

Plus je gamberge, devant cette lourde porte qui reste désespérément close, plus je me persuade d'avoir trouvé le moyen d'attendre tranquillement le résultat des vérifications, avant de me lancer à corps perdu dans une nouvelle enquête à la Jamaïque... Et pourquoi pas, aux Bahamas, pendant que j'y suis?

Cela, c'est la raison même. Mais mon instinct me cloue devant cette maison de la rue Isabelle-la-Catholique... Non, je ne rêve pas. Elle s'ouvre! Une vieille dame, coiffée d'un fichu noir bordé de mauve, émerge du sanctuaire, tirant un engin à hautes roues que je prends d'abord pour un landau espagnol des temps jadis, avant de voir qu'il s'agit d'un chariot à provisions modèle régional...

Je ne vais pas la laisser sortir, celle-là, avant de m'être faufilé dans la place. Je lui tiens courtoisement la porte, ce qui a toujours le don de mettre les vieilles dames en émoi, et qui évite que les battants ne se referment!

Je susurre :

— *Haga el favor, señora Ruiz?*

— *Quinto piso.*

Cinquième étage, j'ai compris. J'incline la tête, avec un sourire de remerciement bien mérité. J'attends que le landau à provisions ait franchi la porte pour foncer vers l'ascenseur. Je vais voir à quoi ressemble l'appartement de la *señora* Ruiz!

37

La Fouine secoue sa chevelure poil-de-carotte. Sous les sourcils d'un roux agressif, l'œil du sergent-détective Falmouth brille de satisfaction. Son surnom, il le doit à l'action remarquable qu'il a menée contre les « Marrons », spécialisés dans le pillage des villas de la côte ouest. Non content d'avoir démantelé le gang, il a récupéré une partie de l'énorme butin dans la contrée sauvage de Tockpit-Country, où ces descendants d'esclaves se terrent à l'abri de l'indiscrétion de la police et même des agents du fisc.

— Je peux donc visiter la chambre en toute sécurité ? demande la Fouine.

Steve Hafner, l'heureux hôtelier propriétaire du luxueux *Blue-Mountain,* aspire une longue bouffée de son cigare.

— Si vous voulez, dit-il, flegmatique. Mais vous n'y trouverez pas grand-chose. C'est justement parce que ce curieux couple n'avait pas de bagages que j'ai prévenu votre chef. Mes clients, d'habitude, préparent leur séjour. Eux sont arrivés en taxi, sans se recommander de qui que ce soit, et sans avoir réservé. Par hasard, ma plus belle suite venait d'être libérée... avec vue sur le parc et la mer. Mais très chère. Ils n'ont pas eu l'air de se soucier du prix...

— Peut-être parce qu'ils ont l'intention de partir sans payer, dit Falmouth, fronçant le nez.

— Non. Le docteur a sorti de sa poche une grosse liasse de dollars... Pour plus de trois mois de location !

La Fouine contemple ses ongles, comme si c'était là son principal sujet de préoccupation.

— Et les fiches de police, dit-il négligemment, vous les leur avez fait remplir, bien sûr ?

— Bien sûr ! Mais vous savez qu'avec la clientèle de classe que nous avons, il est bien difficile de vérifier les papiers. Ils ont pu indiquer le nom et l'adresse qui leur plaisait.

— « Le docteur », avez-vous dit ?

— Docteur William Callington. Sa femme, une Asiatique, a signé Françoise Callington...

Steve Hafner évite le regard de la Fouine. Malgré son flegme affecté, il se sent mal à l'aise. Pourtant, il le connaît bien, le sergent Falmouth. Ils bridgent parfois ensemble au club de Victoria Avenue. Ils se retrouvent aussi aux réceptions du gouverneur général, dans sa résidence officielle que déparent les énormes blocs de béton, sage précaution contre les tremblements de terre... Mais, pour la Fouine, la vie mondaine est une chose, le métier en est une autre. C'est un flic intraitable, Hafner le sait.

— Je souhaite pour vous qu'il se nomme William Callington, dit lentement la Fouine. Mais la prochaine fois, que ça plaise ou non aux clients, même s'ils ont des dollars plein les poches, vous avez intérêt à exiger de voir de près leurs papiers d'identité et leurs cartes de tourisme... Ce n'est pas pour rien qu'on se donne la peine de les imprimer, ces cartes, non ?

L'hôtelier ne répond pas. Il se réfugie derrière la fumée de son cigare.

— Pas de bagages, donc ? poursuit Falmouth.

— Disons presque rien. Lorsque Connor, le réceptionniste, m'a prévenu, ça m'a étonné. Et puis, c'est bizarre que leurs vêtements et leur valise viennent de l'*English-Shop* de Kingston, et les pulls en cachemire d'*Antoine's French Dall* sur *Harbour Street...* Ils ont tout acheté sur place ! Je ne suis pas détective, mais quand même... Qu'est-ce que vous pensez, vous, quand des étrangers débarquent sur une île sans effets personnels ?

Falmouth hoche la tête :

— Je crois bien que je pense comme vous. Connor a-t-il au moins relevé le numéro du taxi ?

Hafner, de son index bagué, fait tomber un bloc de cendre dans la soucoupe de porcelaine aux armes du *Blue-Mountain*.

— Hélas non. C'est peut-être un Martin's [1], mais ce n'est pas sûr... Ce matin, c'est Edward Bellaby, le directeur de la *Java* qui est venu les prendre dans sa Rolls. D'après ce que j'ai entendu, ils sont partis en excursion à Mondego-Bay...

— Ils parlent anglais ?

— Le docteur parle comme vous et moi... mais avec un drôle d'accent du sud, un peu comme les Espagnols.

Les doigts de la Fouine fourragent dans le désordre de ses cheveux roux. Geste de nervosité que dément le ton d'assurance tranquille sur lequel il demande :

— Et ils doivent rentrer quand, de cette excursion ?

— Ils n'ont rien dit... Tout dépend s'ils prennent la route de la côte, ou s'ils passent par May Pen et Porsus. A mon avis, pour le dîner.

— Bon, dit Falmouth en se levant. J'ai le temps de voir avec le commissaire ce qu'il y a à faire. Il faut d'abord savoir qui c'est, ce docteur. Ensuite, on avisera...

1. Agence de location de voitures avec chauffeur

Steve Hafner se lève à son tour, quand la Fouine l'arrête d'un geste :

— A propos, le téléphone ?

— Juste un appel d'Haïti, hier. La standardiste le leur a passé dans la chambre.

— Alors ?

— Ils ont parlé français. Elle n'a rien compris. Et cette imbécile a débranché tout de suite, au lieu de m'appeler.

— Voilà ce que c'est que d'avoir du personnel discret, ironise Falmouth. Mais ça ne nous rend guère service, à nous autres. Dans le fond, vous avez raison. Il n'y a sûrement rien à trouver, dans leur chambre...

— La *señora* est sortie, *señor*.

Je prends mon air contrarié de la scène 2 de l'acte III d'*Un inspecteur mène l'enquête*. Je réfléchis. Plutôt, je fais semblant.

La domestique de Térésa Ruiz est noire. D'un noir indélébile et brillant. A côté d'elle, les sbires du colonel Magloire pâlissent. Mais elle est aussi lymphatique que foncée. J'ai bien compté dix secondes avant que la porte du cinquième étage s'ouvre en grand et vingt auparavant avant que le verrou se mette en branle. J'ai d'abord pensé qu'il n'y avait personne. Et puis, la Noire est apparue, semblant porter toute la paresse du monde sur ses épaules. Elle a répondu d'une voix lasse à ma demande, tour de Pise du découragement, appuyée sur le chambranle.

Je vais essayer de ne pas la brusquer par des questions trop précises. Je me lance dans un baragouin petit nègre-espagnol que, peut-être, elle finira par comprendre. Ce que je souhaite, c'est de savoir si Roch, Dominique et Térésa se sont rencontrés ici. Un point c'est tout. En ce qui concerne My-Lan, plus la peine de m'en inquiéter.

Les journaux que je n'ai eu aucune peine à retrouver m'ont suffisamment édifié.

Je me prends à adresser à ma perle de couleur un sourire aussi niais que celui que me répercute le miroir à facettes vénitien placé au-dessus d'une console renaissance espagnole où l'ébéniste n'a pas plaint sa peine.

— *A que hora, la señora aqui ?*

Je crois que je viens de franchir un degré dans l'escalade de l'incompréhension. Au mouvement des épaules, qui se soulèvent, aux lèvres qui s'avancent, aux pupilles qui se dilatent, je vois bien que je n'ai pas été compris du tout. Je répète, désignant le cadran de ma montre :

— *Cuando la señora aqui ?*

Je viens de marquer un point. Le sourire s'est étiré vers les cheveux crépus, rassemblés par mille et une raies blanches au milieu d'un parterre de ficelles.

— *Cuando la señora aqui ?*

— *Si.*

— *No sé.*

Elle n'a pas fait un grand effort intellectuel, la soubrette, pour me fournir l'indication dont je n'ai d'ailleurs nul besoin. Je sais que Térésa ne peut revenir dans les minutes qui suivent, puisque j'ai assisté au départ de son taxi.

J'ajoute un tableau supplémentaire à la scène 2. Je constate, dans le miroir, que mon visage reflète le désespoir. Je décide de frapper un grand coup. Si seulement je savais comment l'on dit rendez-vous en espagnol. Je l'ai bien oubliée cette langue, depuis Caracas[1] ! Je sors de ma poche la photographie du Maltais, la lui colle sous le nez. Ça ne donne rien du tout. La demeurée ne fait que sourire un peu plus. Et puis, après un moment de réflexion intense, elle lâche :

1. Voir *l'archange*, Grasset.

— *Artista ?*

Si le Maltais est une vedette dans sa spécialité, je crois qu'il y a confusion dans le rôle qu'elle lui prête. Pourquoi me prends-je à acquiescer du chef ? Pour lui faire plaisir ?

Je décolle, sans savoir le moins du monde où je vais atterrir :

— *Si, señor mucho star... Mi amigo... amigo señora Ruiz... amigo señor Mariani... Compris ?*

Non. C'était trop beau. Je recommence, frappant à tour de rôle, du bout des doigts, la photographie de Cambuccia et ma poitrine.

— *Señor aqui, mi amigo. Si ?*

— *Si,* dit-elle en changeant de position.

Peut-être a-t-elle des fourmis dans la jambe droite ?

— *You vista, aqui ?*

Ce ne doit pas être tout à fait comme cela que l'on demande si elle a vu le Maltais ici. Vous se dit *ustede,* je m'en souviens. Je réattaque :

— *Usted vista aqui, el señor artista ? Yo frances... amigo frances... Si ?*

Inutile d'insister. Je transpire. Derrière les lamelles du store baissé qui découpent le living en tranches de cake, le soleil inonde l'immeuble. Un rayon caresse l'épaisse couche de poussière qui attend le plumeau sur la glace d'une table basse. Si elle s'active à la vitesse de ses réponses, la charmante enfant ne doit pas en faire lourd, dans la maison. Elle peut dormir tranquille, la poussière !

Je remets la photographie dans ma poche, soulève les épaules. Tant pis. J'écarte les bras, me retire sur le palier, Christ désabusé.

Un miracle ! Une voix s'élève, inespérée :

— *Cuando usted aqui, señor ?*

C'est bien à moi qu'elle s'adresse. Quand vais-je revenir ? Certainement jamais !

— *No sé. Yo aeropuerto... Mucho viaje... Yo vis amigo artista y señor Mariani...*

— *Artista bonito muchacho... No sé cuando regressar aqui...*

L'artiste est joli garçon, j'ai compris. Il a dû en faire, des ravages, le Maltais aux cheveux blonds ! Mais ce que je voudrais savoir, c'est si elle l'a déjà vu ici....

Je me répète sa phrase. J'y suis : *regressar...* je connais ce mot. Elle vient tout simplement de me dire qu'elle ne sait pas quand il sera de retour ! Donc, elle le connaît. C.Q.F.D. Je souris plus largement qu'elle encore. Pour être tout à fait sûr, j'insiste :

— *Artista regressar aqui ?*

— *No sé. El artista amigo señor Mariani...*

Pour un peu, je l'embrasserais sur ses cheveux tressés. L'artiste est l'ami de M. Mariani. J'ai rudement bien fait de venir chez Térésa Ruiz ! Et de ne pas avoir peur de parler petit nègre !

L'illustre commissaire Vieuchêne reste un moment muet au bout de la ligne téléphonique. Cela renforce ma fâcheuse impression. Le Gros est d'une humeur massacrante. Il ne me l'a pas envoyé dire quand le téléphoniste de l'ambassade de France m'a passé l'appareil. J'ai eu droit à une belle voix bougonne :

— Alors, où vous en êtes ?

C'était à moi de répondre, bien sûr. De justifier mon silence par une enquête ardue, pleine d'embûches, dans les mornes haïtiens.

— J'ai du nouveau, patron. Cela n'a pas été facile, mais j'ai avancé.

J'ai repris péniblement mon souffle sous l'œil amusé de la vieille fille, contemporaine du mobilier désuet de l'ambassade de France. Dix secondes de silence, longues, éternelles. On voit que ce n'est pas lui qui paie les communications, le Gros, puis :

— C'est-à-dire ?

— Que je suis à Saint-Domingue...

— Où ça ?

— Saint-Domingue, patron. Ça touche Haïti...

Un temps de réflexion et :

— Pourquoi vous n'êtes pas resté à Haïti ?

— Parce que le Maltais est venu ici. Je n'ai pas pu vous joindre plus tôt, mais je brûle...

J'y vais de mon tour de piste. Je m'efforce de fournir à mon grand chef un résumé aussi fidèle que succinct des opérations. Les premiers contacts, les hypothèses successives. J'en arrive ensuite à mon interview de Moo Cheng dont il se moque éperdument, au hold-up de Ciudad Trujillo qui le laisse tout autant indifférent. Il grogne :

— Résultat de tout ça ?

— Je suis convaincu que le Maltais se trouve à la Jamaïque, une île voisine. Je voulais avoir votre avis. J'y vais ou je n'y vais pas ? Parce que je peux passer le tuyau aux Anglais...

Un nouveau silence dramatique suit ma péroraison. Par la fenêtre de l'ambassade, le soleil pénètre à flots dans le bureau. Heureusement, le climatiseur fonctionne bien, ici, pas comme le ventilateur faussé de ma chambre de l'*Oloffson*. Dans le coin de la pièce, la secrétaire s'est mise à martyriser sa machine à écrire. Elle est calme, très calme. L'affaire du Maltais ne la concerne pas.

La situation ne peut s'éterniser davantage. Les secondes défilent. Je crains que la poste dominicaine ne vienne interrompre notre bavardage.

— Si vous passez l'information aux Anglais, fulmine enfin Vieuchêne, ils vont l'arrêter à votre place. Et, si vous y allez, en plus des frais supplémentaires que cela m'occasionne, vous n'avez aucun droit pour interpeller le Maltais en territoire étranger !

Il est remarquable, le Gros ! Pourquoi m'a-t-il expédié à Port-au-Prince, alors ? Il est impayable aussi lorsqu'il ajoute entre deux baisses de tonalité :

— La situation ne peut plus durer, Borniche. Vous tirez trop sur la ficelle. Le ministre s'impatiente. Il me l'a dit encore pas plus tard que ce matin. Courthiol fait des progrès ! Vous savez ce qu'il a trouvé, lui ? Que Cambuccia était hébergé chez Mariani à Pétionville ! J'ai le rapport sous les yeux. Il n'était vraiment pas besoin d'aller se balader à Haïti pour savoir ça !

La secrétaire a cessé de taper. Elle lève la tête. Les altercations policières la dépassent.

— Il n'y est plus, chez Mariani, dis-je. C'est pour cela que je suis venu à Saint-Domingue. Maintenant, pour la Jamaïque, vu qu'il circule sous une fausse identité, je pourrais le remettre aux autorités anglaises en attendant son extradition.

Les yeux de la secrétaire se fixent au plafond pendant que les borborygmes se succèdent :

— Vous ne remettrez rien du tout, Borniche ! Parce que la promenade sous les cocotiers, c'est fini ! Terminé, vous m'entendez ? Vous prenez le premier avion pour Paris. C'est un ordre. Si vous croyez que vous allez faire le joli cœur chez les négresses pendant que les autres se tapent le boulot ici, vous vous...

La communication diminue brutalement d'intensité. Je n'entends plus, dans un méli-mélo de fading et de parasites, que des « ministres », des « vahinés » et des « pied-de-poule ».

Je raccroche, lance un coup d'œil à la secrétaire. Elle achève de soulever les épaules.

CHUTE DE RIDEAU

38

L'hôtel Ritz, ce haut lieu de la place Vendôme, cet incomparable monument de la fortune et de l'élégance internationale, se devait d'accueillir les invités du ministre de l'Intérieur, vice-président du Conseil. Nous sommes dix, sous le lustre dont les cristaux ruissellent de lumière, à écouter le speach du « premier flic de France » qui lève son verre à la santé de mon immortel patron, le Gros.

Henri Queuille marque un temps de silence pour laisser à l'assistance le temps de mesurer la portée de la phrase qu'il vient de prononcer sur un ton emphatique qui rappelle les banquets de la IIIe République :

— Je salue en vous, commissaire, le courage, l'abnégation, et l'esprit de discipline de la police française !

Moi, je suis blasé de ces phrases de congrès radical. Je laisse errer mon regard sur les fins voilages des baies, au travers desquels se dessine la colonne Vendôme, avec ses spirales de bronze et ses bas-reliefs, dressée à la gloire des armées napoléoniennes.

Napoléon, aujourd'hui, c'est le Gros ! Je le vois bien, calé de toute sa masse au sommet de la colonne, fier Romain au front ceint de lauriers, à la place de l'Empereur sculpté par Chaudet !

Je reviens à la réalité. Mon chef suprême est tout

bonnement assis en face du ministre. Aussi rouge que ses décorations, il jouit de cette heure de gloire.

A sa droite, tout aussi cramoisi, mais de nature, le directeur de la P.J. de la Sûreté force sur le Krug, cuvée réservée. A sa gauche, comme gêné d'être là, Pieds-Plats, son secrétaire, qu'une malformation de la voûte plantaire a depuis longtemps exempté du service actif et fait ainsi surnommer. Le reste de la brochette officielle, groupé au petit bonheur, sans souci du protocole, est préoccupé par les propos du chef de cabinet du ministre, qui commente le speach à l'intention du préfet de Police, aussi sourd que myope, affublé de lorgnons qui lui font des yeux d'oiseau mort.

Au bout de la table, le patron de l'autre P.J., celle du quai des Orfèvres, et l'inspecteur Courthiol lui-même. Il a fait tailler ses cheveux en brosse, Courthiol, pour la circonstance. Son mégot semble lui manquer. Il se mord les lèvres, l'air bougon. Il ne jette pas un coup d'œil à son voisin Hidoine, dont les coudes touchent les siens.

C'est la première fois que je mets les pieds au Ritz. Ce décor somptueux m'intimide, je l'avoue. D'ailleurs, le Gros a tout fait pour me mettre à l'aise, quand il m'a téléphoné dans mon pigeonnier ce matin, à la première heure, comme il se doit. Je finissais d'ajuster ma cravate.

— Ne rappliquez surtout pas au Ritz en tenue de clown, Borniche ! C'est pour ça que je vous appelle. Si vous n'avez pas de complet, allez en louer un au *Cor de Chasse*. Mais, pour l'amour du ciel, pas de pied-de-poule aujourd'hui !

Quelques essayages chez le loueur d'habits de la rue de Buci, et j'avais, moyennant caution, la dignité nécessaire à ce déjeuner exceptionnel. Pour cinq francs de plus, j'aurais même eu droit à une rosette de la Légion d'Honneur. Mais je ne suis pas sûr que la plaisanterie eût été appréciée.

Quand j'avais demandé si Marlyse était invitée, l'écouteur avait explosé dans mes oreilles :

— Et puis quoi encore ? Vous vous croyez au bal des pompiers, ma parole ? Un déjeuner officiel, ça se fait entre hommes ! Les femmes, on les laisse la journée à la maison, et on les reprend le soir pour se coucher. Comme son pyjama !

Quand j'ai essuyé le regard dédaigneux du portier sous la voûte du Ritz, Hidoine poireautait déjà, raide dans un costume gris fer, archi-neuf, dont il avait tout juste eu le temps d'enlever les étiquettes. Sa cravate de fibrane bordeaux à dessins rouges et violets faisait mal aux yeux. Nous étions en avance, ce qui nous a permis d'assister à l'arrivée triomphale des cortèges ministériel et préfectoral, précédés d'un escadron de motocyclistes pétaradant à pleins pots d'échappement et sifflant à pleins poumons. Des touristes belges, groupés au pied d'un car, s'interrogeaient bruyamment sur le déploiement de cette armada.

Les maîtres d'hôtel se déplacent en silence autour de la table, disparaissent discrètement dès qu'ils ont rempli les coupes, terminant par celle du ministre, qui vient à peine de poser son verre et de se rasseoir. Vieuchêne se lève à son tour, massif et arrogant dans son costume bleu marine. Les murmures se taisent autour de la table. Instant solennel. L'œil souverain du Gros parcourt l'assemblée. Vieuchêne se racle la gorge à plusieurs reprises. Et c'est parti !

Je connais par cœur le processus de ses laïus, aussi implacable que la construction des dissertations universitaires. D'abord, les remerciements d'usage. Puis la narration des événements. Et chaque subdivision de ce récit, je la connais aussi, et pour cause !

Les tribulations du Maltais en France, son évasion de

la prison des Baumettes, l'assassinat du Bougnat, de Doris et de Ferrucci, défilent à une vitesse vertigineuse. La mémoire éléphantesque du Gros a enregistré le dossier, aussi bien qu'un magnétophone. Il s'est imprégné des rapports successifs de la préfecture de Police.

J'observe le froncement des sourcils de Courthiol, les contorsions de sa bouche à la recherche du mégot absent. La fièvre monte, côté Préfecture. Ils n'aiment pas qu'on piétine leurs plates-bandes. Et pourtant, ils semblent impressionnés eux-mêmes par le talent de conteur de Vieuchêne, qui brasse les hypothèses et les faits avec un art du suspense exceptionnel. Courthiol pourrait bien s'appesantir sur les assassinats, s'il avait la parole, ce n'est pas cela qui ferait vibrer l'assemblée. Le Gros, lui, s'octroie le morceau de choix, l'effet imparable, le récit haletant qui pose la question essentielle : de quels crimes le Maltais est-il innocent ? Desquels est-il coupable ? On se croirait dans un film de Cayatte lorsqu'il énonce, la voix vibrante d'émotion :

— Vous n'êtes pas au bout de vos surprises, monsieur le ministre ! Vous verrez combien d'erreurs judiciaires ont été évitées !

Feu sur les petits copains de la Préfecture ! Je m'y attendais, mais quand même il ne ménage pas la poudre, le Gros ! J'ai hâte de savoir comment il va amorcer le coup de l'arrestation...

Nous voici à Saint-Domingue, dans les locaux de l'ambassade de France. J'entre en scène.

— Borniche m'appelle, monsieur le ministre. Il est découragé. Dépressif, dirais-je même ! Il faut le comprendre. Des recherches qui ne mènent nulle part, un Maltais introuvable, il y a de quoi anéantir les meilleures volontés. Dans sa voix, au téléphone, je sens comme un appel au secours. Il parle de regagner Paris. Alors, je n'hésite pas ! « Et la Jamaïque ? lui dis-je. Vous y avez pensé à la Jamaïque ? Qui vous dit que le Maltais n'y a pas trouvé refuge ? Foncez-y, mon vieux, reprenez-vous, au lieu de vous laisser abattre ! »

Le Gros marque une pause, pour ménager le suspense. Je l'avais connu, moi, le suspense... Pour un peu, tout était, encore une fois, remis en question !

— Entrez, Falmouth !

La Fouine se glisse dans le bureau du commissaire Spinder. Le sergent-détective tient deux fiches dans sa main. Il a perdu quelque peu de son flegme, tant ses nerfs de chasseur sont exacerbés. Il a retrouvé, au service portuaire, la trace du passage du *Toussaint Louverture,* une courte escale technique pour refaire le plein des réservoirs. Au service des meublés, il a récupéré les fiches d'hôtel du docteur William Callington et de sa femme. Il a comparé les écritures : les documents avaient été remplis et signés de la même main.

— Le propriétaire du *Blue-Mountain* m'a confirmé ce qu'il vous avait dit au téléphone, chef. L'homme semble avoir beaucoup d'argent. Il a demandé à la *Java* de lui trouver une belle propriété à Mondego-Bay... J'ai fait partir la demande de renseignements et je pense avoir la réponse de Londres d'ici deux ou trois jours.

Le commissaire Spinder soupire, soucieux, contrarié. Il n'aime pas, mais pas du tout, l'intrusion de ce couple mystérieux dans son fief inviolé. Il sent qu'il s'agit là d'une grosse affaire, qu'il faut tirer au clair le plus rapidement possible.

— Et du côté de ce Mariani ? demande-t-il.

— Je n'ai rien pu tirer de notre consulat à Port-au-Prince, sauf que l'homme a beaucoup d'influence et qu'il est protégé... Vous savez comment ça se passe à Haïti !

— Je sais, murmure le commissaire, comme pour lui-même.

— ... Rien non plus sur Callington. Par contre, j'ai eu une communication de l'ambassade de France...

— Tiens, tiens, dit Spinder. D'Haïti ?

— Non, *sir*. De Saint-Domingue. Un inspecteur de la police française est en mission à Ciudad Trujillo. Il m'a téléphoné pour me demander si un certain docteur Callington ne serait pas, par hasard, depuis peu, à la Jamaïque. Je lui ai dit que si. Alors, il a insisté : « Surtout, laissez-le tranquille jusqu'à mon arrivée... Affaire très importante ! »

— Importante ?

— C'est ce qu'il dit, *sir*. Il avait l'air survolté. Je l'attends d'une heure à l'autre. Je lui ai bien expliqué comment joindre nos bureaux et je lui ai même laissé mon numéro de fil personnel, pour le cas où il serait en retard.

Le commissaire Spinder, silencieux, songeur, fait pivoter son fauteuil :

— Donc, sursis pour l'agence *Java* et pour Christopher. Attendons que le *french inspector* débarque.

— L'honneur de la police judiciaire était en jeu, monsieur le directeur !

Tourné vers le chef de cabinet du ministre, que le champagne du Ritz rend pour le moins euphorique, le Gros étale son génie, en même temps que sa bedaine.

— Il me fallait prendre une décision rapide. Sitôt que j'ai su que la police anglaise connaissait Cambuccia-Callington, je n'ai pas hésité. Vous auriez agi comme moi, monsieur le directeur ! J'ai donné à Borniche l'ordre de sauter dans le premier avion en partance pour la Jamaïque, et de prendre contact, à n'importe quelle heure du jour ou de la nuit, avec les détectives de là-bas... Vous entendez, messieurs, à n'importe quelle heure !

Il ne manque pas d'air, le Gros, quand il s'agit de se vanter d'ordres qu'il n'a pas donnés !

Ce qui est vrai, c'est que j'ai pris le premier avion pour Kingston. Le temps de récupérer ma valise, de régler la note d'hôtel, et de filer jusqu'à l'aéroport. Naturellement, le bimoteur de la *Caribair* était en panne. Il m'a fallu attendre le vol d'*Air-Jamaïca*, à huit heures du soir.

Heureusement que le sergent Falmouth m'avait donné son numéro personnel ! Quand j'ai rempli ma fiche d'arrivée, à Kingston, il m'a fallu prouver ma nationalité, ce qui était facile, mais aussi affirmer que je venais ici comme touriste et que j'avais assez d'argent pour vivre dans l'île au moins six mois, ce qui n'était pas mon cas. Le comble, c'est que l'on doit présenter un billet de retour, payable d'avance !

A dix heures du soir, le sergent Falmouth ne m'attendait plus. Il était parti promener son chien. J'ai insisté auprès de sa femme pour qu'il rappelle l'aéroport, dès qu'il rentrerait. Pendant une heure, dans le bureau de police, j'ai pris mon mal en patience. Puis Falmouth a volé à mon secours.

Il m'accueille vraiment comme un frère. Non seulement il me tire des pattes des grippe-sous de l'immigration, mais il m'entraîne au *Continental,* le meilleur restaurant de *Worthington Avenue,* et à ses frais, encore ! Il parle assez bien le français. Il accepte un rhum en guise de digestif. Quant à moi, qui n'ai pas dîné, il me conseille un *rice and peas,* plat de riz et de pois où je découvre, en guise de pois, des haricots énormes, mélangés à du riz blanc, le tout mêlé à des échalotes et à du lait et de l'huile de coco. C'est le hors-d'œuvre. Tout en mangeant, je raconte au sympathique

Falmouth les rebondissements de l'enquête, qui m'ont conduit jusqu'à la Jamaïque.

— Votre patron ignore donc que vous êtes ici ? dit-il en agitant sa tignasse écarlate.

— C'est pour cela que si je rate le Maltais, je suis fichu. Votre assistance m'est précieuse.

Le chef m'apporte le *chicken fricassée,* avec poulet gras, carottes, oignons, tomates et poivres divers. Je le repousse. Je n'ai plus faim. Le Maltais me coupe l'appétit...

Le *Courtleigh Manor,* à proximité du *Continental,* est un superbe établissement. Falmouth repassera m'y prendre demain à huit heures pour que je puisse rencontrer son chef de service. Le bruit des bateaux qui sillonnent la baie me réveille avant l'aube. Il est six heures. Encore deux heures à ronger mon frein.

— Donc, dit le ministre, voilà votre collaborateur en bonne position avec les autorités jamaïcaines, commissaire. Ensuite ?

Vieuchêne ne se fait pas prier pour reprendre le fil de son roman d'aventures.

Le commissaire Spinder me semble moins prévenant à mon égard que Falmouth, sans doute songe-t-il à accaparer l'intégralité du succès ? C'est de bonne guerre. Ailleurs comme en France, les commissaires gravissent les échelons à la force du poignet... de leurs collaborateurs ! J'ai raconté à Spinder tout ce que je savais sur le Maltais et sa maîtresse. J'ignore où ils se trouvent. Lui le sait. C'est une question de coopération.

Par l'intermédiaire de Falmouth qui joue les interprètes, le commissaire Spinder me pose une question précise :

— Etes-vous certain que Callington et l'Indochinoise se trouvaient sur le yacht de Mariani qui a appareillé pour la Jamaïque ?

— Persuadé, dis-je. Trop de faits le prouvent. Le *Toussaint Louverture* est resté en mer vingt-quatre heures, le temps de faire l'aller et retour entre Jacmel et Kingston. Je suis tout aussi convaincu que les sacs volés à la banque de Saint-Domingue ont été débarqués chez vous.

Je ne m'attendais pas à la réaction du commissaire Spinder. Il frappe un grand coup sur la table, puis se lève et se met à marcher de long en large dans la pièce. Je le regarde, stupéfait.

— Allez me chercher Christopher, ordonne-t-il à Falmouth. Et dites au sergent O'Neill de rappliquer au bureau. Où est-il en ce moment ?

— De service de circulation à *Windward Road, sir.*

— Je veux le voir immédiatement. (Puis, se tournant vers moi :) Vous avez raison, inspecteur Borniche. Les deux individus que vous recherchez sont bien arrivés sur le yacht. Maintenant, je comprends beaucoup de choses.

Le commissaire Vieuchêne s'éponge le front. Il s'arrête un instant, attend que le serveur emplisse sa coupe de champagne, la vide d'un trait, me lance un coup d'œil de connivence. Rien à dire, il répète fidèlement le déroulement des opérations.

Vu des salons du Ritz, tout paraît simple. Mais à Kingston, je n'en menais pas large. « Si une indiscrétion filtre, avec tout ce remue-ménage dont le sens m'échappe, me disais-je, le Maltais va s'évaporer une fois encore. Et alors, adieu mon métier de flic ! Le Gros ne me pardonnera jamais d'avoir transgressé ses ordres. »

Il fallait faire vite et bien. Sans brûler, toutefois, les

étapes de la logique policière. Bien des bavures s'expliquent par une précipitation qui tente les amateurs
d'actions spectaculaires. Pour une fois, le Gros n'a pas
tort lorsqu'il pontifie : « Une enquête, c'est un escalier
dont il faut gravir les marches une à une. Faute de quoi,
on se casse la figure. »

En fait d'escalier, la montée était raide.

La première marche — Leslie O'Neill — était encore
glissante de l'alcool absorbé la veille.

Pas trop difficile à manipuler, l'épave. Pas besoin
d'être un champion de l'interrogatoire pour comprendre
qu'O'Neill s'était vendu à Christopher. Tout ce qu'il
trouvait à gémir, c'était : « Ma femme, ma pauvre
femme ! » avant même que nous en venions aux questions précises. Ses réponses embrouillées, pâteuses,
lamentables, m'auraient fait pitié en d'autres circonstances.

Ce n'était pas le moment de s'attendrir sur une loque
humaine. Peu à peu, nous avons commencé à en
apprendre pas mal. Oui, le *Toussaint Louverture* avait
jeté l'ancre à la pointe des Palisadoes. Oui, Christopher
attendait le signal devant le *Morgan's Harbour Beach.*
Oui, O'Neill l'avait vu transporter dans sa barque quatre
sacs de toile grise qu'il était allé porter à la banque de
son frère Henry. Oui, lui O'Neill, sergent du Royaume-
Uni indigne de son grade, avait remis aux amis de
Christopher deux cartes de tourisme… moyennant cent
dollars, puisqu'ils n'avaient pas de passeports à présenter.

Tous les détails lui reviennent, à l'infortuné O'Neill,
depuis qu'il se sait perdu… Il a vu le quatuor attablé à la
terrasse du *Rodney-Arms.* Et dans l'après-midi, quand il
a demandé à Christopher — mais par curiosité, sans
plus, précise-t-il ! — ce qu'il y avait dans les sacs, le
barbu lui a répondu :

— Que ce soit du sel ou des pièces d'or, je m'en

tamponne le coquillard ! Ce qui est bien avec le sel, c'est
que ça fond quand on le fout à l'eau.

Nous n'avions vraiment pas le cœur à rire.

D'autant que Christopher, la seconde marche de
l'escalier chère au Gros, allait se révéler autrement
difficile à gravir.

Un coriace, Christopher. Un dur à cuire. Il nous
regardait d'un air matois, presque arrogant. Les accusations d'O'Neill ne le troublaient pas. Il ne cessait de
répondre :

— Je ne sais pas ce que votre sergent veut dire. Il a
picolé, comme d'habitude ! En tant que douanier, on ne
peut pas me reprocher d'avoir voulu contrôler le débarquement du *Toussaint Louverture.* J'ignore si cet ivrogne
de Leslie a fourni ou non des cartes de complaisance à
ces gens-là. Je ne les connais pas, un point c'est tout.

Et les dénégations de s'enchaîner : jamais il n'avait
porté le moindre sac chez son frère Henry. D'ailleurs,
pourquoi l'aurait-il fait ? Vraiment, ce pauvre O'Neill
ferait bien de se faire désintoxiquer avant la crise de
delirium tremens qui le menace.

Nous avons cuisiné le douanier, en vain, jusqu'à six
heures du soir. La confrontation a tourné à la farce. Et
puis, le sergent la Fouine a trouvé le moyen de faire
craquer Christopher :

— Très bien. Je vais vous mettre en présence du
serveur du *Rodney-Arms.* Puis j'irai perquisitionner la
banque de votre frère. On verra qui dit la vérité et si le
compte de Mariani a augmenté ou non.

Il a bien fallu que Christopher avoue avoir porté ces
fameux sacs !

Une heure après, Henry était à son tour dans le
bureau du commissaire Spinder. Comme son frère, il
avait réponse à tout : Roch Mariani, son client à la
British Bank, a l'habitude de traiter de gros marchés. Il
n'y a rien d'étonnant à ce qu'il fasse entrer à la Jamaïque

des sommes considérables. Rien d'illégal, surtout, puisque le contrôle des changes n'existe pas. Comment, lui,
l'honnête Henry, banquier bien connu sur la place,
aurait-il pu savoir que les fonds provenaient d'un hold-
up ? A Saint-Domingue encore ! Comment aurait-il pu
soupçonner une seconde l'honorable docteur Callington,
à qui il avait ouvert un compte sur recommandation de
Mariani, d'être un gangster français ?

— Il arrive à M. Mariani d'avoir plusieurs comptes à
des noms différents, expliquait-il. Des hommes politiques haïtiens de premier plan lui signent des procura-
tions. Comment voulez-vous que je mette en doute son
honnêteté ?

A sept heures du soir, Christopher et O'Neill étaient
au frais, en attendant plus amples informations. Fal-
mouth-la Fouine et moi foncions chez le directeur de la
Jamaïca Association of Villas and Apartments, la *Java,*
toute-puissante dans les opérations immobilières à la
Jamaïque. Edward Bellaby égalisait, à la tondeuse à
main, la bande de gazon autour de son chalet. Il n'a fait
que nous confirmer que le docteur Callington et sa
ravissante épouse indochinoise avaient loué la villa
Royale, une des plus belles de Mondego-Bay, versant un
chèque équivalent à trois mois de location, augmenté
d'une confortable indemnité pour une éventuelle remise
en état des lieux, après leur départ.

Tout le monde a fait honneur au déjeuner, dans le
salon particulier du Ritz. Sauf moi. Je suis perdu dans
l'enchaînement de ces récents souvenirs. Et puis, cet
étalage de luxe, de vins millésimés et de foie gras, ne me
séduit pas.

Le ministre n'a pas mangé plus que moi, mais la
digestion se fait mal. Question d'âge. C'est tout juste s'il
arrive à soulever une paupière avant d'énoncer :

— Elle était si belle que ça, l'Indochinoise ?

— Certes oui, répond le Gros, quelque peu interloqué.

Il se console d'une lampée de champagne avant d'enchaîner :

— Nous voici donc au nœud de l'affaire, monsieur le ministre. Nous savons que le Maltais et sa complice sont à Mondego-Bay, dans une villa dont nous connaissons l'adresse. Il n'y aurait plus qu'à les interpeller. Je dis « aurait » car il faut toujours compter avec les aléas de notre profession. Cela, Borniche le sait. Il me téléphone en catastrophe, m'expose les données du problème, sollicite mon avis. Le temps de réfléchir et je lui dicte, par fil, le plan qu'il doit suivre impérativement s'il veut capturer, sans encombre, le Maltais.

Quelle grandiloquence ! Quel toupet, surtout. Jamais, et pour cause, je n'ai téléphoné au Gros, de la Jamaïque. Avec le décalage horaire, je n'aurais pas manqué de le trouver immergé au fond de son lit, dans son premier sommeil. Spinder avait été catégorique. A peine en possession de tous les éléments, il avait ordonné :

— En route pour Mondego-Bay. Edward Bellaby nous accompagne. Il nous désignera la propriété.

Le ton n'était pas à la discussion.

Nous venons de dépasser *Spanish Tower.* Nous roulons à la vitesse limite de la Land Rover, compte tenu de l'état de la route, vers Saint-Ann's Bay, sur la côte nord. C'est notre étape de ravitaillement. Le chauffeur ne paie pas de mine, avec son mince visage grêlé, bloqué par la jugulaire du casque, mais c'est un as. Il se joue des virages en épingle à cheveux qui longent les précipices tapissés de fougères tropicales géantes. Il ralentit à peine, et pourtant, il passe ! Coincé sur la banquette arrière, entre le sergent la Fouine et le directeur de la *Java,* je me dis que la police est un éternel recommencement. La Land Rover est à peine moins cruelle, pour mes vertèbres, que la jeep haïtienne d'Henriquez, l'homme-coq, quand la masse imposante du colonel Prosper me masquait la route. Ce soir, j'ai devant moi le commissaire Spinder. Et, comme l'autre jour, je vole vers une luxueuse maison où j'espère, une fois de plus, trouver enfin le Maltais !

D'après les calculs de Spinder, nous serons à pied d'œuvre vers vingt-trois heures trente.

— Encore un peu de patience, me dit Falmouth. Entre Saint-Ann's Bay et Mondego-Bay, la route côtière est plate...

Pour le moment, nous sommes ballottés l'un contre l'autre. En pleine chevauchée fantastique, nous attaquons les contreforts du mont Diablo.

La lune plonge à travers la végétation comme des projecteurs à travers les algues d'un aquarium. J'ai l'impression d'être un poisson prisonnier de la lumière et des feuilles géantes aux reflets bleutés, irréels.

Nous venons de dépasser Moneague. Nous avons laissé sur la droite la route d'Ocho Rios. Encore quelques miles, et Falmouth m'annonce que nous arrivons à Saint-Ann's Bay.

Le commissaire Spinder consulte sa montre lumineuse, se tourne vers moi :

— Nous sommes dans les temps. Maintenant, ça va filer.

La Land s'immobilise devant le poste de police de la ville. La célèbre exactitude britannique fait merveille. Un bobbie nous attend sous la lampe, cinq jerricans à ses pieds. Il effectue le transbordement aussi vite que le permet l'entonnoir.

Spinder lui donne l'ordre de prévenir les postes de Rose Hall et Reading de notre arrivée.

Nous repartons. Nous roulons bien au-delà du régime de la Land, voiture tout terrain peu faite pour la vitesse. Qu'importe! Le moteur hurle, mais il tient. Nous retrouvons la lune, qui a quitté les arbres géants pour caresser les vaguelettes. Je distingue les lignes claires des plages, qui se succèdent à l'infini.

Dix miles encore. Deux jeeps nous attendent à l'entrée de la ville, bondées de bobbies casqués, armés de mitraillettes.

La réalité de la violence, après la chevauchée fantastique! Mes tempes bourdonnent. Mon cœur bat à cent cinquante pour le moins.

La passion de la chasse me met dans un état second.

39

The Royale, qu'Edward Bellaby, le fortuné directeur de la *Java,* définit lui-même comme l'un des joyaux de ses locations au tarif prohibitif, est enfouie dans les ténèbres. La route d'Umbrella-Point, au nord de l'immense baie, dessine sa ligne d'ombre.

La demeure « royale », abritée par une haie de manguiers, domine la mer. Le phare du port de plaisance lance de lointains appels. Je distingue les contours d'une construction massive, dressée au cœur d'une pelouse qui me paraît immense. Une longue allée y conduit, bordée de massifs de fleurs, qui se rejoignent en tonnelle.

La Land Rover s'arrête au sommet de la côte, à l'abri d'un champ de bananiers qui nous fait écran. Les housses transparentes, qui protègent les régimes, miroitent dans la clarté lunaire.

— Je n'ai pas l'impression qu'ils soient là, souffle Bellaby. Je ne vois pas leur voiture.

Falmouth soulève le sourcil.

— Quelle voiture ? questionne-t-il.

— La Jaguar rouge, décapotable, qu'ils ont louée chez *Chelsea.*

A mon tour d'observer :

— Elle est peut-être au garage ?

Le directeur de la *Java* secoue négativement la tête :

— Sûrement pas. Ici, sous les Tropiques, nous avons l'habitude de laisser nos voitures dehors. On peut toujours s'en assurer, le garage est visible de la route, sur le côté.

— J'y vais, dit Falmouth.

Nous laissons le chauffeur et Bellaby dans la Land. En file indienne, nous marchons jusqu'à la grille de la propriété, puis Falmouth s'engage sous des arbustes. Le nez collé aux barreaux, comme des fauves dans leur cage, Spinder et moi considérons la masse sombre de *The Royale,* au bout de l'allée qui se perdrait dans la nuit, n'étaient les massifs qui la jalonnent. Là-bas, au pied de la côte, les troupes d'assaut du commissaire attendent le signal de l'attaque.

— Le garage est vide, dit Falmouth qui nous rejoint, essoufflé.

— Pas de voiture et pas de lumière, conclut Spinder, les oiseaux ne sont pas là. On va planquer dans la Land, ils finiront bien par regagner leur nid.

Mathews, le célèbre illusionniste, s'est surpassé, ce soir, dans le décor élégant du *Town-House,* le cabaret qui présente à la *high society* de Mondego-Bay, un spectacle unique : il fait surgir de minuscules caïmans de ses mains réunies en coupelle et, pour le bouquet final, un immense drapeau britannique, sur sa hampe haute de plus de deux mètres.

My-Lan rit et applaudit. Puis elle se serre contre Dominique :

— Quand j'étais petite, à Saigon, dit-elle, un magicien faisait sortir des tortues géantes d'une malle en osier. J'avais très peur.

Elle se tait une seconde, prise par l'évocation du

souvenir. Puis, elle agrippe de sa longue main le bras du Maltais.

— Tu t'ennuies ?

— Quelle idée ! Je me demandais si nous ne pourrions pas marcher un peu au frais, sur la plage...

— Ou prendre un verre au *Yellow-Bird,* dit My-Lan. Le type de l'agence me l'a recommandé. Une boîte dans le vent, à ce qu'il paraît, où on danse le calypso.

— Va pour le *Yellow-Bird,* dit Dominique.

Je bous. La méthode de Spinder m'exaspère et me déroute. Quand je songe que le Maltais, au bas du chemin, risque de se heurter au contingent des bobbies de choc, casqués et inconscients, je me dis que le commissaire n'est pas, tout à fait, le fin stratège que Falmouth m'a surabondamment dépeint. C'est un homme d'action, Spinder, mais il a choisi le plus sûr moyen d'alerter Cambuccia. Autant nous promener avec un haut-parleur dans les rues désertes de Mondego-Bay ! Je déteste les déploiements de force. L'échec de la brigade criminelle — cinq cents hommes au bas mot et préfet de police en tête brandissant son ridicule 6,35, à l'assaut du repaire de Pierrot le Fou [1] — est encore trop présent à ma mémoire. Ni Loutrel, ni Boucheseiche, ni Attia, n'étaient tombés dans le panneau !

Spinder a saisi ma mauvaise humeur.

— Quelque chose ne va pas ? demande-t-il, le sourcil froncé.

Pourtant, quand je lui fais part de ma vive appréhension, il me donne à moitié raison :

— O.K. Je préviens mes hommes par radio d'attendre, au commissariat, la suite des événements. Moi, je reste. Je ne veux pas courir le risque de les rater.

---

1. Voir *le Gang,* Fayard.

Supposez qu'ils soient tous les deux, et sans voiture, à l'intérieur de la villa, j'aurais bonne mine ! L'heure légale est six heures, il n'y a plus longtemps à patienter !

Instinctivement, je regarde ma montre. Il est une heure vingt du matin. La voix de Bellaby troue le silence :

— Ils sont peut-être dans une boîte ? Si on y allait voir ?

L'entêté Spinder secoue énergiquement la tête :

— Comme vous voulez, dit-il. Prenez la voiture. Si vous les trouvez, revenez quand même me chercher.

Alors qu'à faible allure, nous sillonnons les rues de Mondego-Bay, à la recherche de la Jaguar rouge, Falmouth suçote le tuyau courbé de sa bouffarde, d'où s'échappe une bonne odeur de tabac blond.

— Comment voulez-vous déceler les voitures derrière les haies de cactus, au fond des jardins ? constate-t-il, découragé. Il faudrait mieux rejoindre le patron...

La Land ralentit devant le commissariat.

— J'ai une idée, dit Bellaby. Arrêtez-moi là.

Quelques phrases rapides avec Falmouth dont je ne saisis pas le sens, et le directeur de l'agence *Java* se dirige à grandes enjambées vers un établissement encore éclairé.

Falmouth se tait une seconde, le temps de tirer, pensif, une épaisse bouffée de fumée, puis il m'explique :

— Bellaby a comme ami le propriétaire du *Toby,* en face. De là, il va téléphoner dans les autres boîtes pour savoir si les Callington n'y seraient pas. Du commissariat, c'était trop dangereux.

J'ouvre des yeux effarés :

— Sous quel prétexte ! Le Maltais est un homme rusé...

La Fouine soulève une épaule.

— Bellaby aussi est malin. Il va se renseigner sans éveiller l'attention...

Depuis son arrivée au *Yellow-Bird,* Dominique combat les pressentiments qui l'agitent. Il n'ose pas s'avouer qu'il a retrouvé, hier soir, alors qu'ils contemplaient le coucher du soleil, de la terrasse, cette teinte sanglante qu'il reconnaît parfois au hasard de sa vie aventureuse.

Il fait signe au garçon de salle de lui apporter un autre verre de punch. Au moment où il le porte à ses lèvres, le maître d'hôtel, long personnage sombre, se penche vers lui :

— Docteur Callington ?

Le Maltais relève la tête, surpris :

— Oui...

— On vous demande au téléphone.

— Moi ?

— Oui, le docteur aux cheveux blonds, m'a-t-on dit. Avec la jolie Indochinoise.

L'établissement ne lui avait pas paru si grand, tout à l'heure, à Dominique. La traversée de la salle lui semble interminable. A-t-il bu trop de punch, contrairement à son habitude, ou bien est-ce l'allure du maître d'hôtel glacial qui le précède ? Toujours est-il que l'impression de malaise se précise.

Dans la cabine, l'appareil, décroché, l'attend, posé sur la tablette. Dominique s'en saisit, le porte à son oreille, sans prononcer un·seul mot.

A l'autre bout, le correspondant s'impatiente :

— Allô ?

Le Maltais est fixé. Il reconnaît la voix haut perchée du directeur de l'agence *Java,* qu'il soupçonne, à tort ou à raison, d'être homosexuel.

— Oui ?

— Excusez-moi de vous déranger, docteur. Ici,

Edward Bellaby. Comme j'ai recommandé le *Yellow-Bird* à votre femme, je me doutais que vous étiez là... Puis-je vous voir demain ?

Le Maltais hésite un moment avant de répondre :

— Certainement. Que se passe-t-il ?

— Rien de grave, rassurez-vous. Le chèque que vous m'avez remis a été refusé par la banque.

— Comment cela ?

— Une petite erreur due à un moment d'inattention, pendant que nous discutions. Vous avez ajouté un zéro à la somme en chiffres qui ne correspond pas, évidemment, à la somme en lettres. Vous voyez, c'est anodin, mais avec les banques...

— Je comprends, dit le Maltais, excusez-moi. Quelle heure, voulez-vous ?

— Votre heure sera la mienne. Le temps de venir de Kingston à Mondego-Bay.

— Dix heures, coupe le Maltais. Je vous attendrai à la villa.

L'initiative de Bellaby ne m'a pas convaincu. Je ressens en moi un grand vide. La ficelle est trop grosse pour un truand aussi avisé que Cambuccia. Mon ton reflète le découragement lorsque je fais part de mes craintes à Falmouth :

— Le Maltais fonctionne au radar, cher ami. Votre Bellaby a tout flanqué par terre. Tel que je connais le Maltais, il va prendre des précautions.

— Lesquelles, par exemple ?

— D'abord, il va téléphoner à Kingston pour savoir si le libellé du chèque est conforme ou non. Pour peu qu'il tombe sur une employée, ignorante de la manigance...

Falmouth ne se départit pas de son flegme.

— Bellaby donnera ses instructions à l'ouverture des bureaux.

— Justement. A quelle heure ouvrent-ils ?
— Huit heures.

Mes lèvres se rejoignent, en forme de moue :
— Pour peu que le Maltais le devance, c'est raté !

Je ne suis toujours pas rassuré. Mes idées s'obscurcissent. Je ne vois pas comment rattraper la gaffe de l'imprévoyant Bellaby. Et j'ai beau retourner le problème dans tous les sens, mon instinct me dit que le Maltais n'est pas prêt de remettre les pieds à la villa *Royale*.

La Jaguar gravit paisiblement la côte. Dominique ne semble guère pressé d'arriver. My-Lan a passé ses bras autour de son cou. Il ralentit encore, à l'approche d'un carrefour.

— Qu'est-ce que tu fais ? s'inquiète-t-elle. Nous sommes en rase campagne.

— Demi-tour, chérie. Quelque chose me suggère d'aller coucher ailleurs.

Déjà, la voiture démarre en marche arrière, dans un chemin de terre, manœuvre, repart en marche avant. La main de My-Lan effleure celle du Maltais.

— Serons-nous un jour tranquilles ? soupire la jeune femme.

Dominique ne répond pas.

Ses yeux suivent la direction des phares de la Jaguar, au long de la route. Chaque lieu d'exil en appelle un autre. Nulle part, jamais, un homme comme lui ne connaîtra la paix. Le ronronnement du puissant moteur n'est qu'un leurre. Où tout cela les mènera-t-il ?

Des lumières scintillent, se rapprochent très vite, en même temps que planent des accents de samba, colportés par le vent. Le Maltais lit une affiche lumineuse : « *Miranda-Hill* ».

— Un piège à touristes, dit-il. On y sera tranquilles, le temps de voir venir.

Il freine devant l'ancienne propriété particulière, transformée en hôtel de luxe :

— A la première heure, je téléphone à Roch Mariani de venir nous chercher, dit-il en descendant de la Jaguar.

Le postier de Mondego-Bay, grand, épais, aux cheveux blancs tombant sur les épaules, a une fossette au menton et de petits yeux ensommeillés. Il a mis du temps à nous ouvrir la porte.

Depuis sept heures trente, très exactement, nos regards couvent le standard téléphonique, devant lequel une fille maigrichonne, à nattes agrémentées de deux rubans roses, vient de prendre son service. Elle a posé près d'elle un sac contenant un tricot et un journal de mode. Je m'appuie contre le mur de face, anxieux, et je sens mes doigts se crisper, malgré moi.

Tout à l'heure, l'espoir a succédé à l'inquiétude de la nuit.

— La poste ouvre à quelle heure, ici ? ai-je demandé à Falmouth.

— Huit heures.

— Nous avons une petite chance. Il faut réveiller le receveur et lui demander de surveiller les numéros de Mondego-Bay qui pourraient appeler l'agence *Java* à Kingston. Le Maltais va vouloir vérifier le coup du chèque.

— Bonne idée, a dit Falmouth, en frappant dans sa main brûlée par le soleil, le culot de sa pipe. La poste est à deux pas.

La pendule murale marque huit heures quand une minuscule lampe témoin, de couleur blanche, s'allume sur le panneau où se croisent et s'entremêlent de multiples cordons de couleur. La téléphoniste avance la

main, enfonce une fiche. Je vois les traits du receveur se
crisper puis se détendre, soudain. Il pose le second
écouteur sur le tablier du standard, nous fait signe de
passer dans la pièce voisine, encombrée de piles d'an-
nuaires dépareillés et jaunis.

— C'est bien Kingston qui a été demandé, dit-il,
impassible. Du *Miranda-Hill*.

Le stratège Vieuchêne s'éponge le front. Son récit
l'épuise. Le champagne, dans lequel il trouve de nouvelles forces, n'est qu'un allié trompeur. Il faut dire que le
public ne l'aide pas. Le repas l'a trahi. Ma récréation,
c'est de suivre les étapes de la digestion des convives.
Les salons particuliers du Ritz, silencieux, feutrés, sont
propices à l'assoupissement. Notre directeur ronfle doucement, les mains croisées sur le ventre. Un sifflement
léger sort de sa bouche, au moment bienheureux de
l'expiration.

Courthiol, lui, ne dort pas. Il pousse un soupir toutes
les minutes, les yeux levés au plafond. Le ministre
parvient à reprendre le dessus, à force de cuvée privée
Krug. Il soulève deux paupières, au lieu d'une. Le reste
de l'assemblée s'accroche, tant bien que mal, au récit de
Napoléon-Vieuchêne.

Le silence soudain du Gros ranime l'attention. Il va se
passer quelque chose.

Elle est là, la Jaguar, rutilante sous l'auvent du
parking du *Miranda-Hill* ! Pour l'instant, mon grand nez
de flic de chasse ne respire que le parfum des massifs de
fleurs, implantés comme pour décourager les amateurs
de slalom. Les épaules tassées, je me faufile.

Je devine, derrière les buissons, un peu plus loin,
l'armada que le généralissime Spinder a déployée. Il est

tôt mais le soleil cogne déjà. L'eau de la piscine passe de l'ardoise à la tuile rose.

Spinder s'est à nouveau entêté. Je voulais attendre le Maltais, dissimulé derrière un abri de jardinier, le ceinturer quand il ouvrirait la portière de la Jaguar. Le Nelson de la Jamaïque en a décidé autrement. Il m'impose un mode d'arrestation qui ferait se dresser raides les cheveux gominés du Gros ! Il veut encercler le bâtiment, hurler les sommations légales : « Au nom de la Reine, rendez-vous. » Le folklore. Ce qui me surprend, c'est que Falmouth-la-Fouine, applaudisse des deux pattes.

Le scénario Spinder commence à prendre forme dans le hall de l'hôtel. Réglé comme du papier à musique. Sauf qu'il s'agit de monter le petit déjeuner au docteur Callington et à sa femme. Le commissaire souhaite foncer, pistolet au poing, sur les traces du garçon d'étage. Heureusement que j'ai interrogé le maître d'hôtel : le Maltais n'a rien commandé.

— Parfait, dit Spinder, en me jetant un regard courroucé parce que j'ai évité le pire. Dans ce cas, les sommations !

Je reste sans voix. Je n'ai aucun pouvoir, sur ce territoire britannique. Aucune autorité. Si j'avais agi ainsi pour arrêter les Emile Buisson, Pierrot le Fou et autres René la Canne[1] de ma modeste carrière, il m'aurait fallu l'armée française tout entière !

Nous avons bondi dans le hall, escaladé l'escalier de chêne ciré, à la lourde rampe. Nous voici devant la porte de l'appartement 11 que, de loin et tout tremblant, le réceptionniste nous a désigné.

— Police, ouvrez !

1. Voir *Flic Story* et *René la Canne*, Fayard.

Je n'ai pas d'arme. Je n'en porte jamais, d'ailleurs. C'est encombrant et ça déforme les poches. A plus forte raison, à la Jamaïque. La Fouine et son chef, en revanche, pointent le dernier modèle du *Smith and Wesson* sur la porte moulurée.

— Vérification d'identité, ouvrez! répète Spinder dont l'émotion fait ressortir la pomme d'Adam.

Le commissaire ne partage peut-être pas mon point de vue sur le plan de la stratégie mais il ne manque certainement pas de courage. Si le Maltais tirait à travers le panneau, le chef de la police de la Jamaïque aurait droit à sa décoration posthume!

— Ne tirez pas, voyons!

Ce cri, je l'entends encore, un cri de bête. Mes compagnons visaient la serrure lorsque la porte s'est ouverte, lentement, comme pivote une tourelle de char. Un petit vieux est apparu, en bermuda, le torse couvert de poils grisonnants et broussailleux. Il s'est mis à claquer des dents, a levé les bras au ciel. Les armes se sont mises à la verticale. Médusés, nous avons interrogé du regard le veilleur de nuit. De l'index, il désignait l'appartement contigu. Il n'y a pas eu besoin d'autres sommations. Au moment où je tournais la poignée, la porte s'ouvrait. My-Lan s'est présentée dans l'encadrement. Un drap la couvrait, comme un linceul.

Je l'ai bousculée. Je me suis précipité dans la pièce, puis dans la salle de bains. Vides. J'ai ouvert l'énorme penderie, rejeté les couvertures du lit. Les chaussures du Maltais s'y trouvaient dissimulées. Alors, j'ai compris. J'ai ouvert la fenêtre que My-Lan avait dû refermer après la fuite de son amant. Je me suis engagé sur le faîte du toit de tuiles anciennes qui abrite les cuisines. Les bras en balancier, je suis arrivé, tel un équilibriste, à la cheminée de brique déjà chaude. Le Maltais était là, tapi contre la souche. Pieds nus, désarmé. Au-dessous de nous, le chef du détachement braquait sur lui un fusil à lunette.

— Ne fais pas le con, Dominique, tu es fait.

Il s'est relevé, a passé la main dans sa tignasse blonde, m'a scruté de ses yeux bleus.

— Vous êtes français ?

J'ai acquiescé, de la tête. Mes deux caïds de la flicaille jamaïcaine nous regardaient bizarrement. J'ai fait passer le Maltais devant moi, il a rejoint la fenêtre. Les menottes avaient surgi de la poche du sergent Falmouth. Elles ont claqué sur les poignets nus.

— Voici donc le Maltais et son Eurasienne sous les verrous jamaïcains. Votre technique a prévalu, commissaire. Encore une fois, toutes mes félicitations.

Henri Queuille tire une montre de gousset, qu'une massive chaînette d'argent relie à la boutonnière supérieure de son gilet. Il la consulte, esquisse une grimace. Vieuchêne ne s'est-il pas un peu trop éternisé dans sa narration ? C'est ce que la mimique d'impatience du grand patron de l'Intérieur me donne à penser. Je ne suis pas le seul à partager cette impression. Le coup d'œil que nous échangeons, Courthiol et moi, est significatif. La démesure de Vieuchêne nous rapproche. Je me demande d'ailleurs, dans un accès inhabituel de générosité, ce qu'est venu faire Courthiol dans ce cirque. Pas une seule fois, le nom de mon concurrent n'a été prononcé. Il se trémousse d'ennui et de rancœur, Courthiol, dans son coin. J'espère que le préfet, son « Gros » à lui, va relever le gant, démontrer comment la logique, l'entêtement, la routine bien connus de l'inspecteur de la Brigade criminelle, ont abouti à l'arrestation de Paul Dellapina, l'Arsène Lupin des beaux quartiers, revenu clandestinement des U.S.A. C'est lui, et lui seul, l'auteur des cambriolages de Neuilly et du 16ᵉ arrondis-

sement, qui ont tant bouleversé Henri Queuille et les
Américains ! Courthiol a-t-il récupéré d'autres documents chers à notre si sympathique Corrézien de ministre ? L'histoire policière ne le dit pas. Les premiers
soupçons sur la participation du Maltais à ces vols
n'étaient pas fondés. Courthiol l'a reconnu. Très sporti-
vement. Il n'empêche que, dans le double meurtre du
boulevard de Montmorency, avec ses « hein » et ses « je
vais te dire un truc », il est arrivé à serrer de près la
vérité. Cela mériterait d'être dit. Encore faudrait-il que
le Napoléon de la police marquât une pause. Pour
l'instant, il n'en est pas question. Vieuchêne a la parole,
il la garde ! Il s'éponge le front, rengaine son mouchoir,
part à l'assaut d'une nouvelle citadelle.

— Merci, monsieur le ministre, dit-il. J'en arrive
maintenant aux preuves de la culpabilité et de l'innocence du Maltais dans les affaires Graniouze, May et
Ferrucci. Pour les deux premières, pas de doute, l'innocence est établie. Comme je l'avais pressenti dès les
premières minutes, le Maltais n'a pas tué le Bougnat, ni
sa maîtresse. Les élucubrations des premiers enquêteurs
n'avaient pu que me faire sourire.

Un qui ne sourit pas, c'est Courthiol. Il se sent visé. Il
en avalerait presque le mégot que, par habitude, il a fini
par dénicher dans le fond de sa poche.

Vieuchêne, indifférent à l'émoi qu'il provoque dans
les rangs adverses, reprend son souffle.

— Pour la troisième affaire, enchaîne-t-il, la responsabilité du Maltais est entière. Les jurés apprécieront si
Cambuccia a abattu le Niçois par vengeance ou par
sadisme. Une phrase, une toute petite phrase qu'il a
prononcée sitôt son arrestation à la Jamaïque, m'a mis
sur la voie : « Mon conseil a les pièces indiscutables de
mon innocence entre ses mains. » Quand Borniche m'a
répercuté cette déclaration, à laquelle il n'avait d'ailleurs
pas prêté attention, j'ai réalisé. Cambuccia parlait de

pièces et non de preuves. Ma décision a été vite prise. Je me devais de perquisitionner le cabinet de Me Carlotti. Je ne m'étais pas trompé. Le ténor marseillais a compris qu'il ne fallait pas jouer aux petits soldats avec moi...

Je me dis qu'il vaut mieux entendre ça que d'être sourd.

Nous sommes cinq dans le cabinet luxueux de Me Carlotti : le substitut du procureur de la République, le juge d'instruction, le bâtonnier de l'ordre des avocats, le commissaire Pedroni et moi.

Pedroni est venu me chercher à la gare Saint-Charles, à l'arrivée du train de huit heures. Il n'est pas dans un bon jour, le commissaire Pedroni. Un détenu a eu l'audace de déposer plainte contre lui, pour coups et blessures. Me Carlotti conseille le prisonnier mécontent.

L'attitude de l'avocat, devant l'intrusion des sommités judiciaires, a été sèche, railleuse même. Depuis quatre heures, nous prospectons en vain ses classeurs, ses tiroirs, ses réserves et même ses toilettes regorgeant d'archives. Je dois bien me rendre à l'évidence : la chemise Cambuccia a disparu. L'anxiété me ronge. Je revois le Maltais et son sourire désabusé : « Pour vous récompenser d'être venu jusqu'aux Caraïbes, je vais tout vous dire, monsieur Borniche ! » S'est-il moqué de moi ? Et Carlotti qui continue à étaler ses incisives en or dans un sourire ironique ! Je ne sais pourquoi, dans le silence du solennel bureau, que trouble le bruit de la circulation dans la rue voisine, je lance :

— Peut-être Maître Carlotti a-t-il conservé chez lui le dossier pour mieux l'étudier ?

Le sourire de l'avocat s'est figé. Une descente de police dans son hôtel particulier du Prado, que penseront les voisins ? Carlotti me regarde. Il ne me défie plus. Nous nous sommes rencontrés, c'est tout.

— C'est exact, dit-il, d'une voix parfaitement décon-
tractée, le dossier se trouve dans mon secrétaire personnel. Les pièces qu'il comporte sont trop importantes
pour les laisser ici. Si vous voulez que j'aille vous les
chercher...

— Nous y allons ensemble, coupe Pedroni.

— La découverte des attestations de Ferrucci et de
Torri relançait l'affaire, dit Vieuchêne, le geste théâtral.
Moustique, transféré dans les locaux de l'Evêché, l'hôtel
de police de Marseille, lâchait prise à son tour et passait
les aveux les plus complets. Ses empreintes de pieds
l'avaient trahi. Appréhendé à Paris, Joseph Mariani
mettait en cause Torri et Ferrucci. L'énigme était
résolue d'autant plus facilement, monsieur le ministre,
que l'arme des crimes était remise par Me Carlotti au
juge d'instruction, encore soigneusement enveloppée
dans du papier d'emballage. L'Identité judiciaire y a
retrouvé les empreintes de feu Toussaint Ferrucci. Ce
sont les seules.

J'écoute à peine. Ma pensée vagabonde sous d'autres
cieux. Je suis à Port-au-Prince avec Henriquez et son
coq, à Ciudad Trujillo avec la fragile Moo Cheng, à
Kingston et à Mondego-Bay avec la Fouine à la chevelure flamboyante. Christopher et le sergent O'Neill ont
payé leur légèreté d'une suspension prononcée par leurs
conseils de discipline respectifs. Le général-dictateur
Trujillo a réclamé à la *British Bank* la restitution des
fonds provenant du hold-up de Ciudad Trujillo. Roch
Mariani et Térésa Ruiz ont sagement mis quelques
encablures entre la police dominicaine et le *Toussaint
Louverture*, dans l'attente de jours meilleurs. Le Maltais,
lui, attend son extradition qui ne saurait tarder. Si le

Gros voulait m'offrir un second voyage, j'y retournerais volontiers aux Caraïbes, en vacances, avec Marlyse !

La démonstration est terminée. Henri Queuille se lève. Le maître d'hôtel s'approche pour dégager sa chaise. Non, il présente un plateau d'argent sur lequel se trouve une enveloppe. L'addition, sûrement. J'ouvre l'oreille :

— Un motard vient de l'apporter à l'instant, monsieur le ministre. Pas de réponse.

Le ministre de l'Intérieur, vice-président du Conseil, appuie le pommeau de sa canne contre la table. Il décachette le pli, en parcourt le contenu. Son œil amusé se pose sur l'auditoire qui n'attend plus que le signal du départ.

— Peut-être vous retrouverais-je une nouvelle fois ici, mes bons amis, dit-il. Moi ou mon successeur. Avec le brio qui le caractérise, le commissaire Vieuchêne vous a conté l'histoire de Dominique Cambuccia. Permettez-moi d'y ajouter un épilogue. Comme le télégramme des Affaires étrangères me le signale à l'instant, le Maltais s'est, une fois de plus, évadé...

Qu'il fait bon se retrouver à l'air libre, dans la douceur de cet après-midi ensoleillé. Les « huiles » ont récupéré leurs motards, les motards, leurs sifflets.

L'inspecteur principal Courthiol, de toute la vitesse de ses petites jambes, s'achemine vers la bouche du métro voisin. En deux bonds, je suis sur lui. Je l'interpelle.

— Alors, cher collègue, qu'est-ce que vous pensez de tout ça ?

Courthiol, étonné, s'arrête. Il jette à terre son mégot jauni, l'écrase d'un pied rageur.

— Si vous voulez parler du Maltais, Borniche, je vais

vous dire un truc. Qu'il soit en cavale ou pas, je m'en
contrefous ! Dans huit jours, je suis à la retraite. C'est
Pomarède qui me remplace à la Crim'. Vous le connaissez, Pomarède. Vous avez du mouron à vous faire,
hein ? Parce que, croyez-moi, le Maltais, il va vous
l'alpaguer en deux coups de cuiller à pot, lui !

Los Angeles
San Diego
Daytona-Beach 1980.

TABLE DES MATIÈRES

Achevé d'imprimer le 29 avril 1981
sur presse CAMERON,
dans les ateliers de la S.E.P.C.
à Saint-Amand-Montrond (Cher)
pour le compte des éditions Grasset
61, rue des Saints-Pères, 75006 Paris

N° d'Édition : 5554. N° d'Impression : 857-480
Dépôt légal : 2ᵉ trimestre 1981.

Imprimé en France

ISBN 2-246-24251-7

Imprimé en France